한국 고전시가의 중심과 주변

조 지 형

박문사

저자 **조지형(趙志衡)**

인하대학교 국어교육과를 졸업하고, 고려대학교 대학원 국어국문학과에서 석사, 박사학위를 받았다. 태동고전연구소[芝谷書堂], 한국고전번역원, 국사편찬위원회에서 한문고전 및 고문서 등을 공부했다. 고려대학교 민족문화연구원 연구원, 인하대학교 한국학연구소 박사후연구원을 거쳐 현재 인하대, 인천가톨릭대 등에서 강의하고 있다. 주요 저서로『함경도의 문화적 특성과 관곡 김기홍의 문학』(2015),『한국고전문학작품론3 고전시가』(2018, 공저) 등이 있다.

한국 고전시가의 중심과 주변

초판인쇄 2019년 3월 19일
초판발행 2019년 3월 30일

저 자   조지형
발 행 인   윤석현
발 행 처   도서출판 박문사
등록번호   제2009-11호
우편주소   서울시 도봉구 우이천로 353 성주빌딩 3F
대표전화   (02) 992-3253
전 송   (02) 991-1285
전자우편   bakmunsa@daum.net
책임편집   박인려

ⓒ 조지형 2019 Printed in KOREA.

ISBN 979-11-8929229-4 (93810)   정가 28,000원

책머리에

2009년 박사과정에 입학하여 첫 소논문을 제출한 지 올해로 정확히 10년이 되었다. 그동안 다양한 관심을 바탕으로 특정 분야를 가리지 않고 여러 편의 논문을 쓰기는 했으나, 이번에 내 주전공인 한국 고전시가 분야의 논문을 가려 뽑아 여러모로 부족하지만 두 번째 저서를 출간한다.

석사학위 논문을 지도받을 당시, 지도교수님이신 이형대 선생님께서 앞으로 네가 어떤 연구 방법론을 가지고 논문을 가장 잘 쓸 수 있을지 깊이 고민해보라는 말씀이 있었다. 그후 선생님 말씀을 염두에 두고 작품, 작가, 작품의 형성 배경, 문헌 등 다양한 주제로 논문을 썼지만, 개인적으로는 작가에 주목한 연구가 잘 맞는 듯했다. 또 석사과정에 입학해서부터 박사학위를 받기 직전까지 오랜 기간 시조DB팀에 소속되어 『고시조대전(古時調大典)』을 편찬하는 작업을 하다 보니, 자연스레 시조와 관련된 연구거리들이 가장 많이 눈에 들어왔다. 이번에 출간하는 저서는 이러한 배경 하에서 쓴 여러 논문들을 하나로 엮은 것이다.

각각의 논문들이 10년이라는 긴 공부의 여정 속에서 개별적으로 산출된 결과물이기에 한 자리에 모아 놓고 보니 엉성한 느낌을 지울 길이 없다. 그럼에도 불구하고 내가 애초부터 지니고 있던 문제의식은 16~17세기 여러 사대부 작가의 삶을 통해 드러나는 시가 창작과 향유의 맥락 및 특성을 규명하고 나아가 이들을 시가사적 흐름의 좌표축 어딘가에 위치시키는 것이었다. 이와 더불어 18세기 시조사의 큰 전변 속에서 주요 인물들이 시조와 관련되어 보여준 다양한 문예활동의 측면을 탐색하는 것이었다. 이를 위해 고시조 문헌 및 작품 관련 서발문이나 개인의 문집(文集) 속에 꼭꼭 숨은 한문 기록들을 찾아내어 문헌 실증적인 추적을 시도하고자 많은 노력을 기울였다.

이번에 그간의 연구 성과들을 저서로 묶어서 내놓기는 하지만, 애초 연구에 임하던 문제의식은 여전히 생생하여 앞으로 추가적으로 탐구해야 할 숙제가 많다. 그런 의미에서 이번 저서는 시작에 불과할 뿐 앞으로 해야 할 공부가 더 많다는 것을 스스로 잘 알고 있다. 즉 자임한 공부가 막중하고 갈 길도 멀다. 이에 『논어(論語)』에서 이른바 넓고 의연한[弘毅] 자세로 학해(學海)에 침잠하고 사림(詞林)에서 길을 찾아 나갈 것을 다짐해본다.

공부의 길로 접어든 이래 크나큰 학덕(學德)을 입었던 김흥규, 김석회, 김영 선생님께서 어느덧 퇴임을 하셨다. 흡족해 하실 만한 내용의 저서에 멋진 헌정사를 쓰고픈 마음은 가득하지만, 노둔함으로 인해 오히려 선생님들께 누(累)만 끼치는 것이 아닌가 하는 염려가 뒤따른다. 또한 공부를 해 오는 동안 지치거나 흔들리지 않도록 도움과 관심과 격려를 아끼지 않았던 주변의 많은 분들의 얼굴도 떠오르는데, 이 자리에서 일일이 거명할 수는 없으나 항상 감사하는 마음을 잊지 않고 더욱 공부에 매진할 것을 약속한다. 특히 공부하는 남편을 만나 남들과는 차원이 다른(?) 일상의 삶을 사는 아내에 대한 고마움과 이런저런 이유로 제대로 놀아주지도 못한 네 살배기 아들 조쿠나군에 대한 미안함은 이루 다 말할 수가 없다.

끝으로 출간을 흔쾌히 수락해주시고 꼼꼼하게 책을 만들어주신 박문사 윤석현 사장님께 감사의 말씀을 전한다.

2019년 1월

동락재(同樂齋)에서 완소당(莞笑堂)과 함께

조지형 씀

차 례

제1부

●

시가 향유의

중심과 주변

제1장

自菴 金絿의 유배 생활과 '憂中有樂'의 면모

1. 문제의 소재

이 글은 16세기 초반에 활동했던 자암(自菴) 김구(金絿, 1488~1534)의 한시 작품들을 통해 그의 남해(南海) 유배 기간 중 내면 의식과 생활상을 살피는 것을 목적으로 한다. 아울러 이를 기반으로 하여 그의 경기체가 작품인 〈화전별곡(花田別曲)〉에 대한 재론의 단초를 마련하고자 한다.

주지하듯이 자암 김구는 1513년 26세의 나이로 대과에 급제하여, 중종(中宗) 시기 조광조(趙光祖)·김정(金淨) 등과 더불어 유교적 이상 정치를 실현하고자 노력하다가, 1519년 발생한 기묘사화(己卯士禍)로 인해 남해에 13년간 유배되어 1534년 47세의 일기로 삶을 마쳤다. 그는 젊은 나이에 등제하여 짧은 관직 생활 가운데에서도 승문원(承文院)·사간원(司諫院)·홍문관(弘文館) 등의 요직을 두루 거치면서 줄곧 승직하여 당상관인 홍문관 부제학을 지냈다. 특히 그는 어린 시절부터 시재(詩才)가 남달랐고,[1] 서체가 뛰어나 조

선 초기 4대 서예가 가운데 한사람으로 불렸으며, 음률에도 재주가
있어 장악원(掌樂院) 악정(樂正)이 되기도 하였다. 그의 이러한 면
모 때문인지, 그는 국문시가에도 조예가 깊어 시조 5수와 경기체가
〈화전별곡〉을 지었다.

　이러한 김구의 생애와 작품들에 대해서는 이미 몇몇 연구 성과들
이 제출되었다.[2] 국문시가 작품론에서는 시조 발생 문제와 관련하여
'오나리 시조'를 논의하면서 그의 시조 3수에 대해 논의되었다.[3] 또
한 그의 〈화전별곡〉에 대해서는 김기탁,[4] 최용수,[5] 최재남[6]의 논의가
있다. 이상 세 논의에서는 대체로 〈화전별곡〉의 문면에 드러나는 풍
류나 흥취에 대해서는 공감을 하면서도, 김구의 유배기 다른 한시 작
품에서 드러나는 외로움이나 그리움, 병적 고통 등에 주목하여 〈화전
별곡〉에 드러나는 풍류나 흥취를 유배 생활의 괴로움을 잊기 위한
'자위(自慰)'의 표방이거나 또는 취락(醉樂)을 통해 자신의 고통을 상
대적으로 더욱 심화하여 부각하기 위한 역설적 행위로 규정하였다.

　현재 김구의 문집인 『자암집』에는 모두 76수의 한시 작품이 전
한다. 한시 작품들 가운데 많은 수가 선행 연구에서 논의한 대로 외
로움이나 그리움, 병적 고통 등을 토로하고 있다. 그러나 모든 작품

1　그의 문집인 『自菴集』에는 그가 6세에 지었다는 「石榴」라는 시와 8세에 지었다
　는 「烏鵲橋」라는 시가 전한다.
2　이동영, 「金自菴硏究」, 『한국학논집』 10, 계명대학교 한국학연구소, 1983; 강전
　섭, 「金絿論」, 『古時調作家論』, 백산출판사, 1990.
3　권두환, 「시조의 발생과 기원」, 『관악어문연구』 18, 서울대학교 국어국문학과,
　1993; 이상원, 「초기 시조의 형성과 전개」, 『민족문학사연구』 17, 민족문학사학
　회, 2000.
4　김기탁, 「화전별곡의 이해」, 『영남어문학』 10, 영남어문학회, 1983.
5　최용수, 「自庵의 남해생활과 문학-〈화전별곡〉의 성격 파악을 위해」, 『경남문화
　연구』 18, 경상대학교 경남문화연구소, 1996.
6　최재남, 「김구의 남해생활과 〈화전별곡〉」, 『사림의 향촌생활과 시가문학』, 국학
　자료원, 1997.

이 다 그러한 것은 아니다. 그가 남긴 시문학 가운데는 이러한 정서
와 일정한 거리감이 있는 작품들도 보인다. 그 가운데에는 한시 작
품도 있고, 시조도 있고, 아울러 경기체가인 〈화전별곡〉도 있다. 만
약 선행 연구들의 주장대로 남해 유배기 김구의 삶이 괴로움과 고
통의 연속이었다면, 그렇지 않은 심리가 드러나는 한시, 시조, 〈화
전별곡〉 등은 어떻게 이해하여야 하는가? 선행 연구에서는 논의 과
정에서 일부 한시 작품들을 지나치게 확대·강조한 측면이 엿보인
다. 또한 1~2년도 아닌 13년의 길고 긴 유배 생활을 줄곧 괴로움이
나 외로움으로 일관하였다는 것은 김구의 학문적 성숙도나 인격적
수양의 정도로 비추어볼 때도 석연치 않은 구석이 있다.

　무엇보다도 이에 대해서는 후인의 김구에 대한 기억과 서술이
선행 연구의 주장과 배치되고 있다.

> 己卯年(1519). 이해 겨울에 사화(士禍)가 일어나 선생이 체포되어 의금
> 부(義禁府)에 갇혔다. 남해(南海) 절도(絶島)로 유배되어 화가 장차 예측
> 할 수 없는 상황이었다. 그러나 선생은 시(詩)·술[酒]·음악[琴]·노래[歌]를
> 폐하지 않았으며 위태로워하거나 두려워하는 기색이 없었으니, 그가 삶
> 과 죽음, 궁함과 영달을 기쁨이나 슬픔으로 여기지 않은 그 대체를 볼 수
> 있다.[7]

위 기록은 김구의 외현손인 안응창(安應昌, 1603~1680)이 쓴 묘
지명의 일부이다. 이에 근거하여 본다면, 김구는 유배 생활 가운데
에서도 매우 의연한 면모를 갖춘 인물이었다. '삶과 죽음, 궁함과 영

7　「自菴金先生墓誌」, 『自菴集』, 한국문집총간 24, 279~281면. 己卯. …(中略)… 是
　冬, 士獄起, 逮繫金吾, 被竄南海絶島, 禍將不測, 而不廢詩酒琴歌, 無危懼色, 其不以死
　生窮達爲欣戚, 大可見矣.

달을 기쁨이나 슬픔으로 여기지 않았다'는 표현은 그의 인격적 수양의 정도를 짐작케 한다. 따라서 그의 유배 생활이 괴로움이나 고통으로만 점철된 것은 아니었음을 알 수 있다. 특히 기록에도 보이는 바, 남해 유배 생활 가운데에서도 김구가 향유하였다는 '시(詩)·술[酒]·음악[琴]·노래[歌]'는 바로 〈화전별곡〉에 드러난 모습과 부합하는 내용이다. 이에 대해서는 후반부에 다시 언급하기로 한다.

김구의 삶 가운데 문학 작품의 창작과 관련하여 관심 깊게 보아야 할 시기는 26세부터 32세에 이르는 관직 생활기와 33세부터 45세에 이르는 유배 생활기라 할 수 있다. 이 가운데 관직 생활기에 해당하는 부분은『중종실록』에 그의 언행이 많이 남아 있어서[8] 온전한 이해에 큰 어려움이 없다. 그리고 이 시기에 지은 문집 소재 시조 3수도 배경 기사가 부기되어 있어서 정확한 작품 이해가 가능하다. 그러나 문제는 바로 유배 생활기에 해당하는 부분이다. 이 시기에 대해서는 자료가 거의 남아 있지 않다. 김구의 문집인『자암집』은 그가 죽은 지 120년 후에 만들어졌는데, 편집자 외현손 안응창의 기록을 참고하면,[9] 본래 김구의 저술은 상당수가 있었는데 임·병 양란을 거치면서 제대로 보존하지 못하고 산일되어 일부만 전해졌고, 이를 모아 편집·간행한 것이다. 따라서 현재 문집 소재 작품들은 그의 저술 가운데 일부에 지나지 않는 것이다. 그나마 다행스러운 것은 문집소재 그의 한시 작품들은 대부분 유배 생활기에 창작된 것이라는 점이다.

---

8 『中宗實錄』을 살펴보면 김구와 관계된 기사가 대략 120여건에 이른다. 특히 그가 典經·司經·檢討官·試讀官·獻納 등의 직책을 수행하며 經筵 및 朝講·夕講 등 왕과 마주한 자리에서 士林의 일원으로서 성리학적 이상 정치에 입각한 자신의 생각과 주장을 다양하게 펼치고 있음을 확인할 수 있다.

9 「自菴金先生集序」,『自菴集』, 한국문집총간 24, 282면. 先生之平生所著述, 亦不保於前後兵燹, 尤可惜也. 我先人寔先生之外曾孫也, 收拾如干詩文於散失之餘, 寶藏巾衍, 常欲刊行而未就.

결국 그의 유배 생활기 삶의 실상과 내면 의식을 이해하고자 할 경우, 현재 상황에서는 그가 지은 한시 작품들에 상당부분 의존할 수밖에 없다. 한시 작품에 드러나는 내면 의식과 교유관계, 여러 활동의 모습들이 곧 유배 기간 중 김구의 실상인 것이다. 이런 점에서 선행 연구들의 입론 지점은 매우 타당하였으며, 이 글도 기본적으로는 이러한 선행 연구들의 시각과 동일 선상에 위치하고 있다.

그러나 이 글에서는 그의 한시 작품들에 보이는 괴로움이나 고통 이외에 또 다른 인식과 생활의 면모들을 아울러 주목하고자 한다. 이러한 면모를 보이는 작품들이 비록 양적으로는 소수일지라도, 현재 그의 창작 작품 가운데 일부만이 문집에 전하는 정황에 비추어 볼 때, 이런 작품들에서 엿보이는 여타 인식의 측면들을 간과하지 말아야 그의 유배 생활기에 대한 온전한 이해의 시각이 확보될 수 있기 때문이다. 이에 이 글에서는 김구의 문집소재 한시 작품과 주변 기록들을 꼼꼼히 살펴가면서, 유배 생활기 김구가 지니고 있었던 인식의 측면과 생활상을 살피기로 한다. 특히 유배 생활 중에 그의 내면 인식의 변화상을 적극적으로 탐색하고자 한다.

2. '憂中有樂'[10]의 심리와 남해 생활

26세에 대과에 급제하여 승차를 거듭하며 출세가도를 달리던 김구는 그의 나이 32세 되던 1519년 남곤(南袞)·심정(沈貞) 등이 일으

---

10 '憂中有樂'은 退溪 李滉이 스스로 찬한 墓碣銘에 나오는 표현이다. 퇴계는 스스로 자신의 삶을 되돌아보면서 '근심스러운 가운데에 즐거움이 있고, 즐거운 가운데에 근심이 있다[憂中有樂 樂中有憂]'라 하였다. 이 글에서는 김구의 남해 유배기의 삶을 잘 대변할 수 있는 말이 바로 이 '憂中有樂'이라 생각하기에 이 용어를 가져와 사용한다.

킨 기묘사화(己卯士禍)에 연루되어 하옥되고 추국을 받았다. 그러나 그는 조금도 두려워함이 없이 당당하게 현실과 맞섰다.[11] 김구는 추국의 과정 중에도 자신의 행동에는 추호도 잘못이 없으며, 자신이 뜻을 함께한 조광조·김정 등과의 어울림도 도를 기반으로 한 군자의 모임이었지 결코 사사로운 이익을 탐하거나 국기(國紀)를 문란케 하는 소인배들의 모임이 아니었음을 강변하였다. 그러나 이미 사세는 각본대로 짜여 돌아가고 있었고, 김구를 비롯한 사림파들에게는 불리하게 돌아가고 있었다. 이에 김구는 옥중에서 상소(上疏)[12]하여, 자신은 절대로 사심(邪心)이 없었음을 강변하는 한편 아울러 왕이 직접 몸소 자신을 국문해 줄 것을 간청하였다. 그럼에도 불구하고 김구는 결국 개령(開寧, 현 경상북도 김천)에 유배되었다.[13] 게다가 12월에는 죄가 추가되어 결국 절도(絕島)인 남해(南海)로 다시 이배(移配)되었다. 그리고 길고 긴 13년간의 남해 유배 생활이 시작되었다.

이제 남해 생활 기간 중에 그가 남긴 한시들을 통해 그의 내면 의식과 유배 생활의 여러 측면들을 살펴보기로 한다.

1) 유배 생활의 괴로움과 병리적 고통

유교적 이상주의를 실현하고자 했던 김구를 비롯한 기묘사림들

---

11 『中宗實錄』卷37, 14年 11月 16日(丙午). 金絿招曰: "臣年三十二. 性本庸愚, 只慕古人師友之助, 與同志之士交遊耳. 進斥人物, 非下類所爲. 善者好之, 不善者惡之, 徒持公論, 相與是非而已. 朋比詭激, 使國論顚倒, 朝政日非事, 非臣之情."

12 「獄中上疏」, 『自菴集』, 한국문집총간 24, 270면. 臣等俱以狂疏愚懇, 遭遇聖朝, 出入經幄, 得近耿光, 展竭愚衷, 冒犯群猜, 望欲吾君爲堯舜之君, 豈爲身謀? 天日照臨, 無他邪心. 但士類之禍一開, 將不念後日邦家命脈耶? 天門阻隔, 無路達懷, 悶默長辭, 實所不忍. 幸一許躬問, 萬死無恨. 言臨辭鹽, 莫知所云.

13 『中宗實錄』卷37, 14年 11月 21日(辛亥). …前略… 察其所爲, 歸於亂政, 事狀已著, 終難可貸, 固當按律治罪, 以明示百官. 第念前日侍從之臣, 特從末減, 光祖·淨·湜·絿等, 遠方安置. 自任·遵·世熹·薰等, 外方付處, 各以罪罪之. 此豈子之得已歟?

은 과격하고 급진적인 노선을 걸었던 만큼 그들의 몰락도 굴절이 심하고 비극적이었다. 김구의 경우 '절도안치(絕島安置)'의 중형에 해당하기 때문에 더더욱 유배 생활이 괴로웠을 것이다. 그의 한시 작품에는 이러한 심리가 곳곳에서 산견된다.

특히 유배 초기에 그를 힘들게 하였던 것은 생존과 직결되는 습한 바다 기후로 인한 풍토병과 당장 먹고 살아가야하는 끼니 문제였던 것으로 보인다. 아울러 작은 섬에 갇혀 있는 처지에서 오는 심리적 중압감과 하루아침에 유배객의 신세로 전락한 자신의 처지에 대한 비관 등도 그를 괴롭게 만들었다.

瘴海數行淚	바닷가 습한 기운에 눈물 흘리니
落花三月時	꽃 지는 삼월이라.
客中無所有	나그네 처지라 가진 바 없어
聊贈一篇詩	한 편 시를 준다네.[14]

經歲嬰沈痼	한해가 다 가고 깊은 병에 걸려
閉門除瘴氛	문 닫아걸어 바닷가 습한 독기 막았네.
海覺鴉啼曙	바다에 갈까마귀 우니 날 밝은 줄 알고
林知鵲鬪曛	숲에 참새가 싸우니 해지는 줄 아네.
不眠歸夢絕	잠을 이루지 못해 돌아갈 꿈도 끊기고
禁酒旅愁紛	술을 금하니 나그네 시름만 분분하네.
何日離衾枕	언제나 이불 베개에서 나와
登高望北雲	높은 곳에 올라 북으로 가는 구름 바라볼까.[15]

---

14 「贈別崔生」, 『自菴集』, 한국문집총간 24, 255면.
15 「病裏書懷寄贈耆叟叟」, 『自菴集』, 한국문집총간 24, 259면.

첫 번째 시는 최생(崔生)과 이별하면서 준 작품이다. 최생이 구체적으로 누구를 가리키는지는 알 수 없다. 다만, 시를 적어 이별을 논한 것에서 그와 일정한 친연이 있었던 것만은 분명해 보인다. 시의 첫 구절부터 자신의 남해 생활을 단적으로 드러낸다. '장(瘴)'은 축축하고 더운 땅에서 생기는 독한 기운을 의미한다. 게다가 유배지 남해에는 바닷가의 짠 기운도 가득하였을 것이다. 김구는 1488년(성종19) 서울 연희방(燕喜坊)에서 태어나 줄곧 서울에서만 살았기 때문에, 남해 생활을 처음으로 시작한 그에게 가장 먼저 찾아온 고통은 바로 상이한 기후 환경에서 오는 이러한 풍토병이었다. 다른 작품에서도 풍토병과 관련된 작품이 여럿 보이는 것으로 볼 때,[16] 그가 유배 기간 중에 풍토병으로 고생하였음을 알 수 있다. 이 때문에 계절은 비록 화창한 삼월의 봄날이지만, 그의 눈에 들어오는 것은 피어나는 아름다운 꽃이 아니라, 힘없이 떨어져버린 꽃들뿐이었다. 따뜻한 봄에 오히려 땅에 떨어져버린 꽃은 바로 자신의 몰락한 처지에 다름 아니다.

두 번째 시는 남해 생활을 한 해쯤 보냈을 때 지은 작품으로 생각되는데, 이 작품은 아예 그의 병력으로부터 시작하고 있다. 그리고 그가 자신의 병을 더 악화시키지 않기 위해 택한 방법은 문을 닫아걸고 외부의 습하고 짠 기운의 바람을 쐬지 않는 것이었다. 이 때문에 그는 해가 뜨는지 날이 저무는지도 모르고 오직 어둡고 컴컴한 방안에서 홀로 쓸쓸히 하루하루를 보낼 뿐이었다. 게다가 병적 고통으로 인해 밤에 잠도 제대로 이루지 못하고, 병약한 몸 상태인지

---

16 「次韻送別徐兌元再任遞歸」, 『自菴集』, 한국문집총간 24, 257면. 葉落蟬吟海嶠秋, 一壺扶病強登樓. 嫌却他鄕頻送客, 別時惹起故園愁; 「謫裏贈權正字」, 『自菴集』, 한국문집총간 24, 259면. 歲暮美人遠, 天涯無所親. 乾坤長夜月, 江海遠征人. 靑鳥難通信, 黃茅不識春. 羈懷何處達, 留與瘴鄕隣.

라 술도 금하니 유배객의 처지에서 오는 그의 괴로움은 더욱 더 커져만 갔을 것이다. 그러면서도 한편으로는 삶의 희망을 버리지 않고, 빨리 이러한 병적 고통에서 벗어나고자 하는 소망을 드러내고 있다.

한편, 이러한 김구의 병적 고통은 그의 편지글에도 보인다. 그의 편지에는 병적 고통뿐만 아니라 어렵게 끼니를 이어가야 했던 그의 처지와 속마음이 사실적인 필치로 잘 드러나고 있다.

> 절도(絶島)의 외로운 죄인의 처지로 친구의 편지를 받아보니 위로가 되고 안심이 됨을 어찌 다 말할 수 있겠나? 나는 요즘 병을 얻어 겨우 목숨만을 부지하고 있을 뿐이네. 너른 물을 사이에 두고 말없이 바라만 보고 있으니 그리운 마음 어찌하겠나? …(중략)… 나머지는 부디 몸조심 또 몸조심하기 바라네. 삼가 답장을 보내네. 자네가 보내준 아침 저녁 밑천거리 매우 고맙네. 자네가 아니면 어디에다 감히 구차하게 먹을거리를 구하겠나?[17]

> 봄바람이 아직도 쌀쌀한데 자네는 요즘 어떠한가? 나는 해도(海島)에서 겨우 목숨을 부지하고 있을 뿐이네. 전에 보내준 먹을거리는 내가 술에 취해 미처 잘 받았다는 말을 못하였네. 또 지난번 편지에는 나의 군색함이 심하였지? 자네가 너그러이 살펴주게. 내 심정을 펼쳐 보인 것이니 또한 무방하리라 보네. 아마도 넉넉히 계속 보내줄 수 있겠지? 자네와 나 사이에 꺼리고 거절하는 이치가 없으니. 언제나 서로 만나서 마음속 깊은 회포를 한번 풀려나? 나머지 마음은 모두 말하지 않는 그 가운데에 있네. 삼가 안부를 전하네.[18]

---

17 「拜復安順之」, 『自菴集』, 한국문집총간 24, 272면. 絶嶠孤囚, 得奉故人音書, 慰豁如何勝言耶? 柔時抱病淹命耳. 盈盈隔水, 脉脉無言, 情思柰何? …(中略)… 餘冀珍重珍重. 謹拜復. 惠朝夕資, 感感. 非君安敢苟求口資? 仲春十六. 島客. 拜.

위의 두 편지는 모두 김구의 오랜 친구인 안처순(安處順, 1493~
1534)에게 보낸 편지이다. 편지를 주고받을 당시 안처순은 그의 부
모를 위해 전라도 구례현감(求禮縣監)으로 나와 있었다. 남해에서
그다지 멀지 않은 곳에 그의 친구가 현감으로 있었던 것이다. 김구
는 '도객(島客)'·'해객(海客)'이라 자칭하면서 자신의 상황을 편지
에 적고 있다. '병을 얻어 겨우 목숨만을 부지하고 있다'는 표현에서
그가 겪은 병적 고통이 얼마나 크고 괴로웠던 것인가를 다시금 깨닫
게 된다. 특히 안처순이 보내준 '먹을거리[口資]'에 대해 거듭 고마
움을 표시하고 있다. 두 번째 편지의 '앞으로도 계속 넉넉히 보내달
라'는 언급에서 이 문제가 김구에게 매우 절실한 것이었음을 짐작
하게 한다. 이렇듯 유배 초기에 김구를 괴롭혔던 병적 고통과 끼니
에 대한 문제는 생존과 직결되는 것이었기에 더욱 큰 고통으로 다
가왔을 것으로 생각된다.

이와 더불어, 유배 생활 자체에서 밀려오는 고달픔과 좁은 섬에
갇혀 지내는 답답함 등도 그를 힘들게 하였던 것으로 보인다. 김구
는 젊은 나이로 중앙 관직에서 승진을 거듭하다가 하루아침에 남
해로 유배되었기에 심적 고통이 상대적으로 더 크게 느껴졌을 것
으로 생각된다.

杯酒雲天暮	한잔 술에 날은 저물고
浮生嶺海村	뜨내기로 영남 바닷가 촌구석에 살아가네.
今年寒食過	금년 한식(寒食)도 지나가고
花落雨紛紛	꽃도 지고 빗방울만 어지러이 날리네.[19]

---

18 「奉安順之書」,『自菴集』, 한국문집총간 24, 272면. 東風猶峭, 氣味何如? 僕時淹命海
島耳. 前示朝夕資, 沈酒不復. 前簡果窘甚, 惠照, 亦不妨一晉敘. 豈能裕繼? 君我無嫌拒
之理. 何以相奉, 一暢沈抱? 餘懷都在不言中. 謹問. 元望. 海客. 頓.

春風吹盡柳條楊	봄바람이 버들가지 날리는데
聞道行聲喜欲狂	길에 행차하는 소리 들어 미칠 듯 기뻐라.
恨我幽囚防出入	갇힌 죄수 몸으로 출입이 막힘을 슬퍼하여
江頭無計慰壺觴	강머리에서 그저 술로 위안을 삼네.[20]

김구는 유배 중인 자신의 처지에 대해 자각하고 있다. 해가 뉘엿
뉘엿 넘어가는 석양 하늘 아래 저 멀리 떠가는 뜬구름을 바라본다.
구름은 유유히 떠서 흘러가지만, 자신은 헛되이 한해 한해를 보내
면서 그저 이 바닷가 촌구석에 처박혀 살아가고 있을 뿐이었다. '한
식(寒食)'은 본래 진문공(晉文公)의 충신이었던 개자추(介子推)를
기념하는 날이 아니었던가? 그러나 중종에게 충성을 다 했던 그의
진의는 왜곡되어 해배(解配)될 기약도 없이 남해에서 지내고 있었
던 것이다. 그의 복잡다단한 심리는 꽃잎도 맥없이 지고 빗방울만
어지럽게 날리는 의경(意境)으로 표상되고 있다. 그의 작품들 가운
데 이렇듯 봄을 배경으로 한 작품들이 여러 편이 있지만, 대체로 꽃
이 피어나는 생동감이나 기쁨을 시화하기 보다는 꽃이 지고 잎이
떨어지는 모습을 담고 있다.

두 번째 시에서는 또 다른 김구의 심리를 보여준다. 그것은 절도
에 안치되어 섬 밖을 벗어날 수 없는 답답함과 늘 홀로 지내야하는
고독감이다. 이 작품은 보수주인이 돌아온다는 소식을 듣고 쓴 것이
다. 보수주인은 유배지에서 유배인의 숙식을 책임진 사람이었다. 따
라서 그가 온다는 것은 일정한 먹을거리를 전해주거나 그의 생활의
불편함을 해결해주는 것이었다. 무엇보다도 늘 홀로 지내야하는 처

---

19 「書旅窓」,『自菴集』, 한국문집총간 24, 255면.
20 「聞主人還 以詩迎之」,『自菴集』, 한국문집총간 24, 256면.

지에 사람을 만나 이야기도 나누고 여타 소식도 전해들을 수 있었기에 그 기쁨은 이루 말할 수 없었을 것이다. 그러나 그는 곧바로 행동에 제한이 따르는 자신의 처지에 대해 자각하며 슬퍼하고 있다. 그리고 그의 곁에서 이러한 마음을 달래주는 것은 늘 술이었다.

이러한 심리는 비단 한시 작품뿐만 아니라 그가 지은 시조에서도 읽어낼 수 있다.

> 여긔를 뎌긔 삼고 뎌긔를 예삼고져
>
> 어긔 뎌긔를 멀게도 삼길시고
>
> 이몸이 蝴蝶이 되어 오명가명 ᄒ고져.[21]

위 작품은 절도에 안치되어 있는 상황에서 벗어나고 싶은 마음을 표현하고 있다. 여기와 저기를 마음껏 넘나들고 싶으며 여기와 저기가 너무도 멀다는 그의 표현이 비추어 볼 때, 자신의 몸은 유배지 남해에 있지만 마음은 자신의 고향인 저 서울과 궁궐로 향하고 있었을 것이다. 특히 '호접(胡蝶)'이 되어 여기와 저기를 자유자재로 다니고 싶다는 심리에서 그의 유배 처지에 기인한 부자유스러움과 절도에 갇혀 지내는 답답함을 읽어낼 수 있다.[22]

2) 인간적 情懷와 가족에 대한 그리움

유배의 처지에서 오는 괴로움은 여러 종류가 있을 것이다. 앞에

---

21 「短歌」, 『自菴集』, 한국문집총간 24, 274면.
22 선행 연구에서도 대체로 이러한 측면에서 이 작품을 읽어내고 있다. 최용수, 앞의 논문 180~181면; 길진숙, 「16세기 초반 시가사의 흐름」, 『한국시가연구』 10, 한국시가학회, 2003, 157면 참조.

서 언급한 것은 개인적인 측면의 괴로움이다. 자신의 생존 문제를 염려하고 섬에 갇혀 지내는 외로운 심사가 바로 그것이다. 그러나 유배는 또한 자신이 관계를 맺고 있던 사람들과의 단절을 의미하기도 한다. 무엇보다 떨어져 지내야만 하는 가족들의 안부에 대한 궁금증과 그리움이 가장 간절하였을 것이며, 이러한 심리는 자신의 친구들과 지인들에게까지 확산된다. 이러한 심리가 종래 유배문학의 주요 모티프였다는 점은 주지의 사실이다.

報得平安字	편지로 평안하다는 소식을 얻었으니
餘懷憑兩君	나머지 감회는 두 사람에게 맡기세.
何處高山縣	고산현(高山縣)이 어디인가
沼沼空白雲	아득히 흰 구름만 하늘에 있네.[23]

怨別天涯海日昏	하늘 끝에서 이별 슬퍼하니 날은 어두워지고
暮雲秋樹撵對孤樽	저녁 구름 드리운 가을 숲에서 외로이 술을 대하네.
窮途心事應無限	막힌 길에 내 마음 한량 없으니
淚暗雙眸未敢言	눈물이 두 눈에 어려 감히 말을 못하네.[24]

첫 번째 시는 고산현(高山縣)에 있는 상호 형제에게 보낸 시이다. 당시 김구의 부친인 김계문(金季文)이 고산현감으로 있었다. 가족들과 홀로 떨어져 남해에 지내면서 생사조차 알기 어려운 상황에서 형제의 편지를 받고 가족들이 모두 무탈하다는 소식을 전해 들으니 매우 기쁘고 위안이 되었을 것이다. 분명 가족 간의 정의상 하고 싶은 이야기는 끝이 없었겠으나 구구절절 이야기하는 것보다

---

23 「贈翔浩兄弟」, 『自菴集』, 한국문집총간 24, 255면.
24 「送別從弟還京」, 『自菴集』, 한국문집총간 24, 257면.

서로 평안하다는 소식에 만족하려는 면모가 보인다. 그러고는 이내 눈을 들어 부모와 형제들이 머물고 있는 방향의 하늘을 바라보며 애틋한 마음을 담아내고 있다. 짧은 시구 가운데에서도 말로 다 표현하지 못하는 무궁한 심리를 담고 있는 듯한 인상을 준다.

두 번째 시는 서울도 돌아가는 종제와 이별하면서 쓴 시이다. 종제가 멀리 유배 생활을 하고 있는 자신을 만나러 왔었고, 다시 이별하면서 쓴 것으로 추정된다. 김구와 종제 모두 헤어지기 싫은 마음이었을 것이다. 하지만 어쩔 수 없이 헤어져야만 하는 상황에서 이별을 슬퍼하는 인간적인 모습을 여실히 드러내고 있다. 이 작품에서는 어둑어둑해진 하늘과 저녁 구름 드리운 무거운 의경(意境) 설정이 김구의 내면 심리를 엿볼 수 있게 한다. 떠나가는 종제를 보면서 자신은 길이 막혀 더 이상 함께 갈 수 없는 처지를 자각하고 하염없이 눈물을 흘릴 수밖에 없었다.

日暮雨聲不絕	날도 저물고 빗소리도 끊이지 않고
夜深人語無聞	밤이 깊어 사람 기척조차 들리지 않는구나.
如何萬里孤客	내 어찌하다 만 리 밖의 외로운 나그네 되어
獨坐思親戀君	홀로 앉아 부모 생각하고 임금을 그리워하는가.[25]

思鄕日日上高峯	고향 생각에 날마다 고봉에 올라도
消息茫茫海嶽重	소식은 아득하고 바다와 산만 겹쳤네.
餌盡孺人封藥裏	부인이 약 속에 싸준 음식 다 먹자
錠來慈母寄衣縫	어머니가 옷에 보내준 돈이 왔네.
窮途孤詠難憑興	길 막힌 채 외로이 읊조리니 흥 부치기 어렵고

---

25 「寓懷」, 『自菴集』, 한국문집총간 24, 256면.

愁處深杯易見功	시름 가득한 곳 깊은 술잔만 공효 보기 쉽구나.
自分生涯南地老	내 생애 남쪽 땅에서 늙어감을 헤아리니
一聲欣聽北來鴻	북에서 온 기러기 소리 반갑게 들리네.[26]

유배 중에 가족에 대한 그리움은 끝없이 이어졌다. 특히 날씨가 궂거나 자신이 아플 때 가족에 대한 생각은 한층 배가되었다. 첫 번째 시는 저물녘 하늘에서 빗방울이 떨어지는 상황이다. 밤이 깊었지만 잠도 오지 않고 주변에는 아무런 인기척도 없다. 고독한 처지에 생각나는 것은 역시 가족이었다. 그렇기에 자신의 처지를 한탄하며 부모를 그리워하고 있다. 이러한 그의 심사에 비추어 볼 때 1구의 빗소리는 그의 눈물어린 심리를 반영하고 있는 것처럼 느껴진다.

두 번째 시도 가족에 대한 그리움을 잘 표현하고 있다. 고향에 대한 그리움에 높은 봉우리에 올라 멀리멀리 보고자 해도 바다와 산에 가려 뭍은 잘 보이지 않는다. 집에 대한 소식도 오랫동안 끊어져 있었던 것으로 보인다. 한편, 전에 집에서 부인이 아픈 자신을 위해 약을 보내면서, 평소 자신이 좋아하던 몇 가지 음식을 보내왔다. 그것을 다 먹고 나자, 이번에는 모친이 아들을 위해 손수 옷을 지어 보내면서 그 속에 약간의 돈을 부쳐왔다. 멀리 떨어져 유배 생활을 하고 있는 김구에게 이러한 아내와 어머니의 행위는 고마움 이상의 감동을 자아내게 하였을 것이다. 그럴수록 가족에 대한 그리움은 더욱 커져만 갔을 것이고, 그것을 잊기 위해 김구가 할 수 있는 것은 여전히 술이었다. 유배 온 지도 어느덧 여러 해가 지나고 이렇게 가족과 떨어져 지내는 고통은 이제 고향에서 날아온 기러기만

---

26 「思鄕」, 『自菴集』, 한국문집총간 24, 260면.

보아도 반가워 보이는 상황이 되었다.

한편, 무엇보다도 가장 큰 고통은 바로 부모의 죽음이었다. 그의 유배생활 7년째(1526년)에 부친상을 당한데 이어, 2년 뒤에 연이어 모친상을 당하였다. 그러나 김구는 유배객의 처지라 집에 돌아갈 수 없었다. 유학에서 부모의 상을 잘 치르는 것을 중시여기고, 게다가 김구는 이러한 유학적 이상 정치를 실현하고자 했던 사림파의 일원이었기에, 그가 부모의 상을 직접 치를 수 없는 데에서 온 죄의식은 이루 말할 수 없었을 만큼 컸을 것으로 짐작된다. 그만큼 김구가 느낀 고통도 비례하였을 것이다. 이뿐만이 아니었다. 가문 내의 부음도 연이어졌다.

> 分明容響記來時　　떠나올 때 분명한 모습과 음성이 기억나는데
> 聆訃茫然忽更疑　　부음 듣고 망연자실 다시 의심이 드네.
> 門戶凋零餘幾在　　문호가 조락하여 몇이나 남아있는가.
> 海天斜日獨霑衣　　바다 너머 해지는데 홀로 옷깃 적시네.[27]

위 시는 그의 백숙모가 돌아가셨다는 부음을 듣고 지은 시이다. 자신이 유배를 떠나올 때 보았던 백숙모의 정정한 모습이 떠오르건만, 이제 부음을 듣고 보니 이게 꿈인지 현실인지 의심이 들 정도로 큰 충격으로 다가왔다. 연이은 가문내의 부음 속에서 그가 할 수 있는 것은 기실 아무것도 없었다. 2구에 드러나는 '망연(茫然)'의 심리가 바로 김구의 솔직한 심정이었을 것이다. 자신은 유배 처지에 있고, 가문 내의 어른들도 연이어 돌아가시고, 쇠락한 그의 가문의 현실을 바라보면서 하염없이 눈물지을 수밖에 없었다.

---

27 「悼伯叔母」,『自菴集』, 한국문집총간 24, 257면.

3) 남해 생활에 대한 적응과 交遊

앞서 간단히 언급하였듯이 김구의 남해 생활은 13년에 걸친 긴 생활이었다. 그렇지만 김구가 이렇듯 긴 세월을 슬픔과 괴로움으로 일관하지만은 않았을 것이라고 생각된다. 혹 그랬다면 이미 자결을 하는 쪽을 선택하였을 것 같다.[28] 그렇다면 유배기간 중 삶의 면모들을 재확인하는 작업이 필요하리라 본다. 그의 문집에 수록되어 있는 시문에는 남해 유배기 또 다른 생활상들이 확인된다.

김구는 수준 높은 도학자의 풍모를 갖추고 있었기에 유배생활이 지속되면서 차츰 자신의 처지에 대해 냉철하게 자각하는 동시에 남해 생활에도 서서히 적응을 해 나간 것으로 보인다. 무엇보다도 그 지역 인사들과 활발히 교유하면서 이전과 달라진 삶을 살고 있었다. 이러한 측면들이 그의 시문에 드러난다.

物色知生意	물색이 생의(生意)를 아니
陽和布至仁	양화(陽和)가 지인(至仁)을 펼치네.
惟新開萬化	새로 만화(萬化)가 열리리니
餘澤及流人	남은 은택이 나에게까지 미치리라.[29]

蘆荻微茫水接天	아스라한 갈대밭 바닷물이 하늘과 접하니
羈心秋興一樽前	나그네 마음 한 동이 술 앞에 가을 흥취 일어나네.
餘年永荷乾坤惠	남은 생애 길이 하늘과 땅의 은혜 입어
溟海涵生醉卽眠	바다 끝에서 살아가며 취하여 잠이 드네.[30]

---

28 실제로 기묘사화로 그와 같이 居昌에 유배되었던 김식(金湜, 1482~1520)은 다시 절도로 이배된다는 소식을 전해 듣고는 자결하였다.

29 「題立春帖戶」, 『自菴集』, 한국문집총간 24, 255면.

첫 번째 시에서는 봄을 맞아 새로운 희망을 담아 표현하고 있다. 시의 계절적 배경은 화창한 봄이다. 이러한 봄의 기운으로 주변의 꽃과 나무는 물론 온갖 물색이 파릇함을 간직하면서 피어오른다. 그는 이렇듯 계절의 변화처럼 자신의 처지에도 무언가 변화가 있기를 희망하고 있다. 이 시에서는 '궁즉통(窮卽通)'의 이치를 통해 해배에 대한 기대감을 드러내고 생각되는데, 오랜 유배 생활에서 오는 기대감의 표출이라 할 수 있다. 앞으로 펼쳐질 자신의 처지에 대해 서서히 긍정적인 마음을 갖는 것으로 파악된다. 앞선 작품들에서 그의 눈에 비친 봄의 형상은 '떨어지는 꽃'이었다. 그러나 이 작품에서는 주변 사물과 경치에 대해 세심하게 관찰을 하고 있으며 계절의 변화를 몸소 체감하고 있다. 분명 심리상의 변화가 엿보인다. 그렇기에 그가 자신에게도 곧 여택 이를 것이라는 희망 섞인 어조로 시를 읊고 있는 것이다.

두 번째 시에서도 김구의 변화된 측면이 드러난다. 앞선 여러 작품에서 술은 유배의 괴로움을 달래고 가족에 대한 그리움을 잊기 위한 행위였다. 그러나 이 작품에서는 자신의 눈앞에 펼쳐진 경치를 바라보면서 '추흥(秋興)' 속에서 술잔을 기울이고 있다. 그만큼 유배 생활에 적응이 되었고, 그간 지니고 있었던 고통들이 조금씩 누그러들기 시작한 것이다. 정자에 올라 가을이라 유난히 파란 바다가 갈대숲 너머로 끝없이 펼쳐지는 아름다운 경치들을 대하여 술잔을 기울이는 김구의 모습에서 앞선 작품들에서와 같은 내면적 고통을 찾기는 어려워 보인다. 일정 부분 자신의 처지에 대해 체념도 하고 인생에 대해 달관도 한 면모를 드러내 보이면서 오직 자연의 안온함을 얻어 편안히 생활하고자 하는 심리가 드러난다. 이러한 작품에서 드러나는 김구의 심리는 분명 앞선 작품들에서 살폈던 유배객으로서

---

30 「亭上」, 『自菴集』, 한국문집총간 24, 256면.

의 괴로움을 토로하던 작품들과는 그 분위기가 사뭇 다른 것이다.

그는 이제 남해 지역의 주변 사람들과도 교유하면서 고독감을 떨쳐내고 있었다.

機幻張皇鼓吹宣	기환을 펼치며 북치고 피리 불면서
眞形假面眩人魂	진형과 가면이 사람과 귀신을 현혹시키네.
眞眞假假何須辨	진짜와 가짜를 무엇하러 구분하랴?
眞假從來只一根	참과 거짓이 본래 한 근원인 것을.[31]

이 작품은 창작 시기가 구체적으로 밝혀져 있다. 을유년으로 1525년에 해당한다. 그가 남해로 유배온 지 6년이 지난 시점이다. 또 이 시를 지은 날은 새해 첫날인 설날이었다. 새해를 맞이하여 '이밀양(李密陽)'이라는 사람이 김구를 초대하여 잔치를 벌였고, 잔치 와중에 광대의 재주를 보면서 쓴 시이다. 이밀양이라는 사람이 누구인지는 분명하지 않으나, 이 남해 지역 인사로 생각된다. 김구는 유배객의 처지였지만 이 지역 인사의 집에 초정되기도 하고, 함께 잔치 석상에서 연회를 즐기는 그런 상황이 연출되고 있는 것이다. 한편 광대가 부리고 있는 재주는 시의 내용으로 보아 '변검(變臉)'이나 '탈춤' 등으로 사료된다. 이러한 측면은 〈화전별곡〉에 그려지는 분위기와 함께 남해의 문화적인 성격을 짐작하게 하는 중요한 자료가 될 수도 있다.[32] 김구는 광대의 재주를 보면서 참과 거짓은 본래 같은 근원에서 나오는 것으로 구태여 참과 거짓을 구분할 필요가 없다는 결론에 도달하고 있다. 오랜 유배생활로 인해 자신이 겪은 사화와 거짓된 현

---

31 「李密陽宅謙席觀優戲作 乙酉元日」, 『自菴集』, 한국문집총간 24, 257면.
32 최재남, 앞의 논문, 152면.

실에 대해 달관한 듯한 인식의 측면을 엿볼 수 있다. 이 작품은 그의
유배생활의 중간 지점에 해당하는데, 대체로 이 시기를 전후로 해서
그가 자신의 처지에 대해서 더 이상 비관만을 하지 않고 남해 생활에
적응을 하면서 주변 인물들과 적극적으로 교유도 한 것이 아닌가 생
각된다. 그리고 여러 사람과 교유의 폭을 넓혀갔다.

一壺清會近清流	한 병의 맑은 모임 청류에 가까우니
到手杯殘慎莫留	술잔 손에 이르면 남기지 말게나.
恨子詩憑酒借力	그대의 시 술에 기대 힘 빌어옴을 슬퍼하노니
從前稊稗已先秋	종전의 제패가 이미 가을보다 앞섰군.[33]

橘樹楓林過幾春	귤나무 단풍 숲에서 몇 번 봄을 보냈던가
斯文高會憶成均	사문 고회에 성균관 시절 기억나누나.
傍人莫敎吹長笛	주변 사람들 긴 피리 불게하지 마라
一曲聞來種髮新	한 곡조 듣고 나면 흰머리 돋아난다네.[34]

知己分携處	지기와 헤어지는 곳
滄波思不窮	푸른 물결에 생각 끝이 없도다.
天連山勢遠	하늘은 산세와 이어져 멀고
煙惹樹陰重	연기는 숲에서 일어나 음산하구나.
萬事是非外	만사 시비 밖이요
百年詩酒中	평생 시와 술 속이라.
尋常君得此	평소 그대가 이것을 얻어
飄泊媿衰翁	떠도는 이 늙은이 부끄럽게 하였지.[35]

---

33 「戲贈河清叟 名世涓」,『自菴集』, 한국문집총간 24, 257면.
34 「鄕校釋奠後飮 次姜綸韻 字理之」,『自菴集』, 한국문집총간 24, 257면.

위 작품들은 모두 김구가 남해에서 여러 인사들과 교유하면서
쓴 작품들이다. 첫 번째 시는 '하세연(河世涓)', 두 번째 시는 '강륜
(姜綸)', 세 번째 시는 '박원(朴緩)'과 관계된 작품이다. 그런데 이 작
품에 등장하는 인물들은 모두 〈화전별곡〉 제2장에 등장하는 인물
들이라는 점에서 주목을 요한다. 김구는 〈화전별곡〉에서 이들 인물
의 재주나 버릇 등을 노래하고 있는 것으로 보아, 이들은 모두 남해
유배기간 중에 김구와 교유를 지속하였던 것으로 보인다.

위의 작품에서 드러나는 모습들은 모두 그의 남해 생활의 일부
이다. 하세연과는 술을 마시면서 시를 짓고 노닐고 있으며, 강륜과
는 향교에서 석전(釋奠) 행사에 참여하여 음악을 즐기고 있다. 이러
한 그의 교유관계에서 드러나는 술·시·음악 등은 앞에서 언급한
김구의 외현손 안응창의 묘지명 기록과 정확하게 일치한다.

세 번째 시는 1531년 5월 19이라고 날짜까지 분명하게 언급되어
있다. 이 해는 유배 13년째 되던 해로 김구도 남해에서 임피현(臨陂
縣, 현 전라북도 옥구)으로 양이(量移)되던 해였다. 이 시는 남해 교
수로 왔다가 떠나는 박원을 전송하면서 쓴 시이다. 김구가 '만사는
옳고 그름의 밖이요, 내 평생은 시와 술이었다'라고 한 부분은 마치
자신의 삶을 단적으로 드러내 보인 듯한 표현이다. 그런 그에게 찾
아와 교유하였던 것이 바로 박원이었다. 〈화전별곡〉 2장에서 박원
에 대해 '취하면 손을 젓는 버릇이 있다'고 표현할 정도로 그와 오
랫동안 시주(詩酒)를 함께 했던 인물이었던 것으로 생각된다.

이외에도 김구가 남해 생활 중에 교유한 지역 인물은 많다. 그의
다른 작품에서도 서태원(徐兌元),[36] 이수재(李秀才),[37] 홍언점(洪彦

---

35 「送別敎授朴緩 辛卯五月十九日」, 『自菴集』, 한국문집총간 24, 259면.
36 「次徐兌元韻」, 『自菴集』, 한국문집총간 24, 255면; 「送徐兌元還鄕」, 『自菴集』, 한국

點),[38] 민인로(閔仁老),[39] 오수재(吳秀才),[40] 오진사(吳進士)[41] 등의 인물들이 확인된다. 그리고 김구는 이들과 일상을 함께 하면서 그들과 어울려 시를 지었음을 확인할 수 있다. 아울러 김구의 교유한 인물 가운데는 남해 부근의 수령들도 있었다.

兩鄕風土自不同	두 고을의 풍토가 같지 않건만
一身關國事難從	일신이 나라에 관계되어 일을 따르기 어렵네.
天南塞北雲千里	남쪽 끝과 북쪽 요새는 천 리 거리니
尊酒何年更吐胸	어느 해에나 다시 술 차려놓고 흉금 토하리오.[42]

高樓氷雪壓朱炎	높은 누각 빙설이 여름 더위를 누르니
邂逅心親慶讌兼	다시 만나 친한 마음에 경사스런 잔치까지 벌이네.
百歲歡娛今日少	평생 기쁘고 즐거워함이 오늘 하루로는 부족하니
寧辭竟夕酒杯添	어찌 저녁 늦게까지 술잔 기울이는 것을 사양하랴.[43]

첫 번째 시는 함경도 회령(會寧)으로 체임되어 가는 미조항첨사 김위견(金渭堅)을 전송한 시이다. 두 번째 시는 곤양군수 김수겸(金守謙)과 술자리에서 지은 시이다. 첨사는 종3품 벼슬이고 군수는 종4품 벼슬에 해당한다. 김구의 유배 전 직임이었던 홍문관 부제학은

문집총간 24, 257면; 「次韻送別徐兌元再任遞歸」, 『自菴集』, 한국문집총간 24, 257면; 「代徐元之房直作 用前韻」, 『自菴集』, 한국문집총간 24, 257면.

37 「和李秀才韻」, 『自菴集』, 한국문집총간 24, 256면.
38 「送洪彦點 伯訥」, 『自菴集』, 한국문집총간 24, 257면.
39 「送閔仁老赴試」, 『自菴集』, 한국문집총간 24, 259면.
40 「送吳秀才應擧 二首」, 『自菴集』, 한국문집총간 24, 260면.
41 「吳進士借燒酒 以詩答之」, 『自菴集』, 한국문집총간 24, 258면; 「吳進士病後來訪 戲贈」, 『自菴集』, 한국문집총간 24, 258면.
42 「送別僉使金渭堅遞遷會寧」, 『自菴集』, 한국문집총간 24, 257면.
43 「昆陽太守金守謙請書扇面醉中走筆 乙酉六月」, 『自菴集』, 한국문집총간 24, 257면.

정3품 당상관에 해당하는 이들보다 높은 벼슬이었다. 따라서 유배객의 처지였지만, 부근 고을의 관리들은 김구와 일정한 친분관계를 유지하였던 것으로 보인다.[44] 이러한 관계에 기인하여 김구는 유배후 일정부분 세월이 지나가면서 이들의 비호 아래 점차 남해 주변 지역을 자유롭게 왕래할 수 있었던 것으로 생각된다. 이들 작품에 드러나는 분위기로 보아 여러 번에 걸쳐 매우 친밀한 만남을 가져왔던 것으로 보인다. 이들과의 관계에서도 술과 시는 빠질 수 없었다.

이렇듯 유배가 오래 이어지면서, 김구는 점차 유배의 괴로움을 극복해 가고 남해 생활에 적응하기 시작하였으며, 지역 인사들과도 교유하고 나아가 지역의 관리들과도 교유하였던 것을 알 수 있다. 유배 초기의 괴로움과 고통들은 점차 희석되면서 다양한 교유의 모습들을 보이고 있다. 그리고 이들과 함께한 자리에서 빠지지 않는 것은 바로 시·술·음악이었다.

4) 산수 유람과 음악적 풍류

김구는 여러 방면으로 재주가 뛰어났지만 그 가운데 음악적인 재능도 뛰어났던 것으로 보인다. 그의 이력 가운데 장악원(掌樂院) 악정(樂正) 벼슬이 이러한 면모를 방증하는 것이라 할 수 있다. 그런데 그의 한시 작품에서도 이러한 점을 짐작케 하는 작품이 있다. 이 작품은 그의 유배기에 지어진 작품이라는 점에서 주목을 요한다.

手把漢中琴	손수 한양에서 거문고 연주하여
驚動漢中人	한양 사람들을 놀라게 했었지

---

44 김구의 한시 작품을 통해 당시 南海郡守였던 이환(李煥)과도 교유가 확인된다. 「送別太守李煥」, 『自菴集』, 한국문집총간 24, 257면 참조.

| 所以聲入妙 | 소리가 오묘할 뿐만 아니라 |
| 絃與手俱神 | 줄과 손놀림도 신기했기 때문이었지. |

絃與手俱妙	줄과 손놀림 모두 오묘하니
妙在一人心	오묘함은 오로지 사람의 마음에 달려있네.
心外更無物	마음 밖에는 다른 것 없으니
嗟嗟古如今	아, 옛날이 지금과 같네.[45]

위 시에서 김구는 자신의 과거 서울 생활의 모습을 떠올리고 있다. 김구가 한양에 있었을 때 거문고 연주로 매우 이름이 나 있었음을 알 수 있다. 그의 작품대로라면 그의 솜씨는 단순한 취미나 교양의 수준을 넘어서는 매우 높은 수준이었을 것이다. 주지하듯이 거문고는 시조창영의 반주에 기본이 되는 악기이다. 이는 김구의 국문시가 창작과 가창의 모습[46]과 관련하여서도 중요하게 논의될 필요가 있다.

첫째 수에서는 이러한 자신의 **빼어난** 거문고 연주 솜씨를 말하고 있다. 둘째 수에서는 음악의 수준 높은 경지는 단순히 손놀림으로만 되는 것이 아니라 그것을 연주하는 사람의 심리 상태에 달려 있는 것임을 말하고 있다. 마음에 아무런 사심과 잡박한 심사가 없

---

45 「古意」, 『自菴集』, 한국문집총간 24, 255면.
46 「短歌」, 『自菴集』, 한국문집총간 24, 274면. 中廟朝, 兒生坐直玉堂, 居常必正冠帶, 至夜亦不敢脫. 一日月夜, 明燭讀綱目, 忽有叩戶聲, 問而不答, 怪而視之, 乃上步出自宮, 立於廳上, 別監持酒饌以從. 先生急趨出伏庭下, 上命之曰: "今夜月明如此, 聞讀書聲, 予故至於此, 何用君臣禮爲, 宜以朋友相待." 遂與從容酬酢. 上曰: "誦聲淸雅, 必善歌曲, 其爲予歌之." 先生跪而對曰: "此日聖恩, 迥出今古, 不可以古之歌奏, 又不可爲今之曲. 臣願自製以奏." 遂爲之歌曰: "나온댜 今日이야 즐거온댜 오늘이야 / 古往今來에 類 업슨 今日이여 / 每日의 오늘 又트면 므合 성이 가싀리." 上曰: "再斯可矣." 又爲之歌曰: "올히 달은 다리 학긔 다리 되도록애 / 거믄 가마괴 해오라비 되도록애 / 享福無疆ㅎ샤 億萬歲를 누리쇼셔." 上稱賞. 又敎曰: "聞爾有老母, 賜以貂裘, 其歸遺之."

을 때라야만 비로소 신묘한 음악의 경지가 연출되는 것이다. 그런
데 거문고를 연주하고 시를 쓰는 지금 그의 마음은 외물의 교란이
나 가리움이 없는 무구(無垢)의 상태였던 것이다. 이 시를 통해 그
가 길고 긴 유배 생활에서 마음의 평온을 되찾았음을 알 수 있었다.
마지막 4구에서 '옛날이 지금과 같다'는 표현은 몸은 유배 생활을
지속하고 있지만 그의 마음은 서울에 있을 때와 같은 평상을 되찾
았음을 알 수 있다.

　이러한 내면적 변화와 풍류를 즐기는 모습뿐만 아니라 남해 주
변의 승경을 찾아 유람을 즐기는 모습도 확인할 수 있다.

言謹獨來非謹獨	말로는 신독하러 왔다지만 신독하는 것이 아니며
說養修處不養修	말로만 수양하는 곳이지 수양하지 못하네.
頓無謹養吾何誌	삼가고 기름이 전혀 없으니 내 무엇을 적겠나?
自在溪山自在遊	스스로 계산(溪山)에 있으면서 마음대로 노닐 뿐.[47]

　위 시는 그의 절친한 친구 민회현(閔懷賢, 1472~1540)에게 보낸
것이다. 민회현은 정언(正言) 직책에 있다가, 기묘사화로 인해 직첩
과 홍패(紅牌)를 몰수당하고 파직되자, 자신의 고향으로 돌아와 20
년 동안 한거하였다. 비록 김구처럼 유배의 처지는 아니었으나 벼슬
에서 쫓겨나 낙향하여 사는 처지는 김구와 크게 다르지 않았을 것 같
다. 이 작품은 이 둘이 서로 편지를 주고받는 과정에서 함께 보낸 시
이다. 김구는 자신의 유배 생활에 대해 부정적으로 표현하지 않고,
신독(愼獨)·수양(修養)하는 과정으로 여기고 있다. 그러고는 자신의
상황을 전하면서 계산에서 마음껏 노닐고 있음을 알리고 있다.

47　「寄贈閔正言懷賢」,『自菴集』, 한국문집총간 24, 258면.

強騎羸馬縱吟鞭	여윈 말 눌러 타고 마음껏 읊조리며 말을 모니
積葉埋山響暗泉	나뭇잎 가득한 깊은 산에 물소리 졸졸졸
借問華房何處是	묻노니 화방(華房)이 어딘가?
蒼煙老樹夕陽邊	석양 주변 오랜 숲에서 푸른 연기 이네.

銷沈煙火有孤村	연기 자욱한 외로운 마을
猶喜溪聲傍耳喧	시냇물 소리 귓가에 울려 더욱 좋구나.
鼎坐汀洲飢餒甚	물가에 모여 앉으니 배고픔이 심하여
羨看湍激食沙痕	거센 물살이 모래 먹는 것을 부럽게 쳐다보네.[48]

이 작품은 김구가 화방사(華房寺)에서 노닐다가 돌아오는 도중에 쓴 작품이다. 화방사는 원효(元曉)에 의해 창건된 오랜 역사와 전통을 갖춘 사찰이며, 현재에도 남해의 명승지로 꼽히는 곳이다. 김구는 유배 중이었지만 자유롭게 산수 유람을 하고 있다.[49] 이 작품의 분위기에서는 유배객으로서의 모습은 전혀 드러나지 않고, 오로지 탐승을 다니는 여유로움이 드러나며, 그의 시선도 자유롭게 경물을 향해있다. 첫째 수에서는 말을 타고 시를 읊조리며 이곳저곳을 마음대로 다니는 모습이 드러난다. 그런 그의 눈에 비친 모습은 아름다운 자연의 모습이며 그의 귀에 들여오는 소리는 졸졸졸 흐르는 기분 좋은 자연의 소리이다. 마치 신선놀음 하듯 여유로운 모습이다. 둘째 수에서는 시냇가에 앉아 노닐고 있다. 유람을 다니느라 피곤도 하고 배도 고플 터이지만 그리고 그런 것을 해결해줄 마을이 저 멀리 보이

---

48 「遊華房寺還歸道中作 二首」, 『自菴集』, 한국문집총간 24, 258면.
49 앞에서 김구가 남해 주변의 수령들과 교유하였고, 이들과의 관계 때문에 자유롭게 왕래할 수 있었음을 언급하였다. 그런데 한편으로는 이 작품을 지을 시기에는 유배 초 '絕島安置'에 비해 감경된 유배형이 다시 내려졌을 가능성도 있을 듯하다. 그러나 이를 정확하게 고증하기는 어렵다.

지만, 흐르는 시내에서 노닐며 집에 돌아가는 것을 잊고 있다. 그러고는 거센 물살이 모래를 헤집는 모습을 마치 밥을 먹는 것 같다는 재치 있는 표현으로 그의 배고픔을 달래고 있다.

이러한 산수 유람의 면모는 그의 시조에도 보인다.

山水 느린 골래 三色桃花 뻐오거늘
내 셩은 豪傑이라 옷 니본 재 들웅이다
고즈란 건뎌 안고 므레 들어 속과라.[50]

이 작품은 위에서 살펴본 산수 유람의 맥락에서 지어진 것으로 생각된다. 이 작품에서는 계곡에 떠내려 오는 도화(桃花)를 통해 봄 산의 풍광을 그리면서, 풍광을 바라보는 데 그치지 않고 자신이 직접 그 속에 뛰어들어 온몸으로 봄의 풍취를 흠씬 받아들이는 행위까지를 형상화하고 있다. 아름다움을 객관적으로 감상하는데 머물지 않고 그야말로 호방하게 아름다운 흥취에 빠져들어 산의 풍취와 계곡의 물, 그리고 도화를 껴안으며 물상과 적극적인 일체를 이루고 있는 것이다.[51] 이러한 시안과 감수성을 바탕으로 행동하는 김구의 모습에서 개인적인 유람과 풍류의 모습을 확인할 수 있다.

남해 유배가 여러 해 지속되면서, 김구는 지역 인사나 부근의 관리들과도 교유관계를 맺고 이로 인해 그의 유배생활도 일정 부분 자유로워진 측면이 생긴 것 같다. 이로 인해 이제 남해 일대의 명승지를 찾아 유람도 다니고 스스로의 음악적 자질들을 발휘하는 모습들을 보이고 있다. 이러한 과정에서 창작된 그의 시문에는 유배

---

50 「短歌」, 『自菴集』, 한국문집총간 24, 274면.
51 길진숙, 앞의 논문, 166면.

객으로서의 불우함 등은 전혀 찾아볼 수 없다. 온전히 내면적 평온
을 되찾은 것으로 보인다.

5) 탈속에 대한 지향과 仙的 풍류

주지하듯이 김구는 그의 정치 역정에서 사림파의 일원으로서 유
교적 이상 정치를 실현하고자 하였다. 그러나 그 결과는 남해 유배
로 귀결되었다. 사림으로서는 정치적 패배이자, 개인으로서도 시
련과 고난이었던 것이다. 앞서 그의 시에 드러난 개인적인 고통과
인간적인 정회는 이러한 현실을 반영하고 있는 것이다. 그런데 이
러한 심리의 연장선상에서 현실을 초일(超逸)하려는 의식의 일단
이 드러나고 있다.

樾下人休歌	나무그늘 아래에서 사람들이 쉬고 마시듯
籠中鳥上天	새장 속의 새가 하늘로 오르듯
塵寰蟬蛻去	세상의 굴레 훌훌 벗어 버리고
迢遞五雲邊	저 멀리 오색구름 가로 날아 가고파.[52]

蓬島樓臺何處邊	봉래섬 누대는 어느 곳 끝에 있는지
思君迢遞隔雲煙	아득한 구름 저편 그대를 생각하네.
夢餘松月能相憶	꿈 속의 송월(松月)로 서로를 추억하며
吟罷瓊琚許更傳	읊기를 마치고 좋은 시구를 다시 전하네.
遊覽有緣慙白髮	유람에도 인연이 있으니 백발이 부끄럽고
行藏無計任蒼天	행장(行藏)은 계획할 수 없으니 하늘에 맡기네.

---

52 「無題」, 『自菴集』, 한국문집총간 24, 256면.

何年蟬蛻鉛華術　　　어느 해에나 세상 굴레 벗어나 연화술(鉛華術)로
笙鶴飄然弱水千　　　생학(笙鶴)처럼 훨훨 약수(弱水)에 날아갈수있을까?[53]

위 작품들에서 확인할 수 있는 기본적인 정조는 바로 굴레에서 벗어나 자유로워지고 싶은 열망이다. 굳이 장자(莊子)의 사유 체계를 가져오지 않더라도, 이 세상에서의 삶은 온갖 굴레와 속박의 연속인 것이다. 절도에서 유배객의 처지인 김구 자신에게는 더더욱 그러했을 것이다. 첫 번째 시에서는 편안하고 풍요로운 삶에 대한 동경, 진정으로 자유로워지고 싶은 의지 등이 확인된다. 두 번째 시는 금봉(錦峯)에 사는 '세홍(世弘)'이라는 이름의 도사(道士)에게 보낸 시이다. 이 시에서도 자신이 학처럼 신선들이 살고 있는 약수(弱水)로 날아가고픈 소망을 피력하고 있다. 첫 번째 시의 2구는 벼슬살이에서 완전히 벗어나고 싶은 뜻을, 3구는 이 세상에서의 모든 구속을 훌훌 벗어 버리고자 하는 뜻을, 마지막 4구에서는 결국 절대 자유의 경지로 나아가겠다는 의지를 표명한 것으로 이해된다. 두 번째 시에서도 벼슬에 나아가고 은거하는 것은 자신의 의지대로 행할 수 있는 것이 아니라, 세상에 도가 발현되느냐 발현되지 않느냐의 여부에 따르는 것이므로 결국 자신을 둘러싼 세계에 의해 좌우되는 것이다. 따라서 자신이 처하고 있는 현실 자체를 뛰어넘고자 하는 의식의 발현인 것이다.

그러나 김구의 시에서 드러나는 이러한 분위기가 단순히 현실을 초일하려는 심리의 일단으로만 그치는 것은 아니다. 이와 아울러 선계에서 노니는 듯한 풍류의 면모를 드러내기도 한다.

---

53 「寄錦峯道士 時延方遊錦山」, 『自菴集』, 한국문집총간 24, 259면.

傴僂蘿褐遠相過	갈옷 입은 신선이 멀리 지나가고
披却琴書惹紫霞	금서(琴書)를 펼쳐보니 자하가 일어나네.
看罷怳如驂白鶴	보기를 마치자 마치 백학을 타고
飄然輂到玉皇家	표연히 옥황의 집에 이른 듯.

悄悄幽居坐竹林	고요히 유거(幽居)하며 죽림에 앉아
開尊空翠引輕陰	술통 여니 하늘 푸른빛이 가벼이 그늘지네.
酌來當却流霞飮	따라 마시니 유하주(流霞酒)를 마시는 듯
誰識塵間養道心	누가 진세에서 도심(道心) 기르는 것 알랴?

碧桃花發映篁林	벽도화 만발하여 대숲을 비추고
春去花殘見綠陰	봄 가고 꽃 지자 녹음 보이는구나.
玄觀主人歸去早	현도관(玄都觀) 주인은 일찍 떠나갔으니
花開花落自春心	꽃 피고 지는 것이 절로 춘심(春心)일래라.

亼臺掩映碧桃林	선대가 벽도림(碧桃林)을 두르고 있어
深洞□寒逗澗陰	깊은 골 … 차가워 시냇가를 서성이네.
金竈石門多歲月	금조(金竈) 석문(石門)에 세월이 많으니
還丹誰識葛洪心	환단(還丹)이 누가 갈홍(葛洪)의 마음임을 알까?[54]

이 시는 앞서 말한 세홍과 교유하며 그의 시에 차운하여 지은 시
이다. 『자암집』에는 세홍과 교유하면서 주고받은 시가 모두 3편 6
수가 전한다.[55] 이 시에서는 김구가 남해에서 지내는 생활하는 모

---

54 「次錦峯延道士押 四首」, 『自菴集』, 한국문집총간 24, 256면.
55 김구가 道士인 世弘과 교유하며 시를 주고받았고, 또 그의 시문에 仙的 표현이나
練丹과 관련된 표현이 나오는 것으로 보아 김구에게 일정부분 道家的 취향이 있

습을 신선 세계에 빗대어 표현하고 있다. 첫째 수는 금서(琴書) 펼쳐보고 거문고를 연주하는 음악적 풍류의 모습을 드러낸다. 둘째 수는 홀로 술을 마시는 모습을 드러낸다. 특히 술을 따라 마시는 것을 신선이 유하주를 따라 마시는 것에 비하며 자신을 현재 인간 세상에 내려와서 도심을 기르는 신선에 비유하고 있다. 셋째 수는 꽃이 피고 지며 자신의 거처 주변의 대숲과 조화를 이루어 아름다운 봄의 정경을 이루는 모습을 드러낸다. 별천지의 풍경이다. 넷째 수는 아예 자신의 거처를 신선 세계로 묘사하며 자신도 갈홍(葛洪)처럼 환단(還丹)을 통해 신선이 되고 싶은 소망을 드러낸다. 이를 전체적으로 본다면, 남해에서 생활하면서, 아름다운 주변의 풍광을 배경으로 음악을 연주하고 술을 마시는 모습인 것이다. 김구의 남해 생활이 아름다운 자연적인 배경을 기반으로 해서 시·술·음악으로 이루어져 있음을 다시금 확인하게 된다.

3. 향락적 흥취와 〈화전별곡〉 이해의 시각

앞에서 『자암집』 소재 한시 작품을 통해 김구의 남해 생활 과정에서 드러나는 여러 내면 의식과 행위들을 살펴보았다. 유배 초기의 괴로움과 고통이 해가 거듭될수록 약화되고, 내면의 외로움이 누그러들면서 점차 평상을 되찾아갔던 것으로 보인다. 대신에 남해 생활에 적응을 하고 지역의 인사들과 교유하고 인근 고을의 수령들과 관계를 형성하면서 점차 자유로운 생활이 가능해진 것으로 보인다. 그리고 그들과 시를 주고받고, 함께 모여 연회를 갖기도 하

였던 것으로 보인다.

고, 음악을 연주하기도 하였으며, 산수 유람도 다녔음을 확인할 수 있었다.

이제 경기체가 작품인 〈화전별곡〉에 드러나는 김구의 심리와 행위들을 간단히 살펴보기로 한다.

天地涯 地之頭 一點仙島
左望雲 右錦山 巴川高川
山川奇秀 鍾生豪俊 人物繁盛
偉 天南勝地景 긔 엇더ᄒ닝잇고
風流酒色 一時人傑 (再唱)
偉 날조차 몃분이신고

河別侍 芝芝帶 齒爵兼尊
朴敎授 손저이 醉中써릇
姜綸雜談 方動ᅡ睡 鄭機飮食
偉 品官齊會景 긔 엇더ᄒ닝잇고
河世涓氏 발버훈風月 (再唱)
偉 唱和景 긔 엇더ᄒ닝잇고

徐玉非 高玉非 黑白頓殊
大銀德 小銀德 老少不同
姜今歌舞 錄今長鼓 버런學非 소졸玉只
偉 花林勝美景 긔 엇더ᄒ닝잇고
花田別號 名實相符 (再唱)
偉 鐵石肝腸이라도 아니 긋기리 업더라

漢元今 以文歌 鄭韶草笛

或打鉢 或扣盤 間擊盞臺

搖頭輾身 備諸醉態

偉 發興景 긔 엇더ᄒ닝잇고

姜允元氏 스ᄅ렝딩 소ᄅ (再唱)

偉 둣괴야 줌드로리라

綠波酒 小麴酒 麥酒濁酒

黃金鷄 白文魚 柚子盞

貼匙臺예

偉 ᄀ득브어 勸觴景 긔 엇더ᄒ닝잇고

鄭希哲氏 過麥田大醉 (再唱)

偉 어ᄂ제 슬플 저기 이실고

京洛繁華ㅣ야 너ᄂ 불오냐

朱門酒肉ㅣ야 너ᄂ 됴ᄒ냐

石田茅屋 時和歲豊

鄕村會集이야 나ᄂ 됴하ᄒ노라[56]

주지하듯이 경기체가는 여말선초 사대부들의 집단적이고 향락적인 풍류의 현장을 반영하는 갈래였다. 〈화전별곡〉은 모두 6장으로 이루어져 있는데, 전체적으로 승지인 '화전(花田)'에서 지역 인사들과 모여 노니는 풍류를 나열하고 있다. 특히 이 작품에서는 풍류를 즐기는 현장성이 강조되어 있다.

---

56 「短歌」, 『自菴集』, 한국문집총간 24, 273~274면.

1장은 남해의 **빼어난** 경치를 말하고 있다. 주변의 산과 하천을 적시하며 그곳이 얼마나 아름다운가를 말하고 있다. 이러한 풍광을 '선도(仙島)'로 표현하고 있다. 또 그곳은 여러 인재들이 모인 곳이기도 하다. 〈화전별곡〉은 바로 자신을 포함한 이러한 인물들과의 집단성을 표방하고 있다.[57] 2장은 여러 지역 인사들과의 시회(詩會) 광경을 드러낸다. 앞서 살폈듯이 여기에 등장하는 하세연, 박원, 강륜 등은 모두 그와 교유하며 시를 주고받은 인물이다. 김구는 이들과의 꾸밈없는 모습들을 진솔하게 표현하고 있다. 3장은 여러 기생들의 모습과 음악적 풍류의 현장을 드러낸다. 아름다운 주변 경치를 배경으로 해서 기생들의 주특기인 가무와 악기 연주에 맞춰 노니는 풍류의 현장이다. 4장은 주흥이 거나하게 올라 노래하고 피리 불기도 하고 바리때와 소반을 두드리며 노니는 음주가무의 현장이다. 5장은 각종 술이 마련된 술자리의 풍경이다. 그러고는 이러한 즐거움이 가득하니 어느 날이 슬프겠냐고 말하고 있다. 6장은 서울의 번화함이나 높은 벼슬자리보다도 이곳 남해의 향촌 집회가 훨씬 좋다는 것으로 마무리하고 있다.

이렇듯 〈화전별곡〉은 남해의 아름다운 자연 풍광을 배경으로 해서 지역 인사들과 더불어 시를 주고받으며 음악을 연주하고 기생들과 더불어 술을 마시며 거나하게 노니는 흥취를 드러내고 있다. 〈화전별곡〉에서는 작자의 괴로움이나 고통 등은 전혀 찾아볼 수 없다. 5장에서 일부 그러한 심리가 드러나는 듯하지만, 그리 크지 않아 보인다. 또 김구가 남해 주변을 유람하지 않았다면, 결코 남해의 지리

---

57 최재남은 경기체가 갈래의 성립조건으로서 '共樂'을 제기하였으며, 박노준도 경기체가 화자의 '집단' 지향을 논한 바 있다. 최재남, 「경기체가 장르론의 현실적 과제」, 『한국시가연구』 2, 한국시가학회, 1997; 박노준, 「경기체가와 시적 화자의 '집단' 지향」, 한국시가학회 제47차 정례학술발표회 자료집, 2008.(3월21일)

적 특성이나 승경들을 제대로 파악하지 못했을 것이며 이를 시로 표현하기도 어려웠을 것이다. 결국 그의 산수 유람이 남해를 '화전(花田)'이자 '선도(仙島)'로 인식할 수 있게 한 것이다. 그리고 그의 교유 관계가 바로 이러한 집단적 풍류의 현장을 가능하게 했던 것이다. 또 그의 특기인 시와 음악이 여기에 곁들여지면서 〈화전별곡〉에 드러나는 풍류를 가능하게 했던 것이다. 이상 〈화전별곡〉의 분위기와 드러난 모습들은, '선생은 시·술·음악·노래를 폐하지 않았으며 위태로워하거나 두려워하는 기색이 없었다'는 외현손 안응창의 기록이나, 김구의 문집 소재 한시 작품에서 드러나는 남해 생활의 여러 면모와도 일치하는 지점들이 확인된다. 아울러 〈화전별곡〉은 김구의 남해 유배 후반기 작품으로 추정이 가능하리라 본다.[58]

4. 결론

이 글은 자암 김구의 남해 유배기 내면의식과 생활상을 파악하기 위해 그의 문집 소재 한시 작품들을 살펴보았다. 앞의 논의를 정리하면서 글을 마무리하고자 한다.

김구의 한시 작품 가운데 대다수가 남해 유배기에 창작되었다. 이 작품들에 드러나는 면모는 크게 다섯 가지 정도로 정리할 수 있었다. 유배 생활의 괴로움과 병리적 고통, 인간적 정회(情懷)와 가족에 대한 그리움, 남해 생활에 대한 적응과 교유(交遊), 산수 유람과 음악적 풍류, 탈속에 대한 지향과 선적(仙的) 풍류가 바로 그것이다.

---

58 최용수는 〈화전별곡〉의 창작시기에 대해 유배 직후인 1519년부터 1526년 사이로 보고자 하였다.

이 가운데 앞의 두 가지 측면은 선행연구들에서도 충분하게 논의·확인되었다고 판단된다. 그러나 이 글에서 주장하고자 하는 점은 다른 세 가지 측면들도 비중을 두어 중요하게 살펴보아야 한다는 것이다. 13년간의 긴 유배 기간 동안 여러 심리적 변화가 예상되기 때문이다. 특히 유배가 지속되고 차츰 남해 생활에 적응하면서 심리적으로도 일상을 회복한 측면이 엿보이고, 무엇보다도 주변 인사들과 적극적으로 교유를 하고 있었다. 거기에는 지방 인사들도 있었고 인근 지역 수령들도 있었다. 따라서 김구는 이들과 어울리면서 유배 기간에도 여러 모임을 함께 하였으며, 이 과정에서 시와 술과 음악이 늘 빠지지 않았다. 한편 김구는 이들의 도움과 비호로 남해 일대의 승경을 유람하기도 하였다. 결국 이러한 측면들이 유배 기간이었음에도 불구하고 호방한 풍류의 모습이 가득한 〈화전별곡〉이라는 작품의 창작을 가능케 한 기반이 아닌가 생각된다.

참고문헌

『中宗實錄』
金絿, 『自菴集』, 한국문집총간 24.

강전섭, 「金絿論」, 『古時調作家論』, 백산출판사, 1990.
권두환, 「시조의 발생과 기원」, 『관악어문연구』 18, 서울대학교 국어국문학과, 1993.
길진숙, 「16세기 초반 시가사의 흐름」, 『한국시가연구』 10, 한국시가학회, 2003.
김기탁, 「화전별곡의 이해」, 『영남어문학』 10, 영남어문학회, 1983.
박노준, 「경기체가와 시적 화자의 '집단' 지향」, 『한국시가학회 제47차 정례학술
　　　　발표회 자료집』, 2008.
이동영, 「金自菴硏究」, 『한국학논집』 10, 계명대학교 한국학연구소, 1983.
이상원, 「초기 시조의 형성과 전개」, 『민족문학사연구』 17, 민족문학사학회, 2000.
최용수, 「自庵의 남해생활과 문학-〈화전별곡〉의 성격 파악을 위해」, 『경남문화연
　　　　구』 18, 경상대학교 경남문화연구소, 1996.
최재남, 「경기체가 장르론의 현실적 과제」, 『한국시가연구』 2, 한국시가학회, 1997.
최재남, 「김구의 남해생활과〈화전별곡〉」, 『사림의 향촌생활과 시가문학』, 국학자
　　　　료원, 1997.

제2장

寒碧堂 郭期壽의 국문시가 향유 양상과
시가사적 의미

1. 서론

이 글은 조선 중기 전라도 강진 지역 문인인 한벽당(寒碧堂) 곽기수(郭期壽, 1549~1616)의 생애 주요 면모와 그의 국문시가 향유 양상을 살펴보고, 그의 시가 창작·향유가 갖는 시가사적 의미를 탐색하는 것을 목적으로 한다.

한벽당 곽기수에 대한 선행 연구는 일찍이 심재완[1]이 그의 시조 작품 〈만흥삼결(漫興三関)〉을 발굴하여 소개를 하면서, 곽기수의 문집 『한벽당집(寒碧堂集)』에 근거하여 그의 생애와 작품의 내용을 간단히 언급한 데서 시작되었다. 이후로는 별다른 연구가 진행되지 못하였다가, 최근 배대웅[2]이 강진 지역 시조 작가와 작품을 연구하면서 그 일원으로서 곽기수에 주목하였다. 배대웅은 곽기수의

1　심재완, 『시조의 문헌적 연구』, 세종문화사, 1972, 99~101면.
2　배대웅, 「조선시대 강진 지역 시조 연구」, 조선대학교 석사학위논문, 2015, 59~66면.

생애와 더불어 주변 인사들과의 교유 관계를 살피는 한편, 〈만흥삼결〉의 주제를 '은일 지향'으로 해석하고 있다. 이상 두 편의 선행 연구가 있지만, 무엇보다 작가의 생애에 대한 탐색이 소략하여 작가의 특성은 물론 작품의 의미를 충분히 드러내지 못한 것이 실정이다. 배대웅의 연구는 곽기수의 교유 관계를 살핀 점에서는 선행 연구보다 다소 진일보한 측면이 있지만, 정작 그의 교유 관계가 시가 작품의 창작과 향유에 있어 어떠한 개연성이나 영향 관계를 지니고 있는지에 대해서는 아무런 언급이 없고, 아울러 시조 작품의 해석과 이해 방향도 기존의 시각과 크게 달라지지 않았다.

　이 글에서는 무엇보다도 시가 작가로서 곽기수를 바라보는 시각을 보다 확장해야 할 필요성을 느낀다. 우선 곽기수를 시조 작품 3수 정도를 남긴 군소 작가 중의 한 사람 정도로 치부해서는 안 될 듯하다. 그의 문집인 『한벽당집』「가사(歌詞)」 항목에는 시조의 한역인 〈취원당십경단가(聚遠堂十景短歌)〉 10수와, 가사의 한역인 〈북창춘면가(北牕春眠歌)〉 1편, 그리고 국문 시조 〈만흥삼결〉 3수가 나란히 실려 있다. 그간의 연구에서는 한역 시가는 애써 외면한 채[3] 국문 시조 〈만흥삼결〉만 살핌으로써 곽기수가 지은 시가 작품의 실체상을 충분히 드러내지 못하였다고 할 수 있다. 16세기 중반부터 17세기 전반까지를 시가사의 흐름에서 살펴볼 때, 가사 1편과 시조 13수를 남겼다는 것은 동시대 주요 시가 작가들과 견주어도 양적으로 결코 적은 것이 아니다. 더욱이 갈래적으로 시조와 가사를 함께 창작하고 향유하였다는 점도 가볍게 넘길 수 있는 것은 아니라 생각된다. 따라서 시가 작가로서 곽기수가 지닌 면모를 온당하게

3　김문기·김명순 편저 『時調·歌辭 漢譯歌 全書 1~3』(태학사, 2009)에도 곽기수의 한역 시조 〈聚遠堂十景短歌〉와 한역 가사 〈北牕春眠歌〉는 별다른 언급조차 없이 누락되어 있다.

살피기 위해서는 이상에서 열거한 작품들을 종합적으로 검토하여 작품의 지향 및 주제적 특성 등을 파악해야 할 것이다.

다음으로 곽기수의 시가 창작과 향유의 맥락을 시가사의 통시적·공시적 좌표 속에서 자리매김하는 것이 필요할 듯하다. 주지하듯이 16세기 호남의 광주·나주 지역은 사림(士林)의 향거(鄕居)로 인하여 향촌사회가 발전을 거듭하고 향회(鄕會)를 통해 계산풍류(溪山風流)를 즐겨왔다.[4] 이에 면앙정(俛仰亭)·식영정(息影亭)·환벽당(環碧堂)·소쇄원(瀟灑園) 등의 누정과 원림에서 면앙정 송순, 석천 임억령, 서하당 김성원, 송천 양응정, 송강 정철, 하서 김인후, 고봉 기대승, 제봉 고경명 등이 많은 시문과 가장(歌章)을 이루었다. 이 글에서 주목하고 있는 곽기수는 앞에 언급한 인물들과 동시대 또는 직후 세대 인물로서 이러한 지역적 분위기의 전통 속에서 강진 지역에 은거하여 인근 지역의 다른 문사들과 교유하면서 한시 및 국문 시가 작품을 창작하였던 것으로 보인다. 또 인근 지역으로 부임해오는 지방 수령들과도 긴밀한 관계를 형성하였다. 결국 곽기수는 호남 지역 시가사의 맥락에서 일정한 위상을 지니고 있다고 할 수 있는데, 이러한 점을 보다 명확하게 드러내 주어야 하리라 본다.

이를 위해 이 글에서는 다음과 같은 순서로 논의를 진행하고자 한다. 먼저 곽기수의 생애와 주요 활동 면모를 폭넓게 살펴서 시가 창작의 시기와 배경 및 영향 관계를 탐색하고, 이후에 그가 남긴 시가 작품인 한역시조 〈취원당십경단가〉, 한역가사 〈북창춘면가〉, 국문시가 〈만흥삼결〉을 분석하여 작가의 지향과 주제적 특질을 살피

---

4 임형택, 「16세기 光·羅州 지역의 사림층과 송순의 시세계」, 『한국문학사의 논리와 체계』, 창작과비평사, 2002, 146~162면.

는 한편, 마지막으로 그의 시가 창작과 향유가 17세기 초 시가사의 맥락 안에서 어떠한 위상과 의미를 지니고 있는지 새롭게 자리매 김을 시도할 것이다.

2. 郭期壽의 생애와 주요 활동 면모

현재까지 곽기수의 생애를 자세히 파악하기는 어렵다. 그의 문집이 남아 있기는 하지만, 이는 10대 후손인 곽홍익(郭洪翊)에 의해 1930년에 와서야 간행된 것으로 많은 자료가 일실되고 일부 남은 것만을 모아 간행하였기 때문에 자료가 소략하다. 또 관직 재임 기간이 상대적으로 짧고 또 낮은 벼슬에 있다가 물러났기에『실록(實錄)』등에도 이름이나 행적이 보이지 않는다. 선행 연구에서 생애에 대한 탐색이 부실했던 것은 이러한 연유에 기인한다.

곽기수의 생애를 살펴볼 수 있는 자료는 세 가지 층위로 나뉘어진다. 우선 문집 소재〈한벽당문집서〉, 손자 곽성귀(郭聖龜, 1606~1668)가 남긴〈유사(遺事)〉,〈묘갈명(墓碣銘)〉. 다음으로 후대 문인들이 남긴 기록으로서, 예컨대 허목(許穆, 1595~1682)이 지은〈곽좌랑묘표(郭佐郎墓表)〉,[5] 성해응(成海應, 1760~1839)이 지은「일민전(逸民傳)」,[6]『국조인물고(國朝人物考)』등. 마지막으로 그가 교유했던 주변 인물들의 시문. 이 글에서는 이상의 자료들을 두루 참고하여 곽기수의 생애를 입체적으로 재구하고자 한다.

곽기수는 조선 중기의 문신으로 본관은 해미(海美), 자는 미수(眉

---

5 許穆,「郭佐郎墓表」,『記言』, 한국문집총간 99, 197면.
6 成海應,「逸民傳」,『研經齋全集』, 한국문집총간 275, 101~102면.

叟), 호는 한벽당(寒碧堂)이며, 세거지는 전라도 강진(康津)이다. 『해미곽씨족보(海美郭氏族譜)』를 통해 그의 가계를 살펴보면, 조부 곽간(郭玕)은 별다른 관직이 없었으며 부친 곽세공(郭世功)은 종4 품 무관직인 정략장군(定略將軍)까지 이르렀다. 이처럼 그의 선대 는 무반이었던 듯한데, 곽기수 본인에 이르러서부터는 후손들이 대체로 문과를 통해 관직에 진출하게 된다. 하지만 그의 스승이나 학맥을 명확하게 확인할 수는 없다. 손자 곽성귀의 기록에 의하면 '조부[곽기수]는 어려서부터 세상의 혼탁함을 싫어하여 작은 땅뙈 기에서 머물면서 위기지학(爲己之學)을 마음에 두었으며, 노년에 는 더욱 염(濂)·낙(洛)에 독실하여 여러 책들이 항상 책상에 놓여 있었다'[7]고 하였는데, 이것을 미루어 곽기수가 16세기 도학(道學) 의 학풍 아래에서 학문에 정진하였으리라는 점을 추정할 수 있다. 한편 그는 과거 급제 이전 젊은 시절부터 나주에 거처하고 있던 백 호(白湖) 임제(林悌, 1549~1587)와 교유하면서 시문을 주고받기도 하였다.[8] 곽기수와 임제는 동년배였으며 지역적으로도 가까운 지 역에 거처하고 있었다. 두루 알려져 있듯이 임제는 〈한우가(寒雨 歌)〉 등의 시조를 지은 것으로도 유명하기에[9] 조심스럽게 국문시가 에 대한 영향 관계를 추정해 볼 수도 있을 듯하다.

곽기수는 1571년(선조4) 23살에 성균관에 입학을 하여, 1579년 (선조12) 31살에 진사과에 합격하고, 1583년(선조16) 35살의 나이

---

7 「遺事」, 『寒碧堂集』下卷. 王大父, 少厭塵濁, 棲遲一畝, 留心爲己之學, 老而彌篤濂洛, 諸書常在几案.
8 두 사람의 문집에서 각각 시문을 주고받은 내용이 확인된다. 林悌, 「贈郭眉叟[名 期壽, 後登第]」, 『林白湖集』, 한국문집총간 58, 298면; 郭期壽, 「林白湖悌題寒碧軒」, 『寒碧堂集』卷之下.
9 참고로 『古時調大典』에 수록된 임제의 시조 작품 타입은 모두 10(5)수이다. [#0739.1*, #0886.1, #1730.1*, #2062.1, #2135.1, #2308.1*, #3389.1, #4807.3, #4820.1*, #4821.1*]

로 별시문과에 급제하였다. 이후 본격적으로 관직생활을 시작하여 홍문관 정자(正字)·박사를 거쳐 예조·호조좌랑에 이르렀다. 과거에 급제하여 관직에 진출한 후, 그의 교우 관계에서 두드러지는 인물은 학봉(鶴峯) 김성일(金誠一, 1538~1593)이다. 김성일은 곽기수보다 9살 연상이었는데, 어떠한 계기로 친분을 형성하였는지는 분명치 않으나 실제로 두 사람은 매우 친밀하게 교유하였던 것으로 보인다. 김성일의 문집인 『학봉전집(鶴峯全集)』에는 곽기수와 관련된 시문이 여러 편 보이는데,[10] 그 가운데 창작 시기와 만남의 정황을 파악할 수 있는 두 편의 작품 제목을 제시하면 다음과 같다.

> ① 삼월 십구일에 이경함(李景涵) 형제, 담양부사(潭陽府使) 김사중(金士重), 정자(正字) 곽미수(郭眉叟), 유사(儒士) 오근중(吳謹仲)·이언양(李彦讓)·유인(柳忍)·노언양(魯彦讓)과 더불어 대곡서원(大谷書院)에서 모여 지원루(知遠樓)에서 술을 조금 마시다.[11]
> ② 명옥대(鳴玉臺)에서 곽미수와 더불어 술을 마시면서 시를 읊는 모임을 가지다.[12]

김성일은 1583년 나주목사로 부임했는데, 이듬해 지방 유림들의 청원으로 나주 금성산 기슭에 대곡서원(大谷書院)을 세우고 김굉필·정여창·조광조·이언적·이황 등 동방오현을 배향하였다. 위에 인용한 한시 제목 중 ①은 1584년 3월 19일에 봄을 맞아 근방의 수령과 지역의 유생들이 함께 대곡서원의 누대에서 모여 가볍게 술

---

10 『鶴峯全集』에 수록된 곽기수 관련 시문은 총 5題下 8首가 있다.
11 金誠一, 「三月十九日, 與李景涵昆季, 金潭陽士重, 郭正字眉叟, 儒士吳謹仲·李彦讓·柳忍·魯彦讓, 會于大谷書院, 小酌知遠樓」, 『鶴峯全集』, 성균관대학교 대동문화연구원, 1972, 30면.
12 金誠一, 「鳴玉臺與郭眉叟成流觴之會」, 앞의 책, 31면.

을 걸치고 시를 주고받은 것이다. 여기에 인근 지역 출신이었던 곽기수도 문과 급제 직후에 당당하게 자리를 함께했던 것이다. 한편 김성일은 부임 후 3년 뒤 1586년 12월 나주목사에서 해임되어 자신의 고향 안동으로 돌아갔고, 이듬해에는 1년 동안 자유로운 처지에서 벗들과 인근 산천을 유람하고 한편으로는 퇴계 이황의 문집 편찬 작업을 하기도 하였다. ②에 등장하는 명옥대(鳴玉臺)는 퇴계 이황이 강도(講道)하던 자리를 기념하여 지은 정자로 안동 봉정사 부근에 위치해 있었다. 관직에서 물러난 김성일은 이곳에서 곽기수와 함께 술자리를 마련하고 시회(詩會)를 갖기도 했던 것이다. 한편, 이 시기 김성일이 자신의 고향 안동에서 가장 두터운 교분을 지니고 있던 인물은 송암(松巖) 권호문(權好文, 1532~1587)이었는데, 시기적 정황으로 볼 때 곽기수가 안동까지 내려왔다면 김성일을 매개로 하여 곽기수와 권호문이 한자리에서 만났을 가능성도 농후하다. 이처럼 곽기수와 김성일은 영·호남을 넘나들면서 만남의 자리를 지속하였으며, 그 과정에서 두 사람 사이의 인간적인 유대감도 매우 돈독했으리라 생각된다.

이후 곽기수는 임진왜란이 한창이던 1596년(선조29) 정월 부안현감(扶安縣監)에 제수되었다.[13] 그의 나이 48살 때였다. 하지만 그는 부임 1년도 채 되지 않아 벼슬을 버리고 고향으로 돌아와 늙은 부모를 봉양하는 데 전념하였으며, 이후로는 더 이상 관직에 나아가지 않았다. 당시는 전란이 한창이었던 데다가 곽기수는 무매독자(無妹獨子)의 처지였기에 노년의 부모를 모시면서 가족을 건사하는 것이 더 급선무라 여겼기 때문이 아닌가 한다. 한편 그가 고향으로 돌아

---

13 조응록(趙應祿, 1538~1623)의 『竹溪日記』 卷2 「丙申萬曆二十四年宣祖二十九年上」 正月十六日 기사에 의거한 것이다.

온 뒤에 생애를 마감할 때까지 시문을 주고받으며 가장 친밀한 관계를 유지했던 사람은 해암(懈巖) 김응정(金應鼎, 1527~1620)이었다. 김응정은 곽기수보다 22살이 많은 한 세대 선배 인사로서 도강(道康)에 거처하고 있었다. 곽기수의 세거지는 월출산 남쪽 무위사(無爲寺) 부근 성전(城田)으로, 두 사람의 거처는 지리적으로 매우 가까운 거리였다. 무엇보다도 김응정은 어려서부터 음률에 밝고 가곡에 뛰어나 당시 호남 지역을 대표하는 시가 작가였다.[14] 현재 전하는 그의 시조 작품은 『해암집(懈菴集)』에 수록되어 있는 〈서산일락가(西山日落歌)〉를 비롯하여 8수가 전부이지만, 오이건(吳以建, 1642~1702)이 지은 『부언일부(敷言一部)』의 〈김해암가곡집서(金懈菴歌曲集序)〉에 의하면 그가 지은 노래가 실제로는 100여 수 이상 상당수 존재했던 것으로 생각된다.[15] 따라서 곽기수의 국문 시가 창작과 향유는 바로 김응정과의 교유 속에서 직접적인 영향을 받은 것이 아닌가 생각된다.

1597년 정유재란이 발발하자 곽기수는 자신의 아들들[16]에게 늙은 부모를 모시고 고창 선운사(禪雲寺) 부근으로 피난을 가도록 한 뒤, 자신은 고향에서 사족(士族)들과 함께 의병을 일으켜 순천성(順天城) 부근에서 왜군을 물리치고 전공을 세우기도 하였다.[17] 전

---

14 김응정에 대해서는 다음의 연구 성과를 참조. 진동혁, 「김응정 시조 연구」, 『국어국문학』 90, 국어국문학회, 1983; 정기선, 「해암 김응정의 생애와 문학」, 『한국고전연구』 33, 한국고전연구학회, 2016.

15 吳以建, 「金懈菴歌曲集序」, 『敷言一部』. 선생이 노래한 가곡이 자못 많았으나, 유실되어 백에 하나도 보존되지 못했는데, 공의 손자 이호(爾瑚)가 그 나머지를 수습하였다.[先生所詠歌曲頗多, 放失百無一存, 公之孫爾瑚, 收拾遺餘]

16 곽기수는 슬하에 곽치요(郭致堯)·곽치순(郭致舜)·곽치우(郭致禹) 세 아들을 두었다.

17 『寒碧堂集』의 「金陵倡義錄」에는 곽기수, 김응정을 비롯하여 함께 의병을 일으킨 지역 인사 38명의 명단이 실려 있다. 이와 더불어 조팽년(趙彭年, 1549~1612)의 문집 『溪陰集』에도 동일한 내용이 실려 있다.

란이 마무리되던 1598년 봄에 곽기수는 월출산 너머 영암(靈巖) 서쪽 지역에 임시거처를 마련하여 지내다가 4년 뒤인 1602년에 같은 곳에 당채를 세워 별장으로 삼았는데, 이곳이 바로 '취원당(聚遠堂)'이다.[18] '聚遠'이라는 명칭은 인근의 산과 들과 바다와 섬 등 면 경치가 한눈에 들어온다는 뜻이다. 당채가 완성되자 곽기수는 이곳에 머물면서 주변의 승경(勝景)을 오언율시 2편과 단가 10수로 드러내었다. 아울러 그가 지은 한시와 시조를 취원당의 벽에 써 붙여 놓기도 하였다.[19] 이어 1605년 여름에는 자신의 거처인 한벽당(寒碧堂)에서 낮잠을 자다 깬 후, 꿈속에서의 체험을 가사 형식으로 표현하여 〈북창춘면가(北牕春眠歌)〉를 지어 노래로 부르기도 했다.

곽기수가 늙은 부모의 봉양을 이유로 부안현감에서 물러난 후 12년이 지난 1608년에 이르러 그의 부모가 90세에 가까운 나이로 연이어 세상을 떠났는데, 이때는 곽기수도 60세의 노령이었지만 거상에 조금도 소홀함이 없었다. 곧바로 선조가 승하하고 광해군이 즉위하게 되자, 곽기수는 당대를 혼조(昏朝)라 여겨 두문불출하면서 세상과는 단절하고 오로지 책을 즐기며 지냈다. 특히 『주역(周易)』의 연구에 몰두한 결과 『주역』을 암송하여 귀신을 쫓을 수 있다고까지 할 정도로 세간에 소문이 자자하였다.[20] 국문 시조 〈만흥삼결(漫興三関)〉은 작품의 지향과 주제적 특성으로 보아 바로 이 시기에 지어진 것으로 생각된다.

만년에는 특별한 행적 없이 거처지 주변에서 소요한 것으로 보이지만, 일부 지역의 인사 중 해남의 귤옥(橘屋) 윤광계(尹光啓, 1559

---

18 현재 전라남도 영암군 학산면 은곡리 일대.
19 「聚遠堂記」, 『寒碧堂集』 下卷, . 於是乎爲之記, 竝錄短律二篇, 短歌十篇, 付諸壁上.
20 「全羅道·康津」〈人物〉, 『輿地圖書』 下卷. 期壽仕洛時, 鬼魅滿其堂, 及歸, 正坐讀易, 諸鬼辭退云.

~?), 나주의 군옥(群玉) 홍천경(洪千璟, 1553~1632) 등이나 1612년 영암군수로 부임한 현주(玄洲) 조찬한(趙纘韓, 1572~1631)과도 시문이나 편지를 통해 교유한 흔적이 엿보이기도 한다. 이와 같이 여생을 보내다가 1616년(광해군8) 10월 68세의 일기로 세상을 떠났다.

3. 시가 작품의 향유 양상과 주제적 특성

곽기수가 지은 시가 작품은 앞서 언급하였듯이 시조의 한역인 〈취원당십경단가〉 10수, 가사의 한역인 〈북창춘면가〉 1편, 국문 시조 〈만흥삼결〉 3수가 있다. 이 작품들은 모두 곽기수가 관직에서 물러나 세거지 강진 일대에서 머물던 50대 중반 이후 인생의 만년에 지어진 것들이다. 〈취원당십경단가〉는 각 편이 7언절구 형식으로 되어 있지만, 제목에서 '단가(短歌)'라 명명하고 있고 세 작품 모두 시(詩) 항목이 아니라 가사(歌詞) 항목에 놓여 있는 것으로 보아 시조의 한역임에 틀림없다. 〈북창춘면가〉의 경우에는 행간이 5언·6언·7언으로 일정하지 않고 압운(押韻)도 사용하지 않은 한역시 형태이다. 작품 앞에 서문이 함께 기록되어 있어 가사의 한역임을 분명하게 알 수 있다. 이 두 작품의 경우 작품의 창작과 한역이 모두 곽기수에 의해 이루어진 것으로 보인다. 다만 그의 문집이 곽기수 사후 300여 년이 지난 시점에 간행되었기 때문에 국문시가는 일실되고 한역시만이 남아서 전해진 것일 터이다. 일반적으로 국문시가의 한역은 작품의 산출 당시 작가 본인에 의해 함께 이루어지는 경우와 후대에 후손이나 문인들에 의해 한역이 이루어지는 경우를 상정할 수 있는데,[21] 곽기수의 경우에 만약 시가 작품의 한역이 후손들에 의해 이루어진 것이라면 〈만흥삼결〉만 한역에서 제외하지는 않았을 것이다. 따라서 〈만흥삼결〉은 애초에 국문시가로만 창작이 되고, 이에 대한 한역은 이루어지지 않은 것으로 생각된다. 이 글에서는 앞선 두 작품은 한역가의 의미를 충실히 살리면서 작품을 관습적인 요소를 고려하여 시조와 가사의 형태로 복원하고 이에 대한 분석을 시도하고자 한다.

1) 은거지 주변의 풍경 완상과 소요유 : 〈聚遠堂十景短歌〉

〈취원당십경단가〉는 곽기수가 54세 되던 1602년 월출산 너머 영암 서쪽 지역에 취원당(聚遠堂)을 짓고 이곳을 별서(別墅) 즉 별장으로 삼아 기거하면서 자신의 눈앞에 펼쳐지는 주변의 승경을 작품화한 것이다. 제목 아래에는 '세사에 초탈하여 세상 밖에서 소요하는 뜻을 담았다.[寓脫略世事逍遙物表之意]'는 부기(附記)가 달려 있어 작품의 지향이 어디에 있는지를 짐작하게 한다. 곽기수가 지은 〈취원당기(聚遠堂記)〉를 살펴보면, 취원당에서는 산과 들판과 바다와 섬 등 인근 사읍(四邑)의 지경과 백리 밖의 먼 경치가 한눈에 들어온다고 하였다. 그는 취원당을 낙성한 후 자신의 감회를 다음과 같이 펼쳐내고 있다.

形勝由開闢	좋은 경치는 개벽 때부터 펼쳐졌건만
茅茨昉此成	띳집을 이제사 여기에 지었도다.

---

21 김문기·김명순, 「朝鮮朝 漢譯詩歌의 類型的 特徵과 展開樣相 硏究(1) – 유형적 특징을 중심으로」, 『대동한문학』 7, 대동한문학회, 1995; 김문기·김명순, 「朝鮮朝 漢譯詩歌의 類型的 特徵과 展開樣相 硏究(2) – 漢譯技法과 展開樣相을 中心으로」, 『어문학』 58, 한국어문학회, 1996 참조.

樹喬媒爽籟	나무가 높아 상쾌한 바람소리 전해오고
簷豁納遙明	처마가 탁 트여 먼 풍경이 한눈에 들어오누나
晨暝霞靑紫	해뜰녘 해질녘엔 푸른빛 보랏빛 노을
軒愶岳崢平	창문을 열면 높고 낮은 산들
耐可遊方外	세상 밖에서 노닐 만하거니
何須訪赤城	어찌 꼭 적성(赤城)을 찾아야만 하리오.[22]

곽기수는 이토록 빼어난 경치를 두고서 왜 이제사 이곳에 집을 지었을까 하는 아쉬움을 뒤로한 채 향후 자신의 별장이 가져다 줄 멋진 모습에 대한 기대감으로 충만해 있다. 집 주변을 병풍처럼 에워싼 송회(松檜)의 교목들이 내는 맑은 바람소리가 들려오고, 아침 저녁으로 아름다운 일기의 광경들이 펼쳐지고, 집에 앉아 창문을 열고 앉아 있노라면 인근의 산이며 바다며 좋은 경치들이 한눈에 들어오는 곳이 자신의 별장 취원당이었던 것이다. 곽기수는 이곳을 선경(仙境)에 버금가는 공간으로 인식하며 마음껏 노닐고자 하는 뜻을 드러내고 있다.

〈취원당십경단가〉는 이러한 기대감을 가지고 이곳에 머물면서 자신의 눈에 들어오는 가장 멋진 풍경을 10수로 노래하고 있는 작품으로, 마치 산수화를 모아놓은 10폭짜리 병풍을 대하는 듯한 느낌을 준다. 10수의 작품이 한 번에 다 쓰여진 것은 아니고 당채에서 꽤 오랫동안 기거하면서 시간적 편차를 두고 사방으로 시선을 이동해 가면서 한 편 한 편씩 창작되었다. 개별 작품에는 새벽-아침 -낮-저녁-밤의 시간적 변화, 봄-여름-가을-겨울의 계절적 변화, 구름-달-안개-비-노을의 일기상의 변화가 별장 주변의

---

22 「聚遠堂」 1수, 『寒碧堂集』 上卷.

산봉우리－언덕－들판－바닷가－포구와 어우러지면서 빚어내는
아름다운 풍경을 유감없이 드러내 보이고 있다.

> ☐ 憁前相對作佳賓, 面目如今始見眞, 閒雲日夕籠還卷, 山色蒼然萬古新.
>
> 憁前에 佳賓 되니 진면목을 이제 본 듯
>
> 閑雲이 日夕으로 피어올라 걷히나니
>
> 어즈버 山色 蒼然하여 萬古토록 새롭도다.
>
> ― 月出閒雲

> ☐ 鶴峯峯上雨初晴, 瑞色披雲分外明, 入憁瑩澈無塵滓, 境落渾如白玉京.
>
> 鶴峯에 비 개이고 瑞色 훤히 비치오니
>
> 창에 든 맑은 달빛 塵滓 전혀 없사와라
>
> 境落이 온연일체어니 玉京과도 같아라.
>
> ― 鶴峯霽月

　작품의 첫 수와 둘째 수는 취원당 주변의 이름난 산이 일기의 변
화와 어우러지면서 빚어내는 아름다운 풍경을 묘사하고 있다. 위
에 인용한 첫 수는 월출산을 두고 뭉게뭉게 피어올라 한가로이 떠
도는 구름을 형상화하고 있다. 주지하듯이 월출산은 강진과 영암
의 경계를 이루는 일대에서 가장 높은 산이며 날카롭고 가파른 골
산(骨山)으로서 수많은 바위들이 나무들과 어우러지며 펼쳐내는
경관이 아름다워 예로부터 여러 문인들의 시문에 회자되었다. 특
히 월출산의 중첩한 산줄기 위로 펼쳐지는 일출과 서해바다를 진
홍빛으로 물들이는 일몰 광경, 그리고 구림(鳩林)에서 바라보는 월
출은 가히 호남 제일의 장관으로 꼽힌다. 곽기수의 세거지 한벽당

은 월출산 남쪽 지역인 성전에 위치해 있었고, 별장인 취원당은 월
출산 서쪽 지역에 자리잡고 있었다. 창문을 열기만 하면 눈에 들어
오는 웅장한 산에서 아침저녁으로 안개와 구름으로 시각화되는 일
기의 변화가 감지되고 산빛은 사계절 내내 푸르름을 간직하고 있
어 아무리 바라보아도 늘 새롭고 싫증나지 않은 풍경을 마주대한
시적화자의 모습을 읽을 수 있다. 한편 둘째 수는 '학봉제월(鶴峯霽
月)'로 영암과 해남의 경계를 형성하는 가학산(駕鶴山) 위로 비가
갠 후 떠오른 옥빛의 밝은 달을 마주한 시적화자의 감회를 노래하
고 있다.

　三 山郭今朝小雨餘, 山花爛熳錦難如, 命酒呼童催往賞, 着來春服莫虛徐.
　　山郭에 비 갠 후에 山花 가득 피었으니
　　小童 불러 술 지우고 구경 가자 재촉한다
　　아희야 春服 갖추어라 지체 말고 하여라.
― 馬坂春花

　四 西郊物色屬金天, 滿目黃雲報有年, 饘粥秖今堪鼓腹, 野人佳興信無邊.
　　西郊에 가을 드니 黃雲 가득 풍년이라
　　미음 죽 쑤어 먹고 가득한 배 두드리니
　　어즈버 野人佳興을 비길 데가 없어라.
― 西郊秋禾

　　셋째 수와 넷째 수는 봄-가을로 대비되는 계절의 변화상 속에서
의 시적화자의 흥취를 드러내고 있다. 셋째 수의 '마판(馬坂)'은 〈취
원당기〉에 서술된 '마령(馬嶺)'을 가리키는 것으로 보이는데, 이곳

은 별장의 남쪽 방면에 위치한 언덕으로서 봄에 꽃이 피면 비단을 펼쳐놓은 듯하고 가을에 단풍이 들면 노을이 감싸고 있는 듯한 풍경을 간직한 곳이었다.[23] 어느덧 별장 주변에 봄이 찾아들고 한 차례 비가 흩뿌리고 지나가자 산에 꽃이 흐드러지게 핀 어느 날, 시적화자는 봄을 완상하고자 소동 불러 술을 짊어지게 하고 산수구경을 나섰다. 거처에 들어앉아 멀찍이 바라보는 것만으로는 성에 차지 않아 봄옷을 서둘러 차려 입고 한시라도 빨리 집을 나서고 싶어하는 사대부 작가로서의 호기가 느껴지기도 한다. 넷째 수에서 계절이 바뀌어 가을이 되자 멀리 서쪽으로 눈에 가득한 황금들판이 풍년을 알리고 있다. 보고만 있어도 저절로 마음을 흡족하게 하는 광경일 터, 시적화자는 이내 미음·죽일망정 배불리 쑤어먹고 드러누워 배를 두드리면서 가을의 풍요로움이 가져다주는 자족적 흥겨움을 만끽하고 있다.

> ⑤ 松聲能作不絃琴, 中夜冷冷起遠林, 聞來忽罷牽情夢, 誰辨山高與水深.
>
> 松聲이 不絃琴 되어 遠林에서 일어나니
>
> 들려온 그 소리에 정든 잠을 깨치오네
>
> 뉘라서 山高水深을 구분할 줄 이시랴.
>
> ─ 南麓松琴

> ⑥ 小橋斷處小溪淸, 芳草長郊望裏平, 牛背斜陽橫短笛, 此間幽趣孰能名.
>
> 斷橋 시내 물이 맑고 들엔 芳草 가득하다
>
> 소 등에 지즐타고 斜陽에 피리 부니
>
> 이곳의 그윽한 취미를 명명할 이 뉘리오.
>
> ─ 斷橋牧笛

---

23 「聚遠堂記」, 『寒碧堂集』下卷. 邱之一脈, 南接于馬嶺, …… 錦擁春花, 霞襯秋楓者, 馬嶺也.

　다섯째 수와 여섯째 수는 주변의 풍경이 자아내는 음악적인 요소를 드러내고 있다. 다섯째 수는 '남악송금(南麓松琴)'으로 별서 남쪽 기슭에 가득한 소나무들이 바람에 흔들려 마치 줄 없는 거문고[不絃琴]가 되어 화자의 정든 잠을 깨운다는 내용으로, 앞서 인용한 한시의 '나무가 높아 상쾌한 바람소리 전해온다[樹喬媒爽籟]' 구절과 상통한다. 위에 인용한 여섯째 수는 〈취원당기〉에 서술된 '합계교(合溪郊)'의 풍경을 노래한 것으로 생각된다. 명칭에서 알 수 있듯이 이곳은 두 개의 시내가 하나로 합쳐져 흘러가고 그 주변으로 너른 들판이 형성된 곳으로, 비가 내리다가 개지 않아도 늘 무지개가 서려 맑은 냇물에 걸쳐 있고 주변으로 늘어선 갈대밭에선 갈대꽃이 흩날리는 장관이 펼쳐지는 곳이었다.[24] 시적화자는 해가 뉘엿뉘엿 넘어가면서 서녘 하늘을 붉게 물들인 즈음 소 등에 올라탄 채 물 맑은 시내를 건너고 방초 가득한 너른 들판을 가로지르며 피리를 불고 있다. 이러한 정취를 말로 표현할 수 있는 자 그 뉘리오. 시적화자는 흡사 청우(靑牛)를 빗겨 타고 속세를 떠나 있는 고사(高士)의 모습을 떠올리게 한다.

　　七 空外依微玉不齊, 蒼然一抹雨邊低, 丹靑卻笑王摩詰, 聊把新詩壁上題.

　　　空外에 뿌연 안개 비 온 뒤에 나직한데

　　　丹靑이 도리어 王摩詰을 비웃나니

　　　차라리 新詩를 붙잡고 벽 위에 쓰리라.

　　　　　　　　　　　　　　　　　　　　　　　　　― 海嶠烟雨

　　八 竹林淸曉掛離坡, 日出隨風渡海之, 寄語龍眠休入畵, 忙敎眞景有遺奇.

　　　竹林에 걸린 曉嵐 바람 따라 흘러드니

24 「聚遠堂記」, 『寒碧堂集』下卷. 不霽有虹, 跨截淸流, 素鱗躍銀, 蘆花飛雪者, 合溪郊也.

龍眠에게 기별컨대 그리지 말지어다

어즈버 기이한 眞景을 빠뜨릴까 하노라.

ㅡ 山店炊烟

　　일곱째 수와 여덟째 수는 거처 주변의 아름다운 풍경을 어떻게 표현할 수 있을까 하는 시적화자의 행복한 고민을 엿볼 수 있다. 일곱째 수는 '해교연우(海嶠烟雨)'로 바닷가에 연해 있는 산에 비온 뒤 안개가 나직이 걸린 풍경을 표현하였다. 특히 시적화자는 당나라 때 산수자연시를 잘 짓기로 유명했던 왕유(王維)조차도 이렇듯 아름다운 경치를 시로 표현해내지 못했다면서, 자신이 새롭게 이곳에 걸맞는 시를 써서 표현해 내겠다는 의지는 드러내고 있다. 위에 인용한 여덟째 수는 새벽녘 대숲에 효람(曉嵐)이 깔렸는데 해가 떠오르면서 바람을 타고 바다로 서서히 흘러드는 풍경을 바라보고 있다. 시적화자는 송나라 때 산수화의 일인자로 일컬어진 용면거사(龍眠居士) 이공린(李公麟)에게 이곳의 풍경은 그림으로 담으려 하지 말라고 말을 전한다. 제 아무리 이공린이라 하더라도 도저히 이곳의 기기묘묘한 풍경을 그림으로는 모두 담아낼 수 없을 것이라는 염려 때문이다.

九 步上黃昏紫色開, 也隨孤鶩共徘徊, 無端卻被風吹去, 定作流霞入帝杯.

　　해질녘 자줏빛 노을 孤鶩 좇아 배회하다

　　무단히 떠밀려서 바람 타고 날아가니

　　아마도 流霞酒 되어 上帝 잔에 들려나.

ㅡ 竹步落霞

十 斜風陣陣雨絲絲, 縹緲歸帆海外歸, 三山試問天何面, 我欲隨渠與世違.

斜風 부슬비에 아득한 저 돛단배

三山아 말 물어보자 하늘 밖은 어떠한고

어즈버 내 너를 따라 이 세상을 떠나고저.

— 遠浦歸帆

　앞에서 줄곧 아름다운 풍경에 몰입하여 노닐던 시적화자는 마지막 아홉째 수와 열째 수에 이르러 특유의 상상의 나래를 펼치는 한편 자신의 내면의식을 여과 없이 드러내고 있다. 아홉째 수는 '죽보낙하(竹步落霞)'로 왕발(王勃)이 지은 〈등왕각서(滕王閣序)〉에 '落霞與孤鶩齊飛'를 연상케 하면서 해질녘 짙게 드리운 자줏빛 노을 너머로 외론 따오기가 날아다니는 풍경을 묘사하고 있다. 동시에 아름다움을 넘어 신비감마저 자아내는 자줏빛 노을이 분명 유하주(流霞酒)로 변해 상제의 술잔으로 흘러들 것이라는 상상을 펼치고 있다. 마지막 열째 수에서는 시적화자의 시선이 먼 포구 밖에서 부슬비와 비낀 바람을 맞으면서 포구로 돌아오려는 돛배를 향해 있다. 이어 중국의 동해 즉 우리나라의 서해상에 있다고 전하는 삼신산(三神山)을 떠올리며 저 바다 밖, 하늘 밖은 어떤 모습일까 하는 무한 상상을 하면서 세상에서 완전히 벗어나고자 하는 마음을 드러내고 있다.

　이상의 작품에서 살펴보았듯이, 〈취원당십경단가〉에는 세사에서 온전히 초탈하여 은거지 주변의 승경을 완상하며 소요유(逍遙遊)를 즐기는 곽기수의 만년기 삶을 엿볼 수 있다. 여기에는 그 어떤 궁핍함이나 고민·시름도 드러나지 않는다. 작가의 심리도 전혀 흔들림이 없으며 작가의 눈에 비친 풍경은 마냥 아름답기만 하다. 이것은 곽기수가 50대 중반 즈음 인생의 만년기로 접어드는 처지

였지만, '부모구존(父母俱存)－가족무고(家族無故)'에서 오는 심리
적 안정감과 기쁨에 기인한 것일 터이다. 더욱이 7년간 임진왜란이
이어지면서 전국 각지가 엄청난 피해를 입고 황폐화 되었지만, 자
신의 세거지와 은거지 일대는 전국에서 유일하게 아울러 호남에서
도 유독 왜군의 말발굽이 스쳐가지 않은 지역이었기에 훼손되지
않은 본래의 모습을 그대로 간직하고 있었기 때문이 아닌가 한다.
여기에 대대로 이어온 경제적 기반이 더해지면서 이토록 환상적인
공간으로 인식하게 만든 것이라 생각된다.

2) 태고 시절 文明化에 대한 희구 : 〈北牕春眠歌〉

〈북창춘면가〉는 가사(歌辭)의 한역시라 판단된다. 서문에서는
'영언(永言)'이라 칭하고 있는데, 영언이란 말은 두루 알려져 있듯
이『서경(書經)』의 '시는 뜻을 읊은 것이요, 노래는 말을 길게 늘인
것이다[詩言志, 歌永言]'에서 유래하여 노래를 의미하며, 일반적으
로 시조(時調)를 범칭한다. 혹여 사설시조일 가능성도 있으나 그보
다는 분량이 훨씬 더 길어서 '永言'을 장가(長歌)인 가사로 이해하
는 것이 합당할 듯하다. 〈북창춘면가〉는 작품 앞에 서문이 붙어 있
어서 작품 창작의 시기와 창작 동기를 비교적 명확하게 파악할 수
있다. 그 전문을 보이면 다음과 같다.

> 을사년(1605년) 늦여름 내가 한벽당(寒碧堂)에 있을 적이다. 골목에는
> 발자국소리도 끊기고 학의 울음소리도 없었다. 창문 앞에 우두커니 앉았
> 노라니 텅 빈 골짜기로 도망친 듯했다. 오직 들리는 건 맴맴하는 매미 울
> 음소리와 바람에 흔들리는 대나무소리였다. 기나긴 낮시간을 보내기 어

려워 베개 하나를 벗삼아 털썩 드러누웠더니 그대로 잠이 들어버렸다. 〈꿈속에서〉 장주(莊周)의 나비처럼 이리저리 훨훨 날아다녔는데 흑첨(黑甛)의 고향처럼 시비도 없고 즐거움도 근심도 없었다. 정신이 혼돈하여 세상일을 모두 잊으니, 진단(陳搏)의 잠을 자는 수행법이 내가 느낀 이런 맛을 먼저 얻었다 할 것이다. 하지만 썩은 나무에는 조각하기 어렵다는 공자(孔子)의 꾸짖음을 피하기는 어려울 듯하다. 이에 영언(永言) 1수를 지어 한편으로는 마음 쓰는 곳이 없다는 조롱을 면하고 다른 한편으로는 지금을 슬퍼하고 옛날을 그리워하는 뜻을 담았다. 하지만 어찌 감히 악부(樂府)에 올라 현가(絃歌)에 입혀지기를 바라겠는가.[25]

작품의 창작 시기는 1605년으로 곽기수의 나이 57세 때이다. 작품을 짓게 된 계기는 무료하고 기나긴 여름날을 소일하기 위해 드러누웠다가 낮잠이 들었다 깨어났는데, 꿈속에서 체험한 여러 광경들이 그냥 지나치기에는 어려울 만큼 자신에게는 의미 있는 성격의 것이었기 때문이다.

우선 작품이 창작된 것은 분명 늦여름[季夏]이었는데, 왜 제목에서는 '춘면(春眠)'이라 한 것인가? '춘면'이란 계절의 의미를 함유하고 있는 것이 아니라, '일장춘몽(一場春夢)'의 의미로 생각된다. 아래에서 자세히 살펴보겠지만, 작품의 구조상 시적화자가 현실 공간에서 꿈으로 접어들고 꿈속에서 한바탕 성대한 광경들을 목도하다가 바람에 흔들리는 송죽(松竹) 소리와 학의 울음소리에 놀라 깨어 다시 현실 공간으로 돌아오는 형식을 취하고 있기 때문이다.

---

25 「北牕春眠歌 幷序」, 『寒碧堂集』 上卷. 乙巳季夏日, 余在寒碧堂, 巷絕跫音, 鶴無所報. 塊坐牕前, 有如逃虛. 唯聽蟬聲嘒嘒, 竹韻蕭蕭. 長景難消, 一枕爲友, 頹然而臥, 居然而眠. 漆園之蝶, 翩翩焉, 栩栩焉, 黑甛之鄕, 無是非, 無憂樂. 精神混沌, 世事都忘, 則希夷牢睡, 可謂先獲我味, 而朽木難雕, 只恐難逃聖誅. 玆製永言一闋, 一以免無所用心之譏, 一以寓傷今思古之意矣. 詎敢望登樂府被絃歌爲哉.

즉 꿈속에서의 성대한 광경은 온데간데없이 사라지고 무료한 현실 만이 남아 시적화자를 멍하니 만들고 있기 때문이다. 또 하나, 〈북 창춘면가〉의 제목과 내용은 당나라 이백(李白)이 지은 '맑은 바람 불어오는 북창 아래서, 스스로 복희씨 시대 사람이라 일컫는다[淸 風北窓下, 自謂羲皇人]'[26]라는 시구와 잘 조응된다.

〈북창춘면가〉는 모두 27구로 이루어진 비교적 짧은 작품이다. 작 품은 내용의 흐름에 따라 크게 네 부분으로 나눌 수 있다. 작품을 살 펴가면서, 문면에 드러난 현실→꿈→현실의 상황 변화와 꿈속 체험 및 그 과정에서 드러나는 시적 화자의 내면의식을 살펴보기로 한다.

㋐ 원림에 해 길고 녹음 뜰에 가득한데	園林白日長, 綠陰滿庭邊,
느긋이 北窓 앞에 베개 높여 누웠으니	脩然高臥北牕前,
一陣 淸風이 萬錢이나 다름없다	一陣淸風眞萬錢.
一枕 幽夢에 蝴蝶에 이끌려서	一枕幽夢蝴蝶引,
훨훨훨 날아올라 太古天에 들어갔네	栩栩飛入太古天.

작품의 첫머리는 시적화자가 자신의 거처에서 소일을 하다가 꿈 에 빠져들기까지의 과정을 간략하게 드러내고 있다. 해도 길고 시 간도 더디 흐르는 여름날 더위에 지쳐 시적화자는 북창 앞에 베개 를 베고 드러누워 버렸다. 때마침 불어준 한 줄기 맑은 바람이 땀을 식혀주니 마음조차 여유로워져 세상 부러울 것이 없을 만큼 평안 해졌다. 이내 스르륵 눈이 감기고 잠에 빠져들었는데, 마치 장자(莊 子)가 꿈속에 나비가 되어 날아다니던 것처럼 부지불식간에 태고

---

26 「戱贈鄭溧陽」, 『李太白集』卷9. 陶令日日醉, 不知五柳春. 素琴本無絃, 漉酒用葛巾. 淸風北窓下, 自謂羲皇人. 何時到栗里, 一見平生親.

(太古) 옛적 하늘로 들어가게 되었다. 이처럼 작품의 첫머리는 몽환적이면서도 도가적인 분위기를 연출하고 있지만, 이는 소재적 차원에서 또 사상적 차원이 아니라 미학적 차원에서 단순히 시적 상상력의 원천으로서 수용된 것이다.[27] 이어 본론부에서 시적화자가 목도한 꿈속의 광경은 곧바로 유가적인 질서가 구현된 이상공간으로 전환되고 있다.

나 無懷氏 葛天氏를 어렴풋이 만나보니	無懷葛天依俙逢,
태고 적엔 朴略하여 작위함이 없었도다	鴻荒朴略無所爲.
伏羲가 龍馬 얻어 八卦를 그려내자	伏羲得龍馬, 畫出入卦,
天理가 밝아지고 人文이 드러났네	天理明, 人文彰.
軒轅이 律呂 지어 洞庭에 놀러나가 廣樂을 연주하니	軒轅作律呂, 出遊洞庭, 張廣樂
鬼神이 춤을 추고 魚鼈이 뛰었도다	鬼神舞, 魚鼈躍.
盛事를 不可言이니 康衢엔 擊壤歌라	盛事不可言, 康衢有擊壤歌
茅茨에 들어가서 放勳께 인사하니	遂入茅茨, 禮放勳,
土階 三尺上에 蓂莢이 절로 피고	土階三尺上, 蓂莢自開落,
四凶이 사라져서 屈軼草도 일이 없다	四凶去已盡, 屈軼亦無事.
南薰殿에 올라서서 八彩를 바라보고 五絃琴 들어보니	因升南薰殿, 瞻八彩, 聽五絃.
九官은 濟濟하고 百姓은 凞凞하다	九官濟濟也, 百姓凞凞焉.
皐陶 稷契이 나란히 늘어서서	皐陶稷契並肩立,
온 堂에 함께 모여 賡載歌를 들었도다	一堂共聽賡載歌,
蕭韶를 九成하니 鳳凰도 춤추었다	蕭韶九成鳳凰儀.

---

27 성기옥, 「士大夫 詩歌에 수용된 神仙모티프의 詩的 機能」, 『국문학과 도교』, 태학사, 1998, 44～46면.

　본론부에서 시적화자는 중국 고대의 성군(聖君)들을 차례대로 만나 인류 문명의 발전 과정을 직접 확인하는 한편, 그들에 의해 시행되는 이상적인 정치의 모습과 예악·전장·문물 제도를 바라보게 된다. 제일 먼저 만난 사람은 전설상 상고 시대의 제왕인 갈천씨(葛天氏)와 무회씨(無懷氏)로서, 그 시대에는 인심이 담박하고 풍속이 순박하여 아무런 근심 걱정도 없었으며 인위적인 교화가 없이도 사람들이 교화되었다고 한다. 『노자(老子)』에서 최상 정치 모습은 아랫사람들이 왕이 있다는 사실만 알 뿐 그 어떤 작위적이고 의도적인 명령이나 교화가 없이도 저절로 교화되는 형태라고 하였는데, 시적화자는 실제로 그러한 광경을 마주하게 된 것이다.

　다음으로 만난 사람은 복희(伏羲)와 헌원(軒轅)이다. 용마(龍馬)가 하수(河水)에서 나오자, 복희는 그것을 근거로 처음 팔괘(八卦)를 그었다. 이 팔괘는 곧 천지간의 사물을 개괄하고 그 질서 체계를 형상화한 것이다. 뿐만 아니라 복희는 서계(書契)를 만들어 결승(結繩)을 대신하였고, 그물을 만들어 사냥과 어로를 하는 등 인류 문명의 서막을 열었다. 헌원은 악관이었던 영륜(伶倫)을 통해 12율려(律呂)를 만들고 5음(音)을 만들어냈다. 이것은 단순한 음악에 그치는 것이 아니라 세월일시(歲月日時)의 순환 질서를 음률을 통해 규율화한 것이다. 이러한 복희와 헌원의 업적은 천지자연의 이법 질서를 밝혀내어 인류를 문명화 단계로 발돋움할 수 있도록 만든 것으로서 그 공효가 사람은 물론이요, 귀신과 동물에게까지도 이르러 감응하게 만들었다.

　다음으로 시적화자는 요(堯)임금과 순(舜)임금을 차례대로 만난다. 요임금을 찾아갔을 때 시적화자의 눈에 들어온 것은 명협(蓂莢)과 굴일초(屈軼草)이다. 명협은 요임금의 때 조정의 뜰에 났다는 서초(瑞草)로서 초하루부터 매일 한 잎씩 나서 자라다가 보름이 지난

16일부터는 매일 한 잎씩 져서 그믐에는 다 떨어지기 때문에 이것으로 날을 계산하여 달력을 삼았다는 것이다. 또 굴일초는 요임금의 조정 뜰에 나서 아첨하는 사람이 입조하면 구부려지면서 그 사람을 가리키곤 했다는 전설상의 풀이다. 결국 시적화자가 주목하는 요임금의 업적은 역법을 체계를 만들고 사흉(四凶)으로 대표되는 간악한 신하들을 물리쳐 정사를 안정시킨 것이라 할 수 있다. 마지막으로 시적화자는 남훈전에 올라 순임금의 얼굴을 뵙고 오현금(五絃琴)으로 연주되는 〈남풍가(南風歌)〉를 듣게 된다. 그때 그의 눈에 들어온 것은 수많은 관원들이 질서정연하게 늘어서 있고 백성들은 희희낙락하며, 고요(皐陶)·직(稷)·설(契) 같은 현신들이 〈갱재가(賡載歌)〉를 부르며 임금을 권면하고 정제된 가무가 연행되는 현장이다. 순임금이 보여주는 모습들은 곧 유가식의 예악·전장·문물제도의 완성을 의미하는 것이다.

그렇다면 이처럼 시적화자가 꿈속에서 목도한 광경은 한갓 기이하고 신비한 체험으로 귀착되는 것인가? 시적화자가 비록 꿈속에서의 체험을 노래하고 있지만, 주지하듯이 꿈속에서의 성사(盛事)는 현실에서의 강렬한 소망의 발현체인 것이다. 이러한 해석의 단서는 이어지는 다음 부분에서 여실히 드러난다.

> 대 즐겁도다 이 시간들 그 누가 능가하리 　樂哉此時誰能加,
> 　원컨대 百年 三萬 六千日에 　　　　　願留百年三萬六千日,
> 　末世 風塵이 다시는 없었으면 　　　　末世風塵歸不復生.

시적화자는 무회씨 – 갈천씨, 복희, 헌원, 요임금, 순임금의 정치와 그 업적을 순차적으로 바라보고 체험해오다가 마지막에 이르러 매우 즐거운 시간의 연속이었다며 자신의 감회를 드러낸다. 아울러 그 누가 이들보다 더 뛰어난 정치를 펼칠 수 있겠느냐며 반문하기도 한다. 그러고는 이내 앞으로는 백 년 동안 '말세(末世)의 풍진(風塵)'이 다시는 생기지 않았으면 좋겠다는 강한 소망을 드러낸다. 말세의 풍진이란 분명 작가 곽기수가 체험한 전란, 즉 7년간에 이르는 임진왜란을 말하는 것일 터이다. 이 작품을 지은 시기를 고려해 보건대, 당시 조선은 전란 후 사회 제 부문에서 복구 사업이 대대적으로 펼쳐지고 있었을 터인데, 이는 나라를 다시 창업하는 것에 견줄 만한 성격의 것이었다. 시적화자가 목도한 태고 시절 성군들의 정치, 즉 지속적인 문명화를 통해 유가식의 예악·전장·문물 제도를 완성한 모습은 당시 유교 성리학을 국시(國是)로 채택하였던 조선에서도 구현되어야 할 모습이고, 그렇게 되어야만 향후 말세의 풍진이 다시금 발생하지 않게 되는 것이다. 결국 꿈속에서 목도한 광경이 매우 성대했던 것과 비례하여 시적화자가 드러내는 소망도 강렬하다는 반증하는 것이다.

라 얄밉도다 庭畔의 대 巖上의 소나무여	憎庭畔竹巖上松,
바람 앞에 저절로 琴瑟이 되었구나	風前自成琴與瑟,
짝 잃은 외로운 학 하늘을 바라보며	失侶孤鶴望層空,
어즈버 淸唳一聲이 나의 꿈을 깨치도다	淸唳一聲驚我夢.

마지막 부분에서 시적화자는 꿈속의 성사를 계속 누리고 싶지만, 송죽(松竹)에서 들려오는 바람소리에 잠을 깨고 만다. 함께 들려오는 외로운 학의 맑은 울음소리가 시적화자를 각성케 하여 온전하게 현실로 돌아오게 만든다.

이상 〈북창춘면가〉는 비교적 짧은 분량 속에서도 '현실→꿈→현실'의 몽유구조를 통해 꿈속에서 체험한 이상적인 군주의 정치상을 드러내 보이면서 현실에서 작가가 지니고 있는 강렬한 문명화에 대한 기대와 소망을 피력하고 있다.

3) 은거 생활의 질펀한 흥취 : 〈漫興三闋〉

〈만흥삼결(漫興三闋)〉은 앞선 두 작품과는 달리 한역시는 없고 오로지 국문 형태로만 되어 있다. 이 작품은 전체적인 분위기나 작품의 지향으로 보아 곽기수가 1608년 부모의 친상을 모두 끝마치고, 이듬해 광해군 즉위 이후 두문불출하며 세사와 단절하게 되는 60세 이후에 가장 마지막으로 지은 것으로 생각된다. 일반적으로 자신이 직접 국문시가를 한역하는 이유는 작품을 기록하여 보존하려는 의도도 있겠지만, 국문을 모르는 주변 인물들에게 자신의 시가 작품을 보이려는 교유와 소통의 맥락이 함께 놓여 있다. 앞선 두 작품의 한역은 국문시가 작품을 통해 그가 주변 인사들과 교유한 방증이 되는 셈이기도 하다. 그런데 〈만흥삼결〉의 경우에는 한역시가 없다. 정확하게 말하면 한역이 필요치 않은 상황이 된 것이다. 관직에서는 진즉에 물러났고, 양친이 모두 세상을 떠나 부모를 봉양해야 하는 짐도 홀가분하게 내려놓았으며, 자신의 나이도 이미 60세를 넘긴데다가 더욱이 광해군 시절의 혼란한 시국은 그를 두문불출하며 세상과 단절하게 만들었다. 따라서 〈만흥삼결〉은 은거지에서 여생을 보내며 혼자 지어서 혼자 부르며 즐기기 위한 상대적으로 개인적인 성격이 강한 작품이 아닌가 한다.

'만흥(漫興)'이라는 말은 주지하듯이 특별한 계기가 없어도 저절

로 일어나는 흥겨움이라는 뜻이다. 무엇이 작가로 하여금 이러한
흥을 일으켰던 것일까? 시조의 해석에 앞서서 동일한 제목을 지니
고 있는 그의 한시 작품을 먼저 살펴보기로 한다.

梅竹護我庭	매화 대나무가 뜨락을 지키고
煙霞覆我屋	안개 노을이 지붕을 뒤덮는구나.
花發當姝顏	꽃이 피니 예쁜 얼굴에 비기고
泉鳴替琴曲	샘물 졸졸대니 금곡을 대신하련다.
沈冥人事少	자취를 감추니 인사가 적고
飽煖君恩足	배부르고 따뜻하니 임금의 은혜 족하도다.
枕風一陣涼	베개 맡엔 시원한 바람 한 줄기
鬢雪一莖白	귀밑머리엔 햐얀 머리 한 가닥
耳淸心亦淸	귀가 맑으니 마음 또한 맑은데
老鶴聲裂玉	늙은 학 소리는 옥을 부수는 듯.[28]

위 작품은 〈산거만흥(山居漫興)〉이라는 제목의 고시(古詩)이다.
작품에서는 시적화자가 머물고 있는 거처 주변의 풍경과 생활 모
습을 드러내고 있는데, 매화와 대나무가 뜨락에 가득하고, 안개와
노을이 지붕을 자욱하게 뒤덮고, 아름다운 꽃들이 피어나고, 주변
에선 졸졸 샘물소리가 울리고, 찾아오는 사람도 적고, 배부르고 등
따시고, 베개 맡을 스치는 시원한 바람, 학의 울음소리까지 그 어느
하나도 즐겁지 않은 것이 없다. 흰 머리가 한 가닥씩 늘어가지만,
깊은 산속에 홀로 지내지만 전혀 시름겹거나 외롭지 않다. 세상의
시끄러운 일들이 귀에 들리지 않으니 마음 또한 저절로 맑고 여유

---

28 「山居漫興」, 『寒碧堂集』 上卷.

로워진다. 정리해보면, 시적화자의 내면에서 저절로 우러나는 질
펀한 흥겨움의 소종래는 현실적인 생존의 고민 없이 배부르고 등
따신 생활을 가능케 하는 경제적 기반 위에서 세거지와 별장을 왕
래하면서 주변의 아름다운 경치를 만끽하고 세상일에서 완전히 손
을 떼고 들어앉아 있는 삶이었던 것이다. 시조 〈만흥삼결〉에서도
이러한 분위기는 그대로 이어진다.

> ㊀ 草堂의 블근 둘이 北牕을 비겨시니
> 시닉 물근 솔릭 두 귀를 졀노 싯닉
> 巢父의 箕山 潁水도 이러턴동 만동.
>
> ㊁ 믈은 거울이 되여 牕 아픠 빗겨거늘
> 뫼흔 屏風이 되여 하늘 밧긔 어위엿닉
> 이 듕의 벗스몬 거슨 白鷗 外예 업서라.
>
> ㊂ 羲皇이 니건지 오릭니 시절이 보암즉디 아니히
> 술이 狂藥인 줄 닉 몬저 알견마는
> 저근덧 醉鄕의 드러가 太古적을 보려 ᄒ닉.

　인용된 작품 가운데 ㊀은 은거지 초당 위로 밝은 달이 솟아오른
밤, 시적화자의 두 눈에는 창가를 비스듬히 비추는 달빛이 아른거
리고, 두 귀에는 졸졸 흐르는 맑은 시냇물 소리가 창문 너머에서 들
려온다. 이미 자연이 뿜어내는 아름다움에 시적화자의 시각과 청
각이 사로잡혀서 눈도 귀도 깨끗해지고 있는 것이다. 이러한 청의
미(淸意味)를 만끽하고 있노라니 시적화자의 마음 또한 자연스레

개결(介潔)해진다. 이제 시적화자는 요임금 때 은자인 소부(巢父)를 떠올리며, '소부가 머물던 기산(箕山)·영수(潁水) 또한 이랬을까?' 하는 상상을 통해 자신의 은거지를 기산·영수에 비기며 흥겨움을 표출하고 있는 것이다. 기실 요임금이 제위를 물려주겠다는 말을 듣고 귀를 씻고 산으로 들어간 사람은 허유(許由)이다. 그런데 시적화자는 왜 허유가 아닌 소부를 떠올리는 것일까? 소부는 허유의 말을 듣고, 허유가 귀를 씻은 더러운 물은 자신의 소에게조차 먹일 수 없다며 상류로 올라가 물을 먹였다고 한다. 개결의 정도로 따지자면 허유보다도 소부가 한 수 위인 셈이다. 결국 자신은 이러한 소부보다도 한층 더한 개결의 소유자라는 점을 드러내고자 하는 것이며, 그러한 개결이 가능한 것은 자신은 자연을 통해 눈과 귀는 물론 마음까지 모두 씻어냈기 때문이리라. 만흥을 넘어 고흥(高興)으로 나아가고 있는 것처럼 보인다.

　㈂는 낮 시간대 은거지 주변의 풍경을 드러내고 있다. 거울처럼 맑은 물이 창 앞으로 비껴 흐르고, 병풍처럼 주변을 둘러싼 산은 하늘 멀리까지 뻗어 있다. 시적화자는 이곳에서 세상사에는 전혀 마음을 두지 않고 한가로이 거처하며 오직 백구(白鷗)를 벗삼아 노닐겠다는 자족감을 드러내고 있다. 이 이상 더 바라는 것은 없다. 자족감으로부터 우러나는 흥취인 것이다. ㈄은 앞의 두 수와 분위기가 사뭇 다르다. 앞서 〈북창춘면가〉에서 시적화자는 꿈에 복희를 비롯한 여러 성군을 만났고 그들의 정치를 통해 인류가 문명화되는 광경을 보았다. 그리고는 조선의 현실 속에서도 이것이 실현되기를 바랐건만, 현 시절에서는 그런 모습을 볼 수 없으리라는 판단을 하게 된다. 다시금 복희를 만날 수 있는 방법은 꿈이다. 그러나 늙어갈수록 자연 수면이 점차 짧아지는 법, 기나긴 꿈속 여행을 위

해서는 어쩔 수 없이 술에 기대 얼큰하게 취해 취향으로 들어가는 방법뿐이다. 술잔을 기울여 올연(兀然)이 취하면 이상적인 태고 시절을 볼 수 있으리라는 기대감에서 오는 흥이다.

이상 〈만흥삼결〉은 작가 곽기수의 인생 마지막에서 세상사와 단절한 채 자연에 몰입하여 느끼는 정신적 개결에서 기인한 흥겨움, 삶의 자족감에서 오는 흥취, 술에 의지한 취흥을 드러내고 있다.

4. 郭期壽 시가의 좌표와 시가사적 의의

한벽당 곽기수는 전라도 강진에서 16세기 중반부터 17세기 초반까지 살았던 시가 작가이다. 그는 지역적으로는 호남 지역 시가 문학의 흐름 속에서, 동시에 17세기 초반이라는 시가사의 전개 구도 속에서 일정한 위상을 지니고 있다.

우선 그의 가문은 전라도 강진 지역에 세거해 왔기에 16세기부터 누정과 원림을 기반으로 형성되어 이어오던 이른바 호남 지역의 국문시가 창작·향유의 전통과 분위기[29]를 잘 알고 있었으리라 생각한다. 무엇보다도 이 시기 호남 지역의 국문시가는 지역적으로 광주·나주·장흥·담양(창평)에서 가장 성행하였기에, 지역적으로 인접한 곽기수의 경우 이른 시기부터 국문시가를 접하였을 가능성은 매우 크다.

---

29 정익섭에 의해 호남 지역에서 산출된 국문시가와 관련하여 '호남가단'이라는 용어가 정립된 후, 조동일의 『한국문학통사』에서 '호남가단과 풍류정신'으로 호남 시가의 특성을 설명하고 있다. 정익섭, 『호남가단연구』, 진명문화사, 1975; 정익섭, 「16세기의 호남가단 연구」, 『시조학논총』 34, 1987; 정익섭, 『개고 호남가단연구』, 민문고, 1989; 조동일, 『한국문학통사』 제3판, 지식산업사, 1993.

호남의 인근 지역에서 곽기수와 동시대를 살아가면서 시가 작품을 남긴 인물들을 꼽아보자면, 이후백(李後白, 1520~1578), 기대승(奇大升, 1527~1572), 김응정(金應鼎), 정철(鄭澈, 1536~1593), 고경명(高敬命, 1533~1592), 임제(林悌) 등이 있다. 이 가운데 실제로 김응정과 임제는 문집을 통해 상호 교유 관계가 확인되므로 직접적인 영향 관계를 상정할 수 있다. 특별히 과거에 급제한 뒤 곽기수는 학봉 김성일을 매개로 하여 퇴계 이황, 송암 권호문 등 영남 지역의 시가 작품도 접했을 개연성도 있다.

16세기 호남 지역 시가문학의 대표주자인 면앙정 송순, 송강 정철 등은 모두 시조와 가사를 함께 창작·향유하였다. 곽기수의 국문시가 작품은 현재 온전히 전하지 않고 〈취원당십경단가〉와 〈북창춘면가〉는 한역시 형태로만 남아 있지만, 이를 모두 포함할 경우 그의 시가 작품은 시조 13수와 가사 1편에 이른다. 이는 동시대 다른 시가 작가들과 견주어도 다작(多作)에 해당된다. 아울러 곽기수는 갈래적으로 시조와 가사를 동시에 남기고 있음에도 주목을 요한다. 그만큼 지역적인 시가 향유 양상과 친연성을 보이고 있는 것이라 할 수 있다.

곽기수의 시조 작품은 내용상 이전 시기부터 시조사의 주류를 형성해온 강호시조(江湖時調)의 흐름에 놓여 있다고 할 수 있다. 〈취원당십경단가〉와 〈만흥삼결〉은 은거지 주변의 아름다운 풍경을 묘사하고 그 안에서 소요하는 즐거움을 노래하고 있다. 하지만 앞서 작품을 살펴보았듯이, 그의 시조 작품에는 16세기 강호시조에서 흔히 엿볼 수 있는 세속에의 대립 의식이나 '혼탁한 속세-청정한 강호'라는 이분법적 세계상이 전혀 드러나지 않는다.[30] 아울러

---

30 김흥규, 「16, 17세기 江湖時調의 변모와 田家時調의 형성」, 『욕망과 형식의 시

작품에 드러나는 시적화자의 모습이나 내면 심리는 17세기 이후 새로이 등장하는 전가시조(田家時調)에서 보이는 생활 노동의 모습이라든가 야인적(野人的) 흥취, 질박한 삶의 자족감[31] 등과도 일정한 거리감이 있다. 두 작품에서는 강호 자연의 아름다움과 그 안에서의 고아(高雅)한 즐거움의 향유라는 측면이 확대되어 있으며, 작품 안에 다른 인물을 등장시키지 않고 오로지 시적화자 홀로 방일(放逸)하게 적극적으로 흥취를 누리는 모습이 드러나고 있다. 이러한 시적 경향은 이후 17세기 중반 윤선도(尹善道, 1587∼1671)의 작품에서 엿볼 수 있는 성격의 것들이라 할 수 있다. 하지만 동시에 〈어부사시사(漁父四時詞)〉가 보여주는 흥의 고조된 심미성(審美性) 및 자연미 인식의 즉물화(即物化) 경향[32]과는 일정 부분 차이가 존재하기도 한다.

〈북창춘면가〉는 국문은 일실되고 한역시 형태로만 존재하는 가사 작품이지만, 곽기수의 가사 작가로서의 위상을 드러내는 데는 손색이 없으리라 생각한다. 이 작품은 형식이나 시적 지향 측면에서 호남 지역 가사문학을 대표하는 16세기 송순의 〈면앙정가(俛仰亭歌)〉나 정철의 〈성산별곡(星山別曲)〉과는 그 결을 달리한다. 하지만 미학적 차원에서 시적 상상력의 원천으로 작용하고 있는 몽환적이면서도 도가적인 분위기, 작품 전체를 구조화 하고 있는 '현실→꿈→현실'의 몽유구조는 가사의 전개 방식이나 형식 차원에서 주목을 해봄직하다. 이와 더불어 17세기 이후 한시와 국문시가에서 작가의 의

학』, 태학사, 1999, 171∼176면.

31 권순회, 「田家時調의 美的 特質과 史的 展開 樣相」, 고려대학교 박사학위논문, 2000.

32 김흥규, 「〈漁父四時詞〉에서의 '興'의 성격」, 『욕망과 형식의 시학』, 태학사, 1999, 167∼170면; 김석회, 「漁父四時詞의 흥과 서정적 특질」, 『국어교육』134, 한국어교육학회, 2011, 183∼215면.

식 지향으로 드러나는 '태고(太古)' 지향적인 특성을 보인다는 점에서 유사 작품들과 비교하여 논의될 필요도 있을 것이다.

이상에서 살펴본 바를 종합적으로 고려할 때 곽기수의 시가 작품들은 16세기 이래로 호남 지역에서 이어져온 국문시가 창작·향유의 전통 및 분위기에 영향을 받고 동시대 문인들과의 교유 속에서 형성되었다고 할 수 있다. 이에 곽기수는 김응정과 더불어 17세기 초반 호남을 대표하는 시가 작가로 평가할 수 있으리라 생각한다.

5. 결론

지금까지 조선 중기 전라도 강진 지역 문인인 한벽당 곽기수의 생애 주요 면모와 그의 국문시가 향유 양상을 살펴보고, 그의 시가 창작·향유가 갖는 시가사적 의미를 탐색하였다. 앞선 논의를 정리하는 것으로써 글을 마무리하고자 한다.

곽기수는 16세기 이래로 호남지역에서 이어져온 국문시가 창작-향유의 전통 아래 시가작품을 창작하였다. 무엇보다도 그와 동시대를 살았던 지역 인사 중에 백호 임제, 해암 김응정 등과는 직접적인 상호 교유가 확인되므로 국문시가에 대한 영향 관계를 추정할 수 있으리라 생각된다. 특별히 과거에 급제한 뒤 곽기수는 학봉 김성일을 매개로 하여 퇴계 이황, 송암 권호문 등 영남 지역의 시가 작품도 접했을 개연성도 매우 크다.

곽기수가 남긴 시가 작품은 시조의 한역인 〈취원당십경단가(聚遠堂十景短歌)〉 10수, 가사의 한역인 북창춘면가(北牕春眠歌)〉 1편, 국문시조 〈만흥삼결(漫興三闋)〉 3수가 전한다. 그의 시가 작품은 생애 만년기에 자신의 거처와 별서를 오가면서 현실과는 일정한 거리를 유지한 채 유유자적하면서 여유롭고 낙관적인 홍취를 표출하고 있다. 시조의 한역인 〈취원당십경단가〉는 1604년경 월출산 너머 영암(靈巖) 서쪽 지역에 별서를 마련하여 지내면서 주변의 승경(勝景)을 10수의 연시조 형태로 드러내었다. 가사의 한역인 〈북창춘면가〉는 1605년 여름에는 자신의 거처인 한벽당에서 낮잠을 자다 깬 후, 꿈속에서의 체험을 가사 형식으로 지어 노래 부른 것이다. 국문시조 〈만홍삼결〉은 광해군 즉위 이후 당대를 혼조(昏朝)라 여겨 두문불출하면서 세상과는 단절하고 오로지 책을 벗삼아 즐기면서 은거 생활의 질펀한 홍취를 드러낸 작품이다.

이렇듯 곽기수의 시가 작품들은 16세기 이래로 호남 지역에서 이어져온 국문시가 창작·향유의 전통과 밀접한 관련을 맺고 있으며, 강호 자연의 아름다움과 그 안에서의 고아(高雅)한 즐거움을 드러내는 강호시가의 맥락과도 그 흐름을 같이 하고 있다. 따라서 곽기수는 김응정과 더불어 17세기 초반 호남을 대표하는 시가 작가 중의 한 사람으로 평가할 수 있다.

참고문헌

郭期壽, 『寒碧堂集』, 서울대학교 규장각한국학연구원 소장본.

金誠一, 『鶴峯全集』, 성균관대학교 대동문화연구원, 1972.

林悌, 『林白湖集』, 한국문집총간 58.

成海應, 『研經齋全集』, 한국문집총간 275.

吳以建, 『敷言一部』, 단국대학교 율곡기념도서관 소장본.

趙應祿, 『竹溪日記』, 국사편찬위원회 소장본.

趙彭年, 『溪陰集』, 한국문집총간 속집 6.

許穆, 『記言』, 한국문집총간 99.

『輿地圖書』, 국사편찬위원회 소장본.

김흥규·이형대·이상원·김용찬·권순회·신경숙·박규홍, 『고시조대전』, 고려대학
　　교 민족문화연구원, 2012.

신경숙·이상원·권순회·김용찬·박규홍·이형대, 『고시조 문헌 해제』, 고려대학교
　　민족문화연구원, 2012.

권순회, 「田家時調의 美的 特質과 史的 展開 樣相」, 고려대학교 박사학위논문, 2000.

김문기·김명순 편저, 『時調·歌辭 漢譯歌 全書 1~3』, 태학사, 2009.

김문기·김명순, 「朝鮮朝 漢譯詩歌의 類型的 特徵과 展開樣相 硏究(1) - 유형적 특징
　　을 중심으로」, 『대동한문학』 7, 대동한문학회, 1995.

김문기·김명순, 「朝鮮朝 漢譯詩歌의 類型的 特徵과 展開樣相 硏究(2) - 漢譯技法과
　　展開樣相을 中心으로」, 『어문학』 58, 한국어문학회, 1996.

김석회, 「漁父四時詞의 흥과 서정적 특질」, 『국어교육』 134, 한국어교육학회, 2011.

김흥규, 「16, 17세기 江湖時調의 변모와 田家時調의 형성」, 『욕망과 형식의 시학』,
　　태학사, 1999.

김흥규, 「〈漁父四時詞〉에서의 '興'의 성격」, 『욕망과 형식의 시학』, 태학사, 1999.

배대웅, 「조선시대 강진 지역 시조 연구」, 조선대학교 석사학위논문, 2015.

성기옥, 「士大夫 詩歌에 수용된 神仙모티프의 詩的 機能」, 『국문학과 도교』, 태학사, 1998.

심재완, 『시조의 문헌적 연구』, 세종문화사, 1972.

임형택, 「16세기 光·羅州 지역의 사림층과 송순의 시세계」, 한국문학사의 논리와 체계, 창작과비평사, 2002.

정기선, 「해암 김응정의 생애와 문학」, 『한국고전연구』 33, 한국고전연구학회, 2016.

정익섭, 「16세기의 호남가단 연구」, 『시조학논총』 34, 1987.

정익섭, 『개고 호남가단연구』, 민문고, 1989.

정익섭, 『호남가단연구』, 진명문화사, 1975.

조동일, 『한국문학통사』 제3판, 지식산업사, 1993.

진동혁, 「김응정 시조 연구」, 『국어국문학』 90, 국어국문학회, 1983.

제3장

京山 李漢鎭의 생애와 문예 활동

1. 서론

이 글은 경산(京山) 이한진(李漢鎭, 1732~1815)의 생애를 탐색함으로써 그의 문예 활동의 면모를 파악하는 것을 목적으로 한다. 특히 시가문학과 관련하여 그의 시가 작품 창작과 『청구영언(靑丘永言)』편찬이 이루어진 배경을 그의 삶과 관련하여 살피고자 한다.

주지하듯이 이한진은 시가문학과 관련지어 볼 때, '이한진편『청구영언(靑丘永言)』'[1]의 편찬자로 이 책의 중간에는 그가 지은 시조 7수와 〈속어부사(續漁父詞)〉가 들어있다. 즉, 그는 가집(歌集)의 편찬자인 동시에 시조와 어부가의 작가이기도 한 셈이다.

그간 이한진에 대한 연구는 크게 두 가지 방향에서 이루어져 왔다. 첫째는 이한진이 편찬한 가집에 대한 연구[2]이다. 이들은 문헌 자체

---

1 이 책은 淵民 李家源(1917~2000) 선생 소장 필사본이다. 이 때문에 줄곧 『청구영언 연민본』'(약칭 청연)이라 지칭되어 왔다. 그러나 이 글에서는 편찬자를 중시하여 '이한진편『청구영언』'이라 칭하고자 한다.

에 대한 실증 연구를 기반으로, 18~19세기 시조 문학의 성격과 흐름을 살피는 시조사적 구도 아래 사대부 편찬 가집으로서의 성격과 위상을 살피는 한편, 가집 형성의 동인들을 검토하였다. 둘째는 이한진이 지은 〈속어부사〉에 대한 연구[3]이다. 이들 연구는 '어부노래'의 흐름과 변전 속에서 19세기 어부가로서의 특성과 작가인 이한진의 처사문인으로서의 성격과 작품의 지향 등이 논의되었다.

그런데 정작 이한진편 『청구영언』과 〈속어부사〉 이해의 기반이 되는 편찬자이자 작가인 이한진의 생애에 대해서는 지금까지 그다지 세심한 연구가 이루어지지 않은 것으로 보인다. 선행 연구에서는 이한진이 서예와 음악적 재능이 뛰어났으며, 특히 연암일파 문인들과 어울려 풍류를 즐긴 모습에 주목하였다. 그리고 이러한 면모들이 『청구영언』 편찬과 〈속어부사〉의 창작 기반으로 작용하였을 것이라는 점 정도에서 이한진의 생애에 대한 논의가 이루어졌다.

주지하듯이 이한진은 벼슬길에 오른 적이 없기 때문에 『실록(實錄)』에 그의 행적이 남아있지 않다. 또 이한진의 개인 문집이 남아 있지 않아서 그가 지은 한시나 산문 작품들을 확인할 수도 없는 실정이다. 이 때문에 그간 이한진의 생애에 대한 깊이 있는 연구가 이루어지지 못한 것이다. 그러나 이제 그와 교유했던 여러 인물들의 문집이나 주변 기록들을 통해서 이한진의 삶을 연대기적으로 재구하는 한편, 이를 통해 그의 삶 속에서 엿볼 수 있는 여러 의식의 면

---

2 심재완, 「李漢鎭 編著〈靑丘永言〉에 대하여」, 『어문학』 7, 한국어문학회, 1961; 심 재완, 『時調의 文獻的 硏究』, 세종문화사, 1972. 34~35면; 김종화, 「李漢鎭과 그의 〈靑丘永言〉 연구」, 고려대학교 석사학위논문, 1994; 김용찬, 「18세기 歌集編纂과 時調文學의 展開樣相」, 고려대학교 박사학위논문, 1996.

3 이상원, 「조선후기〈어부사〉 전승 연구」, 『조선시대 시가사의 구도와 시각』, 보 고사, 2004; 이형대, 『한국 고전시가와 인물형상의 동아시아적 변전』, 소명출판, 2002.

모들을 입체적으로 조망할 때가 되었다고 생각한다. 이 글의 문제 의식은 바로 여기에서 출발한다.

이 글은 이러한 문제의식을 구체화하기 위해 앞서 언급한대로 이 한진과 교유한 이른바 연암일파(燕巖一派) 문인들의 문집 소재 여러 기록들을 탐색하였다. 또『승정원일기(承政院日記)』에서도 이한진 의 활동에 대한 의미 있는 기록들을 확인하였다. 아울러 최근 김영진 에 의에 이한진의 전(傳)이 발굴·소개되었다.[4] 이러한 여러 자료들 을 종합적으로 고찰하고 유기적으로 연결함으로써 선행 연구 성과 의 기반 위에서 이한진의 생애와 문예활동의 면모를 보다 풍부하고 유기적으로 서술해내는 것이 이 글의 일차적 목적이다. 아울러 이를 통해 그가 편찬한 가집과 창작한 작품들이 산출된 시기를 비정(比 定)하고, 이들 작품 속에 나타난 내면 의식 등을 살펴보고자 한다.

2. 출생과 성장 : 外家에서의 修學과 藝人的 면모

이한진의 본관은 성산(星山)이며, 자는 중운(仲雲), 호는 경산(京 山)으로, 1732년 11월 서울에서 태어났다. 「경산이공전(京山李公 傳)」에는 이한진의 외모와 인물됨에 대해 간단히 소개하고 있다.

장작(將作)[5] 이한진(李漢鎭)의 자는 중운(仲雲)이며 성산(星山) 사람이 다. 자호(自號)는 경산(京山)이다. 집안이 대대로 청한(淸寒)하였으나 사족

---

4 김영진, 「조선후기 시가 관련 신자료(1)」,『한국시가연구』20, 한국시가학회, 2006. 216~219면. 김영진은 이 논문에서 연세대 소장 필사본 洪稷榮의 문집『小洲 集』에 있는 「京山李公傳」을 번역·소개하였다. 이후 인용하는 「京山李公傳」의 원 문과 번역은 이것을 따른다. 다만 일부 구절에 대해서는 번역을 달리하였다.
5 장작(將作) : 토목과 營繕에 대한 일을 맡아보던 繕工監 監役을 가리킴.

(士族)의 명맥은 이어왔다. 공은 체구가 작고 왜소하였으며, 온아하고 가
냘파 마치 처자(處子) 같았다. 겸손하여 자신을 낮추었으며 말과 웃음이
조용하여 한번 입을 열 때도 혹 다른 사람에게 해를 입힐까 두려워하여 어
진 사람이나 못난 사람 할 것 없이 각각 합당한 도로써 대우하였다. 그래
서 사람들도 공을 매우 아꼈다.[6]

위 기록을 통해 볼 때, 이한진은 작고 왜소한 체구에 여성 같은
외모를 하고 있었던 것으로 보인다. 또 늘 겸손하고 행동할 때 남을
먼저 생각하였으며, 주변 사람들과 잘 어울리는 무난한 성격의 인
물이었음을 알 수 있다. 그는 고려 말기 문인이었던 문열공(文烈公)
이조년(李兆年, 1269~1343)의 후손이었다. 그러나 그의 가문은 조
부 때부터 과거에 급제하지 못하면서 사족으로서의 명맥만을 겨우
유지하는 정도였던 것으로 보인다. 그렇지만 그의 부친인 이규현
(李奎賢, 1712~1768)이 안동 김씨 가문 김치겸(金致兼)의 셋째딸과
혼인을 하게 되어, 그의 가문은 이한진 당시에 '김수증(金壽增)-김
창흡(金昌翕)'으로 이어지는 당대 최고의 명문가와 인척 관계를 형
성하게 되었다. 이러한 혈연·인척관계가 기본적으로 이한진의 교
육과 교유관계를 결정하면서 이후 그의 삶의 방향을 결정하는 중
요한 계기로 작용하였다.

이한진은 어려서부터 그의 외가에서 교육을 받았다. 그는 외조부
김치겸과 사촌관계인 효효재(嘐嘐齋)[7] 김용겸(金用謙, 1702~1789)

---

6 홍직영, 「京山李公傳」, 『小洲集』 권54, 연세대 소장본. 將作李公漢鎭, 字仲雲, 星山
人也. 自號京山. 家世寒素, 以士族相承, 公短小溫雅, 綽約如處子. 謙謙卑牧, 言笑雍
容, 一開口, 或恐觸傷於人, 人無賢不肖, 待之各得其道, 人亦無賢不肖, 皆甚愛公.

7 선행 연구자들은 김용겸의 호를 모두 '교교재'라 하였다. '嘐'는 닭이나 새가 우
는 소리일 경우 음이 '교'이고, 말이나 뜻이 높고 크다는 뜻일 경우 음이 '효'이다.
『孟子』「盡心 下」에 '其志嘐嘐然'이라는 표현이 보이는바, 김용겸의 호는 '교교

에게서 수학하였다. 김용겸은 안동 김문의 가학을 이어받은 당대 예학(禮學)의 대가이면서 동시에 악률(樂律)에도 정통하였다.[8] 따라서 이한진도 김용겸의 문하에서 수학하면서 학문적·예술적으로 큰 영향을 받았을 것이다. 이에 대해서는 다음의 인용문이 좋은 참고가 된다.

[1] 공[李漢鎭]은 어려서부터 효재 김공(嘐齋金公)[金用謙]을 따라 노닐었는데, 김공은 그의 외척이었다. 김공은 평소 예악(禮樂)에 익숙하여 공이 음률(音律)에 정통할 수 있었다. …(중략)… 공은 그분들[農巖·三淵]의 시(詩)·예(禮)의 가르침에 깊이 젖었으며, 또 성명(性命)의 논의에 대해 깊이 강마하고 연구하였다. 예전에 (이한진이) "주자(朱子)가 말하기를, '사람이 태어나면 반드시 이 이(理)를 얻는다.'라고 하였으니, 이 때문에 인의예지(仁義禮智)의 상(常)이 있는 것이다."라고 말한 적이 있다. 이는 농암(農巖)·삼연(三淵)이 주장하던 것이었다.[9]

[2] 공[李漢鎭]은 어려서 그의 외가(外家)인 안동 김문에서 배웠는데, 항상 농암(農巖)·삼연(三淵)의 성명지학(性命之學)을 날마다 강마하였다. 이 때문에 공의 방에 들어가 병풍과 기둥에 써 놓은 것을 볼 수 있었는데, 이는 모두 염(濂)·락(洛)의 도학(道學)과 우리나라 유학의 가르침이었으니 공이 스스로 경계하던 것이다.[10]

재'가 아니라 '효효재'임을 알 수 있다. 이 글에서는 모두 '효효재' 또는 '효재'를 사용하기로 한다.

8 효효재 김용겸에 대한 자세한 생애와 문인적 면모에 대해서는, 오수경, 「18세기 서울 文人知識層의 性向」, 성균관대학교 박사학위논문, 1990(후에 『연암그룹 연구』, 한빛, 2003으로 간행) 참조.

9 성해응, 「世好錄」, 『研經齋全集』, 한국문집총간 275, 40~41면. 公早從嘐齋金公遊, 卽外黨也. 金公素習禮樂, 公遂通音律. …(中略)… 公濡染其詩禮之訓, 且講究於性命之論, 嘗言朱子云人物之生, 必得是理, 以有仁義禮智之常, 此農淵所以主也.

10 성해응, 「題京山李公篆帖後」, 『研經齋全集』, 한국문집총간 273, 443면. 公少學於

위의 인용문을 통해서 이한진이 김용겸의 문하에서 수학하면서 배운 바를 확인할 수 있다. 먼저 이한진은 외가의 학풍 아래에서 성리학에 대한 공부를 하였음을 알 수 있다. 당시 조선 성리학에서는 인물성동이(人物性同異)에 관한 논쟁이 벌어졌고, 이 가운데 농암(農巖)과 삼연(三淵)은 인물성동론(人物性同論)을 주장하던 낙론계(洛論系) 학풍의 중심인물들이었다. 김용겸은 당연히 이러한 가학을 이어받았으며, 이는 자연스레 이한진에게도 이어졌을 것으로 짐작된다. 인용문에서 이한진이 날마다 강마했다고 하는 '농암·삼연의 성명지학'이라는 것은 바로 이것을 말하는 것이다. 그러나 그는 스승인 김용겸을 통해 학문만 전수받은 것은 아니었다.

이한진의 예술적 면모와 관련해서 중요한 것은 바로 그 다음이다. 그는 스승인 김용겸을 통해 음률에도 정통할 수 있었다. 김용겸은 장악원(掌樂院) 제조(提調)를 지냈는데, 정조(正祖)와 마주하여 음악 이론과 악기의 종류, 기능, 연주법에 대해 논의를 할 정도[11]로 음악에 대한 식견과 능력이 특출한 당대 인물 가운데 하나였다. 후에 자세히 언급하겠지만, 이한진은 통소에 뛰어난 재능을 보였다. 그의 통소 실력은 당대 거문고의 명수였던 담헌(湛軒) 홍대용(洪大容)과 짝을 이룰 정도였다. 따라서 이한진이 『청구영언』을 편찬하고 시조와 어부노래를 지을 수 있었던 데에는 바로 스승인 김용겸을 통해 음악적 재능들을 배우고 익힌 것이 직접적인 동인으로 작용하였을 것으로 생각된다.

한편, 이한진은 서예 방면에서도 특히 전서(篆書)를 잘 쓴 것으로

金氏, 其外家也. 常以農·淵性命之學, 日夕講磨. 是故入公室, 見屛障柱對所書, 皆濂·洛道學, 與夫東儒之訓, 公所以自警者也.
11 이에 대해서는 『正祖實錄』 2年(1778,戊戌) 11月 29日(乙卯) 1번째 기사 참조.

유명하였다. 여러 문헌에서 그가 서법에 뛰어나다는 기록이 확인된다. 이러한 서예 실력도 외가인 안동 김문의 영향으로 짐작된다. 안동 김문에서는 김상용(金尙容, 1561~1637)과 김상헌(金尙憲, 1570~1652) 대부터 뛰어난 서법을 자랑하였다. 특히 김상용은 전서(篆書)를 비롯하여 각종 서체에 능하였으며, 그의 아들인 김광현(金光炫, 1584~1647)도 전서와 해서에 뛰어났고, 김광현의 손자인 김성우(金盛遇)도 고예전주(古隷篆籀)에 능하였다.[12] 이한진의 외고조부가 되는 김수증(金壽增, 1624~1701)은 전서(篆書)·주문(籀文)·팔분(八分)에 능하여 많은 금석문을 남긴 대가로 당시에 명성이 자자하였다.[13] 결국 이러한 서법의 전통이 김창협(金昌協)·김창흡(金昌翕) 등 소위 '육창(六昌)'이라 불렸던 인사들에게 이어졌으며, 외가에서 수학을 하였던 이한진도 이러한 가풍의 영향을 잘 체득하였던 것으로 생각된다.

이상을 정리해보면, 어린 시절 이한진은 외가에서의 수학을 통해 농암·삼연의 낙론계 학풍의 영향 아래에서 성리학을 강마하였으며, 아울러 그의 스승인 김용겸을 통해 음률을 익히고 외가에 이어 내려오던 서법을 체득하면서 점차 그에 대한 명성을 얻어간 것으로 보인다.

---

12 이경구, 「17~18세기 壯洞 金門 연구」, 서울대학교 박사학위논문, 2003, 238~245면.
13 『肅宗實錄』 27年(1701, 辛巳) 3月 4日(辛卯) 1번째 기사 참조. 前參判金壽增卒, 年七十八. 壽增字延之, 文正公尙憲長孫也. 爲人淸修, 無一點塵態. 師友宋時烈, 識趣淵懿, 爲詩文, 澹雅如其人. 尤工於篆·籀·八分, 多書公私金石. 早抛擧子業, 間出爲守宰, 亦無留戀意. 晩歲卜居春川之谷雲山中, 愛其山水幽深, 遂終老於斯, 一時咸高之.

3. 청년기 : 과거를 통한 출세 지향과 老論 黨論의 참여

어린 시절 이한진은 외가에서의 수학을 통해 성리학 이외에도 음악·서예 방면의 자질을 충실하게 키워나갔다. 이것이 이한진의 예술가적 면모를 단적으로 드러내주는 것이라 할 수 있다. 그렇지만 정작 이한진 자신에게 이러한 예술적 면모들은 어디까지나 여기(餘技)였을 뿐, 자신이 궁극적으로 지향하였던 목표는 아니었던 것으로 보인다. 그는 자신이 처한 가문의 현실과 관련하여 과거를 통한 입신출세를 꿈꾸었다. 다음의 인용문을 보자.

> ① 중운(仲雲)은 본래 재주가 많아 전학(篆學)은 세상에서 으뜸이었으며 널리 음률(音律)에도 통달하여 그의 통소는 담헌(湛軒)의 거문고와 짝할 만하였다. 또 월금(月琴)으로도 천리에 소문이 났는데, 산수 누대에서 한 곡조 연주하면 그것을 듣는 자들이 난학(鸞鶴)이 내려온 것처럼 여겼다. 그러나 다만 재학을 연마하여 그 가문의 명성을 진작시키고 세상에 쓰여지기를 기약하였을 뿐 한갓 재주를 드러내보이고자 한 것은 아니었다.[14]

> ② 공은 어려서 학업에 매진하여 세상에 쓰이고자 하였으나, 유사(有司)에 의해 뜻을 얻지 못하였다.[15]

---

14 성대중,「送李仲雲盡室入洞陰序」,『靑城集』, 한국문집총간 248, 439~440면. 仲雲故多藝, 篆學冠世, 旁通音律, 簫與湛軒琴耦. 而又有阮千里之達, 山水樓臺, 至輒一弄, 聽者以爲鸞鶴降也. 然顧濯磨材學, 期振其家聲而試於世, 非欲以藝見也.

15 성해응,「世好錄」,『研經齋全集』, 한국문집총간 275, 41면. 公少誉淬勵, 欲爲世用, 旣不得志於有司.

이한진의 가문은 조부 이후로 점차 쇠락의 길을 걷고 있었다. 그의 조부는 음직(蔭職)으로 영평현감(永平縣監)에 오른 것이 전부였으며, 그의 부친은 참봉(參奉) 벼슬이 전부였다. 주지하듯이, 조선시대에는 사대부 가문이라 하더라도, 직계손 3대에 걸쳐 과거급제자를 배출하지 못하면 쇠락의 길로 접어들게 된다. 그런데 이한진의 가문은 조부 때부터 모두 과거에 급제하지 못한 것이다. 따라서 이한진은 젊은 시절 외가에서 수학하면서 출사에 대한 강한 지향을 드러내 보였을 것이라 생각된다. 이는 단순히 이한진 개인적인 문제만이 아니라 가문의 영달과도 직결된 것이기 때문에 더욱 그러하였을 것이다.

위의 두 인용문에서는 모두 그가 어려서부터 벼슬을 위해 학문에 매진하였다고 하고 있다. 그는 젊은 시절부터 음악과 서예에 남다른 재주를 보였으나, 이는 분명 그의 궁극적 목표가 아니었다. 그의 궁극적 목표는 조선시대 여느 문인들처럼 과거를 통한 입신출세였던 것으로 보인다. 특히 그의 가문이 쇠락의 길을 걷고 있었던 시절이라서 입신출세에 대한 지향은 그만큼 더욱 강하게 작용하였을 것이라 짐작된다. 특히 ②의 '학업에 매진하여 세상에 쓰이고자 하였으나, 유사(有司)에 의해 뜻을 얻지 못하였다'는 것에서, 이한진이 분명 과거를 통해 관직에 진출하고자 하였으나, 그의 능력을 알아보지 못하는 시관(試官)에 의해 번번이 낙방되었음을 짐작할 수 있다.

이한진은 혈연과 학통상 당시 노론(老論) 계열에 속하였다. 이와 관련하여서는, 앞서 그가 안동 김문의 가학의 연장선에 놓여 있음을 언급하였다. 그런데 이러한 인연은 단순히 혈연·사승관계로만 끝나는 것이 아니었다. 그는 당대 정치적인 입장에서도 노론의 입장에 적극 찬동하고 나아가 여기에 깊이 관여하고 있었음이 확인된다.

『승정원일기(承政院日記)』 영조(英祖) 28년(1752) 8월 2일부터 8월 6일까지의 기사를 살펴보면, 매일 총 5회에 걸쳐 노론의 인물 진사(進士) 69명, 유학(幼學) 170명이 연명(聯名)하여 송시열(宋時烈)과 송준길(宋浚吉)의 문묘종사를 청하는 집단 상소를 올린다. 이 상소문의 유학 170명 가운데 이한진의 이름이 확인된다. '유학(幼學)'은 벼슬하지 아니한 유생(儒生)을 가리키던 말인 바, 당시 이한진은 21세의 나이로 과거공부를 하고 있었던 신분임이 확인된다. 이 뿐만이 아니다. 이후 그의 나이 25세인 영조 32년(1756) 1월 17일, 1월 19일, 1월 21일에도 총 3회에 걸쳐 다시 이전보다 많은 진사 75명, 유학 230명이 연명하여 송시열·송준길의 문묘종사를 청하는 상소가 이루어지는데, 여기에서도 유학 신분의 인물 가운데 이한진의 이름이 거듭 확인된다. 노론 세력의 일원으로서 이한진은 당론(黨論)에 적극 협력·참여하고 있었던 것이다. 이를 통해서 본다면 이한진은 과거 공부를 통해 입신출세를 도모하는 한편, 실제 정치적으로도 노론의 당론에 적극 참여하고 있었음이 확인된다.

아울러, 이한진이 노론 일원으로서 현실 정치의 논의에 가담한 것은 여기에서 그치는 것이 아니다. 이후 그의 나이 51세였던 정조 6년(1782) 7월 11일에는 홍국영(洪國榮)의 만횡을 성토하는 집단 상소에도 이름을 올리고,[16] 그의 나이 55세였던 정조 10년(1786) 12월 22일에는 남인 계열의 인사였던 이인(李祠)에 대한 처벌과 그의 아들들도 모두 귀양 보낼 것을 청하는 집단 상소에도 이름을 올린다.[17] 이들 상소에는 이한진의 신분이 모두 '유학'으로 표기되어 있다.

---

16 『承政院日記』正祖 6年 7月 11日(丙午) 기사 참조.
17 『承政院日記』正祖 10年 12月 22日(辛酉) 기사 참조.

4. 중년기 : 燕巖一派 문인들과의 교유와 岳下風流

앞에서 이한진이 과거를 통한 입신출세에 대한 지향이 있었음을
말하였다. 그렇지만 이한진은 소과(小科)에도 급제하지 못하였다.
앞에서 언급한 집단 상소문을 참고할 때, 적어도 그는 55세까지 과
거에 급제하지 못한 '유학' 신분이었다. 그러나 그가 결코 과거에
포기한 것은 아닌 것으로 짐작된다. 그는 중년에도 과거를 포기하
지 않았다. 이에 대해서는 뒤에 다시 논의하기로 한다.

중년기 이한진의 모습에서 가장 눈에 띄는 것은 연암일파(燕巖
一派) 문인들과의 교유이다. 앞서 이한진은 김용겸의 문하에서 수
학을 하였으며 정치적으로 노론 계열에 속하는 인물임을 말하였
다. 이러한 특성은 그의 교유관계에서도 잘 드러난다. 정치적·학문
적으로 이한진은 이들 연암일파 문인들과 연결되어 있었다. 이한
진이 교유한 주요 문인들은 다음과 같다.

① 김용겸(金用謙, 1702~1789)　② 황운조(黃運祚, 1703~?)

③ 홍대용(洪大容, 1731~1783)　④ 나 열(羅 烈, 1731~1803)

⑤ 성대중(成大中, 1732~1812)　⑥ 박지원(朴趾源, 1737~1805)

⑦ 박규순(朴奎淳, 1740~?)　⑧ 이덕무(李德懋, 1741~1793)

⑨ 백동수(白東脩, 1743~1816)　⑩ 홍원섭(洪元燮, 1744~1807)

⑪ 김홍도(金弘道, 1745~?)　⑫ 박제가(朴齊家, 1750~1805)

⑬ 성해응(成海應, 1760~1839)　⑭ 이서구(李書九, 1754~1825)

⑮ 이광섭(李光燮, 1755~1815)

그렇다면 이한진은 이들 인물들을 어떻게 만났을까? 이에 대해

서는 이한진과 동년배였던 성대중(成大中)의 '처음에 내가 이한진과 교유한 것은 효효재 김용겸선생을 통해서였다'[18]는 말이 좋은 참고가 된다. 위에 언급한 문인들은 김용겸을 중심으로 함께 자리를 하였고, 이러한 과정에서 이한진이 이들과 자연스레 교유관계를 형성하였던 것으로 보인다.[19] 이들은 모두 당대 노론 계열 인사들이라는 점에서 특별한 거부감 없이 어울릴 수 있었을 것이다.

게다가 이들은 북악산(北岳山)을 중심으로 모여서 풍류를 즐겼는데, 이한진의 거처가 바로 북악산의 취미대(翠微臺) 부근이었다. 북악산은 도성에서 가깝고 자연경관이 아름다웠으며, 노론 계열의 문인들도 이 북악산을 중심으로 거처를 형성하고 있었기 때문에 이들이 북악산을 중심으로 풍류를 즐겼던 것이다. 따라서 이들 사이에는 정치적·학문적인 친연성뿐만 아니라 지리적인 인접성도 공유하고 있었기 때문에 자주 만나 함께 풍류를 즐겼던 것으로 보인다.

> 공[李漢鎭]은 어려서 북악산(北岳山)의 취미대(翠微臺) 부근에 살았는데, 이곳은 산수 경치가 빼어나 도성의 이름난 선비들이 술을 가지고 와서는 공에게 나아가 주인으로 삼았다. 만년에는 동음(洞陰)의 선산 아래로 돌아갔는데, 동음에도 빼어난 산수가 많아 거기서 소요하고 즐거워하였다. 북산은 선원(仙源)·청음(淸陰) 이래로 후손들이 살았던 곳이며, 동음은 농암(農巖)·삼연(三淵)이 노닐던 곳이다.[20]

---

18 성대중,「送李仲雲盡室入洞陰序」,『靑城集』, 한국문집총간 248, 439면. 始余交仲雲, 因嘐嘐金先生.

19 이에 대해서는 오수경, 앞의 책, 154~171면 참조.

20 성해응,「世好錄」,『研經齋全集』, 한국문집총간 275, 40~41면. 公少居北山翠微臺傍, 泉石幽絕, 都下名士載酒而至, 皆就公爲主. 晚而歸洞陰之墓下, 洞陰亦多佳山水, 逍遙自娛, 北山自仙源·淸陰以來所甞居, 而洞陰又農巖·三淵之所遊也. 이한진의 중년과 만년에 풍류 현장의 두 축은 위의 기록에서 보이는 서울의 북악산과 경기도 포천의 동음이라 할 수 있다.

이들 문인들이 북악산에 모여서 풍류를 즐겼던 것은 앞서 언급한 산수경치와 지리적 인접성 이외에도, 위 인용문을 살펴보면, 김용겸과 이한진에게는 조상들과 가문의 유풍을 간직한 상징적 공간이기도 했기 때문이다. 이한진을 비롯한 연암일파 문인들은 좋은 계절, 절기, 한가한 때에 자주 모임을 가진 것으로 보인다. 이들의 문집에는 풍류상을 반영하는 여러 편의 시문이 보인다.

> ① 청성(靑城) 성대중(成大中)과 심공저(沈公著)의 정원에 모였는데 이한진·박지원(朴趾源)·이심도(李審度)도 함께 모였다[21]
>
> ② 칠석(七夕) 이틀 뒤에 나주계(羅朱溪)·이한진·이사천(李麝泉)과 청성(靑城)의 직려(直廬)에서 술을 마시면서[22]
>
> ③ 이중목(李仲牧)과 함께 효재 김용겸 어른과 경산 이한진을 모시고 대은암(大隱巖)에서 노닐다[23]
>
> ④ 칠석(七夕) 이틀 뒤에 나주계·이한진·이덕무·이사문(李士文)·백동수(白東脩)·유원명(柳原明)·옥류생(玉流生)이 모여 하루 종일 노닐었다. 박지원은 늦게 왔는데 날이 저물어서야 헤어졌다[24]
>
> ⑤ 유두일(流頭日)에 나주계·이한진 및 정원림(鄭元霖)·박황(朴鋭)과 모여 두보의 시운을 써서 함께 짓다[25]
>
> ⑥ 해양(海陽)·경산(京山)·태호(太湖)·기헌(杞軒)이 모두 우리 집에 모

---

21 이덕무, 「與成靑城 集沈園 李京山·朴燕巖·李進士審度 同會」, 『靑莊舘全書』, 한국문집총간 257, 212면.
22 이덕무, 「七夕後二日 羅朱溪·李京山漢鎭·李麝泉 飮靑城直廬」, 『靑莊舘全書』, 한국문집총간 257, 211면.
23 이서구, 「同仲牧陪嘐齋金丈及李京山漢鎭 遊大隱巖」, 『惕齋集』, 한국문집총간 270, 45면.
24 성대중, 「七夕後二日 會朱溪·京山·炯菴·李士文·白永叔東脩·柳原明·玉流生 雅娛竟日 燕巖朴美仲趾源後至 逼昏乃散」, 『靑城集』, 한국문집총간 248, 386면.
25 성대중, 「流頭日 會朱溪·京山及鄭季仁元霖·朴遠甫鋭 用杜韻共賦」, 『靑城集』, 한국문집총간 248, 386면.

였다. 거문고와 피리도 가지고 오게 하여 술 마시고 노래하는 것을 돕게 하였다. 해양의 운을 써서 짓다[26]

⑦ 10월 보름 전날 밤에 경산(京山)·백석(白石)·태호(太湖)·옥류(玉流)와 모여 후적벽(後赤壁)의 즐거움을 벌였다. 밤에 피리소리와 노래도 듣고 오고(五鼓)를 두드리며 달빛 아래 뜰을 거닐었다. 인하여 '장(藏)' 자 운을 써서 짓다[27]

위의 인용한 것들은 이덕무(李德懋), 이서구(李書九), 성대중(成大中)이 지은 시의 제목들이다. 이 제목들을 통해 그들이 함께 노닐었던 인물들, 노닐었던 장소, 모임 시기, 풍류상 등이 간접적으로 확인된다. 이들은 북악산 및 자신들의 정원 등지에서 모여서 노닐었으며, 이들의 모임에서는 거문고·피리·북 등의 음악 연주와 노래는 물론 술과 시문이 어우러진 풍류 모임이었음을 알 수 있다. 이들의 모임에서 이한진이 빠지지 않는다. 이는 아마도 이한진이 통소를 잘 불고 노래도 잘하는 등 음악적 재능이 출중하였기 때문이 아닌가 한다.

이 글에서 논의하고자 하는 이한진의 음악적 재능과 이들 문인들의 풍류상을 잘 보여주는 예는 이뿐만이 아니다.

① 담헌 홍대용은 가야금을 준비하고, 성경(聖景) 홍경성(洪景性)은 거문고를 갖고 오고, 경산 이한진은 통소를 소매에 넣어 오고, 김억(金檍)은 서양금(西洋琴)을 갖고 왔다. 장악원(掌樂院) 악공인 보안(普安) 역시

---

26 성대중, 「海陽·京山·太湖·杞軒申子長號 並會弊廬 兼招琴笛 侑酒以歌 用海陽韻」, 『靑城集』, 한국문집총간 248, 408면.
27 성대중, 「十月望日前一日夜 會京山·白石·太湖·玉流 作後赤壁之娛 夜聽笙歌 五鼓乘月步庭 仍用藏字韻 時太湖將返驪江」, 『靑城集』, 한국문집총간 248, 417면.

국수(國手)인데 생황을 잘 분다. 이들이 담헌의 유춘오(留春塢)에 모였다. 성습(聖習) 유학중(俞學中)은 노래로 흥을 돋우고, 효효재 김용겸은 연장자라 상석에 앉으셨다. 맛있는 술로 거나해지자 뭇 악기들이 어우러져 연주되었다. 뜰이 깊어 대낮인데도 고요하고 떨어진 꽃잎은 계단에 가득하였다. 궁조와 우조가 번갈아 연주되니 곡조가 오묘한 경지에 접어들었다.[28]

② 스무이튿날, 국옹(麴翁)[李漢鎭?]과 함께 걸어서 담헌(湛軒)[洪大容]의 집에 갔는데 풍무(風舞)[金檍]도 밤에 왔다. 담헌이 가야금을 연주하자, 풍무는 거문고로 화음을 맞추고, 국옹은 갓을 벗어 던지고 맨상투 바람으로 노래를 불렀다. 밤이 깊어지자 떠도는 구름이 사방으로 얽히고 더운 기운이 잠깐 물러가자, 줄에서 나는 소리는 더욱 맑게 들렸다. …(중략)… 무릇 자신을 돌아보아 떳떳한 경우에는 삼군(三軍)이라도 맞설 수 있다더니, 국옹은 한창 노래 부를 때는 옷을 훨훨 벗고 두 다리를 쭉 뻗고 앉은 품이 옆에 아무도 없는 듯이 여겼다.[29]

위의 인용문에서는 이한진과 어울렸던 인사들의 풍류 현장이 더 실감나게 묘사되어 있다. ①은 성대중의 글이며, ②는 박지원의 글인데, 이 두 인용문은 서로 비슷한 시기의 일어난 일을 기록하고 있다. 박지원의 글은 유춘오악회(留春塢樂會)를 기념하여 쓰여진 글이라 할 수 있다.[30] 두 인용문에 등장하는 인물들의 생몰연대와 박

---

28 성대중, 「記留春塢樂會」, 『靑城集』, 한국문집총간 248, 466면. 洪湛軒大容置伽倻琴, 洪聖景景性操玄琴, 李京山漢鎭袖洞簫, 金檍挈西洋琴, 樂院工普安亦國手也, 奏笙簧, 會于湛軒之留春塢. 俞聖習學中, 侑之以歌, 嘐嘐金公用謙, 以年德臨高坐. 芳酒微醺, 衆樂交作. 園深晝靜, 落花盈階. 宮羽遞進, 調入幽眇.

29 박지원, 「夏夜讌記」, 『燕巖集』, 한국문집총간 252, 62~63면. 二十二日, 與麴翁步至湛軒, 風舞夜至. 湛軒爲瑟, 風舞琴而和之, 麴翁不冠而歌. 夜深流雲四綴, 暑氣乍退, 絃聲益淸. …(中略)… 夫自反而直, 三軍必往, 麴翁當其歌時, 解衣磅礴, 旁若無人者.

지원의 생애에 비추어볼 때, 이 두 사건이 벌어진 것은 1772년 전후로 추정된다. 이한진의 나이 41세를 전후한 시기의 일이다.

①은 그간 '악하풍류'라고 일컬을 수 있는 풍류의 현장이 구체적으로 묘사되어 있다는 점에서 선행연구자들이 특히 중요하게 언급한 글이다. 김용찬은 그 가운데에서도 성습(聖習) 유학중(兪學中)이 노래로 흥을 돋우었다는 표현을 들어, 이것이 이한진의 가집편찬과 관련하여 중요한 단서로 작용한다고 보았다.[31] 또한 이들이 즐겼던 풍류의 실질이 가야금, 거문고, 서양금, 생황, 퉁소가 어우러진 '줄풍류'[32]였음을 주목하였다. 특히 김종화는 이 악기들은 시조를 창영하는 가곡창의 반주로 사용되었음에 주목하여 이한진을 위시한 연암일파 문인들이 직접 시조(가곡)를 불렀을 가능성을 제기하였다.[33] 기실, 이와 관련하여 ②의 기록이 더 중요하다. 이는 박지원의 「하야연기(夏夜讌記)」의 일부이다. 유흥에 대한 전체적인 분위기는 ②와 다르지 않지만 중요한 점은 바로 '국옹(麯翁)'의 존재이다. 바로 이 국옹이 이한진으로 생각된다.[34] 이렇게 본다면, 이한진은 퉁소 연주뿐만 아니라 가창에도 소질이 있었던 것이 아닌가 사료된다. 젊은 시절부터 연마했던 이한진의 음악적 재능들은 그의 중년기 연암일파 문인들과의 풍류현장에서 빛을 발하고 있었던

---

30 박희병, 『연암을 읽는다』, 돌베개, 2006, 117~130면; 박희병, 『연암산문정독』 1, 돌베개, 2007, 89~102면 참조.

31 김용찬, 앞의 논문, 266면.

32 '줄풍류'에 대해서는 임형택, 「18세기 예술사의 시각」, 『실사구시의 한국학』, 창작과비평사, 2000, 234~241면 참조.

33 김종화, 앞의 논문, 23면.

34 김명호는 麯翁이 구체적으로 누구의 호인지는 알 수 없으나, 국옹이 홍대용의 벗으로, '姓은 李氏이며 시와 글씨에 빼어났다'고 하는 『湛軒書』의 기록으로 미루어, 조심스럽게 국옹이 이한진의 一號일지 모른다는 가능성을 제기하였다. 아마도 연암그룹 내의 교유관계 측면을 고려할 때, 매우 타당한 견해가 아닌가 사료된다. 신호열·김명호, 『국역 연암집』 1, 민족문화추진회, 2005, 312면 참조.

것이다.

이한진은 중·장년기에 효효재 김용겸을 통해 연암일파 문인들과 교유하면서 풍류를 즐겼음이 확인된다. 그들이 향유한 풍류의 실질은 좋을 때를 기약하여 북악산과 개인 정원을 중심으로 자주 교유하여 노닐었던 것으로 파악되며, 여기에서는 시(詩)·주(酒)·악(樂)이 아울린 모임을 거행하였다. 특히 이들의 풍류 현장에서는 퉁소 연주와 가창이 어울린 이한진의 음악적 재능이 발현된 것으로 보인다.

5. 노년기 : 永平으로의 은거와 洞陰風流

이한진은 그의 나이 50대 중반까지도 과거에 급제하지 못하였다. 앞서 언급하였듯이 조부 이후로 그의 집안은 쇠락의 길을 걸었기에 경제적으로 어려운 상황이 지속되었던 것으로 보인다. 게다가 악하풍류(岳下風流)를 함께하였던 홍대용이 1783년에 죽고, 그의 스승인 김용겸도 1789년에 세상을 떠났다. 특히 그의 아내마저 죽게 되자 이한진은 더 이상 서울 생활을 지속하기에 곤란하였고, 결국 그는 모든 식솔들을 이끌고 경기도 영평(永平, 포천)³⁵으로 이주하기에 이른다. 그의 은거와 관련하여서는 다음 글이 좋은 참고가 된다.

> ① 또 그[이한진]의 어진 아내를 잃자 그의 가솔들을 이끌고 동음(洞陰) 산속으로 들어가 선산[松楸]에 이르러 장차 그들과 더불어 생애를 마치

---

35 『新增東國輿地勝覽』을 살펴보면, 조선시대 행정구역 중 현재의 경기도 포천에 해당하는 곳으로 '抱川縣'과 '永平縣'이 있었다. '洞陰'은 永平縣의 異名이다.

려 하였다. 그가 떠나려 할 때 그를 전송하는 자가 고을의 반이었다.[36]

②이 서첩은 공(이한진)이 신해년(1791) 5월 동음(洞陰)의 산중으로 은
거하였을 때, 장마가 열흘 넘게 이어져 무료하여 두보(杜甫)와 주자(朱
子)의 시(詩) 여러 수를 쓴 것이다.[37]

위의 인용문 ②에서 구체적으로 이한진이 영평으로 은거한 것은
그의 나이 60세인 1791년 5월인 것을 알 수 있다. 그렇다면 이한진
은 왜 하필이면 영평으로 은거한 것일까? 여기에는 이한진이 영평
과 관계된 연고가 있었기 때문이다. 우선 영평은 이한진의 조부 이
형보(李衡輔)가 현령으로 재직하였던 곳이다. 이 때문에 이 영평 지
역에는 이한진 가문의 선산(先山)이 위치하고 있었다.[38] 위의 인용
문 ①에서 그가 은거하면서 선산 부근에 집자리를 마련하였음을
확인할 수 있다. 게다가 이 지역은 그의 외가인 안동 김문과 깊은
연관이 있는 지역이었다. 숙종대(肅宗代) 안동 김문이 실세하였을
때, 그의 외고조부가 되는 김수항(金壽恒)이 포천 백운산 아래에 은
거해 있었다. 이때 김수증(金壽增)은 화천 화악산 아래에 은거해 있
었다. 이후 그의 외증조부인 김창흡(金昌翕) 바로 동음(洞陰) 지역
에 있는 삼부연(三釜淵)에 은거해 있었다. 또 평생을 벼슬하지 않았
던 노가재(老稼齋) 김창업(金昌業)은 영평에서 농사를 지으며 은거
하였다. 따라서 이한진이 은거한 영평은 그의 외가와도 인연이 깊

---

36 성대중, 「送李仲雲盡室入洞陰序」, 『靑城集』, 한국문집총간 248, 440면. 又喪其賢
  配, 挈家入洞陰山中, 依止松楸, 將以之而革命. 方其將去, 餞者半都.

37 성해응, 「題京山李公篆隷帖後」, 『研經齋全集』, 한국문집총간 279, 401면. 此帖, 公
  於辛亥中夏, 歸隱洞陰之山中, 霖雨經旬無聊, 寫杜工部朱晦菴詩數疊.

38 김종화의 연구에 따르면, 이한진의 묘소도 현재 포천군 창수면에 위치하고 있다
  고 한다. 김종화 앞의 논문, 6면 참조.

은 곳이었다.

그러나 정작 이곳 영평은 서울과 100리쯤 떨어진 하루거리로 도성과 그다지 멀지 않다는 점이 중요하게 고려되었던 것으로 보인다. 앞의 인용문을 보면 이한진이 속세와 단절하고 은거한 것 같지만 사실은 그와는 좀 다르다. 이한진은 영평으로 은거를 하면서도 출사에 대한 미련을 버리지 않았다. 앞서 이한진이 55세였던 정조 10년(1786)까지도 노론의 당론에 적극 참여하는 정치적 행보를 보이고 있음을 언급하였다. 이때까지만 해도 이한진의 신분은 분명 '유학'이었다. 그런데 이한진 나이 64세인 정조 19년(1795) 4월 18일조 『승정원일기(承政院日記)』 기사 중, 신광하(申光河)가 정조에게 아뢰는 내용 중에 이한진의 이름이 언급된다.[39] 여기에는 이한진의 신분이 '생원(生員)'으로 표기되고 있다. 주지하듯이 생원은 소과(小科)인 생원과에 합격한 사람을 지칭하는 것이다. 정확한 연대를 확인하기는 어렵지만, 추측건대 이한진은 영평으로 은거한 1791년부터 1795년 사이에 만년의 나이로 소과에 급제하였던 것으로 보인다. 따라서 이한진은 비록 나이도 들고 영평으로 은거는 하였지만, 출사에 대한 미련을 모두 버리고 은거한 것은 아니었음을 알 수 있다. 그가 출사 의지를 접은 것이 아니었다는 점은 바로 이러한 만년의 신분 변화가 증명해준다. 이한진이 도성을 떠나 영평으로 은거한 데에는 무엇보다도 그의 부인 사후에 경제적으로 더 이상 도성 생활을 지탱하기 힘들었기 때문이었던 것 같다.[40]

39 『承政院日記』 正祖 19年 4月 18日(戊戌) 申光河, 以成均館兼大司成意啓曰: 昨日動駕時, 不參祇迎儒生, 衆所共知實故外, 竝停擧事, 命下矣. 臣謹依聖敎, 不參諸儒, 一一查實, 生員權應錫·黃嗣永·許임·李之牧·朴道欽·李漢鎭·李相齡·李義用·李永錫·韓毅鎭, 進士沈翼賢·李章垕·南學中·金鑢·蔡弘臣·洪樂膺·徐有行·尹景義·金鐮·韓錫祜·朴呂壽·崔弘岱·李鼎圭等二十三人, 竝停擧. …(後略)…

40 경제적으로 도성 생활을 유지하기 어려워 시골로 은거한 경우는 이한진과 교유

한편, 이한진이 영평에 은거해 있을 때, 그에게 기쁜 소식이 당도한다. 그것은 바로 서울에서 그와 교유하였던 박제가(朴齊家)가 1795년 영평현령으로 부임하였던 것이다. 영평 은거 시기에는 박제가와 이한진의 교유 면모가 많이 드러난다. 특히 이러한 모습들은 박제가가 남긴 시문을 통해 확인된다.

> ① 눈 온 뒤에 경산(京山) 어른을 방문하다[41]
> ② 정월대보름에 경산 어른, 권노인(權老人)과 함께하다[42]
> ③ 비오는 중에 경산 어른께 부치다[43]
> ④ 경산 어른이 밤에 금객(琴客)을 데리고 옴을 기뻐하여[44]

위의 인용한 목록은 모두 박제가가 쓴 시의 제목들이다. 박제가는 이한진보다 18살 아래였다. 비록 그는 영평현령이었지만 이한진을 연장자로서 공경히 예우하고 있음이 확인된다. 특히 눈·비가 내릴 때 안부차 방문하기도 하고 시를 써서 편지를 대신하기도 하였다. 또 정월대보름이나 이따금 달 밝은 밤에 모여서 함께 음악을 연주하기도 하였다. 도성에서의 풍류를 그대로 이곳 영평으로 옮겨온 것이다.

또 이한진은 박제가와 함께 영평 일대의 승경지를 유람하며 풍

하였던 인물들 사이에 더 보인다. 白東脩는 1773년 도성을 떠나 '麒麟峽'(강원도 인제)으로 은거하였다. 朴趾源도 1771년 '燕巖峽'(황해도 금천)을 답사한 후 은거를 결심하였다. 이들이 도성을 떠나 은거를 결심하게 된 직접적인 이유는 무엇보다도 관직에 진출하지 못한 데서 오는 경제적인 어려움이라 생각된다. 그렇지만 이들은 이후에 관직이 주어지자 모두 다시 도성으로 돌아왔다.

41 박제가, 「雪後訪京山李丈」, 『貞蕤閣集』, 한국문집총간 261, 557면.
42 박제가, 「上元同京山權老人竑」, 『貞蕤閣集』, 한국문집총간 261, 557면.
43 박제가, 「雨中寄京山丈人」, 『貞蕤閣集』, 한국문집총간 261, 563면.
44 박제가, 「喜京山攜琴客夜至」, 『貞蕤閣集』, 한국문집총간 261, 566면.

류를 즐겼다. 여기에는 이한진과 동년배인 성대중과 그의 아들 성
해응도 함께 하였다. 성해응은 승경 유람을 기록하여 글로 남기고
있다.

> 삼부연(三釜淵)은 영평(永平) 북쪽 철원(鐵原)의 경계 용화동(龍華洞)에
> 있다. 삼부락(三釜落)이라고도 하는데 이는 예북(濊北)의 방언에서 폭포
> 를 '락(落)'이라고 하기 때문이다. 이곳은 옛날 삼연(三淵)선생이 살던 곳
> 이다. 푸른 바위가 수십 길이 되며, 세 개의 폭포가 흘러내리는데, 가장 아
> 래 있는 폭포가 가장 장관이다. 물이 맑고 깨끗하여 실이나 머리카락도 비
> 출만하다. …(중략)… 내[成海應]가 달밤에 유람하며 달 아래에서 폭포수
> 에 다가가니, 빛이 흰 비단 같고 솟아오르는 물거품들이 더욱 어질어질하
> 였다. 때때로 경산 이한진과 동음령(洞陰令) 박제가 더불어 폭포수 아래에
> 서 노닐며 술을 마시고 시를 주고 받았다.[45]

이 인용문은 성해응이 쓴 「기동음산수(記洞陰山水)」의 일부로 삼
부연(三釜淵)에 대해 기록한 것이다. 성해응의 글에는 삼부연 이외에
도 백로주(白鷺洲), 화적연(禾積淵), 금수정(金水亭), 창옥병(蒼玉屛)
등이 더 있다. 이들 언급한 곳은 모두 영평 일대의 승경지이다. 예전
에 악하풍류를 함께 했던 문인들이 이제 이곳에 은거해 있는 이한진
과 현령이었던 박제가를 방문하여 이들 승경지에서 함께 노닐었던
것으로 보인다. 이는 비단 한두 차례에 그친 것이 아니었던 것으로 생
각된다. 아울러 이들의 산수 유람에 빠질 수 없는 것은 술과 시문이었

---

45 성해응, 「記洞陰山水」, 『研經齋全集』, 한국문집총간 275, 54면. 三釜淵在永平北鐵
原境龍華洞. 一稱三釜落, 濊北方言謂瀑爲落, 舊三淵先生所居也. 蒼巖可數十丈, 有三
瀑注下, 最下瀑甚壯. 湛然澄澈, 可鑑絲髮. …(中略)… 余嘗乘月而觀, 月臨瀑水, 光如
匹練, 飛沫益眩. 時京山李公與洞陰令朴在先遊瀑下, 傳飮談詩.

다. 이뿐만이 아니다. 이한진은 이후 1799년 8월에도 박제가, 성해응과 함께 인근 고을인 철원(鐵原)의 승경지를 두루 유람하였다. 그리고 마찬가지로 성해응이 「철성산수기(鐵城山水記)」[46]를 지었다.

한편, 이한진의 일부 시조는 동음의 산수 유람 과정에서 지어진 것으로 보인다.

〈#238〉[47]

玉簫를 손의 들고 金水亭 올나가니

銀鉤 鉄索이 石面의 붉아쏘다

至今에 楊蓬萊 업스니 놀 니 업스 ᄒ노라.

〈#239〉

蒼玉屛 깁흔 골의 廟門이 嚴肅ᄒ니

三賢 同臨이 萬古의 빗나도다

夕陽의 晩學後生이 不勝景仰ᄒ여라.

위 작품은 이한진편『청구영언』소재 작품이다. 이 작품은 본래 작가 표기가 되어있지 않은 작품이지만, 김종화는 이한진의 작품으로 추정하고 있다.[48] 이 작품은 이한진이 동음산수를 유람하면서 쓴 작품이라고 생각된다. 첫째 작품의 금수정(金水亭)은 동음의 승경지 가운데 하나로, 이곳에는 봉래(蓬萊) 양사언(楊士彦)의 현판 글씨와 그의 시구가 돌벽에 남아 있다.[49] 옥소를 손에 들고 금수정

---

46 성해응,「鐵城山水記」,『研經齋全集』, 한국문집총간 273, 188~189면.
47 이 글에서 인용하는 시조의 작품번호는 모두 이한진편『청구영언』의 작품번호이다.
48 김종화는 이한진편『청구영언』소재 #235~#241 7수를 이한진의 작품으로 추정하였다. 이에 대한 자세한 논의는 김종화, 앞의 논문, 48~61면 참조.

에 올라 양사언의 글씨를 바라보는 그의 면모는 기본적으로 유람
행위의 연장선에 놓이는 것으로 보인다. 둘째 작품 역시 동음의 승
경지 가운데 하나인 창옥병(蒼玉屛)을 유람하고 쓴 것으로 보인다.
이 작품에서는 창옥병 근처에 있는 옥병서원(玉屛書院)도 방문하
였다. 이곳은 선조(宣祖) 때 율곡(栗谷)을 변론하여 서인으로 지목
받고 탄핵당하여 영평에 은거한 사암(思菴) 박순(朴淳), 광해군(光
海君) 때 영평에 은거한 동은(峒隱) 이의건(李義健), 그의 외고조부
로 백운산 아래 은거했었던 김수항의 위패를 모신 곳이다. 작품에
보이는 '삼현(三賢)'이란 바로 이들 세 인물을 가리킨다. 이들은 모
두 이곳 영평에 은거했던 인물들인데, 이들 세 인물이 은거한 것은
정치적인 불우함의 소산이라는 점에서 이한진은 이들과 은거의 측
면에서 동질감을 갖고 있었던 것으로 보인다. 특히 종장의 '만학후
생(晚學後生)'이라는 표현을 통해 그가 아직도 학업을 포기하지 않
았음을 엿볼 수 있다.

　이한진은 그의 나이 60세에 모든 식솔들을 이끌고 영평에 은거
하였다. 그러나 그가 현실을 완전히 등지고 은거한 것은 아니었다.
영평 은거 후 박제가가 현령으로 부임하면서 박제가와 교유한 면
모들이 확인되며, 여기에 성대중·성해응 등의 문인들과 함께 동음
과 철원 일대의 승경지를 유람하여 풍류를 즐긴 점들을 확인할 수
있다.

49　성해응의 문집에는 楊士彦의 시구에 이한진이 화답한 시구가 남아 있다. 성해응,
　「詩話·蓬萊詩句」, 『硏經齋全集』, 한국문집총간 277, 486면. 蓬萊詩. 綠綺琴伯牙心,
　一鼓復一吟, 鍾期是知音. 冷冷虛籟起遙岑, 江月娟娟江水深. …(中略)… 京山李公和
　之日: 膝上琴世外心, 洞庭龍夜吟, 南郭天籟音. 一彈浮雲逗遙岑, 月明空山深復深.

6. 말년기 : 출사의 좌절과 『靑丘永言』의 편찬

이한진이 비록 영평에 은거해 있었지만 그에게 출사의 기회가
전혀 없던 것은 아니었다. 그가 1791년부터 1795년 사이에 소과에
급제하여 생원 신분이 되었음은 앞 장에서 언급하였다. 이때 이후
에 이한진에게도 드디어 출사의 기회가 찾아왔다. 그것은 다름 아
닌 이한진의 뛰어난 서예 실력이 계기가 되었다.

> ⏢ 조정에서 그가 전서와 예서에 뛰어나다는 것을 듣고 그를 들어 문신
> 과 더불어 매달 전자(篆字) 40여 자를 쓰게 하였는데, 이것마저도 버리
> 고 떠나갔다.[50]

> ⏥ 공[李漢鎭]은 전예(篆隸)를 잘하여 주문(籒文)의 오묘한 비결을 깊이
> 체득하였다. 그리하여 크고 작은 비문(碑文)과 묘갈(墓碣) 및 여러 누정
> 에 공의 글씨로 된 것이 많이 전한다.
>
> 기유년(1789) 사도세자(思悼世子)의 능을 옮길 때 다른 사람을 대신
> 하여 비전(碑篆)을 써 올린 적이 있었기에 선왕께서 살펴 알고 있었다.
> 그 10년 뒤 경신년(1800)에 유생의 삭서(朔書)[51]를 받을 적에 고관(考官)
> 이 공이 쓴 글씨를 잘못보아 하등(下等)에 두었는데, 선왕께서 말씀하
> 시기를, '이 재考官]는 서법을 알지 못하는 자로다. 이 사람[李漢鎭]이
> 고등(高等)을 차지하지 않는다면 누가 하리오?'라고 하시고는 장원을
> 바꾸라고 명하셨다.

---

50 성해응, 「世好錄」, 『研經齋全集』, 한국문집총간 275, 41면. 朝廷聞篆隸名擧之, 與
    文臣並書篆四十字, 月以爲常, 旣又棄之.
51 朔書 : 조선시대에 承政院에서 매달 초하룻날에 시행하던 글씨 시험. 주로 堂下 문
    관을 뽑아 楷書와 篆書를 써내게 하였다.

또 병풍 족자에 글씨를 써 올리라고 명하시고는 많은 물건들을 내려 영예롭게 하셨다. 또 공과 친한 자를 통해 베[布]를 보내시며 하교하시기를, '내가 너의 노고를 갚지 못했노라. 그러나 내가 어찌 그 일을 잊겠는가? 적절한 때가 있으리니 기다리도록 하라!'고 하였다. 이는 사도세자 능의 비석에 글씨를 쓴 일을 가리키는 것이었다.

공은 황감하여 공경히 그 성교(聖敎)를 받들었다. 그런데 이 해 여름 선왕께서 승하하셨다. 공이 말하기를, '성의(聖意)가 정중하였었는데, 어찌 이처럼 기구하단 말인가!'라고 하였다. 말을 마치자 두 눈에서 눈물이 흘렀다.[52]

위 인용문을 보면, 조정에서 글씨가 뛰어났던 이한진에게 정기적으로 전자(篆字)를 써서 바치게 하였음을 알 수 있다. 이는 조정에서 소요되는 병풍이나 족자 등을 제작하여 보급하기 위한 목적이었다. 이러한 내용은 이규상(李圭象, 1727~1799)이 지은 「병세재언록(幷世才彦錄)」에도 확인된다. 이규상은 '명관(名官)들이 많이 이한진의 전서(篆書)를 요청해서 공가(公家)에 쓰이는데 이바지했다'[53]고 하여, 이한진이 지속적으로 조정에 글씨를 써서 올렸음을 알 수 있다. 이는 앞 장에서 논의한 영평으로의 은거가 현실을 완전히 등진 은거가 아니었음을 보여주는 것이라 할 수 있다. 이렇듯 이한진은 영평

---

52 홍직영, 「京山李公傳」, 『小洲集』, 연세대 소장본. 公善篆隸, 深得擂斯妙訣, 大小碑碣, 遠近樓觀, 公之手蹟, 多少留傳云. 己酉遷園時, 嘗替人書進碑篆, 先大王俯諦之矣. 後十年庚申, 因儒生朔書, 考官誤實公所書者於下考, 先王覽之曰: "此不知書法者也. 此人不占高等, 而誰爲之耶?" 命易實壯元. 又命書進屛簇, 多賜物種, 以榮寵之. 使親於公者寄布, 下敎曰: "爾勞不酬矣. 子何忘之. 會有其時, 須俟之." 蓋指書碑事也. 公感惶, 恭承聖敎. 是年夏, 先王昇遐. 公曰: "聖意鄭重, 而奈此畸窮何?" 言已泫然.

53 이규상, 민족문학사연구소 한문분과 역, 『18세기 조선인물지−병세재언록』, 창작과비평사, 1997, 137면, 281면. 李漢鎭. 字仲雲, 能書篆, 乏骨氣, 一時名官, 多倚其篆, 供公家之進.

은거 이후에도 현실과 일정한 관계를 지속적으로 이어가고 있었다.

특히 ②에서는 이한진이 정조에게 그 능력을 인정을 받고 중용될 수 있었던 상황이었다. 예전에 사도세자(思悼世子) 능을 옮길 때에 이한진이 비전(碑篆)을 썼고, 이러한 사실을 정조가 잊지 않고 있었던 것이다. 이것이 계기가 되어 정조가 직접 이한진에게 등용을 암시하는 발언을 한 것이다. 왕이 직접 한 발언이기에 분명 빈말은 아니었을 것이다. 이한진으로서는 출사할 수 있는 생애 최대의 기회가 찾아온 것이다. 그렇지만, 급작스런 정조의 죽음으로 이 모든 것이 무산되어 버렸다. 이때가 이한진의 나이 69세였다.

이한진은 이때 이후로 벼슬에 대한 미련을 모두 버리고 그의 은거지 영평에서 속세를 잊고자 했던 것으로 보인다. 그의 〈속어부사(續漁父詞)〉와 시조 몇 수는 이 시기 이한진의 심리를 대변해준다.

> 옛날 황산곡(黃山谷)[黃庭堅]이 현진자(玄眞子)[張志和]의 남은 뜻을 이어받아 어부사(漁父詞)를 이룰 수 있었으니 오늘에 이르러서도 여전히 원대한 생각을 볼 수 있다. 지금 경산(京山)도 도산(陶山)의 유곡(遺曲)을 이어 도가(棹歌) 8장을 지었는데, 한 장은 4구요 각각 두 번 돌아 농단(弄斷)을 하여 속세를 초월하여 시골 하리지음(下俚之音)을 답습하지 않았으니, 바로 이른 바 '綠萍身世白鷗心'이라는 것이다. 산옹(山翁)[李漢鎭]의 집 진루(秦樓)에 옥소(玉簫)가 있는데, 그것으로 변치성을 만들기를 기필하였으니 이는 물외(物外)에 소리를 의탁하여 예전의 불우한 탄식을 다시 흩어 버리고자 해서였다.[54]

---

54 박규순, 이한진편, 「京山翁續漁父詞序」, 『靑丘永言』. 昔黃山谷述玄眞子餘意, 足成漁父詞, 至今猶見遐想. 今京山又續陶山遺曲, 作棹歌八章, 章四句, 各再轉爲弄斷, 超然塵陌間, 不襲下俚之音, 正所謂'綠萍身世白鷗心'者也. 山翁家秦樓有玉簫, 必以之爲變徵, 寄聲於物外, 從前不遇之歎, 聊復蕭散而已.

윗글은 박규순(朴奎淳)이 쓴 서문으로 〈속어부사〉 창작의 배경을 살필 수 있는 자료이다. 윗글을 참고할 때, 이한진이 〈속어부사〉를 지은 중요한 이유는 바로 '불우지탄(不遇之歎)'의 해소에 있었다. 이한진의 불우지탄이란 바로 정조의 죽음으로 인한 출사의 좌절이었던 것으로 짐작된다. 이 불우지탄의 해소를 위해 그가 선택한 방법은 음악적으로는 자신의 특기였던 통소로 변치성을 만들고, 여기에 속세의 하리지음(下俚之音)과는 구별되는 고상한 가사를 지어 부르는 것이었다. 이를 통해 현실과의 심리적 거리감을 확보하려 했던 것이다.[55]

이러한 현실에 대한 심리적 거리감은 그가 지은 시조 작품에서도 확인할 수 있다.

〈#237〉

白雲은 簷下의 자고 倦鳥는 林中의 진다

數村鷄犬이 野人家의 風味로다

人間世를 다 니즈시니 어늬 벗이 츠자오리.

〈#240〉

벼슬를 브리거다 졋나귀로 도라오니

새 ᄀᆞ을 金水亭의 여윈 고기 슬지도다

아희야 그물 더져라 날 보내려 ᄒᆞ노라.

위 두 작품의 전체적인 분위기는 일견 산림에서 소요하는 한객의 형상이라고도 할 수 있다. 그러나 조금만 유심히 살펴보면, 은거

---

55 이한진의 〈속어부사〉에 대한 자세한 분석은 이상원, 앞의 책, 144~150면; 이형대, 앞의 책, 181~186면 참조.

생활의 풍류를 이야기하면서도 속세에 대한 단절감이나 현실에 대한 부정적 인식 등이 드러난다. 첫째 수 종장의 '인간세(人間世)를 다 니즈시니', 둘째 수 초장의 '벼슬를 ㅂ리거다 젓나귀로 도라오니' 등의 표현을 통해, 비록 신림에서 은거하여 노닐고 있지만, 자신의 은거지와 현세를 대립적으로 인식하면서 소요하는 고도의 자기 억제와 긴장된 심미감을 읽어낼 수 있다.

한편, 이한진에게도 드디어 출사의 기회가 찾아왔다. 그렇지만 이한진은 벼슬에 나아가지 않았다. 그간 선행연구에서는 이한진의 출사문제와 관련하여 본래부터 출사의지가 없이 벼슬살이에 초연하였다는 입장이 우세하였다. 이 문제에 대해서는 이미 앞에서 그렇지 않음을 살폈다. 그렇다면 그에게 찾아온 만년의 출사 포기는 어떠한 이유에서인가? 이에 대해서는 『승정원일기』 두 기사에 자세히 나와 있다.

> ① 조윤수(曹允遂)가 이조(吏曹)에서 올린 글로 아뢰기를, "선공감(繕工監) 임시 감역관(監役官) 유언부(兪彦傅)가 올린 글에 이르기를 '저는 평소 천식을 앓았는데, 환절기를 당하여 병세가 더욱 심해져서 시일 내에 전혀 직책을 받을 수 없을 듯합니다.'라고 하였습니다. 그의 병세가 이와 같아서 억지로 임무를 맡기기에 어려움이 있으니, 지금 새로 임명하는 것이 어떻습니까?"하고 하니, 전교하기를 알았다고 하였다. …(중략)… (그러고는) 이한진(李漢鎭)을 임시 감역관으로 삼았다.[56]

---

56 『承政院日記』純祖4年(1805) 7月 10日(丙申) 曹允遂, 以吏批言啓曰: "繕工監假監役官兪彦傅呈狀內, '矣身素患痰癖之症, 當此換節之時, 一倍添劇, 時日之內, 萬無供職之望'云, 其身病旣如是, 則有難强令察任, 今姑改差, 何如?" 傳曰: "允." …(中略)… 李漢鎭爲假監役.

②서형수(徐瀅修)가 이조에서 올린 말로 아뢰기를, "새로 제수한 선공
감(繕工監) 감역관(監役官) 이한진(李漢鎭)이 관직을 제수 받고도 기한
이 넘도록 출사하지 않으니 전례에 의거하여 새로 임명하는 것이 어떻
습니까?"라고 하니, 전교하기를 알았다고 하였다.[57]

위 인용문에서 이한진이 벼슬에 임명되는 과정과 출사하지 않은
분명한 이유를 확인할 수 있다. 그동안은 이한진이 감역관을 제수
받고도 벼슬에 대한 뜻이 없어 나아가지 않은 것으로 이해하였다.
이는 사실과 다르다. ①을 보면, 이한진이 선공감 감역관이 임명되
게 된 것은 전임자인 유언부(俞彦傅)의 병환 때문이었다. 그마저도
이한진에게는 정식 벼슬이 아닌 임시 직책이었다. 이뿐만이 아니
었다. 실제로 이한진은 노환으로 담증(痰症)을 앓아서 오른쪽 다리
가 편치 않았다.[58] 따라서 당시 이한진의 나이는 74세로 상당한 고
령에다가 몸도 불편하였으므로, 낮으면서 임시직이었던 벼슬에 나
아가기를 포기한 것이라 할 수 있다.

이한진이 생애 마지막으로 심혈을 기울인 작업은 바로 자신만의
가집(歌集) 편찬이었다. 이한진편 『청구영언』의 맨 마지막 장에는
'경산팔십삼세 불용안경서(京山八十三歲 不用眼鏡書)'라고 쓰여 있

---

57 『承政院日記』純祖 4年(1805) 9月 5日(辛卯) 徐瀅修, 以吏曹言啓曰: "新除授繕工監
役官李漢鎭, 除拜後過限未出仕, 依例改差, 何如?" 傳曰: "允."
58 이한진이 시와 함께 편지 형식의 서문을 적어서 성대중에게 보낸 글에 자신의 병
환을 기록하고 있다. 성대중의 문집에는 여기에 화답하는 시와 함께 이한진의
글을 덧붙여 놓았다. 성대중, 「和京山次香山病風詩」, 『靑城集』, 한국문집총간
248, 410면. 附京山詩序. 己未十二月, 余適患痰, 右股不仁. 偶閱白香山病中詩序, 有
曰: 開成己未, 余年六十有八. 冬十月甲寅朝, 始得風痹之疾, 體瘝目眩, 左足不支. 余早
棲心釋梵, 浪跡老莊, 因疾觀身, 果有所得, 杜門高枕, 仍成病風詩. 詩曰: 六十八衰翁,
垂衰百疾攻. 朽株難免蠹, 空穴易生風, 肘瘁宜生柳, 頭旋劇轉篷. 恬然不動處, 虛白在
胸中. 吾輩之年, 俱是六十有八歲, 歲適己未, 病亦近似, 千載之下, 可以相憐. 仍次其
韻, 謹呈同庚靑城座下.

어서, 이 가집이 그의 나이 83세인 1814년에 최종 편집되어 기록된 것임을 알 수 있다. 시기적으로 이때는 이한진 죽기 1년 전이었다. 그렇다면 이한진은 왜 이런 고령의 나이로 가집을 편찬해야만 했던 것일까? 필자는 가집의 편찬 시기에 주목을 해야 할 필요가 있다고 본다. 그리고 이러한 편찬 시기와 관련하여 조심스럽게 이한진편 『청구영언』이 이한진이 자신의 생애를 회고하며 개인적인 음악생활을 정리하기 위한 편찬물이 아니었나 추정해본다. 여기에는 이렇게 추정하는 몇 가지 단서들이 있다.

우선, 가집의 편찬 시기가 이한진 나이 83세로, 이는 죽기 1년 전에 해당한다. 따라서 자신의 가창 및 반주에 활용하고자 하는 실질적인 이유라고 하기에는 어려운 것이 아닌가 한다. 아울러 가집의 편찬은 대체로 자료의 수집·정리와 전파가 주목적이다. 이를 위해 편찬자들은 상당한 공을 들인다. 『청구영언(靑丘永言)』, 『해동가요(海東歌謠)』, 『가곡원류(歌曲源流)』 등 주요 가집들을 살펴보면, 가집의 서발(序跋)은 물론이요, 악곡정보, 작품 작가의 자호(字號) 및 관련 정보, 번역한시, 작품의 서발, 작품 창작의 배경 등을 상세히 기록하고 있다. 이는 사대부 가집인 『병와가곡집(甁窩歌曲集)』이나 『삼죽사류(三竹詞流)』 등도 크게 다르지 않다. 그렇지만 이미 선행 연구들에서 언급되었듯이, 이한진편 『청구영언』은 서발도 없으며, 아무런 악곡정보도 없다. 또 작품의 수록 체제도 일정한 원칙이 보이지 않으며, 심지어 작가 정보에도 오류가 많다. 따라서 이한진은 애초 가집을 기획할 때부터, 김천택과 김수장이 『청구영언』과 『해동가요』를 편찬하면서 서문에서 피력한 '도광전언(圖廣傳焉)'[널리 전할 것을 도모함]의 의식이 없었던 것으로 보인다.

또 유명(有名) 작가군의 경우 자신의 조상인 이직(李稷), 외가 인사인 김상헌(金尙憲)·김창흡(金昌翕)·김창업(金昌業)·김용겸(金用謙) 등과 이한진과 함께 어울렸던 반치(半癡)[李台明][59]·김홍도(金弘道)·송용세(宋龍世)·창성위(昌城尉)[黃仁點]·민성천(閔成川) 등이 있어서 이한진과 관계된 인물의 작가명이 많이 보인다는 점도 그러하다. 마지막으로 #241 작품 뒤에 자신이 지은 〈속어부사(續漁父詞)〉를 수록하고 있다. 〈속어부사〉 뒤에는 16수의 시조가 더 있다. #235~#241 7수를 이한진의 작품으로 볼 경우, 자연스레 자신이 창작한 작품들을 군집화하고 있는 것임을 추정할 수 있다.

이상을 종합해서 본다면, 이한진 편 『청구영언』은 널리 전파할 목적 없이 이한진이 죽기 전에 자신의 생애를 되돌아보고 함께 교유했던 인사들을 회고하면서 자신의 개인적인 음악생활을 정리한 가집이 아닌가 생각된다.

끝으로 가집 맨 끝에 붙어 있는 당나라 유우석(劉禹錫, 772~842)의 「누실명(陋室銘)」이 어쩌면 이한진편 『청구영언』의 발문(跋文)을 대신하는 자신의 마지막 감회를 대신한 짤막한 후기(後記)가 아닐까 한다. 「누실명」에서 풍겨오는 분위기가 이한진의 은거의 모습을 너무도 잘 대변해주는 듯하다.

> 산은 높이가 중요한 게 아니라 신선이 있으면 이름이 나고,
> 물은 깊이가 중요한 게 아니라 용이 있으면 신령해진다네.
> 이곳은 누추한 집이지만, 나의 덕은 향기롭다.
> 이끼는 뜨락에 올라 푸르고, 풀빛은 주렴에 들어 푸르도다.

---

59 '半癡'는 그간 미상 인물로 알려져 왔으나, 최근 김영진에 의해 반치의 이름이 李台明이며 成宗의 왕자인 靈山君의 후손으로 北岳山 일대에 살았다는 것이 확인되었다. 김영진, 「조선후기 시가 관련 신자료(1)」, 『한국시가연구』20, 한국시가학회, 2006 참조.

담소하는 데에 큰 선비가 있고, 왕래하는 데에 백정이 없도다.

남양(南陽) 제갈량(諸葛亮)의 오두막, 서촉(西蜀) 양자운(揚子雲)의 정자.

공자께서 말씀하셨지, '어찌 누추함이 있겠는가!'[60]

7. 결론

지금까지 경산 이한진의 생애를 주요 시기별로 나누어 삶의 주요 국면들을 중심으로 탐색함으로써 그의 문예 활동의 면모를 살펴보았다. 앞의 논의를 정리하는 것으로 논의를 마무리 짓고자 한다.

이 글에서는 그간 자료의 부족으로 소홀하게 취급되었던 이한진의 생애와 문예활동의 면모를 보다 풍부하고 유기적으로 서술하고자 하였다. 이한진의 생애에 대한 충분한 탐색이 전제되어야, 향후 이한진편 『청구영언』과 그의 시가작품의 이해에 깊이 있는 연구 시각이 확보될 것이기 때문이다. 이를 위해 이 글에서는 최근 발굴·소개된 「경산이공전(京山李公傳)」 및 이한진과 교유한 여러 문인들의 문집 기록과 『승정원일기』 등을 활용하였다.

이한진은 그의 부친이 안동 김씨 가문과 혼인으로 인척 관계를 형성하면서, 이러한 혈연·인척관계가 기본적으로 이한진의 교육과 교유관계의 범위를 결정하게 되었고, 이후 그의 삶의 방향을 결정하는 중요한 계기로 작용하였다.

어린 시절 이한진은 외가에서의 수학을 통해 농암·삼연의 낙론계 학풍의 영향 아래에서 성리학을 강마하였으며, 아울러 그의 스

---

60 山不在高, 有仙則名, 水不在深, 有龍則靈. 斯是陋室, 惟吾德馨. 苔痕上階綠, 草色入簾青. 談笑有鴻儒, 往來無賓丁. 南陽諸葛廬, 西蜀子雲亭. 夫子云, 何陋之有.

승인 김용겸을 통해 음률을 익히고 외가에 이어 내려오던 서법을 체득하면서 점차 그에 대한 명성을 얻어간 것으로 보인다.

그의 가문은 쇠락의 길을 걷고 있었던 시절이라서 이한진에게 입신출세에 대한 지향은 그만큼 더욱 강하게 작용하였을 것이라 짐작된다. 이에 청년 시절 이한진은 과거 공부를 통해 입신출세를 도모하는 한편, 실제 정치적으로도 노론의 당론에 적극 참여하고 있었다.

이한진은 중·장년기에 효효재 김용겸을 통해 연암일파 문인들과 교유하면서 풍류를 즐겼음이 확인된다. 그들이 향유한 풍류의 실질은 좋을 때를 기약하여 북악산과 개인 정원을 중심으로 자주 교유하여 노닐었던 것으로 파악되며, 여기에서는 시(詩)·주(酒)·악(樂)이 아울린 모임을 거행하였다. 특히 이들의 풍류 현장에서는 퉁소 연주와 가창이 어울린 이한진의 음악적 재능이 발현된 것으로 보인다.

이한진은 그의 나이 60세에 모든 식솔들을 이끌고 영평에 은거하였다. 그러나 그가 현실을 완전히 등지고 은거한 것은 아니었다. 그는 은거 이후에도 과거에 대해 미련을 버리지 않았으며, 여전히 노론의 당론에 가담하고 있었다. 영평 은거 후 박제가가 현령으로 부임하면서 박제가와 교유한 면모들이 확인되며, 여기에 성대중·성해응 등의 문인들과 함께 동음과 철원 일대의 승경지를 유람하여 풍류를 즐긴 점들을 확인할 수 있다.

한편 은거 이후에도 이한진은 조정에 글씨를 써 올리면서 현실과 일정한 관계를 지속적으로 이어가고 있었다. 특히 이한진이 정조에게 그 능력을 인정을 받고 중용될 수 있었던 상황이 전개되었지만, 급작스런 정조의 죽음으로 이 모든 것이 무산되어 버렸다. 이한진은 이후로 벼슬에 대한 미련을 모두 버리고 그의 은거지 영평에서 속세를 잊고자 했던 것으로 보인다. 그의 〈속어부사(續漁父詞)〉와 시조 몇 수는 이 시기 이한진의 심리를 대변해준다.

이후 이한진은 선공감 감역관에 임명되게 된다. 그러나 이는 정식 벼슬이 아닌 임시 직책이었으며, 당시 이한진의 나이는 74세로 상당한 고령에다가 몸도 불편하였으므로, 낮으면서 임시직이었던 벼슬에 나아가지 않았다.

이한진이 생애 마지막으로 심혈을 기울인 작업은 바로 자신만의 가집(歌集) 편찬이었다. 이한진은 널리 전파할 목적 없이 자신이 죽기 전에 생애를 되돌아보고 함께 교유했던 인사들을 회고하면서 자신의 개인적인 음악생활을 정리하기 위해 가집 편찬을 한 것으로 생각된다.

참고 자료—李漢鎭 年譜

1732년	서울에서 李奎賢의 3남 중 둘째아들로 태어남. 어머니는 안동김씨 가문의 金致兼의 셋째딸. 이러한 이유로 외가에서 수학함.
1752년(21세)	노론의 인사들과 聯名하여 총5회에 걸쳐 宋時烈과 宋浚吉의 문묘종사를 청하는 집단 상소를 올림.
1756년(25세)	다시 노론의 인사들과 聯名하여 총3회에 걸쳐 宋時烈과 宋浚吉의 문묘종사를 청하는 집단 상소를 올림.
1772년경(41세)	연암일파 문인들과 어울려 留春塢樂會, 夏夜讌 등을 벌임. 중년기 여러 차례 이들과 어울려 岳下風流를 즐김.
1782년(51세)	노론 인사들과 함께 洪國榮의 만횡을 성토하는 집단 상소를 올림.
1783년(52세)	담헌 홍대용이 죽음.
1786년(55세)	노론 인사들과 함께 남인 계열의 인사였던 李裀에 대한 처벌과 그의 아들들도 모두 귀양 보낼 것을 청하는 집단 상소를 올림.
1789년(58세)	그의 스승인 嘐嘐齋 金用謙이 죽음.
	思悼世子의 능을 옮길 때에 碑篆을 써 올림.
1790년경(59세)	그의 부인 김씨가 죽음.
1791년(60세)	경기도 永平의 선산 부근으로 은거함.
	1791년~1795년 사이에 小科에 급제함. 신분이 生員.
1793년(62세)	炯庵 李德懋가 죽음.
1795년(64세)	御駕가 지나가는데, 예를 표하지 않아 문제가 됨.
	박제가가 영평현령으로 부임해 옴. 이후 박제가와 교유한 면모가 두드러짐. 성해응, 성대중과 함께 洞陰 산수를 유람함. 성해응이 「記洞陰山水」를 지음.
1799년(68세)	박제가, 성해응과 함께 인근 고을인 鐵原의 승경지를 두루 유람함. 성해응이 「鐵城山水記」를 지음.
	痰症을 앓아 오른쪽 다리가 불편해짐.
1800년(69세)	유생들의 朔書에서 壯元을 차지함.
	정조의 죽음. 출사의 기회가 무산됨.
1800년 이후	「續漁父詞」 및 일부 시조들을 창작한 것으로 추정.
1805년(74세)	繕工監 監役官을 제수 받았으나 나아가지 않음.
	燕巖 朴趾源, 楚亭 朴齊家가 죽음.
1812년(81세)	그의 친구인 靑城 成大中이 죽음.
1814년(83세)	『靑丘永言』을 편찬함.
1815년(84세)	일생을 마침. 경기도 영평 선산에 안장.

참고문헌

李漢鎭編『靑丘永言』.

『論語』,『孟子』.

『肅宗實錄』,『英祖實錄』,『正祖實錄』.

『承政院日記』[http://sjw.history.go.kr].

『新增東國輿地勝覽』.

박제가,『貞㽔閣集』, 한국문집총간 261.

박지원,『燕巖集』, 한국문집총간 252.

성대중,『靑城集』, 한국문집총간 248.

성해응,『研經齋全集』, 한국문집총간 273～279.

이덕무,『靑莊館全書』, 한국문집총간 257～259.

이서구,『惕齋集』, 한국문집총간 270.

홍대용,『湛軒書』, 국문집총간 248.

홍직영,『小洲集』, 연세대 소장본.

김영진,「조선후기 시가 관련 신자료(1)」,『한국시가연구』20, 한국시가학회, 2006.

김용찬,「18세기 歌集編纂과 時調文學의 展開樣相」, 고려대학교 박사학위논문,
　　　　1996.

김종화,「李漢鎭과 그의〈靑丘永言〉연구」, 고려대학교 석사학위논문, 1994.

박희병,『연암산문정독』1, 돌베개, 2007.

_____,『연암을 읽는다』, 돌베개, 2006.

신호열·김명호,『국역 연암집』1, 민족문화추진회, 2005.

심재완,「李漢鎭 編著〈靑丘永言〉에 대하여」,『어문학』7, 한국어문학회, 1961.

_____,『時調의 文獻的 硏究』, 세종문화사, 1972.

오수경, 「18세기 서울 文人知識層의 性向」, 성균관대학교 박사학위논문, 1990.

_____, 『연암그룹 연구』, 한빛, 2003.

이경구, 「17~18세기 壯洞 金門 연구」, 서울대학교 박사학위논문, 2003.

이규상, 민족문학사연구소 한문분과 역, 『18세기 조선 인물지』, 창작과비평사, 1997.

이상원, 「조선후기〈어부사〉전승 연구」, 『조선시대 시가사의 구도와 시각』, 보고사, 2004.

이형대, 『한국 고전시가와 인물형상의 동아시아적 변전』, 소명출판, 2002.

임형택, 「18세기 예술사의 시각」, 『실사구시의 한국학』, 창작과비평사, 2000.

제2부
•

시가 창작의

중심과 주변

제1장

操省堂 金澤龍의 禮安 생활과 時調 창작

1. 서론

　이 글은 16세기 중반~17세기 초반 경북 예안(禮安) 지역을 기반으로 활동한 조성당(操省堂) 김택룡(金澤龍, 1547~1627)의 생애 주요 면모를 살피고 그가 창작한 시조의 산출 맥락과 의미를 탐색하는 것을 목적으로 한다.

　문학 연구에서 기존에 널리 알려진 작가와 작품을 바르게 평가하여 자리매김하는 작업과 아울러, 새로운 작가 또는 상대적으로 덜 알려진 작가에 주목하여 그 작품세계의 실질을 밝혀내는 작업은 문학사의 지형도(地形圖)를 풍부하게 해주는 일이 될 것이다. 그렇지만 새로운 작가와 작품이 그동안 주목되지 않았다는 이유만으로 그 가치와 의의를 획득할 수 있는 것은 아니다. 이를 위해서는 작가와 작품에 대한 깊이 있는 분석과 이에 따른 합당한 평가가 수반되어야 한다.

그간 고시조 분야 연구에서 조성당 김택룡이라는 인물은 전혀 언급되거나 논의된 바 없다. 종래 고시조 문헌 자료를 두루 망라하여 시조 자료를 집성했던 심재완(沈載完)의『역대시조전서(歷代時調全書)』(세종문화사, 1972) 및『시조의 문헌적 연구』에도 그의 이름과 작품은 수록되어 있지 않다. 이후 박을수(朴乙洙)의『한국시조대사전(韓國時調大事典)』(아세아문화사, 1992)과 김흥규·이형대 외『고시조대전(古時調大典)』(고려대학교 민족문화연구원, 2012)에 이르러 그의 문집 소재 시조 작품이 수록되기는 하였지만, 간단한 작가 소개나 시조를 수록하고 있는 그의 문집에 대한 기초적인 수준의 문헌 해제조차 이루어지지 않았다. 여전히 작가 이름도 낯설고 그가 남긴 작품도 1수뿐이라, 연구자들의 관심에서는 멀찌감치 빗겨나 있는 것이 사실이다. 하지만 김택룡이라는 시조 작가를 시조사(時調史)에서 다기하게 돌출된 군소 작가 가운데 하나로 치부해서는 안 될 듯하다. 무엇보다도 조성당 김택룡은 16세기 중반부터 17세기 초반까지 경북 예안 지역을 기반으로 삶을 영위했던 퇴계 학맥의 문인이었다는 점에서 주목을 요한다.

주지하듯이 16세기 시조 문학을 견인하였던 지역적 기반의 중요한 한 축은 다름 아닌 경북 예안·안동 지역이었다. 이 지역은 '영남가단(嶺南歌壇)'[1] 또는 '분강가단(汾江歌壇)'[2]이라는 명명으로 대표될 만큼 이현보(李賢輔), 주세붕(周世鵬), 이황(李滉), 권호문(權好文) 등으로 연결되는 국문시가 향유의 흐름이 면면히 이어지던 시

---

1 조윤제,「퇴계를 중심으로 한 영남가단」,『논문집』8, 청구대학, 1965, 1~13면; 이동영,「嶺南歌壇 硏究」,『時調學論叢』3·4, 한국시조학회, 1988, 13~18면; 권두환,「영남지역 가단의 성립과 그 계승」,『국문학연구』12, 국문학회, 2004, 101~108면.
2 최재남,「분강가단 연구」,『사림의 향촌생활과 시가문학』, 국학자료원, 1997, 170~205면.

가문학의 산실과도 같은 곳이었다. 이 글에서 다루고자 하는 김택룡은 바로 이 시기에 학문적으로는 퇴계 이황의 적통을 계승하여 퇴계 문인 제자들과 폭넓은 교유 관계를 형성하였으며 퇴계 사후에는 존장(尊丈)의 위치를 점하고 있었다. 뿐만 아니라 지역적으로는 바로 이곳 예안 지역을 기반으로 살아가면서 1588년 문과에 급제하여 본격적인 벼슬길에 오른 이후 임진왜란(壬辰倭亂)과 광해군(光海君) 집권 초기 여러 환해풍파(宦海風波)를 무사히 마친 뒤 영예롭게 은퇴하여 향리에 돌아와 자연을 벗삼아 만년을 보냈다. 그의 삶은 조선 전기 강호시조(江湖時調)를 창작한 일군의 작가들과 무척이나 닮아 있다. 무엇보다 16~17세기 경북 지역에서 학맥상으로 또 지역적으로 시조를 창작하고 향유하는 흐름의 한 축에 김택룡이라는 인물이 놓여 있었고, 그의 시조 창작 또한 당연히 이러한 기반 위에서 이루어졌으리라 생각된다. 따라서 김택룡의 생애 주요 면모와 그의 시조 작품을 살피는 것은 이른바 영남가단으로 대칭되어 왔던 경북 예안·안동 지역 시가문학의 자장(磁場)을 확대 보완하는 한편, 퇴계와 그의 문인 제자들로 이어지는 국문시가 창작 향유의 흐름을 파악할 수 있는 단서를 제공한다는 점에서 중요한 의의가 있다.

이에 이 글에서는 김택룡의 문집인 『조성당집(操省堂集)』과 그가 남긴 일기 자료 『조성당일기(操省堂日記)』[3]를 통해 그의 생애 주요 면모를 살펴서, 먼저 그가 예안 지역의 유자(儒者)로서 보여준

---

3 『操省堂日記』는 김택룡의 자필 필사본으로 추정되며, 현재 『先祖操省堂日錄』이라는 제목으로 한국국학진흥원에 등재되어 있다. 원본 이미지는 국학진흥원 데이터베이스 사이트인 '유교넷'(www.ugyo.net)에서 확인 가능하다. 『조성당일기』는 한국국학진흥원에서 주관한 2008년 일기류 국역사업을 통해 하영휘·임재완·윤성훈의 공역으로 석문(釋文)·번역·해제된 바 있고, 번역 성과는 2010년 출간되었다.(『조성당일기』, 한국국학진흥원, 2010)

공적·사적 풍류 생활의 양상을 파악하고자 한다. 아울러 김택룡은 퇴계의 문인으로서 그가 교유한 인사들은 거개가 16~17세기 시조사에 족적을 남겼기에 그도 이러한 분위기와 무관하지 않았으리라 여겨지는 바, 김택룡이 지니고 있던 국문 사용에 대한 인식과 실천, 나아가 국문으로 된 시조를 창작하게 된 맥락 등을 규명해내고자 한다. 그간 김택룡의 시조는 『조성당집』 소재 작품이 소개되었지만,[4] 기실 『조성당일기』에도 동일한 작품이 수록되어 있다. 두 문헌 수록 작품 사이에는 약간의 표기상의 차이가 존재할 뿐만 아니라, 특히 『조성당일기』에는 『조성당집』보다 서문이 더욱 상세하게 기록되어 있어 작품 창작의 경위와 작품의 지향을 정확하게 파악해낼 수 있다. 이를 통해 16~17세기 경북 지역 사대부 시조의 창작과 향유의 흐름 속에서 김택룡의 시가사적 위상을 자리매김 하는 데까지 논의를 이어가고자 한다.

2. 禮安 지역 儒者로서의 삶과 풍류

김택룡의 본관은 의성(義城), 자는 시보(施普), 호는 조성당(操省堂) 또는 와운자(臥雲子)로서 1547년(명종2년)에 태어나 1627년(인조5년) 81세의 일기로 삶을 마쳤다.[5] 그의 가문은 고조부인 김효우(金孝友)가 경상도 예안의 한곡(寒谷, 현재 경상북도 안동시 예안면 태곡리)에 복거한 이후 대대로 그곳에 세거하였다. 그의 고조부부

---

4 『韓國時調大事典』과 『古時調大典』에 공히 『操省堂集』 소재 작품만이 실려 있다.
5 김택룡의 생애 주요 면모는 『操省堂集』에 〈世系圖〉와 〈年譜〉가 함께 실려 있어 자세히 파악할 수 있다.

터 부친에 이르기까지는 해당 지역 사대부로서의 지위는 유지하고 있었지만, 벼슬로 크게 현달하지 못한 채 대체로 낮은 직책에 머물렀다. 김택룡의 부친 김양진(金揚震) 역시 정릉참봉(定陵參奉)을 지낸 것이 전부이다.[6] 따라서 자연스레 아들과 후손들에게 학문과 출사에 대한 기대가 남달랐으리라 생각한다.

김택룡은 7살에 공부를 시작하여 곧바로 8살에 자신과 같은 예안 지역에 거처하고 있던 월천(月川) 조목(趙穆, 1524~1605)의 문하에 나아가 본격적인 학문의 길로 접어들었다. 당시 조목은 1552년(명종7) 생원시에 합격했으나 대과(大科)를 포기하고 퇴계 이황을 가까이에서 모시며 학문과 수양에만 전념하고 있었다.[7] 조목은 퇴계의 제자였으므로 김택룡은 학문적으로 퇴계 이황과 월천 조목의 적통을 계승했다고 할 수 있다. 실제로 조목에게 10년 동안 가르침을 받은 후 18살 되던 해에는 스승을 따라 퇴계에게 나아가서 직접 배움의 기회를 얻기도 하였다. 이러한 학문적 배경을 바탕으로 김택룡은 1576년(선조9) 30살에 사마시에 합격하고 40살에 처음으로 경릉참봉(敬陵參奉)에 제수된 후 1588년(선조21) 42세의 늦은 나이로 문과에 급제하고 본격적인 관직생활을 시작하였다. 이어 승문원 저작을 거쳐 사헌부 지평, 병조정랑 등을 역임했다. 임진왜란 때에는 의주(義州)까지 어가(御駕)를 호종하기도 하였고, 접반배신(接伴陪臣)으로서 명나라 군대에 파견되기도 하였다. 전란이

---

6 『萬曆戊子文武榜目』(국사편찬위원회[MF A지수532 1])소재 '김택룡'의 급제 기록을 참고하면, 그의 부친은 承仕郎(정8품)에 定陵參奉을 지낸 것으로 기록되어 있다. 또『宣祖實錄』(1600년 9월 25일)에 김택룡에 대한 史官들의 인물평이 있는데, "문벌이 매우 천해 향리에서도 모두 천시하고 미워했다[門係至賤, 鄕里皆賤惡之]"라고 한 바, 김택룡 先祖代 가문의 위상을 추정해 볼 수 있다.

7 정만조,「月川 趙穆과 禮安地域의 退溪學脈」,『퇴계학과 유교문화』28, 경북대학교 퇴계연구소, 2000, 21~34면.

끝난 후에는 울산 판관, 안동부 교수, 전라도·강원도 도사 등을 지냈으며, 1608년(광해군1) 12월 영월군수로 나아가 약 2년간 수령으로서의 임기를 보내고 자신의 관력을 마쳤다. 그가 관직생활을 더 이상 이어가지 않은 것은 광해군 시절 혼란한 정국 때문이었다.[8] 이에 60세를 기점으로 본인의 세거지였던 예안으로 낙향하여 한가로운 생활을 영위하며 풍류로 노년을 보내다가 81세의 일기로 삶을 마쳤다.

김택룡의 시조 창작과 관련하여 세심하게 살펴보아야 할 부분은 바로 60세 이후 치사한객(致仕閑客)으로서 예안에서 보여준 생활상이다. 그는 세거지였던 예안은 물론 인근의 풍기(豊基)·봉화(奉化)·영천(榮川) 등지에 자족적인 생활을 하기에 충분한 전답을 소유하고 있었으며 가족 경영 체계를 통해 이를 유지해 나갔다. 뿐만 아니라 그는 과거 중앙에서의 관직 이력으로 인해 인근 지역 수령들과도 일정한 관계를 형성하며 교유하였다.[9] 특히 퇴계와 월천 학맥의 정통을 잇는 유학자였던 그는 당시 지역 사회에서 상당히 높은 위상을 점하고 있었으며,[10] 역동서원(易東書院)과 도산서원(陶山書院) 내에서도 존장(尊丈)의 위치에 있었다. 이 시기의 김택룡은 안정된 경제적 기반 위에서 연륜으로 보나 사회적 학문적 지위로 보나 지역 내에서 확고한 위치에 올라 있었다고 할 수 있다.

그런데 독특하게도 김택룡은 66세 때부터 71세 때까지 자신의 일상생활을 손수 일기로 담아두었다. 현재 남아 있는『조성당일

---

8 許傳,「操省堂金公墓碣銘」,『性齋集』, 한국문집총간 308, 480면. 時當昏朝, 北人柄用, 公卽賦歸田園, 絶意榮途.
9 실제로『조성당일기』에는 예천, 안동, 영주, 봉화, 상주, 의성, 영천, 영해, 선산의 수령들과 편지를 주고받기도 하고 또 수령들이 보내온 선물(대체로 소고기, 해산물, 꿩 등의 음식물과 지필묵)을 수령하는 사례들이 적지 아니 보인다.
10 박현순,「16~17세기 禮安縣 士族社會 研究」, 서울대학교 박사학위논문, 2006 참조.

기』는 3권 분량으로 1612년(66세), 1616년(70세), 1617년(71세)의 일부 자료이지만, 이는 전체 중에 일부분일 가능성이 크다.[11] 그의 일기는 개인을 넘어 17세기 초반 경북 예안 지역 사족의 일상을 꼼 꼼하게 그려내고 있으며, 특히 시가의 창작과 향유를 포함한 다양한 풍류 생활의 면모를 잘 보여준다. 일기에 드러난 그의 풍류상은 두 가지 유형으로 나누어 살필 수 있다.

첫째, 거처 주변에서의 한거(閑居)와 독락(獨樂). 김택룡의 일기 에서 가장 많이 등장하는 것은 여유로운 일상생활 속에서 홀로 집 주위의 정자, 누대 및 연못, 시냇가를 거닐면서 계절이나 경치를 완 상하고 이에 대한 소회를 토로하는 것이었다. 그의 주 거처인 예안 의 한곡 본가 주변에는 와운대(臥雲臺)라는 언덕과 같은 지형을 가 진 곳이 있는데, 이곳에 서사(書舍)가 있었으며 주위에 시냇물이 흘 러 종종 이곳으로 바람을 쐬러 나갔다. 또 한곡 본가 외에도 영주·영천에 '산장(山莊)'으로 칭하는 또다른 근거지, 즉 별서(別墅)가 있 었다. 이곳 산장 쪽에서는 주변의 자연을 있는 그대로 즐기는데 그 치지 않고, 보다 적극적으로 나무나 화초를 심고 연못을 파서 원림 (園林)이라 부를 만한 공간을 경영하기도 했다. 예컨대 풍기 부근에 있던 구장(龜莊)에는 '완심당(玩心塘)'이란 연못이 있었고, 영천에 있는 요산(腰山) 산장에는 '임당(林塘)'이라 부른 연못이 있었다. 그 의 문집에는 완심당과 임당을 주제로 한 시가 다수 확인된다.

식후에 뒤쪽 누대에 올라가 오물을 청소하고 포단(蒲團)을 깔고 혼자 앉았다. 눈에 가득 계곡과 산의 안개가 아득히 퍼져 흐르고 파릇파릇한 초

---

11 하영휘, 「『조성당일기』 해제」, 『조성당일기』, 한국국학진흥원, 2010, 13~14면; 윤성훈, 「『조성당일기』를 통해 본 17세기 초 영남 사족의 일상 속의 문화생활」, 『漢文學論集』 35, 근역한문학회, 2012, 11~14면.

목의 모습이 눈과 마음을 기쁘게 하였다. "기수(沂水)에서 목욕하고 무우
(舞雩)에서 바람 쐬고 오겠다."고 한 증점(曾點)의 생각이 절로 나는 듯했
다. 오랫동안 이리저리 배회하다가 돌아왔다. 아들 대평(大平)과 기남(奇
男)이 피라미[鯈魚]를 잡아왔다. 회를 떠 막걸리[白醪]를 기울이며 가슴속
에 쌓인 회포를 씻어내었다.[12]

위 인용문을 보면, 김택룡은 봄을 맞아 집 주변의 누대에 올라 홀
로 청소를 하고는 소박하고 초탈한 분위기를 한껏 즐기고 있다. 날
씨가 점차 푸근해지면서 주변의 산과 계곡에서 일렁이는 아지랑이
와 이내, 그리고 파릇파릇한 새싹을 바라보면서 옛날 증점(曾點)이
'욕기풍무(浴沂風舞)' 했던 심정을 상상으로나마 추체험적으로 느
끼고 있다. 일기의 문면에는 적시되어 있지는 않지만, 이런 상황에
서 '영이귀(詠而歸)'의 행위[13]가 빠질 수 있겠는가! 또 한편으로 춘기
(春氣)를 못내 이기고 자연의 풍경을 완상하면서 이곳저곳을 배회하
는 모습은 흡사 도연명(陶淵明)의 〈귀거래사(歸去來辭)〉의 분위기[14]
와도 절묘하게 포개어진다. 때마침 아들 대평과 기남이 물고기를 잡
아오자, 회를 떠서 막걸리를 기울이는 모습은 자연스레 15세기 맹사
성(孟思誠)의 〈강호사시가(江湖四時歌)〉에 보이는 '濁醪 溪邊에 錦鱗

---

12 『操省堂日記』1612年 3月 8日. 食後登後臺, 掃除糞穢, 藉蒲團獨坐. 滿目溪山, 雲烟浩
渺, 葱蘢物色, 悅可心目, 令人自生沂水舞雩底意思. 盤旋久而後返. 大平·奇男獵鯈魚
來, 作鱠傾白醪, 以瀉鬱懷.

13 이양훈, 「詠而歸 모티프의 文學的 受容과 詩歌史的 展開 樣相」, 고려대학교 석사
학위논문, 2005, 32~55면 참조.

14 전원을 날마다 거닐며 흥취를 이루니 문은 비록 달려 있으나 항상 닫혀있구나.
지팡이를 잡고 가며 쉬며 하다가, 때때로 고개를 들어 멀리 바라본다. 구름은 무
심히 산골짜기에서 나오고, 새는 날기에 지쳐 돌아갈 줄 알도다. 해는 뉘엿뉘엿
장차 들어가려 하는데, 외로운 소나무를 어루만지며 서성거리도다.[園日涉以成
趣, 門雖設而常關. 策扶老以流憩, 時矯首而遐觀. 雲無心以出出, 鳥倦飛而知還. 景翳
翳以將入, 撫孤松而盤桓]

魚 安酒'의 시구를 떠올리게 한다. 김택룡 자신이 직접 물고기를 잡아[川獵] 회를 치고 탕을 끓여 술을 마시는 장면도 일기의 곳곳에서 보인다. 이 같은 모습은 시문의 창작과 향유를 수반기도 한다.

　　①이날 손에 대나무 지팡이를 짚고 짚신을 신고 연못가로 걸어 나갔다. 때마침 비가 막 개어 맑은 냇물 소리에 생기가 넘쳤으며, 사방의 온 산엔 붉은 꽃이 피고 앞 시내엔 버드나무가 푸르렀다. 굽어보고 올려다보며 이리저리 거닐고 있자니 몸이 편안하고 가벼워져 태화(太和)로부터 불어오는 봄바람을 타고 초연히 물외(物外)로 벗어나 오르는 것 같았으니, 가히 증점(曾點)과 같은 느낌이라고 할 만하였다. 장남헌(張南軒)의〈풍우정사(風雩亭辭)〉를 읊으며 오랫동안 돌아갈 것을 잊고 있었다.[15]

　　②아침에 비가 개고 바람이 잦아든 틈을 타 꽃이 한창이고 버들이 예쁜 임당(林塘)으로 걸어 나갔다가 굽어보고 올려다보며 이리저리 서성이다가 돌아왔다. 이에 창문을 열고 홀로 앉아『주역(周易)』의 '천시(天時)에 성하게 합하여 만물(萬物)을 기른다'는 상전(象傳)을 완상하며 사(辭)를 지었다.

　　"저 나는 것, 뛰는 것, 우는 것, 화답하는 것, 갖가지 모양, 갖가지 색깔 등을 바라보노라. 우러러 천상(天象)을 보고 굽어 지리(地理)를 살피니, 우주의 사이에 만 가지 변화가 함께 흐르도다. 산천자(山天子)[김택룡 자신을 가리킴]는 감탄하기를 그치지 못하여 마음속으로 기뻐하는도다."[16]

---

15 『操省堂日記』1616年 3月 20日. 是日, 手竹杖足芒屩, 步出塘上. 時雨初霽, 淸聲活潑, 花紅四山, 柳綠前溪. 俯仰夷猶, 四大輕安, 恍然若自春風太和中來, 超然物表, 可與點也同調矣. 遂誦張南軒風雩亭辭, 久而忘返焉.

③ 하루 종일 누대 위에 있으면서 소백산을 바라보았다. 구름과 안개, 비바람이 천 가지 형상으로 변화하였다. 종일토록 창문을 열어두었다. 적막하여 찾아오는 사람의 발소리가 없었다. 구양수(歐陽脩)의 〈여산고(廬山高)〉를 읊조리며 스스로 즐거워했다.[17]

위 인용문에는 김택룡이 거처지 주변에서 홀로 소요하며 즐기는 모습들이 다양하게 드러난다. 지팡이를 들고 집 앞에 있는 연못이나 시냇가를 거닐기도 하고 꽃과 나무를 감상하기도 하는 등 계절의 변화에서 드러나는 여러 아름다운 풍경에 몰입해 있다. 때로는 아무런 일도 하지 않고 홀로 하루 종일 누대에 누워 뒹굴며 눈에 들어오는 대로 실컷 소백산(小白山) 자락을 완상하였다. 찾아오는 사람도 없고, 음주나 가무를 동반한 것도 아니지만 자연과 하나가 되어 풍경을 바라보는 것 자체만으로도 무한한 감회가 밀려왔다.[18]

이런 분위기를 극대화하기 위해 김택룡은 조용히 입으로 시문을 음미하며 읊조려 보기도 한다. 일기를 통해 분명하게 확인할 수 있는 작품은 장식(張栻)의 〈풍무정사(風雩亭辭)〉와 구양수(歐陽脩)의 〈여산고(廬山高)〉이다. 장식은 호굉(胡宏)을 따라 정자(程子)의 학문을 익혀 당시에 주희(朱熹), 여조겸(呂祖謙)과 더불어 '동남3현(東南

---

16 『操省堂日記』1616年 3月 23日. 朝乘雨霽, 風且淸和, 花柳芳妍, 步出林塘, 倡佯延佇而歸. 拓窓孤坐, 玩羲易茂對時育萬物之象辭, 觀夫飛者躍者, 鳴者和者, 形形者色色者, 仰觀天象, 俯察地理, 宇宙之間, 萬化同流, 山天子嗟未休而中心悅.

17 『操省堂日記』1616年 6月 8日. 終日在樓上, 延望小白, 雲煙風雨, 變滅千狀. 開窓終日, 寂無跫音, 吟翫歐公廬山高, 只自欣然.

18 이 같은 내용의 일기는 곳곳에서 보이는데, 추가로 하나만 더 제시한다. 『操省堂日記』1616年 1月 25日. 별일이 없이 홀로 앉아 누워있었다. 누대에 올라 소백산의 봉우리들을 바라보기도 하고, 누대에 올라 우두커니 들판을 바라보기도 하였다. …(중략)… 시를 읊으며 회포를 풀고 우두커니 서있거나 이리저리 거닐거나 했다. 새로 담은 술을 마셔 가슴속에 켜켜이 쌓인 소회를 덜었다.[獨坐無聊, 或登樓望小白千峯, 或登臺延□□…□□大野微茫. …(中略)… 吟詩暢懷, 延佇乎吾旋□□□新釀以澆裵積之懷]

三賢)'으로 일컬어지던 학자였다. 하지만 송나라 효종(孝宗) 연간에 인사 전횡에 대해 극력 상소를 하다가 중앙에서 쫓겨났고, 시골로 낙향하여 자신의 근거지인 호남성(湖南省) 장사(長沙)에서 은거하여 지내던 중 지은 작품이 〈풍무정사〉이다. 구양수의 〈여산고〉는 자신과 동년(同年) 진사(進士) 출신인 유환(劉渙)이 여산(廬山) 아래 고을인 남강(南康)의 낙성저(落星渚)에 은거하려 돌아갈 때 지어준 한시 작품이다. 두 작품 공히 산수 자연의 아름다움과 그러한 자연을 기반으로 살아가는 대장부의 지절(志節)을 읊은 작품이기에, 여유로운 노년기를 보내고 있는 김택룡 자신의 삶의 지향과도 잘 어울렸을 것이다.

한편 인용문 ②에서는 유명한 시문을 읊조리는 것에 머물지 않고, 자신이 직접 사(辭)를 창작하여 즐기는 데까지 나아갔다. 그가 머무르고 있는 임당(林塘)은 영천에 있던 별서 요산(腰山) 산장에서 자신이 직접 경영한 연못이다. 김택룡은 봄철 일기의 변화가 빚어낸 물상의 아름다움을 만끽하고자 별서 주변 연못가를 서성이면서 '연비어약(鳶飛魚躍)'으로 대표되는 천지자연의 이법 질서와 조화를 실감하고 있다. 이에 다시 방으로 들어와 창문을 열고 『주역(周易)』을 보면서 자연의 오묘한 이치를 깨달으며 이를 사(辭)로 표현해 내었다. 이처럼 그는 자신의 거처와 별서를 오가면서 홀로 강호 한객으로서 다양하게 소박하면서도 초탈한 분위기를 즐겼고, 이 과정에서 내면의 즐거움을 극대화하고자 시문을 창작 향유하였음을 확인할 수 있다.

둘째, 지역 사대부들과의 풍류(風流)와 공락(共樂). 김택룡은 고조부 이래 예안 지역에서 세거하며 경제적 기반을 갖추고 이를 자신의 혈육들과 함께 가족 경영 체계를 통해 유지해 나갔다. 또한 월천과 퇴계 학맥을 통해서 지역 사대부 인사들과의 폭넓은 인적 관계를 형성하고 있었다. 노년의 한가한 처지가 된 김택룡은 이러한 지연·혈연·학연을 바탕으로 다양한 형태의 풍류를 즐겼다.

> 이 날 연회는 선전관(宣傳官) 금결(琴潔)을 위해서 자리를 만들었다. 나는 예전에 문신(文臣)으로서 선전관을 겸하여 지낸 적이 있었다. 새로 합격한 사람을 부르면서 장난치는 신고식을 하여 마을 사람들을 즐겁게 했다. 구경하던 사람들은 크게 웃고 마침내 질탕하게 마셨다. …(중략)… 시를 읊으면서 봄을 보내며, 밤이 깊어 술자리를 파하고 잠자리에 들었다.[19]

위 인용문은 무과에 급제하여 새로 선전관에 제수된 지역의 후진 금결(琴潔)을 축하하기 위한 연회에 참석한 기록이다. 김택룡은 지역의 원로이자 과거 같은 벼슬에 올랐던 선배로서 자신의 경험을 바탕으로 새로 급제한 사람을 골려주는 이른바 면신례(免新禮)·신참례(新參禮)를 빙자하여 떠들썩하게 웃고 노닐면서 질탕하게 마셔댔다. 기실 조선 중기까지도 이런 자리에서 상례로 불리던 노래가 바로 경기체가 〈한림별곡(翰林別曲)〉이었음을 상기할 필요가 있다.[20] 비록 문면에서는 이를 명확하게 확인할 수는 없으나, 자리가 자리인 만큼 이런 노래가 불리었을 개연성은 충분히 추정 가능하다. 또 지역 사대부들이 모인 자리인 만큼 시를 읊조리면서 밤늦도록 연회를 이어갔다. 실제로 그가 직접 가무(歌舞)를 즐긴 기록도 어렵지 않게 확인할 수 있다. 다음의 인용문을 보자.

---

19 『操省堂日記』 1612年 1月 6日. 蓋是宴爲宣傳官設行故也. 余曾爲文臣兼宣傳官□三, 以是呼新設戲, 以耀鄕閭. 觀者齒冷, 遂至爛飮. …(中略)… 歌詩送春, 夜闌乃罷就寢.
20 최재남, 「경기체가 장르론의 현실적 과제」, 『한국시가연구』 2, 한국시가학회, 1997, 15~19면 참조.

① 김경건(金慶建)과 김수도(金守道)가 와서 만났다. 술을 몇 잔 마셨다. 이날은 이공(李恭)의 생일이었다. …(중략)… 명금(命金)이 이웃 사람들을 초대하여 아버지 생일을 축하했다. 밤새도록 실컷 술을 마시고 노래하고 춤추었다.[21]

② 정오에 여러 손님들이 모두 모였다. 강릉 김공(江陵金公), 경주부윤(慶州府尹) 오운(吳澐), 통례 권공(通禮權公), 나, 이첨지(李僉知), 인의(引儀) 권계검(權季儉), 이성춘(李成春), 권두광(權斗光), 황열(黃悅), 송상식(宋尙杖), 김여혁(金汝燦), 이점(李葴), 김여엽(金汝燁), 송상엄(宋尙淹) 등 제공(諸公)이 모두 모여 크게 술자리를 벌였다. 강릉 김공이 노래하는 아이와 춤추는 여자들 10여 명으로 잔치를 벌여 흥을 돋우어 흡족히 마시다가 날이 저물어서야 파했다.[22]

③ 주가(朱家) 초청에 나아갔다. 심신(沈信)·심지(沈智) 아재와 나 그리고 생질 정득(鄭得), 권중평(權重平), 심학해(沈學海), 손흥선(孫興善), 황유문(黃有文), 장여신(張汝信), 김익청(金益淸), 변전(邊銓), 심성일(沈誠一) 등 여러 사람을 초대하였다. 주가의 누이 역시 나와 앉았다. 여러 사위도 술과 안주를 가지고 와 서로 예를 행하고 마침내 미친 듯이 노래를 부르고 마음껏 춤을 추었다. 매우 재미가 있었다. 밤이 깊어서야 자리를 파하고 귀가하였다.[23]

---

21 『操省堂日記』1612年 3月 25日. 金慶建善遠·金守道來見, 飮數杯. 是日李恭生日. …(中略)… 命金邀鄰里人, 慰父生日, 終夜酣飮歌舞.
22 『操省堂日記』1612年 3月 26日. 卓午, 衆賓皆會, 金江陵·吳慶州·權通禮·泊余·李僉知·權引儀季儉·李成春·權斗光·黃悅·宋尙杖·金汝燦·李葴·金汝燁·宋尙淹諸公皆會, 大張杯盤. 江陵筵歌兒舞女十餘輩, 以助歡款洽, 竟日而罷.
23 『操省堂日記』1616年 12月 13日. 赴朱家邀. 沈信·智兩叔·泊余·得甥·權重平·沈學海·孫興善·黃有文·張汝信·金益淸·邊銓·沈誠一諸人也. 朱家妹亦出坐, 相酬酌, 諸婿以酒肴, 互□□行禮, 遂至狂歌爛舞, 極其戲謔, 夜深罷歸.

위 인용문은 김택룡이 지역의 사대부 문인들과 어울려 풍류를
즐긴 여러 면모를 보여준다. 인용문 ①에서는 지인의 생일을 맞아
축하의 장이 펼쳐지고 몇몇 인사들이 함께 모여 밤새도록 연회를
벌였다. 인용문 ②와 ③에서는 훨씬 큰 연회 자리가 만들어졌다. 모
인 인사들의 수만 해도 10여 명 이상이고, 지역을 대표하는 사대부
들이 대거 출동하였다. 눈에 띄는 점은 이들 모임에서 모두 음주와
함께 가무가 동반되고 있다는 점이다. 인용문 ①과 ③에서는 모인
인사들이 직접 노래를 하고 춤을 추었지만, ②에서는 노래와 춤을
익힌 전문적인 가동(歌童)과 무희(舞姬)까지 대동하고 있다. 이러
한 풍류상은 이전 시기 주세붕·이현보에게서도 확인된다.[24] 여기
에서 불린 노래들은 분명 국문시가였을 가능성이 농후한데, 예안·
안동 지역 문인들이 남긴 국문시가 서발문 등을 통해서 추정해 본
다면, 〈오날이〉류, 〈어부가(漁父歌)〉류, 또는 이 지역에서 산출되어
전승되던 여러 시조 작품이 아닐까 생각된다. 물론 사대부 풍류의
핵심인 한시창(漢詩唱)도 빠지지 않았을 것이다. 그 실질이 어떠하
든지 김택룡이 시가의 향유와 다양하게 연결되어 있음은 부정할
수 없는 사실이다. 그의 풍류상은 여기에서 그치지 않는다.

---

24 주세붕과 이현보가 함께 풍류를 즐기던 모습이 예안 지역의 풍류상을 보여주는
좋은 예라 생각된다. 周世鵬, 「遊清涼山錄」, 『武陵雜稿』, 한국문집총간 27, 35면.
聾巖을 汾水의 집에서 뵈니 공이 문밖에 나와 맞이하였다. 자리에 앉아 바둑을 두
다가 밥에 이어서 술을 내어 오도록 하고 大婢에게는 거문고를 퉁기게 하고 小婢
에게는 아쟁을 켜게 하면서 〈歸去來辭〉를 노래하기도 하고 〈歸田園賦〉를 노래하
기도 하며, 李賀의 〈將進酒〉를 노래하기도 하고, 蘇雪堂의 '杏花飛簾散餘春'의 구
절을 노래하기도 하였다. 그 아들 文樑의 자는 大成으로, 모시고 앉았다가 축수
곡을 노래하였는데 내가 대성과 함께 일어나 춤을 추니 공도 일어나 춤을 추었
다.[遂謁聾巖于汾水之宅, 公出迎門外. 引坐圍棋, 命之食, 繼之以酒, 使大婢按琴, 小
婢撫箏, 或歌歸來辭, 或歌歸田賦, 或歌李賀將進酒, 或歌蘇雪堂杏花飛簾散餘春. 其子
文樑字大成侍坐, 亦歌壽曲, 余與大成起舞, 公亦起舞]

① 식후에 여러 사람과 오담(鰲潭)에서 배를 띄우고 … (글자 탈락)[25]

② 명교당(明敎堂)에 함께 모여 서원(書院)에서 차린 술과 안주로 화목한 분위기에서 이야기를 나누었다. 석양 무렵 관수대(觀水臺)에 나가 풍월담(風月潭) 상류에 배를 띄웠다. 비가 오자 모두 도롱이와 삿갓을 쓰고 술을 들다가 곧 비가 그치자 풍월담으로 물결을 따라 내려갔다.[26]

위 인용문은 김택룡이 낙동강 지류에서 주유(舟遊) 또는 선유(船遊)를 즐긴 기록들이다. 인용문①의 오담(鰲潭)은 예안의 분천(汾川) 상에 있는 곳으로서, 이곳에는 고려 말 명현 우탁(禹倬, 1263~1342)을 제향한 역동서원(易東書院)이 위치해 있었다. 또 이곳은 스승인 조목이 퇴계를 모시고 유람을 했던 장소이기도 하다.[27] 오담에서 노닌 내용은 그의 문집인 『조성당집』 「연보(年譜)」에도 기록[28]되어 있을 만큼 특기할 만한 일이었던 것으로 보이는데, '七月旣望泛舟鰲潭'이라는 내용으로 보아, 이는 분명 소동파(蘇東坡)가 〈적벽부(赤壁賦)〉에서 읊조렸던 흥취를 직접 재현하고자 했던 것임을 알 수 있다. 인용문②의 풍월담(風月潭)도 예안에 위치한 곳으로 조목이 살았던 낙동강변 달내마을[月川] 앞쪽 물줄기를 가리키는데, 스승인 월천과 퇴계 역시 이곳에서 배를 띄워 풍류를 즐겼다.[29]

---

25 『操省堂日記』 1612年 7月 17日. 食後, 與諸君泛舟鰲潭□□…□□.
26 『操省堂日記』 1617年 5月 17日. 同會明敎堂, 自院設酒肴款叙. 乘夕出觀水臺, 因泛舟風月潭上. 雨作皆荷簑笠, 因作杯觴, 少頃雨止, 沿下風月潭.
27 趙穆, 「月川先生年譜」, 『月川集』, 한국문집총간 38, 405면. 四十四年乙丑, 先生四十二歲. …(中略)… 九月, 陪退溪先生, 遊歷川南凌雲臺·鰲潭等處. 時議建易東書院, 故有是遊.
28 「年譜」, 『操省堂集』, 七月旣望泛舟鰲潭.
29 李滉, 『退溪集』, 한국문집총간 29, 120면. 7월 旣望에 趙士敬·金彦遇·愼仲·惇叙·琴夾之·聞遠 등과 함께 風月潭에서 배를 띄우고 유람하기를 약속했으나 하루 전날 크게 비가 내려서 결국 모이지 못했다.[七月旣望, 期與趙士敬·金彦遇·愼仲·惇叙·

결국 오담과 풍월담은 비단 김택룡뿐만 아니라 과거 스승들로부터 이어져 내려오던 지역의 풍류 현장이었던 셈이다. 이러한 장소에서 선유를 즐기는 것은 단순히 놀이를 넘어 선정(先正)의 자취를 따른다는 복합적인 의미를 내포하고 있었을 것이다. 예안·안동 지역은 〈어부가(漁父歌)〉의 고장답게, 동류들과 더불어 강물에 배를 띄우고 도롱이와 삿갓 차림으로 비를 맞으면서 술을 들이켜는 김택룡의 모습은 가어옹(假漁翁)에 다름 아니었다.

이상에서 언급한 김택룡의 풍류상을 보면, 개인적인 모습이든 집단적인 모습이든 이전 시기 여러 치사한객들이 보여준 풍류의 제 양상이 모두 드러나고 있음을 확인할 수 있다. 이런 양상들은 일정 부분 지역 사회 안에서 이전 시기 선배 및 스승들로부터 이어져 내려오던 모습이었으며, 김택룡은 이를 집약하여 다양한 방식으로 풍류를 즐긴 것이다. 또 강호에서 유유자적 노닐던 중국의 옛 인물들, 예컨대 증점, 도연명, 장식, 구양수, 소동파 등의 모습을 자신의 일상 속에서 재현하고자 한 측면도 발견할 수 있다. 결국 이러한 과정 속에서 음주를 동반한 시가 향유는 필수 불가결한 요소였고, 이것이 바로 국문시가 창작과 향유에까지 이르게 한 계기였던 것이다.

琴夾之·聞遠諸人, 泛舟風月潭, 前一日大雨水, 不果會]
李滉,『退溪集』, 한국문집총간 31, 70면. 갑자년 6월 보름날 郭明府를 모시고 여러 사람들과 月川亭에서 피서를 하고 인하여 風月潭에서 뱃놀이하였다.[甲子六月望日, 陪郭明府, 與諸人避暑月川亭, 因泛風月潭]

3. 시조 창작의 배경과 향유 맥락

김택룡은 한글 사용에 큰 어려움을 느끼지 않은 듯하다. 아니 오히려 한글을 자유자재로 구사할 수 있을 만큼 충분한 실력을 지니고 있었던 것으로 보인다. 그의 일기에는 '언간(諺柬)'·'언간(諺簡)'으로 표기된 한글편지를 주고받은 기록이 약 10여 회 가량 등장한다. 한글편지의 상대는 주로 시집간 딸들, 별서에 거처하던 자신의 소실(小室), 아들며느리 등 주로 가족들이었다. 이는 김택룡뿐만 아니라 그의 집안 여성들도 편지를 주고받을 만큼 남녀를 막론하고 집안 전체가 한글 사용에 능숙하였음을 보여주는 것이라 할 수 있다.[30]

그렇다면 김택룡은 어떻게 한글을 잘 구사할 수 있었던 것일까. 이는 퇴계 학맥에서 이어지던 경학(經學)의 학습 과정에서 비롯된 것으로 생각된다. 주지하듯이 퇴계는 도산에서 직접 사서(四書)·삼경(三經)에 대한 석의(釋義) 및 언해(諺解)를 시행하여 이를 제자들의 교육에 적극적으로 활용하였다.[31] 따라서 퇴계와 월천 학맥의 정통을 잇는 유학자였던 그도 자연스레 한글에 익숙해졌던 것이 아닌가 한다. 실제로 그는 언해서를 소장하고 있었으며 이를 교육에 활용하기도 하고[32] 주변 사람들에게 빌려주기도 하였다.[33] 이러

---

30 '원이 아버님께'로 시작되는 이응태(李應台) 묘지 출토 언간이나, 임진왜란 중 가족과 부인에 대한 염려를 담은 학봉 김성일 언간(鶴峯金誠一諺簡) 등을 통해 16세기 예안·안동 지역 사대부가의 경우에는 한글 사용이 보편적인 현상이 아니었나 하는 추정을 해볼 수 있다.

31 이와 관련하여서는 이영호, 「退溪의 『論語』 번역학과 해석학」, 『한문학보』 18, 우리한문학회, 2008; 조지형, 「퇴계 『論語釋義』의 편찬 의도와 성격」, 『국학연구』 19, 한국국학진흥원, 2011 참조.

32 『操省堂日記』 1616年 3月 13日. 또 아들 金珏에게 편지를 쓰고 『周易上經諺解』 2책을 보냈다.[且修書珏兒, 送周易上經諺解二册] 일기를 통해 김택룡이 집안의 자제

한 한글에 대한 이해와 구사 실력이 국문시가의 창작과 향유의 중
요한 매개가 됨은 주지의 사실이다.

김택룡의 시조 창작과 관련하여 보다 중요하게 살펴야 할 점은
지역과 학맥으로 이어지는 국문시가의 창작·향유 맥락이다. 그는
지역적으로 이현보, 이숙량, 황준량 등으로 이어지는 예안 지역의
전통은 물론이요, 학맥상으로 이황, 권호문으로 대표되는 퇴계 문
하의 자장과도 떼려야 뗄 수 없는 인물이다. 특히 그가 공사간에 긴
밀하게 교유했던 인물 중에 정구(鄭逑, 1543~1620), 박선장(朴善
長, 1555~1616), 정경세(鄭經世, 1563~1633),[34] 이시(李蒔, 1569~
1636) 등이 모두 시조를 창작하였다. 이처럼 김택룡은 16~17세기
경북 지역의 시조 작가들과 여러 층위로 얽혀 있는 바, 그의 시조
창작 또한 이와 일정 부분 영향 관계를 지닌다고 할 수밖에 없을 것
이다. 그가 창작한 시조와 서문을 보이면 다음과 같다.

[1] 『操省堂集』 소재

答金忠順畫鴈歌. 先生自序曰, 忠順歌意, 以鴈之飛騰雲外碧空, 比吾前日

騰揚雲路, 以今之家食, 比鴈之藏身於寒谷蘆岸. 答云,

들과 주변 젊은 인사들에게 『詩經』·『離騷』·『漢書』·『通鑑』·『史記』·『書經』·『古文
眞寶』·『家禮』 등을 가르쳤음을 확인할 수 있는 바, 아들에게 『주역언해』를 보낸
것도 교육적인 목적과 관련이 있는 것으로 짐작된다.

33 『操省堂日記』 1616年 11月 26日. 어제 趙壽朋이 돌아갈 때 내가 예전에 빌려온 『師
門手簡』 1책과 『年譜』 1책을 가지고 갔으며, 또 『周易諺解』 상하 4책을 빌려갔다.
【昨日趙壽朋還, 持去前借師門手簡一册·年譜一册, 且借去易諺解上下經四册】

34 정경세가 창작한 시조는 국문 형태로는 전하지 않고 그의 문집에 한역시 형태로
2수가 전한다. 鄭經世, 「言行錄」, 『愚伏集』, 한국문집총간 68, 534~535면. 死生禍
與福, 富貴貧與賤, 已定力難求, 已定謀難免, 都付造物兒, 在我當自勉. 又得譽且莫喜,
得毁且莫怒, 如何人是非, 鮮不隨好惡, 我身我自謹, 何關人知否. ○先生嘗用俗語做兩
歌詞, 其知命樂道省身治己之意, 溢於言表. 於初學立脚定跟, 尤爲親切, 雖不學野人,
聞其言而識其趣, 足以起向善之心矣. 先生之意, 不可泯沒, 故替用文字, 吟爲拙句, 其
言僅傳, 而其味則晦矣.

寒谷 蘆花岸애 든 그력기 웃디 마오

稻粱애 슬 못 지다 網羅 안이 두려온가

五湖邊 自在飛鳴을 내 본니가 ㅎ노라

② 『操省堂日記』소재

　金忠順叔屢作浮碧亭四韵, 且前送畫鴈, 翻作歌詞一曲以寄之. 其意蓋以

鴈之飛騰於雲外碧空, 比吾前日騰揚雲路, 以今之家食, 比鴈之藏身於寒谷蘆

岸也. 遂和答作歌一閔, 以寄計也. 其詞曰:

寒谷 蘆花岸에 든 그력기 웃디 마오

稻粱애 슬 몯 지다 網羅 안니 두리온가

五湖邊 自在飛鳴을 내 분니가 ㅎ노라

그간 학계에 소개된 김택룡의 작품은 ① 『조성당집』 소재 작품
과 서문이다. 하지만 보는 바와 같이 ② 『조성당일기』 소재 서문이
더 상세하며, 일기의 특성상 '1612년 1월 11일'이라는 작품을 지은
정확한 날짜까지 확인할 수 있다. 『조성당집』 소재 서문은 『조성당
일기』 소재 서문을 축약해 놓은 것으로 생각된다. 두 시조 작품 사
이에는 약간의 표기상 차이가 존재하는데, 후대 편찬된 문집보다
는 자필로 기록된 일기 쪽에 수록되어 있는 작품이 원형에 더 가까
울 것임은 쉽게 추정할 수 있다. 『조성당일기』 서문을 통해서 작품
창작의 계기를 살펴보도록 한다.

　김충순위(金忠順衛) 아재가 여러 번에 걸쳐 〈부벽정(浮碧亭)〉 시 네 수
를 짓고, 또 전에 내게 보낸 기러기 그림에 대해 다시 가사(歌詞) 한 곡을
지어 자신의 뜻을 실어 보냈다. 그 뜻은 대체로 기러기가 구름 너머 푸른

하늘로 날아오르는 것을 내가 지난날 출세가도를 달리던 것에 비유하고,
지금 치사(致仕)하여 집에 있는 것을 기러기가 한곡(寒谷) 노안(蘆岸)에 몸
을 숨긴 것에 비유한 것이다. 이에 화답하는 노래 한 곡을 지어 보낼 생각
이다. 그 가사는 다음과 같다.

위 서문에 등장하는 '김충순위(金忠順衛) 아재[金忠順叔]'는 실명
을 확인할 수는 없지만 충순위 직책을 지낸 숙부 항렬의 집안 어른
으로 생각된다. 또 여러 차례에 걸쳐 시문과 서화를 주고받을 만큼
가까운 사이이기도 하였던 것 같다. 주목할 점은 김충순위 아재가
기러기 그림을 매개로 먼저 김택룡에게 '가사(歌詞)'를 지어 보냈
다는 점이다. 위의 『조성당집』 소재 기록을 보면, 김충순위 아재가
지어 보낸 노래의 제목을 〈화안가(畫鴈歌)〉라 하였다. 해당 작품은
현재 전하지 않기 때문에 그 실체를 확인할 수 없지만, 여기서의 가
사는 필시 시조였을 것으로 생각된다. 그 내용은 지난날 중앙에서
출세가도를 달리던 모습과 현재 예안의 한곡에서 은거하고 있는
모습을 대비시켜 다시금 출사할 것을 넌지시 권유하는 것이었다.
앞서 살펴본 바, 김택룡이 영월군수를 마지막으로 60세에 예안으
로 돌아온 가장 큰 이유는 바로 광해군 시절의 혼란한 정국 때문이
었다. 퇴계의 학맥에 놓여 있었던 그는 당시 세도를 형성하였던 북
인(北人) 인사들과도 다양하게 연결되어 있었을 것이다. 이에 김충
순위 아재의 〈화안가〉는 정치적 경륜과 지역 내에서 종장의 위상을
지닌 김택룡을 정치 현장으로 다시 끌어들이기 위한 시도의 일환
으로서 먼저 그의 내면을 탐색하기 위한 확인 작업이었던 것으로
보인다.
　김택룡의 시조 작품은 이러한 재출사의 권유에 대한 답변 형식

이자, 자신이 지니고 있는 소신을 표출한 것이라 할 수 있다. 초장
에서 그는 앞서 김충순위 아재의 작품에서 자신을 기러기에 빗댄
우의적 수법을 그대로 이어받아 자신이 비록 차가운 계곡 갈대밭
에 머물고 있는 처지라 하여 비웃지 말라고 단호하게 말한다. '한곡
(寒谷)'은 자신의 거처인 예안의 한곡을 가리키는 중의적 표현이
다. 그가 왜 이런 선택을 할 수밖에 없는가 하는 점은 중장에서 명
확하게 드러난다. 시골에 돌아와 지내는 삶에서는 맛있는 음식으
로 배를 채우며 몸을 살지게 할 수 없다는 것은 스스로도 잘 알고
있다. 하지만 문제가 되는 것은 현재 벌어지고 있는 혼란한 정국으
로서, 정치 투쟁 속에서 언제 옥사(獄事)에 걸려들지 모른다는 실존
에 대한 불안감이었다. 결국 종장에 이르러 자신은 자연으로 돌아
와서 자유롭게 노니는 것을 본분으로 삼고 있음을 천명하고 있다.
정치 현실과의 거리두기를 통해 명철보신(明哲保身)을 꾀하는 독
선(獨善) 의식과 더불어 안빈(安貧) 속에서도 개결(介潔)함을 유지
하려는 작가의 처세가 돋보이는 작품이라 할 수 있다.

　당시 광해군대 정국에 대한 부정적 상황 인식은 김택룡 혼자만
의 고민은 아니었던 듯하다. 김택룡과 함께 살펴봐야 할 인물로 선
오당(善迂堂) 이시(李蒔)가 있다. 이시는 예안 지역에 세거하였던
영천이씨(永川李氏) 가문 간재(艮齋) 이덕홍(李德弘)의 아들로서 농
암 이현보의 증손이었다. 이시는 김택룡과 학맥으로 연결된 지역
의 후진이었는데,『조성당일기』에 둘 사이의 편지 왕래가 확인되
며, 특히 이시의 동생 이점(李蒧, 1579~1627)이 급제하였을 때는
연회에 초청을 받아 함께 자리하기도 하였다. 그런데 이시의 동생
들이 당시 대북파 정권에 깊이 관여하게 되자, 그런 상황을 부정적
으로 생각하였던 이시는 동생들의 출사를 만류하며 동생들을 깨우

치고 타이르기 위해 〈오로가(烏鷺歌)〉 1수, 〈조주후풍가(操舟候風歌)〉 3수를 지었다.[35] 중앙에서 벼슬살이를 하는 당사자들은 정작 깨닫지 못하였지만, 연륜을 바탕으로 지역 사회에서 정치 무대와 일정한 거리를 형성하고 있었던 이들에게는 당대 현실을 좀 더 냉철하게 살필 수 있는 안목이 생긴 것이 아닌가 한다. 김택룡과 이시의 판단은 공히 당시 광해군 시절 대북파 정권에 대해 부정적이었고, 나아가 거기에 참여하게 되면 패가망신(敗家亡身) 할 수도 있다는 불안감을 넘어 일종의 위기감마저 작동하고 있었던 것이다. 따라서 김택룡은 이러한 현실 인식을 바탕으로 벼슬을 포기하고 강호자연에서 유유자적 하는 것을 자신의 본분으로 삼겠다는 처세 의지를 피력하였고, 이시는 동생들에게 벼슬살이를 그만두고 속히 돌아오라는 준엄한 경고의 목소리를 내었던 것이다. 이 같은 목소리를 모두 시조를 통해 드러내었다는 점은 당시 예안 지역에서 국문시가 '시조'가 지니고 있었던 기능을 다시금 확인케 한다.

4. 17세기 경북 지역 시가사와 김택룡의 좌표

일찍이 조윤제(趙潤濟)는 강호자연 속에서 유유자적하는 생활을 읊은 일련의 조선 전기 시가들에 대해 '강호가도(江湖歌道)'라는 명칭을 부여하였는데, 조윤제가 명명한 강호가도는 치사한객(致仕閑客)으로서 또는 피세현인(避世賢人)을 자처하면서 산수자연을 노

---

35 선오당 이시의 생애와 작품에 대해서는 성기옥, 「〈操舟候風歌〉 해석의 문제점」, 『震檀學報』 110, 진단학회, 2009; 성기옥, 「〈操舟候風歌〉 창작의 역사적 상황과 작품 이해의 방향」, 『震檀學報』 112, 진단학회, 2010; 조지형, 「善迁堂 李蒔의 시가 창작 맥락과 양상」, 『한국학연구』 37, 인하대학교 한국학연구소, 2015 참조.

래하고 전원생활을 찬양하던 학자·문인들의 가풍(歌風)을 일컫는 말이었다. 여기에 더하여 그는 이러한 흐름을 설명하는 과정에서 퇴계 이황을 중심으로 한 영남가단의 존립 가능성을 조심스럽게 제기하였다. 이 그룹에 해당하는 인물로 이황을 비롯하여 이현보, 이별(李鼈), 이언적(李彦迪), 주세붕, 황준량(黃俊良) 등을 거론하고, 그 전개과정에는 권호문, 이시, 박인로(朴仁老) 등이 관련되어 있음을 논한 바 있다.[36] 이후 이동영(李東英)은 '가단'에 대해서는 부정적인 견해를 보이면서도 영남지역 국문시가의 역사적 전개 양상에 대해서는 동의를 하고 있다.[37] 한편 최재남은 영남지역 가단에 대한 수정 입론으로서 이현보, 이해(李瀣), 이황, 황준량 및 이문량(李文樑)·이숙량(李叔樑) 등 농암의 여러 자손들이 모여 시회를 벌이고 가무를 즐기며 국문시가를 창한 일군의 집단을 '분강가단(汾江歌壇)'이라 명명하였다.[38] 특징적인 점은 이 가단의 중심인물이 이황이 아니라 이현보라는 사실을 적시하고 있다는 것이다.

가단의 중심인물이 퇴계인가 농암인가 하는 문제는 보다 구체적인 검토와 논증을 요하는 문제이므로, 이 글에서 이 문제를 본격적으로 다루기에는 부적절해 보인다. 하지만 16세기 경북 예안 지역을 기반으로 한 일군의 사대부들에 의해 국문시가의 창작 및 향유 전통이 지속된 것은 분명 시가사에서 획기적인 일임에는 틀림이 없다. 또 그간의 선행 연구와 논의를 통해 언급된 여러 사실들, 예컨대 경북 예안 지방, 사대부 계층 인물 중심, 누정과 암자를 배경으로 한 부정기적 활동, 어부노래와 강호가도 등의 요소가 이 지역 시가문학의 주요 특성임은 부정할 수 없는 사실이다. 무엇보다 농

---

36 조윤제, 앞의 논문, 1~13면.
37 이동영, 『조선조 영남시가의 연구』, 형설출판사, 1984; 이동영, 앞의 논문, 7~23면.
38 최재남, 앞의 논문, 170~205면.

암의 예안 귀향(1542년) 이후 벌어진 풍류 현장은 혈연과 지연 중심으로 이루어졌고 그 중심에는 늘 농암이 위치해 있었다. 당시에 퇴계에게 있어서 농암은 동향(同鄕)의 선배를 넘어 자신이 동경해 마지않던 강호가도를 먼저 몸소 실천해 보여준 웃어른 격이었다. 하지만 동시에 농암도 연회자리에서 퇴계를 늘 주빈(主賓)격으로 대접함으로써 지극한 애정과 정성을 보여주었다. 또 그의 〈어부가 (漁父歌)〉 산정(刪定) 작업에 33살 연하인 퇴계에게 여러 차례에 걸쳐 도움을 요청한 것[39]은 둘 사이에 지음(知音) 수준의 매우 신뢰할 만한 인간적 유대 관계가 존재했음을 보여주는 것이라 할 수 있다. 이러한 측면에서 볼 때 16세기 경북 지역 가단의 중심인물이 누구였는가 하는 것을 따지는 것은 그다지 중요한 지점이 아닐 수도 있다. 예안 지역에서 풍류를 즐긴 선후관계는 존재하지만, 농암은 농암대로 퇴계는 퇴계대로 각각의 위상과 역할이 있었고 또 일정 부분은 두 사람이 함께 만들어낸 측면도 있기 때문이다.

문제는 이러한 흐름이 농암(1555년 졸)과 퇴계(1570년 졸)의 사후(死後)에는 어떻게 지속되는가 하는 점이다. 먼저 농암 사후에는 과거 농암과 그의 가문 중심으로 펼쳐지던 풍류 모임이 눈에 띄게 줄어든다. 대신 퇴계와 그의 문인 제자들이 중심이 된 이른바 '퇴계 그룹'의 풍류 현장은 보다 활발해진 것으로 보인다. 예컨대 1561년 4월[40]과 10월[41]에는 탁영담(濯纓潭)에서 뱃놀이를 하면서 시문을 읊

---

39 李賢輔, 「與退溪」, 『聾巖續集』, 한국문집총간 17, 442~443면; 李滉, 「書漁父歌後」, 『退溪集』, 한국문집총간 30, 458면.

40 柳成龍, 「退溪先生年譜」, 『退溪集』, 한국문집총간 31, 229면. 四十年辛酉, 先生六十一歲. 四月旣望, 泛月濯纓潭. 兄子宭, 孫安道, 門人李德弘從, 以淸風明月, 分韻賦詩, 詠前後赤壁賦, 夜深乃還.

41 李滉, 「濯纓潭泛月」, 『退溪集』, 한국문집총간 29, 112면. 濯纓潭泛月. 十月十六日, 同大成, 大用, 文卿.

조렸다. 또 1562년 3월에는 청계대(靑溪臺)에서, 동년 7월[42]과 1564
년 6월[43]에는 풍월담(風月潭)에서 각각 뱃놀이를 계획하여 즐겼다.
특히 1565년 3월에는 퇴계가〈도산십이곡(陶山十二曲)〉을 짓고 발문
(跋文)을 작성하면서 퇴계그룹의 풍류 양상은 절정에 달하였다. 이
러한 과정에서 김택룡의 스승인 월천 조목도 빠지지 않았다. 아울
러 김택룡도 1564년부터는 퇴계 문하를 직접 출입하면서 배움을 이
어갔기에 이 같은 풍류 양상을 바라보고 몸소 체감하였을 것이다.

특히 퇴계 사후에도 퇴계의 문인 제자들 사이에서 국문시가의
창작과 향유가 계속 이어지는 점도 주목할 필요가 있다. 주지하듯
이 권호문은 1581년과 1584년에 각각 경기체가〈독락팔곡(獨樂八
曲)〉8장과 시조〈한거십팔곡(閑居十八曲)〉19수를 지었다. 시조 창
작은 계속 이어져 정구는 5수,[44] 정경세는 2수, 장현광(張顯光)은 1
수[45]를 지었으며, 박선장은 1612년〈오륜가(五倫歌)〉8수를 지었다.
이러한 흐름에서 김택룡도 1612년 1월에 시조 작품을 남기고 있다.
이들의 작품 경향은 이른바 강호가도와 함께 강학과 수양으로 귀
결되는 소학적(小學的) 세계관을 피력한 것이었다. 한편 퇴계 학맥
은 아니지만, 박인로(朴仁老)는 영천 출생으로 지역적인 동질감을
바탕으로 1612년 도산서원을 참례하여 이황의 유풍을 흠모하기도
하고, 나아가 정구를 따라 멱감으며〈초정가(椒井歌)〉2수[46]를, 장현

---

42 柳成龍, 「退溪先生年譜」, 『退溪集』, 한국문집총간 31, 229면. 四十一年壬戌, 先生六
十二歲. 三月上巳, 出陶山, 乘舟抵靑溪, 臨溪築臺, 名曰靑溪臺. …(中略)… 七月旣望,
將遊風月潭, 不果, 欲繼赤壁故事, 與知舊約遊, 値大雨未果, 有二絶.
43 위 각주 29 참고.
44 정구의 시조는 다음의 5수가 있다. [#0167.1, #0289.1, #3043.1, #4499.1, #4758.1]
이 글에서 인용하는 시조 작품은 모두 김홍규·이형대 외 편, 『古時調大全』(고려
대학교 민족문화연구원, 2012)의 작품번호를 따른다.
45 장현광의 시조는 다음의 1수가 있다. [#1805.1]
46 朴仁老, 『蘆溪集』, 한국문집총간 65, 257면. 辛酉秋, 與鄭寒岡浴于蔚山椒井.

광과 종유(從遊)하여 〈입암가(立巖歌)〉 29수[47]를 짓기도 하였다. 이
처럼 퇴계가 생존했던 16세기 당대는 물론이고, 퇴계 사후 17세기
초반까지도 문인 제자들로 이어지는 국문시가 창작·향유의 흐름
은 면면히 이어지고 있음을 알 수 있다. 그리고 이러한 흐름의 한켠
에 김택룡이 위치하고 있음을 간과해서는 안 된다.

한편, 예안에 세거하던 농암의 영천이씨 가문에서도 시가 창작·
향유의 맥이 끊어진 것은 아니다. 농암의 여러 아들들 중에 여섯째
아들인 매암(梅巖) 이숙량(李叔樑, 1519~1592)을 중심으로 1578년
2월 여러 형제들이 모여 속구로회(續九老會)를 개최하고 이튿날 분
강에 배를 띄우고 지난날 농암이 보여주었던 풍류를 재현한 바 있
다.[48] 또 이숙량은 스스로 〈분천강호가(汾川講好歌)〉를 짓고 매월 초
하루와 보름날 후손들을 모아 주찬을 베풀고 강론을 하는 자리에
서 그 노래를 함께 부르기도 하였다.[49] 17세기에 이르러서도 앞서
언급한 것처럼 농암의 증손(曾孫)인 선오당 이시의 〈오로가〉·〈조주
후풍가〉로 이어지는 흐름을 형성한다. 여기에 〈매호별곡(梅湖別
曲)〉·〈자도사(自悼詞)〉·〈관동속별곡(關東續別曲)〉·〈출새곡(出塞曲)〉
4편의 가사 작품을 지은 이재(頤齋) 조우인(曺友仁, 1561~1625)을
더할 수도 있다. 조우인은 예천 출생으로 이현보의 둘째 아들인 이
중량(李仲樑)의 사위였다.

이 글에서 다루고 있는 김택룡은 이처럼 예안 지역을 세거지로
삼아 퇴계의 학맥을 잇는 인사로서, 16~17세기 경북 지역 시가 문

---

47 朴仁老, 『蘆溪集』, 한국문집총간 65, 257면. 時旅軒張先生, 寓居本郡北立巖, 公嘗從
    遊, 代旅軒作此歌.
48 李叔樑, 「續九老會敬次先兄韻爲諸公要和 幷序」, 『梅巖集』 卷1.
49 〈분천강호가〉와 관련된 내용은 심재완, 「분천강호가고」, 『동양문화』 9, 영남대
    동양문화연구소, 1969; 최재남, 「소학적 세계관의 시적 진술방식」, 『사림의 향촌
    생활과 시가문학』, 국학자료원, 1997, 300~309면 참조.

학의 창작·향유의 맥락에 중층적으로 연결되어 있다. 그간 전혀 주
목을 받지 못하였지만, 그는 퇴계 학맥의 일원으로서 17세기 초반
퇴계의 문인 제자들로 이어지는 국문시가의 창작·향유의 흐름에
서 당당히 한 자리를 차지하고 있음을 알 수 있다. 아울러 예안 지
역 시가 향유의 또 다른 한 축인 농암의 후손들과도 학연·지연으로
연결되어 있다. 예컨대 농암의 종손인 이덕홍(李德弘, 1541~1596)
과는 퇴계 문하에서 함께 수학한 사이이며, 이덕홍의 아들 이시(李
蒔)와는 선배 격으로 앞서 살펴본 대로 연회자리에 초청받기도 하
였고 또 시조 창작의 관련성을 확인할 수도 있다. 결국 김택룡의 풍
류 생활과 시가 창작·향유에는 퇴계 학맥으로 이어지는 학연과 세
거지 예안 지역에서 형성된 지연이 중요한 매개 역할을 하고 있다.

　김택룡의 풍류 생활에서 특기할 만한 점은 낙동강 지류의 물줄
기와 누정 및 별서를 기반으로 천렵(川獵), 선유(船遊), 산수유람[50]
등을 즐기고, 혈연·지연·학연을 바탕으로 지역의 사대부 문인들과
어울려 시문을 읊조리고 노래와 춤을 향유하는 등의 모습이다. 이
러한 모습은 개인적인 모습이든 집단적인 모습이든 지역 사회 안
에서 이전 시기 선배 및 스승들로부터 이어져 내려오던 풍류상을
집약하고 있는 것으로서 경북 지역 사대부 풍류의 전형을 보여주
는 것이라 할 수 있다. 따라서 김택룡의 사례를 통해서 17세기 초반
까지도 경북 지역 사대부 안에서 시가를 동반한 풍류 양상이 지속
되고 있음을 분명히 확인할 수 있다.

50　『조성당일기』에는 1612년 4월 22일부터 27일까지 친구들과 함께 小白山을 유람
　한 과정이 자세히 기록되어 있다. 또 이 유람을 바탕으로 「小白遊山雜錄」이라는
　遊山記를 남기기도 하였다. 『조성당집』에는 금강산을 유람하고 지은 시도 실려
　있어서 그가 이전에 금강산을 유람한 일이 있음도 알 수 있다. 『操省堂集』 卷1,
　〈楓嶽長安寺次呈李五峯好閔〉, 〈楓嶽歸路題金城苞桑閣〉 등.

5. 결론

지금까지 조성당 김택룡의 생애 주요 면모와 풍류 양상을 살피고 그가 창작한 시조의 산출 맥락과 의미를 탐색하였다. 이상의 논의를 정리하는 것으로써 결론을 삼고자 한다.

그간 고시조 분야 연구에서 김택룡은 전혀 언급되거나 논의된 바 없기에 이 글에서 그의 생애와 작품 산출 배경을 탐색한 것은 그 자체로서 연구사적 의의가 있다. 김택룡은 경상도 예안에 세거한 사족으로서 월천 조목과 퇴계 이황의 학맥을 계승한 인물이다. 그는 중년의 나이에 과거에 급제하여 약 20년간의 관직 생활을 하다가, 광해군 시절 혼란한 정국을 목도하고 더 이상의 벼슬을 단념한 채 다시 세거지 예안으로 돌아와 치사한객으로 노년을 보냈다. 노년기 김택룡은 안정된 경제적 기반 위에서 연륜으로 보나 사회적·학문적 지위로 보나 지역 사회 안에서 상당히 높은 위상을 점하고 있었으며, 이것이 그의 풍류 생활을 가능케 하는 기초로 작용했다.

그의 풍류상은 두 가지로 나누어 살펴볼 수 있다. 첫째는 여유로운 일상생활 속에서 홀로 집 주위의 정자, 누대 및 연못, 시냇가를 거닐면서 계절이나 경치를 완상하고 이에 대한 소회를 토로하는 것이었다. 이 과정에서 홀로 술을 마시기도 하고 시문의 향유를 통해 내면의 즐거움을 극대화하며 초탈한 분위기를 즐겼다. 둘째는 지역 사회 안에서 지연·혈연·학연을 바탕으로 주변 사람들과 함께 울려 연회를 벌이고 질탕한 즐거움을 누리는 것이었다. 이 과정에서 전문적인 가동(歌童)과 무희(舞姬)까지 대동하여 노래와 춤을 즐겼는데, 한시창과 국문시가가 함께 창수(唱酬)되었을 가능성이 농후하다. 이 같은 김택룡의 풍류상을 보면, 이전 시기 여러 치사한객들이 보여준 풍류의 제 양상이 모두 드러나고 있음을 확인할 수 있다. 이는 지역 사회 안에서 선배 및 스승들로부터 이어져 내려오던 모습이었으며, 김택룡은 이를 집약하여 다양한 방식으로 풍류를 즐긴 것으로 보인다. 결국 이러한 풍류 생활 속에서 음주를 동반한 시가 향유는 필수 불가결한 요소였고, 이것이 바로 국문시가 창작과 향유에까지 이르게 하였다.

한편 김택룡의 시조 창작과 관련하여 우선적으로 언급하여야 할 부분은 그가 자기 집안의 여성들과 한글편지를 여러 차례 주고받을 만큼 한글 사용에 능숙하였다는 것이다. 퇴계 학맥에서는 석의·언해를 바탕으로 경학(經學)에 대한 교육을 진행하였던 바, 이러한 과정에서 한글에 익숙해졌던 것이 아닌가 한다. 김택룡의 시조 창작과 관련하여 보다 중요하게 살펴야 할 점은 지역과 학맥으로 이어지는 국문시가의 창작·향유 맥락이다. 그는 지역적으로 이현보, 이숙량, 황준량 등으로 이어지는 예안 지역의 전통은 물론이요, 학맥상으로 이황, 권호문으로 대표되는 퇴계 문하의 자장과도 떼려야 뗄 수 없는 인물이다. 특히 그가 공사 간에 긴밀하게 교유했던 인물 중에 정구, 박선장, 정경세, 이시 등이 모두 시조를 창작하였다. 이처럼 김택룡은 16~17세기 경북 지역의 시조 작가들과 여러 층위로 얽혀 있는 바, 그의 시조 창작 또한 이와 영향 관계를 지닌다고 할 수 있다.

김택룡의 시조 창작 과정에는 당시 정치적인 맥락이 숨어 있다. 그의 집안 어른인 김충순위 아재가 〈화안가(畫鴈歌)〉를 지어 보내며 지난날 중앙에서 출세가도를 달리던 모습과 현재 예안의 한곡에서 은거하고 있는 모습을 대비시켜 다시금 출사할 것을 넌지시 권유하였던 바, 이는 정치적 경륜과 지역 내에서 종장의 위상을 지닌 김택룡을 정치 현장으로 다시 끌어들이기 위한 시도의 일환이었다. 김택룡의 시조 작품은 이러한 재출사의 권유에 대한 답변 형식이자 자신이 지니고 있는 소신을 표출한 것으로서, 정치 현실과의 거리두기를 통해 명철보신을 꾀하는 독선(獨善) 의식과 더불어 안빈 속에서도 개결(介潔)함을 유지하려는 작가의 처세가 돋보이는 작품이라 할 수 있다.

이 글에서는 끝으로 17세기 경북 지역 시가사와 김택룡의 좌표를 살펴보았다. 주지하듯이 16세기 경북 예안 지역을 기반으로 한 일군의 사대부들에 의해 국문시가의 창작 및 향유 전통이 이루어진 것은 분명 시가사에서 획기적 일이라 할 수 있다. 이것을 주도한 것은 이현보와 이황이었다. 김택룡은 이현보와 같은 예안 지역의 사족인 동시에 퇴계 학맥을 잇는 학자였기에 자연스레 경북 지역 풍류상을 잘 알고 있었으며 선진 및 스승이 보인 풍류와 시가문학의 창작·향유 맥락에 중층적으로 연결되어 있다. 특히 시가사적으로 17세기 초반 퇴계의 문인 제자들로 이어지는 국문시가 창작의 흐름에서 한 자리를 차지하고 있음을 확인할 수 있다.

참고문헌

金澤龍, 『操省堂集』, 한국국학진흥원 소장.

金澤龍, 『操省堂日記』 = 『先祖操省堂日錄』, 한국국학진흥원 소장.

金澤龍, 하영휘 역, 『조성당일기』, 한국국학진흥원, 2010.

李叔樑, 『梅巖集』, 한국국학진흥원 소장.

李賢輔, 『聾巖續集』, 한국문집총간 17.

李滉, 『退溪集』, 한국문집총간 29·30·31.

朴仁老, 『蘆溪集』, 한국문집총간 65.

鄭經世, 『愚伏集』, 한국문집총간 68.

趙穆, 『月川集』, 한국문집총간 38.

周世鵬, 『武陵雜稿』, 한국문집총간 27.

許傳, 『性齋集』, 한국문집총간 308.

권두환, 「영남지역 가단의 성립과 그 계승」, 『국문학연구』, 국문학회, 2004.

김흥규·이형대 외, 『고시조대전』, 고려대학교 민족문화연구원, 2012.

박현순, 「16~17세기 禮安縣 士族社會 硏究」, 서울대학교 박사학위논문, 2006.

성기옥, 「〈操舟候風歌〉 해석의 문제점」, 『震檀學報』 110, 진단학회, 2009.

성기옥, 「〈操舟候風歌〉 창작의 역사적 상황과 작품 이해의 방향」, 『震檀學報』 112, 진단학회, 2010.

심재완, 「분천강호가고」, 『동양문화』 9, 영남대 동양문화연구소, 1969.

윤성훈, 「『조성당일기』를 통해 본 17세기 초 영남 사족의 일상 속의 문화생활」, 『漢文學論集』 35, 근역한문학회, 2012.

이동영, 「嶺南歌壇 硏究」, 『時調學論叢』 3·4, 한국시조학회, 1988.

이동영, 『조선조 영남시가의 연구』, 형설출판사, 1984.

이양훈, 「詠而歸 모티프의 文學的 受容과 詩歌史的 展開 樣相」, 고려대학교 석사학위논문, 2005.

이영호, 「退溪의 『論語』 번역학과 해석학」, 『한문학보』 18, 우리한문학회, 2008.

정만조, 「月川 趙穆과 禮安地域의 退溪學脈」, 『퇴계학과 유교문화』 28, 경북대학교 퇴계연구소, 2000.

조윤제, 「퇴계를 중심으로 한 영남가단」, 『논문집』 8, 청구대학, 1965.

조지형, 「善迁堂 李葑의 시가 창작 맥락과 양상」, 『한국학연구』 37, 인하대학교 한국학연구소, 2015.

조지형, 「퇴계 『論語釋義』의 편찬 의도와 성격」, 『국학연구』 19, 한국국학진흥원, 2011.

최재남, 「경기체가 장르론의 현실적 과제」, 『한국시가연구』 2, 한국시가학회, 1997.

최재남, 「분강가단 연구」, 『사림의 향촌생활과 시가문학』, 국학자료원, 1997.

최재남, 「소학적 세계관의 시적 진술방식」, 『사림의 향촌생활과 시가문학』, 국학자료원, 1997.

제2장

善迂堂 李蒔의 시가 창작 맥락과 양상

1. 서론

이 글은 조선 중기 경상도 안동 지역의 문인인 선오당(善迂堂) 이시(李蒔, 1569~1636)의 삶의 궤적을 추적해 보고, 이를 통해 그가 남긴 시가 문학의 전체 양상을 살피는 것을 목적으로 한다. 나아가 그의 시가 작품을 생애 주요 국면과 유기적으로 대응시킴으로써 작품의 깊이 있는 이해에 도달하고자 한다.

그간 선오당 이시에 대해서는 임선묵[1]과 심재완[2]에 의해 시조 작품 4수와 작가의 생애에 대해 간단한 소개 및 해제가 이루어졌으며, 이후 이동영[3]과 최재남[4]과 권두환[5]이 영남지역의 분강가단(汾

---

1 林仙默, 「李蒔의 時調」, 『國語國文學論集』 3, 단국대학교, 1969.

2 沈載完, 『時調의 文獻的 研究』, 세종문화사, 1972.

3 이동영, 『조선조 영남시가의 연구』, 형설출판사, 1984.

4 최재남, 「분강가단 연구」, 『사림의 향촌생활과 시가 문학』, 국학자료원, 1997; 최재남, 「분강가단의 풍류와 후대의 수용」, 『배달말』 30, 배달말학회, 2002.

5 권두환, 「영남지역 가단의 성립과 그 계승」, 『국문학연구』 12, 국어국문학회, 2004.

江歌壇) 또는 영남가단(嶺南歌壇)을 연구하면서 그 후대의 주변적 범주로서 선오당 이시를 함께 언급을 한 정도에 지나지 않았다. 이상의 선행 연구들은 자료 발굴 및 소개 차원 수준의 연구인 데다가, 그간 16세기 시가사에서 주목을 받았던 농암(聾巖) 이현보(李賢輔, 1467~1555)를 정점에 두고 그 영향관계의 외연을 후대까지 학장하면서 이시를 간단히 언급만 하는 정도여서 정작 이시에 대해서는 그리 깊이 있는 탐색이나 연구가 이루어지지 않았다.

이시에 대한 본격적인 연구는 성기옥[6]에 의해 이루어졌다. 성기옥은 이시와 교유했던 지역 인사 김령(金坽, 1577~1641)의 『계암일록(溪巖日錄)』[7]을 검토하여 〈조주후풍가(操舟候風歌)〉(3수)가 광해군 혼정기 대북파(大北派)에 부회한 아우들의 지나친 권력욕을 타이르는 교훈적 노래이면서, 동시에 그 이면에는 동생들의 출세욕이 몰고 올 시인 자신과 가문의 파멸을 우려하는 작가 이시의 고뇌 어린 정신적 흔들림을 엿볼 수 있는 노래라고 평하였다. 그러면서 동시에 〈조주후풍가〉를 교훈적 노래로만 경직되게 해석하는 문제점을 지적하며 가문의 생존을 위한 현실적 절박성의 문제에 더욱 주목하여 접근해야 함을 역설하였다. 이러한 성기옥의 연구는 현재까지 이시와 그가 남긴 시조 작품에 대한 가장 심도 깊은 연구라 할 수 있다. 이 글은 기본적으로 이 선행연구의 성과 기반 위에서 출발한다 하겠다.

하지만 선오당 이시의 시가 작품에 대한 종합적인 이해에 도달

---

6 성기옥, 「〈조주후풍가〉 해석의 문제점」, 『震檀學報』 110, 진단학회, 2009; 성기옥, 「〈조주후풍가〉 창작의 역사적 상황과 작품 이해의 방향」, 『震檀學報』 112, 진단학회, 2010.
7 김령의 『계암일록』은 한국국학진흥원에서 절반가량인 1~6권(2013.11.4)까지가 이미 번역·출간되어 관련 내용을 살피는 데 큰 무리가 없다.

하기 위해서는 여기에서 한걸음 더 나아가 그의 문집에 남아 있는 시조 작품〈오로가(烏鷺歌)〉와 한시 6수에 대해서도 깊이 있는 검토 가 함께 이루어져야 하리라 본다. 현재 전하는 이시의 시가 작품으 로는 한시 6수, 〈조주후풍가〉 3수, 〈오로가〉 1수, 총 10수가 있다. 이 들 작품은 이시의 생애와 관련하여 살펴보면, 광해군 당시 영천 이 씨 가문의 존망과 관련된 특정 국면에서 창작된 것이어서 그의 내 적 고민과 문제의식의 일단을 엿볼 수 있게 한다. 따라서 국문시가 와 한시를 모두 포괄하여 그의 삶의 궤적 및 문제의식과 유기적으 로 연결지어 해석해 내어야 할 필요성이 대두된다. 〈조주후풍가〉와 관련해서는 작품 해석에 대해 보완적 논의가 필요하다. 아울러 선 오당 이시의 혈연관계 및 가계, 사승-교유관계를 실증적으로 밝혀, 그가 국문시가를 창작할 수 있었던 기반과 영향관계 등을 종합적 으로 재점검해야 한다. 이를 통해 그의 작품이 지닌 시가사적 위상 을 자리매김할 수 있는 토대를 구축하는 데까지 나아갈 수 있어야 하리라 본다.

필자는 안동지역의 학술답사 과정에서 영천 이씨(永川李氏) 간재 종택(艮齋宗宅)으로부터『선오당일고(善迃堂逸稿)』·『선세연고(先世 聯稿)』등의 자료를 제공받고 관련된 여러 이야기들을 전해 들었다.[8] 이에 이 글에서는 이를 기반으로 해서 선오당 이시의 삶의 궤적과 문 제의식을 담은 시가 작품에 대해 분석을 시도하고, 또 그의 혈연·사 승·교유 관계를 통해 시가 문학의 영향 관계에 대해서도 보완적 논 의를 펼치고자 한다.

---

8 관련 자료를 제공해주신 영천이씨 간재종택 종손 이승영(李承英)씨와 가계 및 자료의 서지사항에 대해 자세한 설명을 들려주신 이동길(李東吉) 선생께 이 자 리를 빌어 다시 한 번 감사의 말씀을 전한다.

2. 善迂堂 李蒔의 國文詩歌 창작·향유의 系譜

1) 家系와 시가 창작·향유의 맥락

선오당 이시는 경북 안동지역에 세거하였던 영천이씨 가문 간재 (艮齋) 이덕홍(李德弘, 1541~1596)의 아들로서, 모두 6형제 중의 장남이다. 16세기 시가사에서 영남 지역의 국문시가 창작과 향유에 있어 중심적 위치에 놓이는 농암 이현보가 그의 증조부 항렬이다. 이시의 가계도를 살펴보면 다음과 같다.[9]

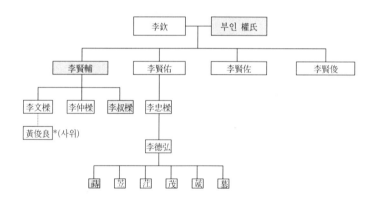

이시는 젊은 시절 한강(寒岡) 정구(鄭逑, 1543~1620)의 문하에서 수학하면서 학문에 매진하였으나, 그의 나이 27살 때 부친 이덕홍이 죽자 가업을 잇고 유지하기 위해 일찍부터 과거를 포기하고 안동지역에 머무르며 후학 양성에 힘을 쏟았다. 그는 젊은 나이에 부모

9 참고로 위 가계도는 향후 논의를 전개하기 위해 선오당 이시의 혈연관계를 간단하게 정리한 것이다. 농암 이현보의 후손에 대한 가계도는 본래 더 복잡하지만, 시가사에서 주로 거론 되었던 주요 인물들을 중심으로 표기하였음을 밝힌다.

를 여의고 집안의 장남으로서 5명의 어린 동생들을 보살펴야 하는 실질적인 호주(戶主) 역할을 수행해야 했다. 아울러 그가 과거를 포기하고 지역에 머물러 있었던 데는 외부적 요인도 함께 작용하였던 바, 1592년 임진왜란이 발발하여 나라 전체가 7년간 전대미문의 전쟁을 겪었기 때문에, 기실 그의 젊은 시절에는 현실적으로 과거공부를 통해 관직으로 진출하기 어려운 상황도 작용했을 것이다.

위에 제시한 그의 가계도를 살펴보면 유난히 국문시가와 관련된 인물들이 눈에 많이 띈다. 먼저 이시의 고조모 권씨 부인(權氏夫人)은 1526년(중종21)에 아들 이현보가 동부승지(同副承旨)에 제수되자 이를 기뻐하며 〈선반가(宣飯歌)〉를 지어 하인들에게 가르쳐 아들의 귀성연(歸省宴)에서 부르게 하였던 것으로 유명하다.[10] 증조부 항렬의 이현보는 16세기 국문시가사에서 빼놓을 수 없는 인물이다. 주지하듯이 이현보는 고려 말 전해오던 12장 어부가를 〈어부장가〉 9장으로, 10장 어부가를 〈어부단가〉 5장으로 개착하였으며, 〈농암가(聾巖歌)〉·〈효빈가(效嚬歌)〉·〈생일가(生日歌)〉를 지었다. 특히 지역의 여러 인사들 및 아들들과 손서(孫壻) 황준량(黃俊良, 1517~1563) 등이 함께 분강에서 뱃놀이를 하며 풍류를 즐긴 이른바 '분강가단' 활동의 중심인물이 바로 이현보이다. 이현보의 아들 이숙량(李叔樑, 1519~1592)은 부친의 유풍을 계승하는 데 힘을 쓰는 한편, 〈분천강호가(汾川講好歌)〉를 지어 가문의 후손들에게 효와 우애를 강조하였다. 이와 같이 선오당 이시의 가계에서는 16세기 초부터 국문시가의 창작과 향유가 하나의 큰 흐름을 형성하고 있

---

10 〈선반가(宣飯歌)〉는 농암 이현보의 문집인 『농암유고(聾巖遺稿)』에 실려 전한다. 전문은 다음과 같다. "먹디도 됴홀샤 승정원 선반야 / 노디도 됴홀샤 대명뎐 기슬쟈 / 가디도 됴홀샤 부모다힛 길히야." 참고로 이 작품은 『역대시조선서』(1972)와 『고시조대전』(2012)에 모두 수록되어 있지 있다.

었다. 따라서 이시도 가문 내에서 국문시가를 손쉽게 접할 수 있었을 것이며, 이것이 그의 시가 창작에 있어 하나의 중요한 계기로 작용하였다는 것을 어렵지 않게 지적할 수 있을 것이다. 이런 점들은 실제로 초기 임선묵·심재완의 연구부터 언급이 되어왔다. 이렇듯 이시의 경우 가문에서 이어 내려오는 국문시가 창작과 향유의 전통을 계승하고 있는 측면이 엿보인다.

한편, 주제적 경향으로 볼 때, 권씨 부인과 이현보의 시가 작품들은 기쁜 날을 기념하거나 풍류를 즐기는 등의 유락적 색채가 짙다. 그러나 이숙량의 〈분천강호가〉는 후손들에게 효부모(孝父母)·우형제(友兄弟)·화친척(和親戚)·목인보(睦隣保)를 권면하고 있다는 점에서 주목을 요한다. 이는 분천에 모여 한 가문의 결속을 다지고 후손들에게 소학적(小學的) 삶의 실천을 강조하고 있다는 점[11]에서 권면·권계의 경향을 지니고 있기 때문이다. 이후에 다시 논의하겠지만, 선오당 이시의 국문시가 작품들이 모두 아우들을 경계하고 권면하기 위한 노래임을 생각해볼 때, 주제적으로는 〈분천강호가〉와 일정한 참고·영향을 추정할 수 있으리라 본다.

2) 지역과 學脈上 시가 창작·향유의 맥락

영천 이씨 가문은 안동지역 사림(士林)으로서 주변 사대부 가문과 지속적으로 폭넓은 우호적인 관계를 형성하고 있었던 것으로 보인다. 이현보의 경우 회재(晦齋) 이언적(李彦迪), 신재(愼齋) 주세붕(周世鵬), 퇴계(退溪) 이황(李滉), 송암(松巖) 권호문(權好文) 등과 교유

---

11 최재남, 「소학적 세계관의 시적 진술방식」, 『士林의 鄕村生活과 詩歌文學』, 국학자료원, 1997; 길진숙, 「16세기 사림의 朱子儀禮 실천과 〈汾川講好歌〉」, 『한국문학이론과 비평』 31, 한국문학이론과 비평학회, 2006 참조.

하였다. 이들은 모두 분강에서 뱃놀이를 하면서 풍류를 즐긴 '분강가단'(혹은 영남가단)의 참여 인사들이기도 하다. 주지하듯이 이황은 〈도산십이곡(陶山十二曲)〉을 지어서 자신의 은거의지를 밝히고 제자들을 향해 면학을 권면하였다. 주세붕은 〈도동곡(道東曲)〉·〈육현가(六賢歌)〉·〈엄연곡(儼然曲)〉·〈태평곡(太平曲)〉 등의 경기체가와 〈오륜가(五倫歌)〉를 비롯한 시조 15수를 지어 개인의 수양 및 백성 교화의 방편으로 삼았다. 권호문은 경기체가 〈독락팔곡(獨樂八曲)〉과 시조 〈한거십팔곡(閑居十八曲)〉을 지었다. 이러한 점들은 이미 초기 연구에서부터 언급이 되어왔음을 다시금 상기할 필요가 있다.

한편 영천 이씨 가문은 사승 관계를 통해서도 지역의 인사들과 널리 연결되어 있었다. 이시의 부친 간재 이덕홍은 퇴계 이황의 고제(高弟)로서 과거에 응하지 않고 학문에만 열중하였다. 선오당 이시는 한강(寒岡) 정구(鄭逑)의 제자이면서 여헌(旅軒) 장현광(張顯光, 1554~1637)과도 종유하였다. 이들은 모두 시조를 남기고 있는데 정구는 5수,[12] 장현광은 1수[13]를 남기고 있다.

한편, 이시의 문집인 『선오당일고(善迂堂逸稿)』에 수록되어 있는 〈문인록(門人錄)〉과 〈오계서당강화록(迂溪書堂講話錄)〉, 그리고 『선세연고(先世聯稿)』의 〈강화록(講話錄)〉 등에는 그와 교유하던 인근 지역의 인사들 130여 명의 이름이 기록되어 있다. 이 중에는 갈봉(葛峯) 김득연(金得研, 1555~1637)과 이재(頤齋) 조우인(曺友仁, 1561~1625)의 이름도 확인할 수 있다. 주지하듯이 김득연은 안동에 거주하면서 시조 72수와 가사 〈지수정가(止水亭歌)〉를 지은 국문시가의

---

12 정구의 시조는 다음의 5수가 있다. [#0167.1, #0289.1, #3043.1, #4499.1, #4758.1] 이 글에서 인용하는 시조 작품은 모두 김흥규·이형대 외 편, 『古時調大全』(고려대학교 민족문화연구원, 2012)의 작품번호를 따른다.

13 장현광의 시조는 다음의 1수가 있다. [#1805.1]

다작 작가 중에 하나이다.[14] 조우인은 예천 출생으로 〈매호별곡(梅湖
別曲)〉·〈자도사(自悼詞)〉·〈관동속별곡(關東續別曲)〉·〈출새곡(出塞
曲)〉 등 4편의 가사작품을 지었다. 조우인은 이시와 동년배로 가까이
에서 친밀하게 교유한 인물 중 하나였는데, 기실 조우인은 이현보의
둘째 아들인 이중량(李仲樑)의 사위이기도 하였다. 즉 이시와 조우
인은 경북 지역을 기반으로 함께 수학과 강학을 한 문인이면서 동시
에 혈연으로도 연결되어 있었던 것이다.

이처럼 지역과 학맥상으로도 이시는 16~17세기 국문시가를 창
작한 인물들과 복잡하게 얽혀 있었다. 국문시가의 창작과 향유는
당시 영남 지역의 특성이기도 하겠지만, 이시와 긴밀하게 연결되
어 있던 인물들이 국문시가의 주된 작가임을 고려한다면 자연스레
국문시가의 자장 안에서 그 영향을 받았으리라는 점을 부인하기
어려울 듯하다. 이러한 점들은 분명 그의 국문시가 창작의 동인으
로 작용하였을 것이다.

3. 亂政期 선비의 불안한 실존과 李蒔의 詩歌

이시의 문집『선오당일고(善迁堂逸稿)』에는 그의 시가 작품 총 10
수가 전하는데, 〈오로가(烏鷺歌)〉 1수, 〈조주후풍가(操舟候風歌)〉 3
수, 한시 6수가 바로 그것이다. 이제 그의 작품을 살펴보기로 한다.

---

14 김득연에 대한 주요 선행연구는 다음과 같다. 金容稷,「葛峰 金得研의 作品과 生
    涯」,『창작과비평』23, 창작과비평사, 1972; 宋政憲,「葛峰時調考」,『조선전기 언
    어와 문학』, 형설출판사, 1977; 이상원,「16세기말-17세기초 사회 동향과 김득
    연의 시조」,『어문논집』31, 안암어문학회, 1992; 김창원,「김득연의 국문시가-
    17세기 한 재지사족의 역사적 초상」,『어문논집』41, 안암어문학회, 2000.

1) 家傳 時調의 援用을 통한 諷諫 : 〈烏鷺歌〉

이시는 가업을 계승하기 위해 일찍부터 과거를 포기하고 안동
지역에 머무르면서 학문에만 전념하고 있었다. 그에 비해 그의 아
우들은 과거를 통한 출사에 적극적으로 뜻을 두어 4명이나 문과에
급제하는 큰 영예를 맛보았다. 1615년(광해군7) 식년시에서 둘째
이립(李岦, 1571~1616), 셋째 이강(李茳, 1573~1623), 막내 이모(李
慕, 1582~1639)가 나란히 급제하였으며,[15] 이듬해 알성시에서는
다섯째 이점(李蔵, 1579~1627)마저 급제하였다. 여섯 형제 중에 4
명이나 문과에 급제하였으니, 이는 분명 가문의 영광이라 할 수 있
는 기쁜 일이었다.

그러나 주지하듯이 이 시기는 이이첨(李爾瞻)·정인홍(鄭仁弘) 등
의 대북파(大北派)가 권력을 농단하고 있던 광해군 시기 혼란한 기
간이었다. 1613년 계축옥사를 통해 영창대군(永昌大君) 및 반대파
세력을 숙청하고, 이듬해 영창대군을 살해하고 인목대비(仁穆大
妃)에 대한 폐모론(廢母論)이 대두되고 있었던 시기[16]에 이시의 아
우들은 정계로 진출하게 되었던 것이다. 그런데 셋째 이강, 다섯째
이점, 막내 이모는 대북파 정권에 깊이 관여하고 있었다. 이에 이시
는 아우들에게 경계의 메시지를 보내기에 이른다. 이 과정에서 창
작한 것이 〈오로가(烏鷺歌)〉로 판단된다.

---

15 이 시험에서 셋째 이강은 갑과 2위(2/33) 즉 아원(亞元)으로 급제하는 쾌거를 이
룩하였다. 참고로 둘째 이립은 병과 3위(13/33), 막내 이모는 병과 20위(30/33)로
각각 급제하였다.

16 대표적인 인물로 백사(白沙) 이항복(李恒福)을 들 수 있는데, 그는 폐모론에 극력
반대하다가 1618년에 관작이 삭탈되고 함경도 북청으로 유배되었으며, 유배 도
중 시조 〈철령가(鐵嶺歌)〉를 짓기도 하였다.

#0622.1
가마괴 디디는 곧애 白鷺야 가디 말아
희고 흰 긷헤 거믄 씩 무칠셰라
딘실로 거믄 씩 무티면 씨을 씰히 업스리라.

위 작품은 까마귀와 백로를 대비시켜 백로의 흰 몸에 검은 때가
묻을지도 모르니 까마귀가 모여 있는 곳에는 가지 말 것을 당부하
면서, 만약 정말로 검은 때가 묻게 되면 씻어낼 수 있는 길이 없을
것이라고 경계를 하고 있다. 은근한 비유를 써서 장차 다가올지도
모르는 잠재적인 위험을 경고하는 내용으로 이해할 수 있다. 그런
데 동시에 이 작품과 유사성이 발견되는 작품이 불현듯 떠오른다.
그 작품은 다음과 같다.

#0619.1
가마귀 싼호는 골에 白鷺야 가지 마라
셩닌 가마귀 흰빗츨 싀올세라
淸江에 조히 씨슨 몸을 더러일까 ᄒ노라.

이 작품은 일반적으로 정몽주(鄭夢周) 모친이 지었다고 전해지
며[17] 〈백로가(白鷺歌)〉라는 이름으로 널리 알려진 작품이다. 주지하
듯이, 이 작품은 아들 정몽주가 여말선초의 왕조교체기 혼란한 시
절에 벼슬살이하는 것을 만류하고자 노래로써 넌지시 일깨우려 한
것이다. 그런데 이시의 〈오로가〉와 정몽주 모친의 〈백로가〉는 알레

---

17 일반적으로 이 작품은 정몽주 모친이 지은 것으로 알려져 있으나, 『해동가요(海
   東歌謠)』(일석본)에는 김정구(金鼎九)의 작품으로 되어 있다.

고리의 설정과 표현상의 측면에서 상호텍스트성(Intertextuality)을 지닌 매우 유사한 형태의 작품이다. 두 작품은 약 300여 년의 시간적 편차를 두고 창작되었는데, 어떻게 친연성을 확인할 수 있는 것인가? 그것은 정몽주 모친이 바로 다름 아닌 영천 이씨이기 때문이다.[18] 즉 영천 이씨 가문 내부에서는 〈백로가〉가 가문의 유작으로서 끊이지 않고 전승이 되고 있었던 것이다. 앞서 농암 이현보의 모친인 권씨 부인이 〈선반가〉를 지은 것을 생각하면, 영천 이씨 가문에서는 여성들에게도 국문시가 창작 전통이 면면이 계승되고 있었던 것이 아닌가 한다. 아울러 두 작품은 창작된 상황 맥락도 매우 유사하다. 주지하듯이 정몽주는 1389년 이성계(李成桂)와 함께 공양왕(恭讓王)을 옹립하였으나 이후 정도전(鄭道傳)·조준(趙浚) 등과 대립하면서 기울어가는 고려의 국운을 바로잡고자 노력하였다. 이를 위해 고군분투하는 아들을 보면서 정몽주 모친은 아들의 노력이 중과부적(衆寡不敵)이라는 것을 직감하고, 아들이 혹여 해를 입지나 않을까하는 우려의 마음으로 출사를 만류하는 내용을 담아 작품을 지어 아들에게 전달한 것이다. 하지만 정몽주는 결국 이방원(李芳遠)에게 격살되고 말았다.

이시는 아우들이 처한 정치적 상황이 과거 정몽주가 처한 상황과 매우 유사함을 직감하고, 가문에 전승되던 정몽주 모친 영천 이씨의 작품을 원용하여 아우들을 경계하고자 했던 것이다. 정몽주의 최후는 비단 가문 내부뿐만이 아니라도 온 나라 사람들이 두루 아는 주지의 사실이기에 쉽사리 예견되는 피해를 막고 싶었을 것

---

18 이러한 사실은 간재종택에서 여러 문헌 자료를 제공받는 과정에서 전해 들었으며 이후 문중 소장의 족보 등을 통해서도 확인을 하였다. 아울러 정몽주에 대해 설명하고 있는 여러 사전류에도 그의 모친이 영천 이씨이며 그가 영천에서 출생한 것으로 기술되어 있다.

이다. 이에 집안의 실질적인 어른이자 맏형으로서 아우들을 일깨우기 위한 경계성 메시지를 시조 형식을 이용하여 보낸 것이다.

2) 書諭와 寓言을 활용한 規戒 : 〈操舟候風歌〉

앞서 〈오로가〉를 통해 아우들을 넌지시 경계하려고 했으나 아우들은 이를 대수롭지 않게 여겼던 것 같다. 오히려 한걸음 더 나아가 셋째 이강은, 1617년에 폐모론을 제기하여 인목대비를 서궁(西宮)에 유폐시키는 데 적극 가담한 대북파 정조(鄭造, 1559~1623)의 서녀(庶女)를 첩으로 삼아 인적 관계를 공고히 하며 정언(正言)의 지위에 오르게 되었다. 급기야 이시는 편지를 써서 아우를 타이르기에 이른다.

> ① 옛사람들은 재주로써 발신(發身)을 하였는데 요즘 사람들은 재주 때문에 몸을 망치는구나. 평소 독서를 통해 배운 바가 무엇인가? 오직 나라에 충성하고 부모에게 효도하라는 선조들의 가르침이 귀에 생생하다. 모름지기 진퇴(進退)를 잘 살펴서 위로는 나라에 욕됨이 없게 하고 아래로는 가문을 온전히 하기를 간절히 바라고 바란다.[19]

> ② 듣자하니, 네가 정언(正言)이 되었다고 하던데, 지금이 과연 정언을 할 때냐? 말할 만한 것을 말한다면 정언이라고 할 수 있겠지만, 말해서는 안 되는 것을 말한다면 정언이라고 할 수 없을 것이다. 네 몸을 망치고 선조들을 욕보이게 된다면 어찌 슬프지 않겠는가? 모름지기 옳고 그름을 잘 살펴서 인륜(人倫)과 강상(綱常)을 어지럽히는 분분한 논의에 휩쓸리지 말거라. 절대로 내말을 범범히 여기지 말라![20]

---

19 「戒第三弟莊書 丁巳」, 『善迂堂逸稿』. 古之人, 以才發身, 今之人, 以才亡身. 平日讀書, 所學何事? 惟忠惟孝, 先訓在耳. 更須察其進退, 上以無忝厥, 下以完門戶, 千萬至望至望.

위 편지 두 통은 모두 1617년에 아우 이강에게 보낸 편지이다. 이 때는 인목대비에 대한 폐모론이 한창 들끓던 시기였다. 당시 대북파의 핵심 인사들과 혼인관계를 맺는다는 것, 또 정언의 벼슬에 올라 인목대비를 폐위시켜야 한다고 주장하는 '패륜난상(敗倫亂常)'의 논의에 대해 정언으로서 올바른 말을 할 수 없다는 것 자체가 모두 자칫 잘못되면 향후에 엄청난 죄과(罪過)로 돌아올 수도 있는 일이었다. 이에 이시는 아우에게 편지①에서는 진퇴를 잘 살피고, 편지②에서는 옳고 그름을 잘 살펴 처신하라고 신신당부를 하고 있다. 이는 벼슬에서 용기 있게 물러날 것을 종용하는 것이며, 혹여 물러날 수 없다면 옳고 그름을 살펴서 눈치껏 잘 행동하라는 당부인 것이다. 아우의 잘못된 처신이 가져올 수 있는 위험성은 당사자 개인이 피해를 입어 죽음에 처하는 것은 물론이요, 자칫하면 온 집안 전체가 역적으로 몰려 풍비박산의 위기에 처할 수도 있는 상황이었다.

그렇지만 권력에 대한 욕심은 그리 쉽게 내려놓을 수 있는 성질의 것이 아니었다. 맏형의 간곡한 편지에도 불구하고 아우는 끝내 벼슬에서 물러날 생각을 하지 않았다. 이에 이시는 〈조주후풍가〉를 지어 규계하기에 이른다.

> ① #4338.1
>
> 뎨 가ᄂᆞᆫ 뎌 샤공아 ᄇᆡ 잡고 내 말 들어
>
> 順風 만난 후의 가더라 아니 가랴
>
> 於思臥 中流에 遇風波ᄒᆞ면 업더딜가 ᄒᆞ노라.
>
> 彼去舟子聽我言, 順風遇後去了去, 中流風波必見覆.

---

20 「戒第三弟荘書 又」,『善迁堂逸稿』. 聞君爲正言, 此果正言之時耶? 言其可言, 則可謂之正言, 言其不可言, 則不可謂之正言. 陷身辱先, 寧不可悲? 須察是非, 勿爲隨波於敗倫亂常之議如何如何, 千萬勿泛勿泛!

2 #1770.1

ᄇᆞᄅᆞᆷ날 아뎍늘 긔 엽다 ᄒᆞ고 드듸 마라

海波茫茫ᄒᆞᆫᄃᆡ 颶風이 던혀 브니

아마도 구틔여 건너려 ᄒᆞ면 載胥及溺 엇디 ᄒᆞᆯ고.

風朝莫言淺可渡, 海波茫茫颶全吹, 欲濟其如胥及溺何.

3 #2293.1

朔風이 되오 브러 大海를 흔들티니

一葉扁舟로 갈 길히 아득ᄒᆞ다

두어라 이 빈 ᄒᆞᆫ번 기운 휘면 브틸 곧이 업ᄉᆞ리라.

朔風高吹撼大海, 一葉扁舟去路迷, 這舟領傾無泊處.

작품의 제목인 '조주후풍'은 사공이 배를 조종할 때 바람을 잘 살펴야 한다는 뜻이다. 사공은 분명 문과에 급제하여 벼슬길에 올라 출세가도의 꿈을 펼치려고 하는 아우들을 비유한 것이다. 사공은 '중류'를 거쳐 바다로, 그것도 '대해'로 배를 몰고 나갈 그런 사공이다. 그런데 우려되는 상황이 하나 있다. 1연에 보이는 '풍파(風波)', 2연의 '구풍(颶風)', 3연의 '삭풍(朔風)'이 바로 그것이다. 이는 '환해풍파(宦海風波)' 즉 벼슬살이 과정에서 겪게 되는 온갖 험한 일들로, 당시의 혼란한 정국을 비유한 것이다.

1연에서 화자는 배를 막 띄우려는 사공을 급히 붙잡고 지금은 배를 띄울 때가 아니니 순풍을 만난 후에 나가라고 하였다. 현재 같은 상황에서 혹여 배를 띄웠다가 중류에서 풍파를 만나기라도 한다면 배가 전복될 위험성이 농후함을 일깨우고 있는 것이다. 이는 아우들에게 지금은 벼슬에 나갈 때가 아니니 물러나 있다가 나중에 상황이 좀 나아지면 다시 나가라는 당부의 말임을 어렵지 않게 짐작할 수 있다. 그러나 아우들은 괜찮다고 하면서 괘난 걱정하지 말라고 하면서 오히려 형을 안심시키려 들었던 듯하다.

이에 2연에서는 좀더 분명한 어조로 상황을 재차 설명한다. 아침나절 바람이 불기 시작하니 배를 띄워 물을 건너려 해서는 안 된다는 것이다. 현재 상황에서는 비록 풍파가 잔잔한 듯 보이지만 저 멀리 바다에는 거센 파도와 맹렬한 바람이 일고 있으니 '괜찮겠지?' 하는 안일한 생각으로 굳이 건너려 한다면 물에 빠질 것[載胥及溺]이라고 그 위험성을 경계하고 있다. 종장 마지막 구절 '載胥及溺'은 『시경』「대아」〈상유(桑柔)〉의 구절로, 본래 이 작품은 주나라 여왕(厲王) 당시의 각종 어지러운 정치 세태를 풍자하는 내용을 담고 있다. 무엇보다 해당 구절의 본래 시구는 '그 어찌 잘될 수 있겠는가, 서로 구렁텅이에 빠질 뿐이네[其何能淑, 載胥及溺]'로, 이시는 종장 말구에 이 구절을 단장취의 함으로써 아우들이 그렇게 계속 가면 좋아지기는커녕 결국 서로 멸망의 구렁텅이로 빠지게 될 뿐이라는 냉철한 상황 인식을 표출하고 있는 것이다.

3연에서는 더 구체적인 표현을 사용하였다. 그것은 바로 '삭풍(朔風)'이다. 주지하듯이 삭풍은 겨울철 북쪽에서 불어오는 찬바람을 가리킨다. 기실 '삭풍'은 대륙의 북방과 관련된 용어이기에, 강이나 바다와 관련해서 사용하기에는 어색한 용어이다. 따라서 이 삭풍은 '북풍'으로 곧 대북파의 난정(亂政)과 횡포를 우회적으로 가리키는 것으로 이해하는 것이 자연스러울 듯하다. 이제 갓 벼슬길에 올라 이런 거센 바람을 등에 업고 환해(宦海)에 배를 띄우려는 아우들은 비유하자면 '일엽편주(一葉扁舟)'에 지나지 않을 터, 이대로 배를 띄우려 하다가는 결국 배 자체가 기울어 전복될 수밖에 없는 상황임을 말하고 있는 것이다. 또 그렇게 배가 전복되고 나면 다시는 배를 댈 수 있는 곳조차 없을 것이라는 엄중한 경고의 메시지를 전달하고 있는 것이다. 특히 3연 종장의 '두어라'는 '제발 그만 두어라'라는 당부와 경계의 목소리로 환치할 수도 있을 것이다.

작품 속의 화자인 이시는 사공을 향해 그저 자신의 견해를 전달하고 혹 아니면 말지 하는 식의 외부적 방관자라고 볼 수는 없을 듯하다. 자신은 벼슬에 나가지 않았기 때문에 앞으로 가문의 운명은 벼슬길에 나선 아우들의 손에 달려 있을 것이기에, 아우들을 배를 모는 사공으로 비유하였다면, 자신은 응당 아우들이 조종하는 배를 함께 타고 있는 승객이기도 한 것이다. 아우들의 이처럼 위험을 무릅쓴 채 강행하는 무리한 운행은 자신과 가문 전체에도 악영향을 초래할 수 있기 때문에, 한 배를 탄 공동 운명체의 입장에서 간곡하게 타이르고 있는 것이라 할 수 있다. 그렇지만 아우들은 끝내 형의 부탁을 거절하고 만다.

> 예전에 아우들이 벼슬에 나아가는 것에 급급하다가 반드시 화가 미칠 것을 염려하여 〈조주후풍가〉를 지어 일깨워주었으나 여러 아우들은 깨닫지 못하였다. 셋째 아우가 서울로 가려 하자 공이 만류하였으나 어쩔 수 없었다. 헤어질 때에 크게 탄식하며 말하기를 "우리집이 망하는 것은 네게 달려 있을 것이야."라고 하였다.[21]

위 인용문은 안동 지역의 문사 유심춘(柳尋春)이 지은 이시의 행장(行狀)인데, 당시 아우의 출사를 만류하는 형으로서의 염려와 이

---

21 柳尋春, 「善迁堂李公行狀」, 『善迁堂逸稿』. 嘗慮諸弟急於進取, 終必及禍, 爲作操舟候風歌以諷之, 諸弟不諭也, 三弟將赴京, 公挽之不得. 臨分太息曰: "家之顚覆, 其在汝矣."

후 집안이 위기에 처할 것을 걱정하는 가장으로서의 마음을 읽을 수 있다.

3) 處士的 삶과 주변 경관의 詩化 : 漢詩 6首

이후에 동생들은 과연 어떻게 되었을까? 이시의 우려대로 결국 크나큰 정치적 화를 입고 말았다. 1618년 둘째 이강은 허균(許筠)의 옥사에 연루되어 경상도 울진에 유배되었고, 넷째 이점은 경상도 유곡찰방(幽谷察訪)으로 좌천되었고, 막내 이모는 파직되고 말았다. 설상가상으로 1623년 인조반정이 일어나자 폐모론에 가담한 죄로 이강은 효수(梟首)되었고, 이점은 함경도 경원으로 유배되어 그곳에서 죽었다. 막내 이모는 황해도 장연에 유배되었다가 1635년에야 풀려났다. 자신이 우려했던 처참한 상황이 실제로 눈앞에 닥친 것이다.

이후 선오당 이시의 구체적인 행적은 확인할 수 없다. 추정컨대 가문이 처한 위기를 수습하는 한편 내부적으로 결속을 도모하였을 것으로 짐작된다. 본래 입신출사에 큰 관심이 없었지만, 이후에는 더더욱 몸을 움츠리고 종택과 오계서당(迂溪書堂) 일대에 은거하며 학문에만 전념하면서 지냈을 것으로 사료된다. 오계서당은 이시가 만년에 오천(迂川)의 하류에 짓고 후진양성에 힘쓰는 한편 지역의 문인들과 어울리던 장소였다. 그가 지은 한시 6수는 이러한 면모를 보여주는 방증 자료의 성격이 짙다.

① 圓川龜澗合迂溪   원천(圓川)·귀간(龜澗)이 오계(迂溪)로 흘러들어

  日夜玎琮巖下啼   밤낮으로 부딪치며 바위 아래에서 울부짖는듯.

  多意天公流月影   정 많은 천공(天公)이 달그림자 흘려주니

淸光一樣水東西　　맑은 광채, 물이 흐르는 듯하구나.[22]

②靈子鴻傳問幾時　　신령스런 그대 명을 이어온 것이 얼마인가
澗邊雙五鬱遲遲　　냇가에 쌍오(雙五)로 울창하게 늘어졌네.
貞姿本自如孤竹　　꼿꼿한 모습 본디 절로 고죽(孤竹) 같은데
千古淸風不盡吹　　천고의 맑은 바람 쉼 없이 불어오네.[23]

위 인용된 ①의 공간적 배경은 원천(圓川)·귀간(龜澗)·오계(迂溪)
이다. 이곳은 현재까지도 그 지명이 그대로 남아 있으며,[24] 당시 선
오당 이시가 거처로 삼으면서 학문에 정진하고 후학을 양성하던 종
택과 오계서당 앞의 풍경이다. 그런데 그곳에는 늘 작은 냇물이 합
수하여 흘러들면서 바위에 부딪쳐 요란한 소리를 낸다. 이시는 이를
'울부짖는다[啼]'라고 표현하고 있다. 아우들의 유배와 죽음으로 인
해 혈육간의 이별 및 가문의 위기 상황에 내몰렸던 이시는 억장이 무
너지는 듯한 고통을 남몰래 감내해야만 했을 터, 당시 거처 주변을
감돌아 흐르는 하천의 요란한 소리는 자신의 우울하고 답답한 마음
과 잘 포개지면서 그나마 자신의 처지를 위로하는 듯한 소리로 귓가
를 스쳐갔던 것이다. 아울러 하늘에서는 맑은 달빛을 흘려보내 주어
슬픈 마음을 추스를 수 있도록 도와주고 있었다. 이처럼 이 작품에
서는 자신의 심정을 직접적으로 드러내지 않으려 최대한 절제하면
서 바위에 부딪쳐 흐르는 물소리와 달빛이 흐르는 밤의 풍경에서 자
아내는 특유의 분위기를 통해 내면의 심사를 비춰 보이고 있다.

---

22 「雙溪明月」, 『善迂堂逸稿』.
23 「十松淸風」, 『善迂堂逸稿』.
24 영천이씨 간재종택의 위치가 안동시 녹전면 원천리이며, 현재 남아 있는 오계서
　원은 간재 이덕홍의 위패를 모신 서원이다. 1724년(경종4)에 이시 또한 이 서원
　에 배향된다.

②에서는 오계서당 주변의 소나무로 시선을 향하고 있다. 이시의 시선은 자신의 거처 주변 풍광으로 수렴되고 있다. 제목에서도 알 수 있듯이 그 대상은 냇가 주변에 늘어선 열 그루의 소나무들이다. 이 소나무들은 아름드리로 곧게 솟아 울창한 모양을 갖춘 채 두 줄로 다섯 그루씩 열을 맞추어 서 있는데, 오랜 세월 풍상을 겪어오면서도 변치 않는 그 모습이 제법 볼 만하였는지 소나무를 '신령스런 그대[靈子]'라 지칭하면서 경앙(敬仰)의 대상인 양 표현하고 있다. 이어서 3구에 이르면 이 같은 소나무의 곧게 솟은 모습을 '고죽(孤竹)'에 비하고 있다. 그런데 소나무 시적 형상을 대나무에 견준다는 점, 또 분명 열 그루의 소나무를 보고 있는데도 외로운 대나무[孤竹] 같다고 말하는 점으로 보아 단순한 비유적 표현으로 보아 넘기는 것은 적절하지 않은 듯하다. 일반적으로 소나무는 세한(歲寒)[25]의 상황과 연결되면서 지조와 절개를 상징한다. 아울러 고죽은 일반적으로 수양산에 은거하여 고사리를 캐 먹다가 죽은 백이(伯夷)·숙제(叔齊)의 이미지를 환기시킨다. 즉 은일의 상징인 것이다. 이러한 점을 고려한다면, 종택과 오계서당에 은거하면서 시련의 시기를 겪고 있는 자신의 모습과 멀리 늘어선 소나무의 모습을 동일시하고 있는 작품으로 이해할 수 있을 것이다.

이어지는 한시 4수는 모두 『시경(詩經)』의 형식을 본떠 4언체로 지었다. 작품의 공간은 계속해서 거처 주변으로 국한되고 있다.

③ 有峯高峙　　높다란 산등성이에 봉우리가 있으니
　　麗祖所陣　　고려 태조가 진을 쳤던 곳이라네.
　　因以之名　　이를 인하여 이름 짓고

---

25 「子罕」,『論語』. 子曰, 歲寒然後, 知松柏之後彫也.

古老相傳	고로(古老)들이 서로 전해왔다네.[26]
④ 有石中流	냇물 가운데 바위가 있으니
滿七除二	일곱은 잠기고 둘만 남았구나.
儼立有序	우뚝 솟은 것이 차례가 있는 듯하여
世號兄弟	대대로 형제바위라 불렀다네.[27]

위 작품 중 ③은 태조봉(太祖峯)을, ④는 형제암(兄弟巖)을 시적 대상으로 삼았는데, 모두 선오당 이시의 거처 주변에 있던 곳이다. 태조봉과 관련해서는 이시의 부친 이덕홍의 문집에 다음과 같은 기록이 전한다.

> 오계서당(迂溪書堂)은 예전에 영천(榮川) 동쪽 오천(迂川, 오계)의 태조봉(太祖峯) 남쪽 산기슭 아래에 있었으니 곧 선생[이덕홍]이 지은 것이다. 후에 선생의 맏아들 이시(李蒔)가 마을 서북쪽 모퉁이 쌍계(雙溪) 주변으로 옮겼다.[28]

위 기록을 참조할 때 태조봉은 오계서당 뒤편에 자리잡고 있던 배산(背山)임을 알 수 있다. 형제암 또한 거처 주변에 있었는데, 이곳은 영천 이씨 가문과 관련이 있는 곳이기도 하다. 다음의 시조를 살펴보기로 한다.

---

26 「太祖峯」, 『善迂堂逸稿』.
27 「兄弟巖」, 『善迂堂逸稿』.
28 李德弘, 「艮齋先生年譜」, 『艮齋集』, 한국문집총간 51, 133면. 迂溪書堂, 舊在榮川東 迂川太祖峯南麓下, 卽先生之所築也. 後長子善迂堂公蒔, 移建於村之西北隅雙溪上.

\# 1489.1

들언 지 오래더니 보안지고 兄弟巖아

兄友弟恭ㅎ야 믹양 혼딕 잇다 홀싟

우리도 너희 부러 兄弟 홈씌 왓노라.[29]

위 작품은 『이씨양현실기(李氏兩賢實記)』에 실려 있는 작품으로, 조선 세종 때 문과에 급제하여 대사간(大司諫)을 지낸 이종검(李宗儉, 생몰년미상)이 지은 〈형제암가(兄弟巖歌)〉이다. 이종검은 영천 이씨로 선오당 이시에게는 7대 종조부벌이 된다. 그는 효성이 지극 하였으며, 문종(文宗)이 효우당(孝友堂)이라는 당호를 내려줄 정도 로 아우 이종겸(李宗謙)과 우애가 독실하기로 유명하였다. 하지만 세조 즉위 이후 벼슬에서 물러나 생육신(生六臣)이었던 이맹전(李孟專)·김시습(金時習) 등과 도의지교를 맺고 은거하였으며, 이 과 정에서 〈형제암가〉를 지은 것으로 생각된다. 따라서 이시에게 형제 바위는 불합리한 정치현실에 대응하는 피세의 상징적 장소이자, 형제간의 우의를 떠올릴 수 있는 공간이기도 하였을 것이다. 이처 럼 선오당 이시의 앞선 두 작품 역시 자신의 거처 주변의 대상물에 국한하여 시를 읊고 있는데, 이는 현실 세계와 일정한 거리감을 유 지하면서 은거 지향의 삶을 표방하고 있는 것으로 보인다. 이러한 경향은 아래 두 작품에서 더욱 두드러지게 드러난다.

⑤ 采采靈芝   영지(靈芝)를 따고 따기를

薄言撷之   잠깐 훑어 따네.

---

29 「孝友堂遺事」, 『李氏兩賢實記』 下卷, 〈兄弟巖歌〉. 참고로 이 작품은 『고시조대 전』(2012)에 작자미상으로 표기되어 있다. 작자를 이종검(李宗儉)으로 바로잡 아야 한다.

一曲商歌	상가(商歌) 한 곡조로
可以樂飢	굶주림을 잊고 즐길 수 있다네.[30]

⑥澗東荊薪	시냇가에서 땔감을 하고
井汲寒波	우물에서 찬물을 길어 올려
歸來煮之	집에 돌아가 달이니
白石丹砂	이것이 백석(白石)·단사(丹砂).[31]

⑤는 진(秦)나라 말기 난세를 피해 남전산(藍田山)에 은거해 살던 상산사호(商山四皓) 형상과 그들이 불렀다는 〈자지가(紫芝歌)〉[32]를 차용하고 있다. 상산사호는 동원공(東園公)·하황공(夏黃公)·녹리선생(甪里先生)·기리계(綺里季) 이상 네 사람을 가리키는데, 이들은 비록 산림에서 은거 생활을 하고 있었지만 높은 학식과 덕망을 지니고 있었다. 이시는 자신의 삶을 상산사호에 견주고 있는 것이다. 하지만 사호가 불렀다는 〈자지가〉에서는 '지초로 시장기를 달랠 수 있다'라고만 하였지만, 이시는 '영지를 따서 먹고 노래를 부르며 시장기를 즐길 수도 있다'라고 함으로써 배고픈 생활 속에서도 맑은 절조를 고수하는 은자로서 안빈낙도의 삶을 보다 적극적으로 표방하고 있다고 할 수 있다.

⑥은 중당(中唐)의 시인으로서 전원산림(田園山林)에서의 고요한 정취를 소재로 한 작품을 많이 창작하였던 위응물(韋應物, 737~

---

30 「歌芝田」, 『善迂堂逸稿』.
31 「煮藥洞」, 『善迂堂逸稿』.
32 「紫芝歌」 밝은 하늘은 넓고, 깊은 계곡은 길이 뻗었네. 나무들은 무성하고 높은 산은 까마득하네. 바위 동굴에 살면서 풀을 엮어 장막과 방석을 삼았네. 예쁘고 무성한 지초로 허기를 면할 수 있다네.[皓天嗟嗟, 深谷逶迤. 樹木莫莫, 高山崔嵬. 巖居穴處, 以爲幄茵. 曄曄紫芝, 可以療飢]

804)의 작품을 원용하였다. 그가 저주자사(滁州刺史)로 있을 때 지은 〈기전초산중도사(寄全椒山中道士)〉의 시구 중에 '계곡 사이에서 땔나무를 해서, 돌아가 백석(白石)을 삶아 먹으리라[澗底束荊薪, 歸來煮白石]'라고 한 부분을 가지고 시를 재구성한 것이다. 이시의 시문에 보이는 '백석·단사'는 복용하면 불로장생한다는 단약(丹藥)을 만들 때에 쓰이는 광물이다. 이시의 은거 지향적 삶의 면모는 이처럼 도가(道家) 분위기의 신선이 되기를 동경하는 듯한 뉘앙스를 물씬 풍기는 데까지 나아가 있었다.

4. 결론

지금까지 조선 중기 경북 안동지역의 문인인 선오당 이시의 삶의 궤적을 추적하고 그가 남긴 시가 문학의 양상을 살펴보았다. 앞의 논의를 정리하는 것으로 결론을 삼고자 한다.

선오당 이시의 국문시가 창작에는 가계와 지역·학맥상의 영향이 크다. 먼저 이시는 농암(聾巖) 이현보(李賢輔)의 증손으로서, 가계상으로는 이현보의 모친 권씨, 이현보의 아들 이숙량 등의 국문시가 창작과 향유의 전통에서 영향을 받고 있다. 이러한 점은 이미 선행연구에서부터 언급이 되어온 부분이다. 특히 이시가 지은 시가작품의 주제적 특성을 고려할 때 권면·권계의 경향을 지니고 있어 이숙량이 지은 〈분천강호가〉와 일정한 참고·영향을 추정할 수 있으리라 본다. 아울러 그와 지역적으로 사승관계에 있었던 퇴계(退溪) 이황(李滉), 신재(愼齋) 주세붕(周世鵬), 한강(寒岡) 정구(鄭逑), 여헌(旅軒) 장현광(張顯光) 등과 교유관계에 있는 갈봉(葛峯) 김득연(金得研)과 이

177

재(頤齋) 조우인(曺友仁) 등의 국문시가 창작과 향유와도 밀접한 관련이 있다. 즉, 선오당 이시의 국문시가 창작에는 영천 이씨 가문의 영향과 함께 16~17세기 경상도 안동 지역을 중심으로 한 학맥관계나 교유관계상의 영향이 크다고 할 수 있다.

이어서 그의 시가 작품의 양상을 살펴보았다. 선오당 이시가 지은 작품 중에 현재 전하는 시가 작품은 한시 6수, 〈조주후풍가(操舟候風歌)〉3수, 〈오로가(烏鷺歌)〉1수, 총 10수가 있다. 앞서 언급하였듯이 〈오로가〉·〈조주후풍가〉는 권계를 주제로 하고 있는 바, 이숙량의 〈분천강호가(汾川講好歌)〉 및 이황, 주세붕의 작품에서 보이는 권면·권계의 경향과 관련이 있을 것으로 생각된다.

먼저 〈오로가〉는 가문에서 전승되어 오던 정몽주(鄭夢周) 모친(母親) 영천 이씨의 작품을 원용하여 창작한 것이며, 4명의 아우들이 문과에 급제하여 광해군 시기 혼란한 정계로 진출하여 활동하는 것을 넌지시 경계하기 위한 작품이다. 그러나 아우들은 형의 만류에도 불구하고 오히려 대북파의 일원으로 폐모론 등에 적극 가담하고 있었다. 이에 이시는 맏형으로서 편지를 써서 간곡하게 타이르고 만류하였으나 소용이 없었다. 이에 〈조주후풍가〉를 지어 험난한 환해(宦海)에 배를 띄우려 하다가는 결국 배 자체가 기울어 전복될 수밖에 없을 것이며, 또 그렇게 배가 전복되고 나면 다시는 배를 댈 수 있는 곳조차 없을 것이라는 엄중한 경고의 메시지를 전달하였다.

맏형 이시의 만류를 뿌리친 아우들을 결국 크나큰 정치적 화를 입고 말았다. 아우들은 인조반정 이후 좌천되기도 하고, 유배에 처해져 죽기도 하고, 효수를 당하는 등 처참한 상황을 당하고 말았다. 이에 이시는 가문이 처한 위기를 수습하는 한편 몸을 움츠리고 종

택과 오계서당 일대에 은거하며 학문에만 전념하면서 지냈다. 그
가 지은 한시 6수는 이러한 면모를 보여주는 방증 자료의 성격이
짙다. 이시는 시를 통해 내면의 슬픔을 추스르기도 하고 은거의 삶
을 표방하기도 하였다. 결국 선오당 이시가 남긴 10수의 시가 작품
은 17세기 초 광해군 당시 난정기(亂政期)를 살아갔던 한 지역 선비
의 불안한 실존의 문제를 잘 보여준다고 하겠다.

참고문헌

『善迂堂逸稿』, 永川李氏 艮齋宗宅 所藏本.
『先世聯稿』, 永川李氏 聾巖宗宅 所藏本.
『李氏兩賢實記』, 국립중앙도서관 소장본.
李賢輔, 『聾巖集』, 한국문집총간 17.
李德弘, 『艮齋集』, 한국문집총간 51.
『해동가요(海東歌謠)』(일석본).

沈載完 편저, 『(校本)歷代時調全書』, 世宗文化社, 1972.
김흥규·이형대·이상원·김용찬·권순회·신경숙·박규홍 편저, 『고시조대전』, 고려
　　　대학교 민족문화연구원, 2012.
신경숙·이상원·권순회·김용찬·박규홍·이형대, 『고시조 문헌 해제』, 고려대학교
　　　민족문화연구원, 2012.

권두환, 「영남지역 가단의 성립과 그 계승」, 『국문학연구』 12, 국어국문학회, 2004.
길진숙, 「16세기 사림의 朱子儀禮 실천과 〈분천강호가(汾川講好歌)〉」, 『한국문학이
　　　론과 비평』 31, 한국문학이론과 비평학회, 2006.
성기옥, 「〈조주후풍가〉 창작의 역사적 상황과 작품 이해의 방향」, 『震檀學報』 112,
　　　진단학회, 2010.
성기옥, 「〈조주후풍가〉 해석의 문제점」, 『震檀學報』 110, 진단학회, 2009.
沈載完, 『時調의 文獻的 硏究』, 세종문화사, 1972.
林仙默, 「李蒔의 時調」, 『國語國文學論集』 3, 단국대학교, 1969.
최재남, 「분강가단 연구」, 『士林의 鄕村生活과 詩歌文學』, 국학자료원, 1997.
최재남, 「분강가단의 풍류와 후대의 수용」, 『배달말』 30, 배달말학회, 2002.
최재남, 「소학적 세계관의 시적 진술방식」, 『士林의 鄕村生活과 詩歌文學』, 국학자
　　　료원, 1997.

제3장

최양업 신부 창작 天主歌辭의 목적과 특성

1. 서론

　조선에 천주교가 수용된 계기는 1784년 조선천주교회의 설립을 통해서였다. 조선에 천주교가 창설된 18세기 후반기의 사회는 급격한 변동이 있었던 바, 그간 조선의 정통 지도이념이었던 성리학에 대한 재검토 작업과 함께 성리학을 기반으로 한 여러 문화현상에 대한 반성의 시도들이 기획되고 있었다. 이 가운데 종교적으로는 종전에 성리학에 의해 이단(異端)·사설(邪說)로 지목되어 배격되던 불교를 비롯하여 감결(鑑訣)과 참언(讖言) 등이 횡행하고 있었다. 서학(西學)에 대한 탐구와 신앙으로서 천주교의 성립은 이러한 시대적 배경 하에서 이루어졌다.

　이 글은 최양업(崔良業, 1821~1861) 신부가 지은 천주가사를 둘러싼 몇 가지 주요 문제에 대해 논의하고 아울러 그가 지은 가사 작품들의 특성을 살피는 것을 목적으로 한다. 두루 알려져 있듯이, 최양업 신부는 한국 천주교회사에서 김대건(金大建, 1821~1846) 신부에 이어 두 번째로 사제가 된 성직자이다. 최양업 신부는 1821년 충청도 홍주(洪州) 다락골에서 출생하였다. 그의 집안은 증조부 최한일(崔漢馹)이 천주교를 믿기 시작한 이래로 신앙을 이어왔기 때문에 자연스레 천주교 교리에 깊이 감화되어 있었다. 그는 15세 때 프랑스인 모방(Maubant, 1803~1839) 신부에 의해 김대건, 최방제(崔方濟, 1820~1837)와 함께 신학생으로 선발되어 마카오(Macau)로 건너가서 신학 공부를 시작하였으며, 그의 나이 28세 때인 1849년 4월에 중국 상해에서 사제서품을 받았다. 사제 서품을 받은 후 그해 다시 12월 압록강을 건너 의주(義州)를 통해 국내로 들어와 1850년부터 본격적인 사목활동을 하던 중 1861년 6월 과로와 식중독이 겹쳐 세상을 떠났다. 그가 조선으로 돌아와 활약한 약 10여 년의 기간은 19세기 중반 조선 사회에서 천주교가 종교적 기반을 갖추고 민중들 사이에서 급속히 교세를 확장하고 있던 시기에 해당한다. 그가 지은 천주가사는 이 시기에 국내에서 사목활동의 일환으로 창작되었던 것이다.

그간 최양업 신부 창작 천주가사는 국문학 연구에서 그다지 주목을 받지 못하였다. 몇몇 연구자의 연구 성과가 있지만,[1] 기본적으로 천주가사에 대한 연구 자체가 지지부진한데다가 그마저도 천주교에 대한 옹호와 비판의 논쟁적 성격이 강했던 18세기 말부터 19

---

1 오숙영,「천주교 성가가사고」, 숙명여자대학교 석사논문, 1971; 김진소,「천주가사 연구」,『교회사연구』3, 한국교회사연구소, 1981; 김옥희,「천주가사에 관한 사적 고찰」,『최양업 신부의 천주가사 I 』, 계성출판사, 1986; 조신형,「조선후기 천주가사에 관한 신학적 고찰」, 가톨릭대학교 석사논문, 1994; 하성래,「천주가사의 사적 연구」, 고려대학교 박사논문, 1984; 이경민,「천주가사 연구」, 전남대학교 박사논문, 1997; 김영수,「천주가사의 갈래적 성격과 전개 양상」,『천주가사 자료집 上』, 가톨릭대학교출판부, 2000; 조지형,「1906~1910년 경향신문 소재 천주가사의 특성과 그 지향」,『국어문학』46, 국어문학회, 2009.

세기 초까지의 초기 천주가사에만 논의가 집중되어 있다. 특히 논의 과정에서 일부 연구자들이 범하고 있는 과오, 즉 지나치게 호교론적 시각과 논법에 경도된 채 이루어지는 과도한 서술과 의미부여 등은 연구에 대한 공신력을 떨어뜨리는 결과를 초래하기도 하였다.

이 글에서 논의하고자 하는 최양업 신부 창작 천주가사의 경우, 그간 연구의 쟁점은 대체로 작품에 대한 친저성(親著性) 여부와 작품의 수량 문제에 집중되어 있었다. 작품에 대한 분석적 논의는 〈사향가(思鄕歌)〉 1편에만 집중되어 있다.[2] 이는 최양업 신부 창작 천주가사에 대한 연구가 아직도 시작 단계를 벗어나지 못하고 있는 실정을 단적으로 보여준다 하겠다.

최양업 신부가 지은 작품들은 천주가사의 사적 전개 측면에서 중요한 의의를 지니고 있다. 우선 단일 작가로서는 가장 많은 수의 작품을 지었다. 또 실제 그가 활약하던 시기에 유일한 한국인 신부로서 교회 안에서의 위상은 절대적이었다고 할 수 있는데, 그만큼 그가 지은 가사 작품이 지니고 있는 영향력과 파급력도 이에 비례할 수밖에 없다. 작품의 내용적 측면에서 볼 때도 발생기 천주가사에서 보이고 있는 천주교에 대한 옹호와 비판의 논조에서 벗어나 천주교의 교리와 가르침을 쉽게 해설하여 널리 알리는 단계로 진입하고 있었다. 그러나 이러한 의의가 있음에도 불구하고 여전히 국문학에서는 큰 관심을 받지 못하고 있다.

---

2 〈사향가〉에 대한 주요 성과는 다음과 같다. 방태남, 「천주가사〈ᄉ향가〉 연구」, 영남대학교 석사논문, 1992; 김증원, 「〈思鄕歌〉의 長型化 樣相과 그 意味」, 부산대학교 석사논문, 2003; 조원형, 「천주가사〈사향가〉에 대한 텍스트언어학적 검토」, 『텍스트언어학』 24, 2008; 조원형, 「천주가사〈사향가〉 개작본의 텍스트 구조 대조 분석」, 『교회사연구』 36, 한국교회사연구소, 2011.

이에 이 글에서는 선행연구의 성과를 기반으로 최양업 신부 창작 천주가사의 친저성 여부, 작품의 범주, 창작의 시기와 목적 등에 대한 좀더 진전된 논의를 하고자 한다. 아울러 그의 천주가사가 지닌 특성에 대하여도 살펴볼 것이다. 이와 관련된 문제를 구체적으로 살피기 위해, 이 글에서는 『최양업 신부 서한집』을 참고 자료로 적극 활용한다. 최양업 신부는 1842년부터 1860년까지 조선의 정세, 교회의 상황, 자신의 사목활동 내용 등을 라틴어로 적어 신학교 시절 자신의 스승이었던 르그레주아(Legregeois) 신부와 리부아(Libois) 신부 등에게 보내었다.[3] 과거 편지는 정보 전달·교환의 중요한 수단인 동시에 개인적인 감정이나 의식 등을 표현한 양식이었다. 이 서한집을 통해 최양업 신부의 구체적인 행적뿐만 아니라 그가 사목활동을 하면서 가지고 있었던 여러 생각을 읽어낼 수 있다. 이 서한집은 모두 19통의 편지로 구성되어 있는데, 1~6번 편지는 조선에 입국하기 전 마카오, 소팔가자(小八家子), 심양(瀋陽), 홍콩(香港), 상해(上海) 등지에서 보낸 것이고, 7~19번 편지는 1850년 이후 국내로 들어와서 보낸 것이다. 9번 편지는 망실되었다. 이 가운데 후자에 해당하는 편지들이 논의를 위한 참고의 대상이 된다.

---

3 최양업 신부의 서한집 원본은 파리 외방선교회 문서고에 보관되어 있다. 이 서한집은 1984년 4월 임충신·최석우 신부가 번역하고 주해하여 한국교회사연구소에서 출간하였으며, 이를 보완하여 1995년 9월 정진석 추기경이 수정하고 번역하여 출간하였다. 이 글에서 인용하는 편지의 번역문은 전적으로 이에 의존한다. 정진석 역, 『최양업 신부의 편지 모음집 - 너는 주추 놓고 나는 세우고』, 바오로딸, 1995.

2. 최양업 신부의 친저 범위

최양업 신부 창작 천주가사에 대한 초기 연구에서 가장 큰 관심사는 바로 그가 지은 가사의 친저성 여부와 작품 수량에 관한 문제였다. 이는 최양업 신부의 작품이라고 전해지는 문헌자료들이 모두가 신도들의 입으로 구전되다가 종교의 자유가 보장된 1886년 이후에 필사·기록된 자료인 데다가, 현재까지 친저 여부를 증명해 줄 여타의 명확한 문헌적 근거도 발견하지 못하였기 때문이다.

이에 대한 논의를 위해 먼저 최양업 신부의 천주가사 작품을 수록하고 있는 주요 문헌을 제시하면 다음과 같다.

1 박동헌본 가첩[4] [최도마신부져술 / 죠션 최신부 저술 죵]

〈션종가〉〈ᄉ심판가〉〈공심판가〉 (*3편)

2 김약슬본 가첩[5] [대한국 탁덕 최도마 져슬]

〈삼셰대의〉〈텬당강론〉〈디옥강론〉〈십계강론〉〈령셰〉〈견진〉〈고ᄒᆡ〉
〈셩톄〉〈죵부〉〈신픔〉〈칠극〉〈혼빈〉〈졔셩〉〈힝션〉〈이덕〉 (*15편)

3 김동욱본 가첩[6] [崔多默神父作 天主讚歌]

〈ᄉ향가〉〈〈삼셰대의〉〉〈텬당이라〉〈디옥가〉〈십계강론〉 (*5편)

4 김문규 가첩[7]

〈삼셰대의〉〈뎐당강논〉〈디옥강논〉〈십계강논〉〈령셰〉〈견진〉〈고ᄒᆡ〉

---

4 김옥희 수녀(한국복자수녀원) 소장. 1913년 필사본. 김옥희, 「천주가사에 관한 사적 고찰」, 『최양업 신부의 천주가사 I 』(계성출판사, 1986)에 소개됨.
5 고려대학교 도서관 소장. 연대미상 필사본.
6 단국대학교 도서관 소장. 연대미상 필사본. 김동욱, 「西敎 傳來 후의 天主讚歌 – 〈思鄕歌〉, 기타에 대하여」, 『人文科學』21,(연세대학교 인문학연구원, 1969)에 소개됨.
7 이능우 교수 소장, 이후 절두산순교자기념관 기증. 연대 미상 필사본.

〈성톄〉〈죵부〉〈신품〉〈칠극〉〈혼빅〉〈졔셩〉〈힝션〉 (*14편)

⑤ 금베두루 가첩[8]

〈ᄉᆞ향가〉〈신덕〉〈망덕〉〈ᄋᆡ덕〉〈뎨셩〉〈십계〉〈셩(셰)〉〈견진〉〈고희〉
〈셩톄〉〈죵부〉〈신품〉〈혼빅〉〈뎨셩〉〈힝션〉〈옥즁뎨셩〉 (*16편)

⑥ 한국교회사연구소본 셩교회가[9]

〈사향가〉〈신덕〉〈ᄋᆡ덕〉〈졔셩〉〈십계〉〈령셰〉〈견진〉〈고희〉〈셩톄〉〈죵
부〉〈신품〉〈혼빅〉〈칠극〉〈졔셩〉〈힝션〉〈옥즁뎨셩〉 (*16편)

⑦ 한국교회사연구소본 삼세대의(을)[10]

〈삼세대의〉〈뎐당강논〉〈디옥강논〉〈십계강논〉〈령셰〉〈견진〉〈고희〉
《〈셩톄〉》〈죵부〉〈신품〉《〈칠극〉》〈혼빅〉《〈졔셩〉》《〈힝션〉》〈ᄋᆡ덕〉 (*15편)

⑧ 한국학중앙연구원본 가첩[11]

〈ᄉᆞ향가〉〈옥즁뎨셩가〉〈십계〉《〈령셰〉》《〈견진〉》〈고희〉〈셩톄〉〈죵부〉
〈신품〉〈혼빅〉〈졔셩〉 (*11편)

이상에서 언급한 문헌과 작품 목록이 그간 최양업 신부의 저작
이라고 알려진 것들이다. 이를 정리하면 〈사향가(思鄕歌)〉, 〈선종가
(善終歌)〉, 〈사심판가(私審判歌)〉, 〈공심판가(公審判歌)〉, 〈삼세대의
(三世大義)〉, 〈천당강론(天堂講論)〉, 〈지옥강론(地獄講論)〉, 〈십계강
론(十誡講論)〉, 〈영세(領洗)〉, 〈견진(堅振)〉, 〈고해(告解)〉, 〈성체(聖
體)〉, 〈종부(終傅)〉, 〈신품(神品)〉, 〈혼배(婚配)〉, 〈칠극(七克)〉, 〈제성
(提醒)〉, 〈행선(行善)〉, 〈신덕(信德)〉, 〈망덕(望德)〉, 〈애덕(愛德)〉, 〈옥
중제성(獄中提醒)〉 등 모두 22편이다.

---

8 김진소 신부(호남교회사연구소) 소장. 1897년 필사본. 김진소, 「천주가사 연구」,
  『교회사연구』3,(한국교회사연구소, 1981)에 소개됨.
9 한국교회사연구소 소장. 1912년 필사본.
10 한국교회사연구소 소장. 연대미상 필사본.
11 한국학중앙연구원 장서각 소장. 연대미상 필사본.(도남 조윤제 소장 표지가 있음)

이에 대해서 김동욱, 김약슬, 오숙영, 김옥희, 조동일은 ①22편 모두가 최양업 신부의 저작이라고 판단하였고, 하성래는 박사논문에서 ②명확한 단서가 나오기 전까지는 작품들을 최양업 신부의 저작이라고 보되, 다만 〈옥중제성〉은 문체나 표현 면에서 그의 저작이 아닌 어느 순교자의 작품일 듯하다고 하였다. 김진소, 이경민은 ③개인저작 이라는 것을 인정하지 않고 위의 모든 작품이 교회의 공동 저작이라고 주장하였다. 한편, 차기진은 ④〈사향가〉, 〈선종가〉, 〈사심판가〉, 〈공심판가〉 4편 정도만이 최양업 신부의 저작이라하였다. 이토록 연구자들마다 주장이 다른 것은 위 문헌들이 지니고 있는 불확실성 때문이다.

위에 언급한 작품들이 최양업 신부의 저작이라고 판단하는 근거는 고려대학교에 소장되어 있는 ②김약슬본 가첩에 있다. 이 가첩은 앞뒤에 파손이 있어서 첫머리에 수록된 작품의 제목과 내용은 알 수 없다. 그런데 첫 작품 끝에 한 줄을 띄우고 '대한국 탁덕 최도마 져슐'이라는 기록이 있다. 그 다음에 〈삼세대의〉부터 〈애덕〉까지 작품이 차례대로 나온다. 이 가첩을 소개한 김약슬[12]은 이 기록에 근거하여 15편의 작품이 모두 최양업 신부의 작품이라고 판단하였고, 이 주장은 이후 학계에 그대로 받아들여졌다.

한편 김옥희 수녀 소장의 ①박동헌본 가첩에는 첫 작품인 〈선종가〉 제목 아래 작은 글씨로 '최도마신부져술'이라 쓰여 있고, 그 옆에 작품 본문이 나온다. 이후 〈사심판가〉와 〈공심판가〉 두 편의 가사가 더 나오고, 마지막에 '죠선 최신부 저술 죵'이라고 쓰여 있다.[13] 이

---

12 김약슬, 「카토릭 初期 聖歌에 對하여」, 『문화비평』 2, 아한학회, 1970.

13 선행 연구에서 이 문헌의 첫 부분에 '최도마신부져슐'이라는 기록이 있음은 여러 차례 언급하였으나, 끝 부분에 '죠선 최신부 저술 죵'이라는 기록이 함께 있음을 적시한 경우는 없었다.

를 근거로 이상의 3편도 최양업 신부의 저작에 포함되게 되었다. 이후 앞에 열거한 여러 이본들이 발견되었고, 작품의 편차(編次)와 수량을 비교하여 〈사향가〉, 〈신덕〉, 〈망덕〉, 〈옥중제성〉 4편을 더하여 모두 22편이 최양업 신부의 저작이라는 주장이 대두된 것이다.[14]

이 글에서도 기본적으로는 이러한 기록과 교회 내부의 전언을 준신하여 이들 작품이 최양업 신부 저작이라는 점에 동의한다. 다만 일부 작품의 경우에는 작자 문제에 대한 수정이 필요하다. 이와 궤를 같이 하여, 차기진[15]은 1885년에 작성된『기해·병오 순교자 목격 증언록』의 기록을 찾아내어 〈삼세대의〉, 〈천당강론〉, 〈지옥강론〉은 1840년에 순교한 민극가(閔克可)[16]의 작품이며, 〈옥중제성〉은 이문우(李文祐)[17]의 작품임을 밝혀내었다. 이에 따라 이들 작품의 작가는 분명히 바로잡아야 한다. 그런데 문제는 일부 작품의 작가가 밝혀지면서 그간 최양업 신부의 저작이라고 굳게 믿고 있던 나머지 작품들도 진정 최양업 신부가 지은 것인가 하는 의심의 여지가 발생하게 되었다는 점이다. 따라서 이에 대한 논의가 좀더 필요하리라 본다.

---

14 일부 연구자들의 경우, 여기에 〈피악수선가〉 등 5편을 더하여 최대 27편이라는 주장을 하고 있다. 그러나 이 시기 모든 작품을 무조건 최양업 신부의 저작이라고 단정하는 시각은 조정될 필요가 있다.

15 차기진, 「조선후기 천주가사에 대한 재검토」, 『교회와 역사』272, 한국교회사연구소, 1998; 차기진, 「조선후기 천주가사 작가고」, 『부산교회사보』7, 부산교회사연구소, 1999.

16 민극가(閔克可, 1787~1840) : 한국 103위 순교 성인 중 한 명. 세례명 스테파노. 인천(仁川)의 양반가 출신으로 서울·인천·부평·수원 등지에서 냉담자들을 권면하고 교리를 가르쳤다. 1839년 기해박해로 주교와 신부들이 체포되자 서울과 지방의 교우들을 찾아 위로하고 격려하던 중 서울 근교에서 체포되어 교수형을 받고 순교하였다.

17 이문우(李文祐, 1809~1840) : 한국 103위 순교 성인 중 한 명. 세례명 요한. 경기도 이천(利川)의 양반 교우 가정에서 앵베르(Imbert) 주교에 의해 교우회장으로 임명되어 전교에 힘쓰는 한편 주교를 보좌하며 지방을 순회했다. 기해박해 때 체포되어 이듬해 당고개[堂峴]에서 참수형을 받고 순교하였다.

먼저 앞에 열거한 문헌들에서 민극가의 작품으로 판명된〈삼세대의〉, 〈천당강론〉, 〈지옥강론〉 3편의 뒤에는 늘 〈십계강론〉이 이어서 나온다. 이는 필사자가 암송하고 있는 것을 기록하였든 아니면 다른 문헌을 보고 필사하였든 간에 작품의 순서와 위치가 고정되어 있음을 의미한다. 즉 [〈삼세대의〉, 〈천당강론〉, 〈지옥강론〉, 〈십계강론〉] 이상 4편의 작품은 하나의 그룹에 속하는 것으로 보인다. 제목에서도 '～강론'이라고 지칭하고 있는 점으로 보아 그 유사성이 확인된다. 특히 ③김동욱본 가첩의 경우 이들 작품까지만 수록되어 있기에 이 4편 작품의 연관성을 짐작할 수 있다. 따라서 〈십계강론〉의 작가도 최양업 신부가 아니라 민극가로 추정하는 것이 합당할 듯하다.

아울러 최양업 신부의 저작이라고 굳게 믿고 있는 〈사향가〉의 경우도 그의 저작이 아닌 듯하다. 〈사향가〉를 최양업 신부의 작품으로 추정하고 있는 근거는 교회 내의 구두 전승이다. 또 앞에서 언급하지는 않았지만 서종웅본 가첩[18]이 문헌적 근거가 되고 있다. 이 가첩에는 〈사양가〉[=〈사향가〉]가 앞뒤로 2편이 수록되어 있는데, 이 가운데 두 번째로 나오는 작품의 제목에 '재이위 사양가'라는 기록이 있다. 선행 연구에서는 '재이위'라는 표현을 '第二位'로 해석, 한국인으로서 두 번째로 사제서품을 받은 최양업을 지칭하는 것으로 보았다. 그러나 '재이위 사양가'라는 글씨가 가필(加筆) 형태로 쓰여 있는 데다가, '재이위'의 '재'자가 순서나 차례를 지칭할 때 종래에 '제'·'졔'·'뎨' 등으로 표기되어 왔음을 고려할 때 선행 연구자의 해석은 재고의 여지가 많다. 〈사양가〉라는 제목으로 두 편의 작품이 수록되어 있고 두 번째 작품에 이와 같은 기록이 있음을 감안한다면, '재이위 사양가'는 '在異謂 사양가' 즉 '다른 이름의

---

18 한국교회사연구소 소장, 연대 미상 필사본.

〈사양가〉도 있다' 정도의 의미일 것으로 추정해 볼 수 있다. 결국 〈사향가〉를 수록하고 있는 그 어느 문헌에서도 최양업 신부가 지었다는 기록은 찾을 수 없는 것이다. ③김동욱본 가첩 표지에 '崔多默 神父作 天主讚歌'라고 쓰여 있으나, 이는 떨어져 나간 표지를 새로 만들면서 김동욱 교수가 써 넣은 것이다.

〈사향가〉는 여러 문헌에 다른 작품과 떨어져서 홀로 전하는 경우가 많다. 위의 문헌 중 ③김동욱본 가첩의 경우에는 〈사향가〉, 〈삼세대의〉, 〈천당강론〉, 〈지옥강론〉, 〈십계강론〉의 순서로 수록되어 있어서 민극가의 작품과 나란히 전하며, ⑧한국학중앙연구원본 가첩의 경우에는 〈사향가〉, 〈옥중제성〉, 〈십계강론〉 순서로 작품이 수록되어 있어 이문우, 민극가의 작품과 나란히 전한다. 따라서 〈사향가〉는 앞에서 언급한 민극가나 이문우의 작품과 오히려 더 친연성이 있는 것이 아닌가 한다. 한편 1920년에 천주교에서 간행하던 기관지 『경향잡지』에 〈사향가〉가 5회에 걸쳐 연재되었는데, 이때에도 작가에 대한 언급은 전혀 없었다.[19] 이는 당시 천주교 내부에서도 〈사향가〉의 작자 문제에 대하여 명확한 입장이 없었음을 방증하는 것이라 하겠다.

이상 논의를 정리하면, 그간 최양업 신부가 지었다고 알려진 22편의 천주가사 작품 중에 작자가 명확히 밝혀진 4편은 이제 작자를 바로잡아야 하며, 〈십계강론〉은 민극가로 추정하고, 〈사향가〉는 작자 미상으로 해야 하는 것이 온당할 듯하다. 작품 앞뒤로 명확한 작자 표지가 있는 〈션종가〉, 〈ᄉᆞ심판가〉, 〈공심판가〉 3편은 분명한 최양업 신부 저작으로 보고, 일곱 가지 성사(聖事)를 노래한 〈영세〉, 〈견진〉,

---

19 『경향잡지』 제453호~457호. 하성래, 『천주가사 연구』, 황석두루가서원, 1985, 194면 재인용.

〈고해〉, 〈성체〉, 〈종부〉, 〈신품〉, 〈혼배〉 7편, 향주삼덕을 노래한 〈신덕〉,
〈망덕〉, 〈애덕〉 3편, 신자로서의 생활을 규율하는 〈칠극〉, 〈제성〉, 〈행
선〉 3편 등 모두 16편만을 최양업 신부의 저작으로 보고자 한다.

3. 천주가사 창작의 시기와 목적

최양업 신부는 사제서품을 받고 1849년 12월 의주를 통해 조선으
로 들어왔다. 그리고 이듬해부터 곧바로 각지의 교우촌을 몸소 찾아
다니면서 사목활동을 시작하였다. 최양업 신부가 활동하던 지역은
경기도, 강원도, 충청도, 경상도, 전라도 등 한반도 남부 전역에 걸쳐
있었다. 한국 천주교의 역사로 볼 때 초기 교회사는 시련과 고난의
시기라 할 수 있다. 1801년 신유박해를 시작으로 1839년 기해박해
때 앵베르 주교, 모방 신부, 샤스탕 신부 등이 군문효수(軍門梟首) 당
하고 정하상 등 120여 명이 참형에 처해졌으며, 이어 1846년 병오박
해 때 김대건 신부 등 교인 10여 명이 사형을 당하였다. 이렇게 되자
천주교 신자들은 조선 정부의 핍박과 탄압을 피해 산속으로 들어가
교우촌을 형성하며 신앙생활을 지속하였다. 최양업 신부는 각지에
있는 이런 교우촌을 몸소 방문하여 미사를 집전하고 성사를 베풀고
신도들을 격려하는 등의 사목활동을 하였던 것이다.

그렇다면 최양업 신부가 전국을 돌아다니면서 사목활동을 하기
에도 바빴을 터인데 직접 가사까지 지은 목적은 무엇일까? 또 일련
의 가사를 창작한 시기는 구체적으로 언제인가? 최양업 신부가 가
사를 지은 목적에 대해서도 선행 연구자들의 견해가 엇갈린다. 김진
소[20]는 대중 교화를 의식하고 지었다고 하였고, 김옥희[21]는 확고한

신앙심을 고취시키고 신자로서의 생애를 굳건히 하게 하며 나아가 순교를 할 수 있도록 교훈하려는 의도에서 저술하였다고 하였으며, 하성래[22]는 전교(傳敎)를 위해서 창작한 것이라 하였다. 한편 창작 시기에 대해서 선행 연구자들은 모두 최양업 신부가 국내에 들어와 활동하던 1850년~1860년 사이라는 공통된 견해를 보이고 있다.

기실 종교문학의 특성상 작품의 창작·전파의 과정에서 포교나 전교의 목적을 배제할 수는 없을 듯하다. 그러나 포교나 전교라는 용어가 포함하고 있는 의미 범주가 막연하고 넓기 때문에 창작의 목적에 대해 좀더 분명히 규정할 필요성을 느낀다. 또 작품 창작의 시기 문제도 1850년~1860년 사이라고 두루뭉술하게 넘어가서는 안 될 듯하다. 이러한 문제와 관련하여 다음의 글이 논의의 좋은 실마리가 될 수 있을 듯하다.

> 현재의 상황에서 기적적으로 우리에게 유리한 것이라고는 오직 두 가지가 있습니다. 우리나라 사람들이 부모의 초상부터 탈상까지 입어야 되는 상복의 풍속과 한글이 전교 활동과 교리 공부에 큰 도움을 줍니다. … (중략)… 둘째, 한글이 교리 공부하는 데 매우 유용합니다. 우리나라 알파 벳은 10개의 모음과 14개의 자음으로 구성되어 있는데, 배우기가 아주 쉬워서 열 살 이전의 어린이라도 글을 깨칠 수가 있습니다. 이 한글이 사목 자들과 신부님들의 부족을 메우고 강론과 가르침을 보충하여 줍니다. 쉬운 한글 덕분으로 세련되지 못한 산골에서도 신자들이 빨리 천주교 교리를 배우고 구원을 위한 훈계를 받을 수가 있습니다.[23]

---

20 김진소, 앞의 논문, 259~260면.
21 김옥희 앞의 논문, 19면.
22 하성래, 앞의 책 191~192면.
23 최양업 신부 서한집 8번째 편지, 1851년 10월 15일. 정진석 역, 앞의 책, 87~88면.

위 인용문은 최양업 신부가 충북 진천의 교우촌에 머무르면서 르그레주아 신부에게 보낸 편지의 일부이다. 편지를 작성한 날짜는 1851년 10월 15일이다. 당시 최양업 신부는 사람들의 감시망을 피해 숨어 다니면서 사목활동을 하고 있었다. 그런데 이런 상황에서 조선의 풍속과 관련하여 두 가지 유리한 점이 있음을 언급하고 있다. 첫째 상복을 입은 사람은 포졸들의 검문을 피할 수 있기 때문에 자신도 상복을 입고 다니면서 검문을 피하고 있다는 것이다. 그다음을 주목해야 하는데, 최양업 신부는 한글이 자신의 전교 활동과 신자들의 교리 공부에 도움이 된다는 점을 분명하게 체감하고 있었던 것으로 보인다. 즉 한글은 배우기가 쉬워서 사람들로 하여금 쉽게 글을 깨칠 수 있게 해 준다는 점이 그러했다.

당시 천주교는 이전 시기 수차례의 박해를 거치면서 교회의 성직자와 지도자들이 죽임을 당하여 일반 신자들은 교리나 성서에 관한 제대로 된 교육을 받기 어려웠다. 무엇보다 천주교에 대한 탄압으로 성직자의 활동도 자유롭지 못한 실정이었으므로 산골에 교우촌을 형성하고 여기저기 흩어져 생활하는 교우들은 1년 혹은 수년에 한 번밖에 성직자를 볼 수 없는 형편이었다. 따라서 이러한 상황에서 신자들이 쉽고도 진지하게 교리에 접근할 수 있는 사목 방법이 필요하게 되었다. 이러한 어려움을 극복하기 위한 방편으로 최양업 신부는 천주교 신자들에게 한글을 적극적으로 가르쳐 문맹으로부터 벗어나게 하는 한편, 글을 깨우치고 나면 여러 교리서들을 스스로 읽어가며 교리를 공부하고 이를 신앙생활의 기반으로 삼게 하였던 것이다.

조선에서는 일상 기도문이 짧지 아니한데, 바르바라는 그것을 모두 암송하였습니다. 또한 교리문답책과 신자교리책 그리고 성녀 바르바라, 성

베드로와 바오로의 성인전 및 조선의 여러 순교자들의 행적과 그밖에도
조선 사람들이 고상하고 신심 깊게 언문으로 쓴 다른 작은 신심서들도 암
송하고 있었습니다.[24]

위 인용문은 1850년 10월 1일에 쓴 편지의 일부인데, '바르바라'
라는 한 여성 신자의 신앙생활을 소개하는 내용이다. 여성 신자가
언문(諺文) 즉 한글로 쓴 교리서, 성인전, 신심서 등의 여러 서적들
을 찾아 읽고 그 내용을 모두 암송하고 있는 점을 기특하게 여기고
있다. 아마도 최양업 신부는 이러한 상황을 직접 목격하면서 한글
이 신자들의 교리교육을 위해 효과적으로 활용될 수 있는 가능성
을 발견하였던 것으로 보인다. 이러한 점이 한글로 된 가사 작품을
지어야겠다는 직접적인 계기로 작용하였을 것이다.

이상 두 편지의 작성 시기를 통해 추론해 보건대, 최양업 신부가
한글의 효용성을 깨닫고 가사를 짓고자 했던 것은 1850년 조선에
들어와 본격적인 사목활동을 시작하여 1~2년이 지난 1851년 10월
을 전후한 시기였을 것으로 생각된다.

최양업 신부는 한글이 교리 교육에 매우 효과적이라는 점을 분
명하게 인식하고 있었다. 그렇다면 신자들에게 천주교 교리를 열
심히 가르쳐야 했던 이유는 무엇일까? 이 문제에 대해 좀더 살펴보
기로 하자.

⑴ 신자들은 거의 모두 다 외교인들이 경작할 수 없는 험한 산 속에서
외교인들과 떨어져서 살고 있습니다. 이런 신자들은 거의 다 교리에도
밝고 천주교 법규도 열심으로 잘 지키고 삽니다. 그러나 평야지대인 고

---

24 최양업 신부 서한집 7번째 편지, 1850년 10월 1일. 정진석 역, 앞의 책, 66면.

향에서 친척들과 외교인들 사이에 섞여 사는 신자들은 대체로 교리에
무식하고 신앙생활도 열심히 하지 않습니다.[25]

② 그해에 예비교우들이 상당히 많아서 4백 명이 넘었으나, 영세자는
많지 않았습니다. 왜냐하면 주교님께서 사본문답(四本問答)을 전부 완
전히 배우지 못한 자에게는 세례성사를 주지 말라고 명하셨기 때문입
니다. 사실 사본문답 전체를 완벽하게 익혀서 세례 준비를 마치는 사람
은 소수에 불과합니다. 사본문답을 전부 배우자면 몇 해가 걸려야 하는
사람이 대다수 입니다. 심지어는 죽을 때까지 교리 공부를 하여도 사본
문답을 다 떼지 못하는 사람도 있습니다.[26]

위 인용문 ①을 보면 당시 거주지에 따라서 천주교 신자의 부류
가 크게 둘로 나뉘어짐을 알 수 있다. 그 중 하나는 천주교에 대한
탄압을 피해 산속으로 들어가 교우촌을 형성하며 신앙생활을 하는
사람들로, 이 사람들은 신자들끼리만 모여 살고 있기 때문에 천주
교 교리에도 밝고 천주교 법규도 잘 준수하며 생활하는 모범적인
신앙인이었다. 다른 하나는 자기 지역에서 가족이나 일반 사람들
과 함께 살아가는 평범한 사람들로, 이 사람들은 천주교를 엄금하
는 사회적 분위기 속에서 살고 있기 때문에 교리를 배우기도 어렵
고 신앙생활을 열심히 하기도 어려웠다. 따라서 이들에게 교리를
쉽게 배우고 익히게 하여 신앙생활을 충실하게 할 수 있는 방법을
고안해야 했을 것이다.

인용문 ②에서는 최양업 신부가 처한 또 다른 상황을 알 수 있다.
기실 기해박해(1839년)와 병오박해(1846년) 이후 병인박해(1866

25 최양업 신부 서한집 7번째 편지, 1850년 10월 1일. 정진석 역, 앞의 책, 74면.
26 최양업 신부 서한집 15번째 편지, 1858년 10월 3일. 정진석 역, 앞의 책, 153~154면.

년) 이전까지는 기본적으로 천주교를 금하는 사회적 분위기는 줄
곧 유지되었으나 천주교에 대한 대대적인 탄압이나 억압은 없었
다. 최양업 신부가 국내에 들어와 활동하던 시기(1850년~1860년)
는 이러한 사회적 분위기 속에서 교세가 급격히 확장되던 시기에
해당한다. 천주교 교세가 확장되면서 천주교에 입교하는 예비신자
의 수는 계속 증가하고 있던 반면에 실제로 세례를 받고 정식 신자
가 되는 인원은 그리 많지 않았던 것이다.

왜 그랬을까? 천주교에서는 입교를 하여 예비신자가 되었다 하더
라도 일정 기간의 교리교육을 거친 후 사목자의 사정(査定)을 통해
세례를 받게 된다. 그런데 당시 예비신자들이 세례를 받으려면 그에
해당하는 충분한 교리 지식을 익히고 있어야 했으며, 만약 그렇지
못할 경우 신부들이 세례를 베풀지 못하게 하였던 것이다. ─ 이는
지금도 마찬가지이다. ─ 천주교에는 '교리문답책(Catechismus)'이
라 하여 천주교의 주요한 교리를 묻고 대답하는 문답 형식으로 설명
한 천주교의 공식 교리책이 있다. 이 가운데 세례성사문답, 고해성
사문답, 성체성사문답, 견진성사문답을 합친 것을 '사본문답(四本
問答)'이라고 한다. 이런 기본적인 교리 지식을 충실하게 익히고 있
어야 세례가 가능했지만, 당시 사회적 분위기 속에서 제대로 교육을
받을 수 없었던 예비 신자들이 이 사본문답을 배우고 익히는 익힌다
는 것은 그리 녹록하지 않았던 것이다.

이에 최양업 신부는 신자들이 천주교 교리를 쉽게 익힐 수 있는
방법을 고안하면서 국문으로 된 가사를 짓고, 이를 신자들의 교리
교육에 적극 활용하고자 하였다. 특히 천주교에 입교하여 세례 받
을 준비를 하는 예비신자들에 대한 교리 교육에 방점이 찍혀 있었
다. 그가 지은 작품 중에 천주교 교리의 기본이라 할 수 있는 일곱 가

지 성사를 쉽게 해설한 〈영세〉, 〈견진〉, 〈고해〉, 〈성체〉, 〈종부〉, 〈신품〉, 〈혼배〉의 「칠성사가」와 천주교의 사후 세계관을 해설한 〈선종가〉, 〈사심판가〉, 〈공심판가〉 등은 이러한 교리 교육의 목적에 잘 부합하는 것이라 할 수 있다. 아울러 향주삼덕을 노래한 〈신덕〉, 〈망덕〉, 〈애덕〉과, 천주교 신자로서의 생활을 규율하는 〈칠극〉, 〈제성〉, 〈행선〉은 고난의 행군을 이어가고 있는 신자들에게 어려운 여건 속에서도 충실한 신앙생활을 독려하기 위한 목적으로 사용되었을 것이다.

이렇듯 최양업 신부는 한글이 전교 활동과 신자들의 교리 교육에 좋은 계제임을 분명하게 인식하고 있었다. 따라서 국내에 들어와 활동하던 초기에 효과적인 사목활동의 일환으로 국문으로 된 가사 양식을 활용하여 작품을 창작하였던 것이다. 당시 천주교회가 당면하고 있던 문제인 신앙서의 부족과 체계적인 교리 교육의 부재를 효과적으로 해결한 것이 바로 천주가사였던 것이다. 그의 작품들이 철저하게 교리 해설을 중심으로 짜여지게 된 것은 이러한 특수성이 있었기 때문이다. 따라서 최양업 신부의 천주가사 작품을 논하면서 '하층민의 어려운 삶을 타개하는 방도에는 관심을 보이지도 않고 오직 교리 해설에만 힘썼다'든가 '외래자인 천주교는 한국 사회 자체의 문제에 대해서 책임감을 느끼지 않아 그랬다' 등의 비판적 논조[27]는 최양업 신부의 천주가사가 지어지던 시대상황적 맥락을 전혀 고려하지 않은 데서 기인한 그릇된 해석이라 하겠다.

---

27 조동일, 「가사에서 전개된 종교사상 논쟁」, 『한국시가의 역사의식』, 문예출판사, 1993, 177~180면.

4. 최양업 신부 창작 천주가사의 특성

앞서 최양업 신부의 천주가사 작품들이 국내로 들어와 사목활동을 하던 1850년대 초에 천주교 신자들에게 교리 지식을 전달하기 위한 목적에 의해 창작되었음을 언급하였다. 그렇다면 작품 내적으로 이러한 목적에 충실하기 위한 문학적 장치들과 그에 따른 특성을 확인하는 작업이 필요할 듯하다. 그간의 선행 연구에서는 이런 측면에 대한 검토는 이루어지지 않았다. 이 글에서는 형식적, 내용적 측면에서 최양업 신부가 지은 천주가사 작품의 특성을 살피기로 한다.

1) 형식적 구조적 특성

먼저 최양업 신부의 가사들은 짧은 분량의 단형 구조를 취하고 있다. 이본에 따라 개별 작품의 분량에는 2~3행 내외의 차이가 존재하기도 한다. 각 작품별 평균적인 분량은 다음 표와 같다.

작품명	분량	작품명	분량
〈영세〉	12행 24구	〈견진〉	12행 24구
〈고해〉	12행 24구	〈성체〉	12행 24구
〈종부〉	12행 24구	〈신품〉	11행 22구
〈혼배〉	13행 26구	〈칠극〉	7행 14구
〈제성〉	33행 66구	〈행선〉	34행 68구
〈신덕〉	90행 180구	〈망덕〉	48행 96구
〈애덕〉	54행 108구	〈선종가〉	135행 270구
〈사심판가〉	92행 184구	〈공심판가〉	115행 230구

「칠성사가」의 경우 평균 12행 24구 분량의 정량화된 짧은 구조를 취하고 있다. 각 성사의 내용과 의미를 쉽고 간명하게 요점화하고

있는 것이 핵심이라 할 수 있다. 성사의 세부 내용을 꼼꼼하게 설명하자면 한량이 없겠으나, 그보다는 대강(大綱)의 핵심만을 제시하여 이해의 편의를 돕고, 한편으로는 쉽게 암송하여 부르는 데 부담이 없게 하고자 한 것으로 보인다. 천주교 신자로서의 기본적인 덕행을 노래한 〈신덕〉, 〈망덕〉, 〈애덕〉과 생활과 행실을 규율하는 〈칠극〉, 〈제성〉, 〈행선〉의 경우도 이와 비슷하다고 할 수 있다. 다만 「향주삼덕가」 중 〈신덕〉의 경우에는 작품의 서두에 '천주존재(天主存在)'의 내용을 언급하는 부분이 있어 분량이 상대적으로 길다. 〈선종가〉, 〈사심판가〉, 〈공심판가〉는 앞의 노래들과는 달리 죽음 이후의 사후세계와 천당·연옥·지옥의 문제 대한 교리를 해설하고 있어서 분량이 상대적으로 길지만, 그렇다고 매우 긴 분량은 아니라 할 수 있다.

또 다른 특성으로 개별 작품의 곳곳에 반복과 대비 구조를 활용하면서 어려운 교리 내용을 쉽게 이해할 수 있도록 배려하고 있다.

> 1 령셰 젼은 마귀 죵이 령셰 후는 쥬의 의자
> 령셰 젼은 더럽더니 령셰 후는 빙옥ᄀ다
> 령셰 젼은 병든 령혼 령셰 후는 병이 낫네
> 령셰 젼은 죽은 령혼 령셰 후는 살아나네
>
> —〈영세〉

> 2 아람답고 쟝셩터니 썩고 구려 흙ᄒ도다
> 슈유불리 친흔 벗이 ᄯᆞ코 바려 천히 ᄒ네
> 공경ᄒ고 죤즁ᄒ며 두려ᄒ고 우러러며
> 찬미ᄒ고 놉히더니 ᄌᆡ와 흙이 되엿도다
> 호의호식 놉흔 몸이 버레밥이 되엿고나

안부존영 일삼더니 만고중에 싸젓고나

—〈선종가〉

위 인용 작품 ①은 〈영세〉의 일부로 세례성사를 받기 전후의 육신과 영혼의 변화상을 대비시켜서, 세례성사를 통해 인간으로서 지니고 있는 원본죄(原本罪)를 용서받고 천주의 자녀가 된다는 내용을 설명하고 있다. ②는 〈선종가〉의 일부로 생전에 위하던 자신의 모습이 죽은 뒤에는 추하게 썩어 없어짐을 설명하여 현세에서 육신의 쾌락이 헛된 것이라는 점을 일깨우고 있다.

마지막으로 동일 어구의 반복을 통한 교환창 구조를 취하고 있다. 이는 최양업 신부의 가사 작품이 시가 갈래로서 실제로 신자들 사이에서 노래로 불리거나 음송(吟誦)되었음을 추정케 하는 부분이다.

① 텬당진복 뉘가 밋나 셩교인이 믿엇고나
디옥영고 뉘가 밋나 셩교인이 믿엇고나
상션벌약 뉘가 밋나 셩교인이 믿엇고나
공ᄉ심판 뉘가 밋나 셩교인이 믿엇고나
쥬의지공 뉘가 밋나 셩교인이 믿엇고나
쥬의지엄 뉘가 밋나 셩교인이 믿엇고나

—〈신덕〉

② 텬쥬ᄃ견 ᄇ릭ᄂ니 졍셩으로 ᄇ릭노라
밋고밋고 ᄇ릭ᄂ니 간졀간졀 ᄇ릭노라
공부모ᄅ 언졔 볼고 어셔 보기 ᄇ릭노라

삼위일톄 조흔 영광 밧비 보기 바리노라

예수 셩톄 언졔 볼고 어셔 보기 브리노라

— 〈망덕〉

③ 쥬린자를 먹인 쯧은 사름사름 스랑ᄒ소

외교사람 시죠 일허 잔잉함을 스랑ᄒ소

원수사름 쳘을 몰나 불상흠을 스랑ᄒ소

고로음을 달게 바다 공이됨을 스랑ᄒ소

어려움을 참아 바다 보속됨을 스랑ᄒ소

— 〈애덕〉

①은 〈신덕〉의 일부로 천주존재를 증명하는 동시에 천주를 믿는 성교인(聖敎人)의 자세를 노래하였다. 성교인의 도리를 말하면서 천주교의 주요 교리를 굳게 믿어야 함을 강조하고 있다. ②는 신자로서 천주께 바라는 내용을 기도 형식으로 노래하고 있고, ③는 예수의 가르침을 마음에 새기고 모든 사람을 두루 사랑하라는 호소와 당부를 노래하고 있다. 주목할 점은 각 행의 후반부에 '~믿엇고나', '~바리노라', '~스랑ᄒ소'라는 동일한 어구가 반복되는 것으로 보아 메기고 받는 교환창 형식으로 불렸거나, 기도문에 대한 응송(應頌)처럼 한 구절씩 주고 받아가며 읊조리는 형태로 음송되었을 것으로 생각된다.

이러한 점들은 모두 작품을 읽고 이해하고 외우고 부르고 읊조리는 데 있어 편리하도록 고안된 문학적 장치들이라 할 수 있다.

2) 주제적 내용적 특성

최양업 신부가 지은 천주가사는 교리 지식의 전달이라는 본래의 목적을 충실히 구현하기 위해 무엇보다도 천주교 핵심 교리를 체계적으로 설명하고 있다. 천주교에서는 '성사(聖事)'를 통해 신앙이 표현되고 강화되며 또 하느님께 경배를 드리고 사람들의 성화가 이루어지게 된다. 그만큼 성사는 천주교의 신앙생활에서 가장 핵심이 되는 표지이자 수단이다. 이러한 성사의 의미와 내용에 대한 설명을 위해 〈영세〉, 〈견진〉, 〈고해〉, 〈성체〉, 〈종부〉, 〈신품〉, 〈혼배〉의 「칠성사가」를 지었다. 〈영세〉는 세례성사를 통해 천주의 자녀가 됨을, 〈견진〉은 신앙인의 용기와 굳건한 자세를, 〈고해〉는 자신의 죄를 회개하고 용서를 청할 것을, 〈성체〉는 가장 큰 성사이며 다른 성사를 세우게 하는 근본이라는 점을, 〈종부〉는 선행을 행하며 의로운 죽음을 맞이해야 함을, 〈신품〉은 성직자의 임무와 책임을, 〈혼배〉는 일부일처의 혼인의 의미와 자녀교육을 각각 노래하고 있다. 각 성사의 내용을 설명함은 물론 '신부 업ᄂᆞᆫ 지방이면 ᄌ윈고히 요긴ᄒ다'(〈고해〉), '죠셕으로 통공ᄒ며 사이스이 교훈ᄒ소'(〈혼배〉)라고 하여 실천적 태도를 강조하는 점을 잊지 않고 있다.

최양업 신부의 천주가사에서 특별히 눈에 띄는 점은 사후 세계에 대한 해설에 공을 많이 들였다는 점이다. 초기 천주가사, 예컨대 이벽(李蘗, 1754~1786)의 〈천주공경가(天主恭敬歌)〉는 이가환(李家煥, 1742~1801)의 〈경세가(警世歌)〉, 이기경(李基慶, 1756~1819)의 〈벽위가(闢衛歌)〉에 드러난 천주 존재의 부당성과 천국-지옥의 허망함에 대한 비판에 맞서 천주 존재를 증명하는 동시에 천국-지옥의 문제에 대해 적극 논박하고자 하였다. 최양업 신부는 천국-지옥이 있

느냐 없느냐 하는 이전의 소모적인 논쟁에서 벗어나 그보다는 신학
을 전문적으로 공부한 성직자답게 천주교 교리에서 말하는 사후 세
계상을 자세히 해설하는데 힘을 기울였다. 이에 〈선종가〉에서 인간
이 지닌 숙명으로서 죽음의 문제, 죽은 후 천국-연옥-지옥의 갈림
길 과정, 죽은 후 선자(善者)와 악자(惡者)가 받는 보상 등을 설명하
며 세상살이에서 피죄수덕(避罪修德)이 중요함을 역설하였다.

> ① 오쥬 예수 범ᄉ 되샤 문셔를 명ᄒ시고
>
> 디옥문을 크게 열어 죄인을 드리겟네
>
> 문마귀는 연고 되어 각ᄉ 죄악 다 고ᄒ고
>
> 호슈쳔신 원고 되여 량심 쇽인 문셔 되니
>
> 디답ᄒᆯ 말 아조 업고 도망ᄒᆯ 길 젼혀 업네
>
> ― 〈사심판가〉[28]

> ② ᄉ심판은 죽ᄂ 족족 령혼 홀노 쥬디젼에
>
> 샹과 벌을 결단ᄒ야 일뎡 영원 변기 업네
>
> 그 공감과 그 죄갑ᄉᆯ 령혼 혼ᄌ 못하리라
>
> 육신ᄉᆞ지 지엇시니 동수고락 당연ᄒ다
>
> 육신의게 못 밋ᄎ면 지공 ᄐ고 닐을손가
>
> 공심판에 니ᄅ러ᄂ 이와 크게 다ᄅ도다
>
> ― 〈공심판가〉

위 ①의 〈사심판가〉는 죽은 이후 각자가 살아생전에 행한 온갖
사언행위(思言行爲)에 대하여 지공지엄한 천주대전에서 엄격한 심

---

28 참고로 이 대목은 조동일 『한국문학통사』 제3판, 제4판 모두 〈공심판가〉라고 인
용되어 있는데, 〈사심판가〉로 바로잡아야 한다.

판을 받고 상벌에 처해진다는 교리를 설명하고 있다. ②의 〈공심판가〉는 사심판과 공심판의 차이를 언급하고 세상 종말에 육신이 부활하여 받는 최후의 심판의 광경과 심판 이후의 세계상을 설명하고 있다. 이렇듯 사후 세계에 대한 해설에 심혈을 기울이는 것은 천주교 신앙의 원천과 교리의 핵심이 바로 죽음 이후에 이루어지는 부활의 신비에 있기 때문이다.

마지막으로 최양업 신부는 작품을 통해 천주교 신자로서의 생활 태도를 강조하는 점을 잊지 않았다. 〈칠극〉, 〈제성〉, 〈행선〉 3편의 작품이 여기에 해당한다. 〈칠극〉은 성찰, 통회, 희생 등에 기반을 둔 삶을 살아가라고 당부하고 있고, 〈제성〉은 굳건한 믿음을 통해 신앙을 잃지 않을 것을 강조하고 있으며, 〈행선〉은 예수의 사랑을 실천하기 위해 착한 마음과 선한 행실로 살아갈 것을 권면하고 있다. 기실 교리 지식을 잘 이해하고 있는 것도 중요하겠으나 그보다 더 중요한 것은 고난과 시련이 이어지는 힘든 상황 속에서 신앙을 간직하고 교회의 가르침을 실천하는 자세였던 바, 권면과 당부의 노래를 함께 지었던 것이다.

5. 결론

이상의 논의를 정리하면 다음과 같다.

그간 최양업 신부가 지었다고 알려진 22편의 천주가사 작품 중에 작자가 명확히 밝혀진 4편은 이제 작자를 바로잡아야 하며, 〈십계강론〉은 민극가로 추정하고, 〈사향가〉는 작자미상으로 해야 하는 것이 온당할 듯하다. 이 글에서는 이들 작품을 제외한 16편만을 최양업 신부의 저작으로 보고자 한다.

최양업 신부는 한글이 전교 활동과 신자들의 교리 교육에 좋은 계제임을 분명하게 인식하고 있었다. 따라서 국내에 들어와 활동하던 초기에 효과적인 사목활동의 일환으로 국문으로 된 가사 양식을 활용하여 작품을 창작하였던 것이다. 최양업 신부가 가사를 지은 것은 국내에 들어와 활동을 시작한 초기, 구체적으로는 1851년 10월을 전후한 시기였을 것으로 추정된다.

최양업 신부는 신자들이 천주교 교리를 쉽게 접하고 익히며 욀수 있게 하기 위해 국문으로 된 가사를 지었던 것이며, 이는 특히 천주교에 입교하여 세례 받을 준비를 하는 예비신자들에 대한 교리 교육에 방점이 찍혀 있었다.

이러한 목적에 부응하기 위해 형식적으로는 짧은 분량의 단형구조, 반복과 대비 구조, 교환창 구조 등을 취하여 교리의 내용을 쉽게 이해하게 함은 물론 암송을 쉽게 하며, 나아가 노래로 읊조리거나 음송할 수 있도록 하였다. 내용적으로는 천주교 핵심 교리를 설명하고, 사후세계에 대한 심화된 해설을 통해 신자들이 교리에 대한 학습을 통해 신앙생활의 기반을 삼을 수 있게 하는 한편, 천주교 신자로서의 생활 태도를 강조하는 것도 잊지 않았다.

이렇듯 최양업 신부의 천주가사는 시련과 고난으로 점철된 한국 천주교회사 속에서 자신이 몸소 사목활동 하면서 철저하게 천주교 내부를 향하여 외치고 부른 작품들이라 할 수 있다.

참고문헌

김동욱, 「西敎 傳來 後의 天主讚歌-〈思鄕歌〉, 기타에 대하여」, 『人文科學』 21, 연세대학교 인문학연구원, 1969.

김약슬, 「카토릭 初期 聖歌에 對하여」, 『문화비평』 2, 아한학회, 1970.

김영수, 「천주가사의 갈래적 성격과 전개 양상」, 『천주가사 자료집 上』, 가톨릭대학교출판부, 2000.

김옥희, 「천주가사에 관한 사적 고찰」, 『최양업 신부의 천주가사 I』, 계성출판사, 1986.

김증원, 「〈思鄕歌〉의 長型化 樣相과 그 意味」, 부산대학교 석사논문, 2003.

김진소, 「천주가사 연구」, 『교회사연구』 3, 한국교회사연구소, 1981.

방태남, 「천주가사〈수향가〉연구」, 영남대학교 석사논문, 1992.

오숙영, 「천주교 성가가사고」, 숙명여자대학교 석사논문, 1971.

이경민, 「천주가사 연구」, 전남대학교 박사논문, 1997.

정진석 역, 『최양업 신부의 편지 모음집-너는 주추 놓고 나는 세우고』, 바오로딸, 1995.

조동일, 「가사에서 전개된 종교사상 논쟁」, 『한국시가의 역사의식』, 문예출판사, 1993.

조동일, 『한국문학통사』 3, 지식산업사, 2005.

조신형, 「조선후기 천주가사에 관한 신학적 고찰」, 가톨릭대학교 석사논문, 1994.

조원형, 「천주가사〈사향가〉개작본의 텍스트 구조 대조 분석」, 『교회사연구』 36, 한국교회사연구소, 2011.

조원형, 「천주가사〈사향가〉에 대한 텍스트언어학적 검토」, 『텍스트언어학』 24, 2008.

조지형, 「1906~1910년 경향신문 소재 천주가사의 특성과 그 지향」, 『국어문학』 46, 국어문학회, 2009.

차기진, 「조선후기 천주가가 작가고」, 『부산교회사보』 7, 부산교회사연구소, 1999.

차기진, 「조선후기 천주가사에 대한 재검토」, 『교회와 역사』 272, 한국교회사연구
　　　소, 1998.

하성래, 「천주가사의 사적 연구」, 고려대학교 박사논문, 1984.

하성래, 『천주가사 연구』, 황석두루가서원, 1985.

제3부

●

시가 인식의

시간과 공간

제1장

18세기 時調史의 흐름과
浣巖 鄭來僑의 위상

1. 서론

이 글은 조선 후기 여항문인 가운데 한 사람인 완암(浣巖) 정래교
(鄭來僑, 1681~1757)의 문예활동 양상을 살펴보고, 이를 통해 그가
18세기 초반 시조예술의 장(場) 안에서 어떠한 역할과 기여를 했는
지에 대한 문제를 논의하고자 한다.

주지하듯이 시조사의 흐름 속에서 18세기는 전문 가창자의 출현
과 그들에 의해 주도된 가집(歌集) 편찬으로 집약할 수 있는 특징적
면모를 보인 시기이다.[1] 이전 시기까지 주로 사대부들에 의해 주도
되었던 시조예술은 18세기 초반부터 서울지역 여항인들의 적극적
인 참여로 인해 그 영역을 점차 확장해 나갔고, 이에 따라 시조의
창작과 연행에 있어서 중심적인 역할을 하는 담당층의 변화를 가
져오게 되었다. 특히 이를 주도한 것은 김천택(金天澤, 생몰년미상)

---

1 18세기 시조사에 대해서는 김용찬, 「18세기 歌集編纂과 時調文學의 展開樣相」,
   고려대학교 박사학위논문, 1996 참조.

을 중심으로 한 여항육인(閭巷六人)과 김수장(金壽長, 1690~?) 등 이른바 중인 계층의 예술인들이었다. 하지만 이들의 노력으로만 이 같은 시조사적 변화가 일어난 것은 아니다.

선행 연구에서는 『청구영언(靑丘永言)』과 『해동가요(海東歌謠)』가 김창협(金昌協), 김창업(金昌業), 김성최(金盛最), 신정하(申靖夏), 조관빈(趙觀彬), 이정섭(李廷燮), 이정보(李鼎輔) 등 이른바 경화사족과의 교유 속에서 탄생되었음을 지적한 바 있다.[2] 이들은 예술적 수요를 바탕으로 중인층 여항 예술인들에게 예술 활동의 후원 및 사회적 명분을 제공해 주었다. 결국 18세기 시조사의 새로운 전개 국면은 경화사족과 여항 예술인의 상호 교섭 과정에서 추동되었다고 할 수 있다. 이러한 18세기 경화사족과 중인층 여항 예술인의 양측을 넘나들고 교류하면서 시조사의 흐름에 기여한 인물 가운데 하나가 바로 이 글에서 논의 대상으로 삼은 완암 정래교이다.

정래교는 본래 중인 가문 출신으로 37세 때 생원시에 합격하였으나 늘그막에 가서야 승문원 제술관[53세], 이인도 찰방[63세], 귀후서 별제[65세], 이문학관[65세] 등의 한직에 머물렀을 뿐 변변한 벼슬을 지내지 못하고 경제적인 형편도 좋지 못하여 대체로 빈궁한 가운데 살면서 시작(詩作)으로 생활을 했던 인물이다. 그러나 뛰어난 재주와 인품을 인정받아 홍세태(洪世泰)와 신정하(申靖夏)에게 시를 배우고 백악시단(白岳詩壇)의 일원으로 김창흡(金昌翕), 이하곤(李夏坤), 이병연(李秉淵), 조현명(趙顯命) 등의 사족 및 김부현(金富賢) 등의 여항인들과 교유하며 시를 주고받았다. 그리고 양반

---

2 김용찬, 앞의 논문, 40~44면; 남정희, 「18세기 경화사족의 시조 향유와 창작 양상에 관한 연구」, 이화여대 박사학위논문, 2002, 19~28면; 신경숙, 「18·19세기 가집, 그 중앙의 산물」, 『한국시가연구』11, 한국시가학회, 2002, 31~37면. 이 글은 특히 신경숙 교수의 문제의식에 시사 받은 바 크다.

가에 초치되어 자제들을 가르치기도 하였는데, 김종후(金鍾厚), 홍낙명(洪樂命), 홍봉한(洪鳳漢) 등이 그에게 시를 배운 제자들이다. 한편 정래교는 여항 예술인들과도 폭넓게 교유하였는데 가객 김천택(金天澤), 이태명(李台明),[3] 악사 김성기(金聖基), 화가 정선(鄭敾) 등이 대표적인 인물들이다.

  그간 문학사에서 정래교에 대한 연구는 대체로 두 가지 방향에서 이루어졌다. 첫째는 조선후기 여항문학의 구도 속에서 그의 현실 비판 의식을 드러낸 〈농가탄(農家歎)〉·〈풍설탄(風雪歎)〉 같은 사회시가 주목되었다.[4] 둘째는 그가 남긴 6편의 전(傳), 특히 여항 예술인의 모습을 담은 김성기·김명국 등의 예인전(藝人傳)이 논의의 중심에 있었다.[5] 이처럼 정래교에 대한 선행 연구는 그의 한시와 산문에 치우쳐 다루어졌을 뿐이다. 이에 비해 상대적으로 시조사의 맥락에서는 그다지 비중 있게 다루어지지 못했다.

  주지하듯이 정래교는 김천택과의 교유를 바탕으로 『청구영언』의 서문과 김천택 가보의 서문[金生天澤歌譜序]을 써 주기도 하였다. 또 음악에 대한 관심을 바탕으로 자신이 직접 시조를 창작하기도 하였다. 아울러 당시 거문고의 명인이었던 악사 김성기와의 만남도 확인이 되며, 『청구영언』의 서문을 쓴 이정섭(李廷燮)이나 『해동가

---

3 이한진편 『청구영언』에 반치(半癡)라는 이름으로 시조 8수를 남기고 있는데, 김영진에 의해 사대부 출신의 이태명(李台明)임이 밝혀졌다. 김영진, 「조선후기 시가 관련 신자료(1)」, 『한국시가연구』 20, 한국시가학회, 2006, 209~216면.
4 허경진, 「정내교·정민교 형제의 사회시에 대하여」, 『목원어문학』 8, 목원대학교, 1989, 5~23면; 윤재민, 「朝鮮後期 中人層 漢文學의 硏究」, 고려대학교 박사학위논문, 1990; 윤재민, 『朝鮮後期 中人層 漢文學의 硏究』, 고려대학교 민족문화연구원, 1999, 159~176면.
5 이경수, 「위항예술인의 형상화와 정래교의 전」, 『한국 판소리·고전문학연구』, 아세아문화사, 1983; 박희병, 「조선후기 예술가의 문학적 초상−藝人傳의 연구」, 『대동문화연구』 24, 성균관대학교 대동문화연구원, 1990; 정병호, 「17, 18세기 閭巷人의 문학적 肖像과 鄭來僑의 傳」, 『동방한문학』 14, 동방한문학회, 1998.

요』를 편찬한 김수장과 긴밀한 관계를 유지했던 김시모(金時模)[6]
등과도 적극적으로 교유했음이 확인된다. 이는 곧 정래교가 18세기
시조사의 중심부에 위치한 주요 인물들과 폭넓게 관계하고 있었음
을 말해주는 것이다.

이에 이 글에서는 정래교의 다양한 활동 양상이 18세기 시조사
와 대응되는 제 양상들을 면밀히 검토하고, 이를 통해 그의 시조사
적 위상을 자리매김하고자 한다.

2. 眞機에 기반한 時調 가치의 高揚

18세기 조선 인물지 이규상(李圭象, 1727~1799)의 『병세재언록
(幷世才彦錄)』에는 정래교에 대해 다음과 같은 기록이 실려 있다.

> ① 정래교는 자가 윤경(潤卿)이요 호는 완암(浣巖)이다. 벼슬은 찰방을
> 지냈고, 경성의 여항인이다. 시문이 고고(高古)하며 호건(豪健)하여 힘
> 이 있다.[7]

> ② 여항의 시는 국조(國朝) 이래로 유하(柳下) 홍세태(洪世泰)를 으뜸으
> 로 치는데 정래교 또한 그에 못지않으니, 홍세태는 충담(沖澹)과 왕양
> (汪洋)에 뛰어나고, 정래교는 호방(豪放)과 고고(高古)에 뛰어나다.[8]

---

6 김시모의 문집인『창록유고(蒼麓遺稿)』에는 정래교와 그의 아우인 정후교(鄭後
僑)와 주고받은 한시가 3편 있으며, 특히 이 두 사람에 대한 만시(輓詩)도 각각 실
려 있다.

7 李圭象,「文苑錄」,『幷世才彦錄』. 鄭來僑, 字潤卿, 號浣巖. 官察訪, 京城閭巷人. 詩文
高古, 豪健有力. 번역문은 이규상, 민족문학사연구소 한문분과 역,『18세기 조선
인물지 - 幷世才彦錄』, 창작과 비평사, 1997 참조함.

위 기록은 18세기 여항문인들 중에서 정래교가 차지하고 있는 문학적 위상을 잘 보여주는 것이다. 당시 여항문인 중에 시문학의 대표 주자를 꼽으라면 단연 홍세태(洪世泰, 1653~1725)와 정래교였으며, 그중에서도 정래교의 시문은 고고하고 호건한 것이 특징이라고 말하고 있다. 기실 정래교는 22살이 되던 해에 홍세태를 찾아가 시를 배웠다. 두 사람은 28살 차이로 홍세태가 대략 한 세대 앞서는 선배 격이었지만, 서로 비슷한 신분적 처지와 상황에서 오는 공감대를 바탕으로 친밀한 유대감을 형성하게 되며, 시사(詩社) 활동을 함께 하였다. 당시 홍세태는 백악시단의 구심점이었던 김창협·김창흡에게 시재(詩才)를 인정받고 돈독한 관계를 형성하고 있었던 바, 자연스레 정래교의 인맥이 홍세태를 통해 넓어지게 되는 계기가 되었을 것이다.

한편 정래교는 24살 때 서암(恕菴) 신정하(申靖夏, 1681~1716)를 찾아가 시를 배웠다.[9] 신정하는 김창협의 문인으로 이병연(李秉淵, 1671~1751)의 처사촌이었다. 마악노초 이정섭과도 친분 관계를 유지하고 있었다. 이후 정래교의 시재를 알아봐주고 친구처럼 교유하며 그를 문단으로 지속적으로 이끌어준 것은 신정하였다. 다음의 글을 보자.

시로써 세상에 이름난 위항의 선비들 중에 나를 좇아 교유한 자는 세 사람이 있으니, 바로 창랑(滄浪) 홍도장(洪道長)·정혜경(鄭惠卿)·정윤경(鄭潤卿)이다. 세 사람 가운데 연장자는 창랑이었고 젊은 사람은 두 정씨였는데, 윤경이 유독 나와 같은 나이였다. 내가 세 사람을 안 것은 윤경이

---

8 李圭象, 「文苑錄」, 『幷世才彦錄』. 閭巷詩, 國朝以來, 當推洪柳下世泰爲魁, 而來僑相甲乙, 世泰以沖澹汪洋爲勝, 來僑以豪放高古爲勝.
9 申靖夏, 「評詩文」, 『恕菴集』, 한국문집총간 197, 480면. 巷居子鄭來僑學詩文於余.

가장 먼저였고, 창랑과 혜경은 그 다음이었다. 세 사람은 나를 좇아 교유
하면서 그 시를 주고받았는데, 내 시 가운데 창랑과 혜경을 칭한 것은 열
에 두세 수였으며, 윤경을 칭한 것은 특히 열에 네댓 수였다. 그 사귐이 오
래되었기 때문에 그 정이 특별히 두터웠으며, 그 정이 두터웠기 때문에 그
시에 드러낸 것이 많았던 것이다. 아, 내가 세 사람에 대해서 또한 떼어놓
기 어려움을 드러냈지만, 그 중에서도 윤경은 더욱 친밀하고 좋아하니 더
이상 말이 필요치 않으리라.[10]

위 인용문에서 신정하는 자신이 교유한 여항시인 세 사람을 언
급하는데, 정래교를 가장 먼저 알았고 홍세태와 정후교를 차례로
알게 되었다고 하였다. 이는 앞의 경우와 반대로 정래교를 통해 홍
세태의 인맥이 넓어짐을 보여주는 사례이기도 하다. 세 사람 중에
서도 신정하는 유독 정래교와의 관계가 돈독하였다. 스스로 그들
과 교유하면서 지은 시 가운데 열에 두세 수는 홍세태·정후교와 관
련된 것이고, 열에 네댓 수는 정래교와 관련된 것이라면서 이들과
의 두터운 시교(詩交)를 드러내고 있다. 특히 정래교는 자신과 나이
가 같기 때문에 더욱 친밀하고 좋아하는 관계라고 일컫고 있다. 이
처럼 신정하 - 정래교의 개인적 관계는 사족 - 중인이라는 신분적
위상을 넘어 인간적인 친밀함을 기초로 성숙되고 있었다.

이처럼 정래교는 홍세태와 신정하에게 시를 배우고 교유하면서,
17세기 말부터 18세기 전반기에 걸쳐 백악산 일대를 창작의 근거지

---

10 申靖夏, 「贈鄭生來僑序」, 『恕菴集』, 한국문집총간 197, 354면. 委巷士之以詩名世,
  而從吾遊者有三人焉, 曰滄浪洪道長·鄭惠卿·鄭潤卿. 三人之中, 老者滄浪, 少者二鄭,
  而潤卿獨於余爲同齒. 余之知三子也, 潤卿爲最先, 滄浪·惠卿其次也. 三子之從余遊,
  俱以其詩, 而於余之詩, 其稱滄浪·惠卿者, 居十二三, 而其稱潤卿者, 則獨居十四五, 其
  交也舊, 故其情也特厚, 其情也厚, 故其見於詩也爲多. 嗚呼, 余於三子者, 亦見其難捨,
  而其於潤卿, 尤爲親好, 則又不待言說矣.

로 삼아 활동한 이른바 '백악시단(白岳詩壇)'의 일원으로 활동하게
된다. 이 백악시단은 창작상의 '진(眞)'의 문제를 전면적으로 표방하
면서 격식과 규범으로부터의 탈피, 개성의 추구와 변화의 시도, 진
실한 표현과 사실적 묘사 등으로 요약될 수 있는 18세기 한시의 새로
운 경향을 선도하였다.[11] 이들은『시경(詩經)』의 창작 정신을 되살려
시도(詩道)를 진작하겠다는 높은 이상을 견지하고 있었다. 이를 위
해 이들은 천기론(天機論)을 본격화하면서 시적 대상과의 실제적인
교감을 통해 대상의 진면목을 포착하고, 나아가 대상과의 교감된 사
유나 정감을 꾸밈없이 진솔하게 표현하는 것을 중시하였다.

이러한 시풍은 분명 백악시단의 사족층이 주도한 것이지만, 이
들과 긴밀하게 교유하고 있었던 홍세태·정래교·김부현 등 여항문
인들에게도 큰 영향을 끼치게 된다. 물론 여항문인들이 사족층의
시풍과 시론을 일방적으로 추수한 것만은 아니다. 이러한 시풍과
시론은 자신들이 지닌 신분적 한계나 불평한 세계인식과 연결되면
서 사족층과는 일정한 차이를 드러내기도 한다.[12] 홍세태와 정래교
는 당대에 이미 그들의 문학이 천기에 입각하여 일정한 성취를 올
리고 있음을 주변 문인들로부터 인정받고 있었다.

대저 시는 천기(天機)이다. 천기가 사람에게 깃들 적에는 그 지위를 가
린 적이 없으나, 외물의 얽매임에서 담박한 자라야 얻을 수 있다. 위항의
선비들은 궁(窮)하고 천(賤)하기 때문에 세상에서 말하는 공명(功名)·영

---

11 안대회,『18세기 한국한시사 연구』, 소명출판, 1999, 39~53면; 김형술,「白嶽詩
壇의 眞詩 硏究」, 서울대학교 박사학위논문, 2014, 41~48면.
12 그 가운데 하나가 바로 현실 모순과 부조리에 대한 비판의 측면이다. 이러한 문
제는 강명관,『조선후기 여항문학 연구』, 창작과비평사, 1997; 윤재민,『朝鮮後期
中人層 漢文學의 硏究』, 고려대학교 민족문화연구원, 1999 등에서 이미 충분히
언급되었다고 본다.

리(榮利)가 그 밖을 흔들거나 그 내면을 어지럽히는 바가 없으니, 그 천성
[지]을 온전히 하기가 쉬워 업으로 삼는 바를 즐기고 또 전문으로 하는 것
은 그 형세가 그러한 것이다. 근세 시인 중에 창랑(滄浪) 홍도장(洪道長) 같
은 이가 그런 사람이니, 도장을 이어 또 완암(浣巖) 정윤경(鄭潤卿)이 있으
니 이름이 래교(來僑)이다. …(중략)… 그 정래교의 연원은 도장(道長)으
로부터 나왔는데 천기에서 얻은 것이 많았다. 그의 가슴속에 만일 외물에
이끌린 바가 있어 즐기지 못하고 전문으로 하지 못했다면 그의 성취가 이
와 같을 수 있었겠는가! 윤경은 단지 시(詩)에만 뛰어났을 뿐만이 아니라
그의 문(文)도 부앙(俯仰)·절선(折旋)하여 자못 작자의 풍치가 있었다.[13]

위 인용문은 이천보(李天輔, 1698~1761)가 정래교의 문집에 붙
인 서문이다. 그의 말을 빌자면, 시는 곧 천기로 여항의 선비들은 궁
하고 천하게 지내다보니 오히려 외물의 얽매임에 초연할 수 있어
천기를 얻기에 유리한 자들이며, 홍세태·정래교가 그런 사례에 해
당한다고 하였다. 아울러 그들의 문학적 성취는 천기에서 얻은 것
이 많음을 적시한다. 기실 이러한 논법은 여항문학의 가치를 긍정
하고 옹호하는 발전적인 흐름으로 이어지게 마련이다. 그리고 이러
한 흐름은 실제로 여항인의 시선집인 『해동유주(海東遺珠)』(1712
년)의 편찬으로 이어진다.

주지하듯이 『해동유주』는 홍세태에 의해 편찬된 박계강(朴繼
姜)·정치(鄭致)·유희경(劉希慶)·최기남(崔奇男)·임준원(林俊元)·최

---

13 李天輔, 「浣巖集序」, 『浣巖集』, 한국문집총간 197, 487면. 夫詩者, 天機也. 天機之寓
於人, 未嘗擇其地, 而澹於物累者能得之. 委巷之士, 惟其窮而賤焉, 故世所謂功名榮
利, 無所撓其外而汨其中, 易乎全其天, 而於所業嗜而且專, 其勢然也. 近世詩人如滄浪
洪道長卽其人, 而繼道長, 又有浣巖鄭潤卿者, 名來僑. …(中略)… 蓋其淵源所自出於
道長, 而其得之天機者多. 其曺中, 苟有所誘於外物而不嗜不專, 則其成就能如是乎. 潤
卿非獨工於詩, 其文善俯仰折旋, 頗有作者風致.

대립(崔大立)·최승태(崔承太) 등 당대까지 활약한 여항인 48인의 시를 수록한 시선집이다. 주목할 점은 『해동유주』를 엮을 당시 여항문인들이 지니고 있었던 문제의식이다. 이를 살펴보기 위해 홍세태가 작성한 서문을 검토할 필요가 있다.

농암(農巖) 김상공(金相公)이 나에가 다음과 같이 말한 것이 있다. "우리나라의 시 중에 채집되어 세상에 전하는 것이 많은데 여항의 시만 유독 빠져 있군. 이에 민멸되고 전해지지 않는 것이 애석하니 그대가 그것들을 좀 모아보게나." 내가 이에 널리 수색하여 제가(諸家)의 시고(詩稿)를 얻어 모래밭에서 금싸라기를 가려내듯 힘써 정약(精約)하게 하였으며, 사람들에게 구송되는 것들 중에 괜찮은 것들도 수록하지 않은 것이 없었다. 이렇게 10여 년 동안 편집하고 책을 완성하였으니, 박계강(朴繼姜)부터 그 이하 48인의 시 대략 230여 수로 그 이름을 '해동유주(海東遺珠)'라 하였다. 그러고는 그 사람들의 자손들에게 주고 간행하게 하고 그 서문을 쓴다.

대저 사람은 천지의 중정함을 얻어 태어났으니, 그 정(情)에서 느끼는 것을 말로 드러낸 것이 시가 되니 귀천이 없이 동일하다. 이러한 까닭에 『시경(詩經)』에는 이항(里巷)에서 지어진 가요가 많이 나오지만 우리 부자(夫子)께서 취하신 것이다. 즉 〈토저(兎罝)〉·〈여분(汝墳)〉 등의 작품과 〈청묘(淸廟)〉·〈생민(生民)〉 등의 편이 나란히 풍(風)·아(雅)에 실려 있으며, 애초부터 그 사람들과는 관계된 것이 아니었으니 이는 곧 성인의 지극히 공평한 마음이었다. 우리나라 문헌의 성대함은 중화에 견줄 수 있으니, 조정의 대부들이 위에서 한번 주장하면 초옥의 베옷 입은 선비들이 아래에서 고무되어 노래와 시를 지어서 스스로 연주하였다. 비록 여항인들의 배움이 넓지 않고 바탕이 심원하지는 않지만, 그 작품은 천성[天]에서 얻은 것이기 때문에 저절로 초절(超絕)하여 맑고 깨끗한 풍조(風調)가 당(唐)에

가까웠다. 맑고 부드럽게 풍경을 드러내는 것은 아마도 봄날의 새일 것이
며, 슬프고 간절하게 감정을 펼치는 것은 아마도 가을날의 벌레일 것이다.
여항인들이 느끼고 노래한 것은 천기(天機) 가운데 자연스레 흘러나오지
않은 것이 없으니, 이것이 이른바 진시(眞詩)이다. 그러니 만약 부자(夫子)
로 하여금 이것들을 보게 한다면 그 사람이 미천하다 하여 그것들을 폐하
지 않을 것임이 분명하다.[14]

위 인용문에서 김창협은 홍세태에게 세간에 전해지는 여항인들
의 시가 많은데 민멸되고 전해지지 않는 것이 애석하니, 이를 모아
보라고 권유한다. 이에 10여 년간의 노력으로 48인의 230여 수를
가려뽑아 『해동유주』를 편찬하였다. 홍세태는 책을 엮으면서 '모
래밭에서 금싸라기를 가려내듯 힘써 정약(精約)하게 하였다'고 하
였다. 이는 여항문학 중에서도 정수만을 가려뽑은 것으로, 여기에
는 여항문인의 작품도 사대부 작품 못지않게 충분히 기록하여 보
존할 만한 작품성과 미적 가치가 있는 것임을 전제하고 있는 것이
다. 아울러 이러한 전제는 자연스레 널리 전할 만한 가치도 지니고
있음을 내재하게 된다. 여항문인들의 작품에 대한 긍정은 『시경(詩
經)』의 사례를 들어 구체화된다. 시는 사람의 정(情)에서 나온 것으

---

14 洪世泰,「海東遺珠序」,『柳下集』, 한국문집총간 167, 473~474면. 農巖金相公嘗謂
余曰:"東詩之採輯行世者多矣, 而閭巷之詩獨闕焉. 泯滅不傳可惜, 子其採之." 余於是
廣加搜索, 得諸家詩稿, 披沙揀金, 務歸精約, 至於人所口誦, 其可者靡不收錄, 積十餘
年而編乃成, 自朴繼姜以下凡四十八人, 詩僅二百三十餘首, 名之曰海東遺珠. 以遺其
人之爲子孫者而印行焉 遂爲之叙曰: 夫人得天地之中以生, 而其情之感而發於言者爲
詩, 則無貴賤一也. 是故三百篇, 多出於里巷歌謠之作, 而吾夫子取之, 卽兎罝·汝墳之
什與淸廟·生民之篇, 並列之風雅, 而初不係乎其人, 則此乃聖人至公之心也. 吾東文
獻之盛, 比埒中華, 蓋自薦紳大夫一倡于上, 而草茅衣褐之士鼓舞於下, 作爲歌詩以自
鳴, 雖其爲學不博, 取資不遠, 而其所得於天者, 故自超絕, 瀏瀏乎風調近唐. 若夫寫景
之淸圓者, 其春鳥乎, 而抒情之悲切者, 其秋虫乎. 惟其所以爲感而鳴之者, 無非天機中
自然流出, 則此所謂眞詩也. 若使夫子而見者, 其不以人微而廢之也審矣.

로 신분의 귀천을 막론하고 모두가 가치가 있으며, 이 때문에 『시경』에도 풍·아가 뒤섞여 있는 것이라는 논리이다. 또한 여항인들의 경우 배움이 넓지 않고 자질이 심원한 것도 아니지만, 그들의 작품은 모두 천기(天機)에서 흘러나온 '진시(眞詩)'라고 역설한다. 홍세태의 이러한 논법은 결국 여항문학의 기반, 유행, 존립을 떠받치는 소이연지고(所以然之故)로 기능하게 되는 셈이다.

그런데 여기서 우리는 〈해동유주서〉에 드러난 논리 구성과 관련하여 뭔가 친숙한 느낌을 갖게 된다. 그것은 다름 아닌 『청구영언』(1728년)의 서발문에서 시조(時調)의 가치를 긍정하는 논리 체계이다. 이 서발문을 작성한 것은 바로 마악노초 이정섭과 완암 정래교이다. 앞서 언급하였듯이 이 두 사람은 백악시단의 일원이었으며, 정래교는 여항문인의 대표 주자였음을 상기할 필요가 있다. 아울러 홍세태와 상당한 교분이 있었다.

내가 말하였다. "문제될 것이 없다. 공자께서 『시경(詩經)』을 산삭하시면서 정풍(鄭風)과 위풍(衛風)을 버리지 않으신 것은 선과 악을 갖추고 권면과 경계를 보존하기 위해서였다. 그러니 시가 어찌 반드시 주남(周南)의 〈관저(關雎)〉이어야 하며, 노래가 어찌 반드시 순(舜)임금의 〈갱재가(賡載歌)〉이어야 하겠는가? 오직 성정에서 벗어나지 않으면 괜찮다. …(중략)… 우리나라에 이르러 그 폐단은 더욱 심하였다. 오직 가요만이 그나마 풍인(風人)의 유지에 가까워 감정에 따라서 표현하고 속된 말로 엮어내어 읊조리는 사이에 저절로 사람을 감동시킨다. 여항에서 부르는 노래들은 가락과 곡조가 비록 바르고 세련되지는 않지만 기뻐하고 즐거워하고 원망하고 탄식하며 미쳐 날뛰는 듯한 거친 심리 상태와 태도가 각각 자연스러운 진기(眞機)에서 나온 것이다. 만일 옛날 민간의 풍속을 살피는 자들

이 그것을 채집한다면 나는 시에서 하지 않고 노래에서 할 것임을 아니,
노래가 어찌 그 효용이 적다고 할 수 있겠는가?"[15]

위 인용문은 마악노초 이정섭의 〈청구영언후발〉이다. 이정섭은
『청구영언』안에 시정과 여항의 음란하거나 비루한 노랫말이 있는
것을 우려하는 김천택을 향해 공자의『시경』산삭 논리를 가져온
다. 이는 앞서 홍세태가『해동유주』를 편찬하면서 보였던 방식에
다름아니다.『시경』「국풍(國風)」에는 여러 음란한 작품들이 포함
되어 있지만 공자가 이를 남겨두었듯이, 이정섭은『청구영언』소
재 시조들도 아무런 문제가 되지 않는다고 옹호하고 있으며, 성정
(性情)에서 벗어나지 않으면 괜찮다는 입장을 피력한다. 한걸음 더
나아가 시조는 개인의 감정을 우리말로 진솔하게 표현하고 있다면
서, 이는 자연스러운 진기(眞機)에서 나온 것으로 한시보다 더 가치
가 있을 수도 있다고 답한다. 즉 시조는 성정(性情)에 근간을 두고
있으며 진기(眞機)가 발현된 갈래이기 때문에, 이제 풍속을 살피고
정사에 도움을 주는 과거 '채시(采詩) – 진시(陳詩)'의 전통에 비추
어도 충분한 역할을 수행할 수 있다는 논리로 확장되고 있다.

옛날의 노래는 반드시 시를 사용하였다. 노래를 글로 적은 것이 시이고
시를 관악기와 현악기의 반주에 올린 것이 노래이니, 노래와 시는 본래 하
나였다.『시경(詩經)』삼백편이 변하여 고시(古詩)가 되고 고시가 변하여
근체시(近體詩)가 되면서부터 노래와 시가 나뉘어져 둘이 되었다. 한(漢)·

---

15 李廷爕,「靑丘永言後發」. 余日: "無傷也. 孔子刪詩, 不遺鄭·衛, 所以備善惡而存勸戒
也. 詩何必周南關雎, 歌何必虞廷賡載, 惟不離乎性情則幾矣. …(中略)… 下逮吾東, 其
弊滋甚. 獨有歌謠一路, 差近風人之遺旨, 率情而發, 緣以俚語, 吟諷之間, 油然感人. 至
於里巷謳歈之音, 腔調雖不雅馴, 凡其愉佚怨歎猖狂粗溸之情狀態色, 各出於自然之
眞機, 使古觀民風者采之, 吾知不于詩, 而于歌, 歌其可少乎哉?"

위(魏) 이후로 시 가운데 음률에 맞는 것을 악부(樂府)라 하는데, 반드시 백성들과 나라에 쓰인 것은 아니었다. 진(陳)·수(隋) 이후에는 또 가사(歌詞)와 별체(別體)가 있어 세상에 전해졌으나 시와 노래만큼 성행하지는 못하였다. 이는 노랫말을 짓는 것이 문장력이 있고 성률에 정밀하지 않으면 할 수 없는 것이기 때문이다. 그러므로 시에 능한 자라 해도 반드시 노래가 있지는 않았으며 노래를 하는 자라 해도 반드시 시가 있지는 않았다. 우리나래조선]의 경우 대대로 사람이 적은 것은 아니었으나 노랫말이 전혀 없거나 있다 하더라도 겨우 몇 편 있을 뿐이며 그나마 있는 것도 오래도록 전해질 수 없었으니, 이것이 어찌 나라에서 오로지 문장만을 숭상하고 음악에는 소홀하기 때문이 아니겠는가! …(중략)… 내가 그 책을 취하여 보니, 그 노랫말이 진실로 모두 아름다워 완상할 만하였으며 그 내용 중에는 화평하고 즐거워하는 것도 있고 슬피 원망하며 괴로워하는 것도 있었다. 은미한 것들은 경계를 담고 있으며 격앙된 것들은 사람을 감동시켜 한 시대의 성함과 쇠함을 징험하고 풍속의 아름다움과 추함을 확인할 수 있었으니, 시인들과 더불어 안팎으로 나란히 행해져 서로 관계가 없을 수 없었다. 아, 이 노랫말들은 단지 그 생각을 서술하고 그 울적함을 펼치는 데에만 그칠 뿐 아니라, 사람들로 하여금 보고 느끼며 흥기시키는 것이 또한 그 가운데에 있으니, 악부(樂府)에 올려서 백성들에게 사용한다면 또한 풍속의 교화에 작은 보탬이 될 수 있을 것이다. 그 노랫말들이 비록 시인들과 같은 정교함을 다한 것은 아니지만 세도(世道)에 유익함은 도리어 시보다 많은데도 세상의 군자들이 버려두고 채집하지 않은 것은 어째서인가? 그것은 또한 음악을 감상하는 자들이 제대로 살피지 못해서가 아니겠는가![16]

---

16 鄭來僑,「靑丘永言序」. 古之歌者, 必用詩. 歌而文之者爲詩, 詩而被之管絃者爲歌. 歌與詩, 固一道也. 自三百篇變而爲古詩, 古詩變而爲近體, 歌與詩, 分而爲二. 漢·魏以下, 詩之中律者, 號爲樂府, 然未必用之於鄕人邦國. 陳·隋以後, 又有歌詞別體, 而其傳於世, 不若詩歌之盛. 盖歌詞之作, 非有文章而精聲律, 則不能, 故能詩者, 未必有歌, 爲

위의 인용문은 정래교의 〈청구영언서〉이다. 정래교는 먼저 노래와 시의 관계에 대한 논지를 펼친다. 본래 노래와 시는 같은 것으로, 노래가 시가 되기도 하고 시가 노래가 되기도 하는 그런 관계였는데, 후대로 내려오면서 시는 시대로 노래는 노래대로 나뉘어 각각의 길을 걷게 되었다는 것이다. 특히 우리나라 조선의 경우 시문을 숭상하는 분위기에 밀려 노래를 등한히 여기는 분위기가 만연되어 있음을 지적한다. 앞서 홍태세는 여항문학의 경우 작가의 출신 성분이 문제가 되기 때문에, 사대부의 한시나 여항인의 한시가 대등할 수 있다는 논리를 마련하였다. 그러나 시조의 경우에는 담당층이 여항인이라는 출신 성분도 문제가 되지만, 이것이 한시가 아니라 노래라는 점도 함께 문제가 된다. 주지하듯이 시조는 사대부들에게 '시여(詩餘)'로 지칭되었던 만큼, 한시에 비해 상대적으로 주변적·보조적인 성격이 짙었다고 할 수 있다. 이에 정래교는 시조를 한시에 버금가는 지위로 끌어올리기 위한 논리로 '노래와 시는 본래 하나였다'는 이른바 '시가일도(詩歌一道)'라는 견해를 피력한다.[17] 그리고 거슬러 올라가면 이러한 모범 사례가 바로『시경(詩經)』임을 말하는 것이다. 이러한 입장에 근거한다면, 한시와 마찬가지로 시조도 그 나름대로 가치가 있음이 드러나게 된다. 더

歌者, 未必有詩. 至若國朝, 代不乏人, 而歌詞之作, 絕無而僅有, 有亦不能久傳, 豈以國家專尙文學, 而簡於音樂故然耶. …(中略)… 余取以覽焉, 其詞固皆艶麗可玩, 而其旨有和平惟愉者, 有哀怨悽苦者, 微婉則含警, 激昂則動人, 有足以懲一代之衰盛, 驗風俗之美惡, 可與詩家表裏竝行而不相無矣. 嗚呼, 凡爲是詞者, 非惟述其思宣其鬱而止爾, 所以使人觀感而興起者, 亦寓於其中, 則登諸樂府, 用之鄕人, 亦足爲風化之一助矣. 其詞雖未必盡如詩家之巧, 其有益世道, 反有多焉, 則世之君子, 置而不採, 何哉? 豈亦賞音者寡, 而莫之省歟.

17 '詩歌一道'의 논리가 한시에 대한 시조의 위상 제고를 위한 주장임은 이미 선행연구에서 언급된 바 있다. 이규호, 「고시조 비평과 詩歌一道 사상」, 『한국고전시학사』, 새문사, 1985; 김대행, 「시가관」, 『시조유형론』, 이화여자대학교출판부, 1986 참조.

욱이『청구영언』에 수록된 노래들은 진솔한 감정을 드러내고 있어 시대와 풍속을 살필 수 있는 준거로서 종래의 시와 대등한 기능을 수행할 수 있다고 하였다. 이에 풍속의 교화에도 보탬이 되고 세도 (世道)에 유익할 수 있다는 결론에 도달하고 있다.[18]

이정섭과 정래교에 의해 마련된 시조를 옹호하고 그 가치를 제고하려는 논리 체계는 물론 시조를 즐기고 이를 전문으로 하는 이른바 여항 예술인들을 위한 것이다. 18세기에 이르러 시조의 담당층이 중인층 여항 예술인들로 점차 전환되는 상황을 반영하여 이들의 활동에 이론적 명분을 제공하기 위한 것이다. 이들의 논리를 따라가면, 한시만이 아니라 시조도 당당한 문예의 장으로 포섭되게 되며, 명공·석사의 노래만이 아니라 초동·급부·이서(吏胥)·규수(閨秀) 등의 노래까지도 진기의 발현이라는 측면에서 의미 있는 것으로 격상되게 된다. 결국 18세기『청구영언』에 보이는 시조의 가치를 고양하려는 논리는 비유컨대 17세기 말에 백악시단을 중심으로 마련된 진시 창작의 이론적 근거를 바탕으로 도움닫기를 시작하여, 18세기 초 홍세태의『해동유주』의 편찬과 서문에서 마련된 여항문학의 옹호 논리와 분위기를 바탕으로 도약을 거듭하면서, 비틀기와 회전을 거쳐 이정섭·정래교에 의해 안정된 착지에 이른 것이라 할 수 있다.[19]

---

18 18세기 시조 가창자들이 시조의 위상과 품격을 끌어올리기 위해 노력한 여러 가지 논리 체계에 대해서는 조지형, 「18世紀 時調에 대한 正典化 企劃과 그 論理」, 『韓國學報』26, 中華民國韓國研究學會, 2011 참조.

19 『청구영언』(1728년)과 견주어볼 때, 김수장에 의해 편찬된『해동가요』(1754년)의 경우 별다른 시조의 가치를 고양하거나 예술인들의 위상을 제고하기 위한 서발문이 없다. 이는『해동유주』(1712년)와『청구영언』단계를 거치면서 여항 예술인들의 활동 기반이 일정하게 자리잡게 되었음을 보여주는 것이기도 하다.

3. 음악적 관심과 풍류를 통한 時調 創作

정래교는 음악에 대해서도 많은 관심이 있었음이 확인된다. 주지하듯이 그는 18세기 시조사와 관련된 중인 신분의 주요 가객이나 악사들과 함께 어울리는 경우가 많았다. 『청구영언』서문에서는 '깊이 시름하거나 병이 있어 마음에 즐길 만한 것이 없을 때면, 김천택이 전악사와 더불어 찾아와서 노래를 들려주어 답답하고 울적한 마음을 풀 수 있도록 해주었다'[20]는 구절이 보인다. 〈김성기전(金聖基傳)〉에서는 '어린 시절부터 김금사의 이름을 익히 들었는데, 친구의 집에서 그를 만나보았으며 그가 연주하는 비파소리를 듣고 감동의 눈물을 흘리기도 했다'[21]고 하였다. 또한 김수장(金壽長)의 후원자로서 〈노가재기(老歌齋記)〉·〈노가재 십경(老歌齋十景)〉 등을 쓴 김시모(金時模)와도 매우 절친한 사이였다. 이를 통해 직접적인 만남은 확인할 수 없지만, 정래교가 김수장과 함께 자리했을 개연성도 매우 농후하다. 한편 강호의 악사와도 함께한 기록이 엿보인다.

고자(瞽者) 백성휘(白成輝)는 패서(浿西)에서 강호간을 떠돈 것이 10년이었다. 그는 비파를 잘 탔으며 겸하여 잡가조(雜歌調)에도 능하였는데, 여항 사이를 나니며 밥을 구걸하니 순상(巡相)이 그 소문을 듣고 관풍각(觀風閣)으로 불러들였다. 한가할 때마다 음악을 연주하게 하니 그윽하여 권태로움을 잊게 하므로 음식과 옷을 내려주고 다른 곳으로 가지 말도록 했다. 나는 생일날 아침에 그를 말에 태워 우관(郵館)에 이르게 하여 수일

---

20 鄭來僑, 「青丘永言序」. 余嘗幽憂有疾, 無可娛懷者, 伯涵其必與全樂師來, 取此詞歌之, 使我一聽而得洩其湮鬱也.
21 鄭來僑, 「金聖基傳」, 『浣巖集』, 한국문집총간 197, 554면. 余自幼少時習聞金琴師名, 嘗於知舊家遇之, 鬚髮皓白, 肩高骨稜, 口喘喘不絶咳聲, 然强使操琵琶, 爲靈山變徵之音, 座客無不悲惋隕涕, 雖老且死, 而手爪之妙, 能感人如此, 其盛壯時可知也.

밤 동안 술을 마시며 즐겁게 지냈다. 그는 기업(技業)이 정묘할 뿐만 아니
라 사람됨이 또한 순수하고 착하여 마음에 남았다.[22]

위 인용문은 비파 연주에 뛰어나고 잡가조에도 능했던 고자(瞽
者) 백성휘(白成輝)라는 인물에 대해 소개를 하면서, 정래교가 자신
이 머물고 있는 곳으로 그를 초치하여 수일 밤 동안 함께 술과 음악
을 즐긴 일화를 적고 있다. 이를 통해 백성휘가 재주도 뛰어나고 사
람됨도 순수한 인물이었음을 드러낸다. 그가 비록 평민(?) 신분의
맹인이었지만 음악적 재능을 높이 평가하였기 때문에 흉금을 터놓
고 함께할 수 있었을 것이다. 아울러 마지막에는 그를 위해 세 편의
시를 지어주기도 하였다. 이처럼 여항의 능력 있는 가객 및 악사들
과 함께했던 여러 정황은 어렵지 않게 확인할 수 있다.

정래교의 음악에 대한 관심과 향유의 측면은 다른 곳에서도 찾아
볼 수 있다. 정래교는 생애 전반에 걸쳐 전국을 유람하면서 명승고적
을 직접 찾아다녔는데, 강원도 금성현(金城縣)에 머무를 적에는 현
령 송필환(宋必煥, 1683~?)과 함께 어린 기녀들이 부르는 단가(短
歌)를 듣기도[23] 하였고, 충청도를 지나면서는 고을현이 가을걷이를
살피는 모습을 보고 〈벼 타작 노래[打稻歌]〉[24]를 지어 바치기도 하였
으며, 평양에 이르러서는 〈기성가(箕城歌)〉[25]를 짓기도 하였다. 이중
〈기성가〉는 5·6·7언으로 행간을 배치하고 전체 36행으로 구성되어

---

22 鄭來僑, 「瞽者白成輝…」, 『浣巖集』, 한국문집총간 197, 539면. 瞽者白成輝, 自浿西,
　　流落江湖間, 十年矣. 工琵琶, 兼能雜歌調, 行閭里間求食, 巡相聞之, 召入觀風閣, 暇輒
　　使操音, 娓娓忘倦, 賜食與衣, 令勿他徒. 余於生朝, 騎致郵舘, 作數宵酣懽. 非惟其技業
　　精玅, 爲人亦自醇良可念.
23 鄭來僑, 「金城縣齋 奉次主翁自谷末公必煥韻」, 『浣巖集』, 한국문집총간 197, 504면.
　　官齋寂寂寒花色, 客枕蕭蕭夜雨聲, 童妓短歌聊可聽, 燈前時喚濁醪鐺.
24 鄭來僑, 「打稻歌 上竹西相公」, 『浣巖集』, 한국문집총간 197, 491면.
25 鄭來僑, 「箕城歌」, 『浣巖集』, 한국문집총간 197, 513~514면.

있으며, 그 내용은 기자(箕子)의 교화를 입고 수(隋)나라의 100만 대
군을 물리쳤던 과거사를 회고하는 것이다. 또한 화도사(和陶辭)인
〈차귀거래사(次歸去來辭)〉를 지어 '소계(苕溪)와 삽계(霅溪)의 연무
와 달빛, 섬계(剡溪)의 거문고와 술통에다가 연뢰(延瀨)에서의 나무
꾼 노랫소리를 가져오고 상산(商山)에서의 자지곡(紫芝曲)을 부르
면서, 양가죽 옷을 입고서 길이 바름을 보전하고 조그만 수레를 몰
고서 편안히 삶을 마치고 싶다'[26]는 의지를 표방하기도 하였다.

한편 정래교는 홍세태와 교유하는 과정에서 다음과 같은 작품을
남기기도 하였다.

先生衣百結,	선생은 백번 꿰맨 옷을 입고
歲暮卧白屋.	세모(歲暮)에 가난한 오두막에 누웠다네.
杵聲撩亂起四隣,	절구 소리 요란하게 이웃집에서 일어나니,
家家有粟春作食.	집집마다 곡식이 있어 방아 찧어 밥을 하누나.
家家有粟我獨無,	집집마다 곡식이 있건만 나만 홀로 없으니
妻子啼饑向空壁.	처자식은 배고픔에 울며 빈 벽을 향해 있구나.
平生三尺琴,	평생의 삼척 거문고로
爲汝今日慰寂寞,	오늘은 너를 위해 적막함을 위로하노라.
鼓絃變新聲,	거문고를 연주하여 신성(新聲)으로 변화시켜
彈作鳴杵曲,	튕기는 소리로 절굿공이 울리는 노래를 만들었다네.
聲聲低仰答隣春,	그 소리 울려퍼지며 이웃집 방앗소리에 화답하니
妻子聞之怡顔色.	처자식은 그 소릴 듣고 안색을 폈다지.
雖無斗粟救汝饑,	비록 한 말 곡식 없어도 네 굶주림을 구원하리니
亦知窮賤還不惡,	궁하고 천함이 도리어 나쁘지 않음을 알아야 하리.

---

26 鄭來僑,「次歸去來辭」,『浣巖集』, 한국문집총간 197, 489면. 苕霅烟月, 剡溪琴樽, 引
薪歌於延瀨, 唱芝曲於商顔, 披羊裘而永貞, 御下澤而終安.

人生達命豈暇愁,　　　　사람이 명에 통달하면 어찌 근심할 겨를이 있으랴

我今樂道無不足,　　　　나는 지금 도를 즐기느라 부족함이 없다네.

君不見曾參歌聲出金石, 그대는 증삼의 노랫소리가 금석에서 나온 듯함

　　　　　　　　　　　을 못 보았나

古來賢者甘窮阨,　　　　예로부터 현자는 궁액을 달게 여겼다네.[27]

　　위 작품은 정래교가 홍세태를 위해 지은 것으로, 제목에는 홍세
태의 〈대악가(碓樂歌)〉에 화답한 것이라 하였다. 주지하듯이 〈대악
(碓樂)〉은 신라 자비왕(慈悲王) 연간에 백결선생(百結先生)이 지은
악곡으로 섣달 그믐날 이웃집에서 떡방아 찧는 소리가 요란한데
가난 때문에 떡을 장만하지 못하는 아내의 푸념소리를 듣고서, 아
내를 위로하기 위하여 거문고로 떡방아소리를 연주하였다는 이야
기에서 유래한다. 홍세태는 일생 동안 곤궁한 생활을 이어갔던
바,[28] 자신의 궁한 처지를 대악의 내용을 가져와 빗대며 신세를 한
탄하는 노래를 불렀던 것으로 생각된다. 홍세태의 문집에는 관련
작품이 남아있지 않다. 위 작품은 이에 대한 화답의 성격을 지니고
있으면서 동시에 상대를 권면하는 내용을 담고 있다. 각 행은 5·7·
10언으로 이루어져 있어 일반적인 한시 형식은 아니기 때문에, 악
부시(樂府詩)의 일종이었을 것으로 생각되며, 이를 한시창 형식으
로 화답하였을 가능성도 있으리라 여겨진다. 위 작품의 전반부는
예부터 전해 내려오던 백결선생의 이야기를 제시하고 있다. 핵심
은 후반부에 위치해 있다. 상대의 가난한 처지를 모르는 바도 아니

---

27 鄭來僑, 「和柳下翁洪察訪世泰號碓樂歌 丙戌」, 한국문집총간 197, 490면.

28 정래교가 지은 〈임준원전(林俊元傳)〉에 "홍세태는 모친이 연로하였는데 가난하
여 제대로 봉양할 수 없어 임준원이 자주 재물로 홍세태를 도와주어 궁핍하지
않게 하였다"는 기록이 보인다.

요, 더구나 자신의 형편도 어려워 선뜻 보태줄 쌀 한 말도 없지만 굶주림에서 벗어날 수 있는 깨우침을 다시금 일깨워 주고자 하였으니, 그것은 바로 안빈낙도하는 삶의 태도였다. 이에 마지막 부분에서는 빈한한 생활 속에서도 맑은 절조를 고수하였던 증자(曾子)의 사례를 들어 환기시키고 있다.

정래교 당시 여항인들은 동류의식을 기반으로 시사(詩社)를 유지하며, 이를 바탕으로 시와 술과 음악이 어우러진 성대한 모임을 벌이기도 하였는데, 이러한 모습의 일단은 다음의 글에서 추정해 볼 수 있다.

> 그는 날마다 동류들과 고회(高會)를 가져, 문 앞에는 신발이 항상 가득하였고, 술판이 계속 이어졌다. 그 동류들은 유찬홍(庾纘洪)·홍세태(洪世泰)·최대립(崔大立)·최승태(崔承太)·김충렬(金忠烈)·김부현(金富賢) 같은 이들이었다. 유찬홍은 호가 춘곡(春谷)으로 바둑을 잘 두었으며, 홍세태는 호가 창랑(滄浪)으로 시를 잘 지었으니, 명성이 모두 당시에 으뜸이었다. 나머지 사람들도 모두 기개와 문한으로 일컬어졌다. …(중략)… 매양 좋은 계절과 아름다운 풍경을 만나면 여러 벗들을 불러 아무 곳을 지정하여 모이기를 기약하였다. 그러면 임준원이 중심이 되어 술과 안주를 마련하여 뒤따라가서 번번이 시를 읊고 취하도록 마시고 실컷 즐긴 다음 파하곤 하였다. 이렇게 하는 것을 상례로 삼아 오래도록 게을리 하지 않았다. 서울에서 재주와 이름이 좀 있는 자들은 이 모임에 참여하지 못하는 것을 수치로 여겼다.[29]

---

29 鄭來僑, 「林俊元傳」, 『浣巖集』, 한국문집총간 197, 554~555면. 日與其徒高會, 戶屨常滿, 盃盤絡屬. 其徒有庾公纘洪·洪公世泰·崔大立·崔承太·金忠烈·金富賢諸人. 庾公號曰春谷, 善碁, 洪公號曰滄浪, 善詩, 名聲俱冠當時, 餘人亦皆以氣槩詞翰見稱. …(中略)… 每遇良辰美景, 招呼諸人, 指某地爲期. 俊元爲主, 辦酒肴而隨之, 輒賦詩酣飮, 極驩而罷, 以是爲常, 久而不倦, 洛下稍有才名者, 以不得與其會爲恥.

윗글은 정래교가 쓴 〈임준원전(林俊元傳)〉의 일부로, 당시 도성에서 여항의 문인들이 모여 고회를 즐긴 정황을 엿볼 수 있게 한다. 임준원과 함께 한 이들은 17세기 후반, 18세기 초에 활동한 여항문인들이었다. 이들은 임준원을 중심으로 날마다 모여 술과 시를 바탕으로 성대한 모임을 이어갔다. 기본적 성격은 분명 시사(詩社)이지만, 여기에는 음주 가무가 빠질 수 없었고, 아울러 바둑 같은 취미 생활도 곁들여졌다. 또 이들은 좋은 때를 기하여 경치 좋은 곳에서 모이기도 하였는데, 그 장소는 대체로 도성 안에 위치한 북악산의 백련봉(白蓮峰)이나 인왕산의 필운대(弼雲臺) 등지였다. 정래교는 이들보다 후배 또는 동류로서 이런 모임에 참여하기도 하고 이후에도 모임을 계속 이어 갔으리라 생각한다.[30]

정래교의 음악적 관심과 재능은 동류들과 함께하는 풍류 현장에서 더욱 빛을 드러내었다. 그는 거문고 연주와 노래에도 뛰어난 면모를 지니고 있었다. 정래교의 주변 인물들은 그를 다음과 같이 기억하고 있다.

> ① 윤경(潤卿)은 거문고 악곡에도 해박하였으며 또 장가(長歌) 부르기를 좋아하였는데 모두 그 오묘함이 지극하였다. 술이 거나해지면 번번이 직접 거문고를 연주하며 노래를 불렀는데 거침이 없어서 누가 거문고를 연주하고 누가 노래를 부르는 줄도 잊을 지경이었다.[31]

---

30 정래교의 문집에는 서울에서 풍류를 즐기며 남긴 시들이 많은데, 그 장소로는 한강의 지류인 경안천(慶安川) 일대, 현 부암동 주변인 무계동(武溪洞), 청량리(淸凉里), 압구정(鴨鷗亭) 등이 확인된다. 또 한양의 지세와 시정의 모습을 담은 〈한양팔영(漢陽八詠)〉, 압구정 부근 일대의 풍경을 담은 〈구호십육영(鷗湖十六詠)〉 등의 작품을 남기고 있다.

31 李天輔,「浣巖集序」,『浣巖集』, 한국문집총간 197, 487면. 潤卿旁解琴操, 且喜爲長歌, 皆極其妙. 酒半輒自彈而自和之, 浩浩然殆忘其孰爲琴而孰爲歌也.

② (정옹은) 술 마시기와 우스갯소리를 좋아했다. 술이 흥건하게 취하면 어깨를 들썩이고 눈썹을 까딱이며 강개하여 비가(悲歌)를 불렀는데 노랫소리가 맑고 빼어났다. 혹은 붓을 휘둘러 시를 썼는데 서법 또한 굳세고 호방했으므로, 보는 사람들이 경모(敬慕)하지 않는 이가 없었다.[32]

③ 매양 보면, 술 마신 후에는 양 어깨를 들썩이고 눈을 감은 채 부채를 두드리며 비가(悲歌)를 강개하게 불렀는데 기쁜 웃음이 흥건하였으니 사람들은 그가 80세 늙은이임을 알지 못했다.[33]

①은 이천보가 쓴 정래교의 문집 서문이고, ②는 김종후(金鍾厚, 1721~1780)가 쓴 정래교의 묘지명이며, ③은 홍낙인(洪樂仁, 1729~1777)이 쓴 정래교의 제문이다. 세 사람 공히 정래교가 술이 거나해지면 스스로 악사가 되어 거문고를 연주하면서 가객의 모습으로 강개한 느낌의 비가(悲歌)를 즐겨 불렀다고 회상하고 있다. 혹 악기가 없으면 부채를 두드려가면서 박자를 맞춰 부르고, 특유의 몸짓과 표정으로 분위기를 유쾌하게 만드는 인물이었음을 알 수 있다. 이러한 풍경이 정래교의 풍류 현장이었던 것이다.

이상의 다양한 음악적 관심과 재능을 바탕으로 정래교는 직접 시조를 창작하기도 하였다. 『고시조대전』에 수록된 그의 작품은 총 3수이다.

---

32 金鍾厚, 「浣巖鄭翁來僑墓誌銘 幷序」, 『本庵集』, 한국문집총간 237, 482면. 喜飮酒笑語, 淋漓旣酣, 肩峙眉聳, 慷慨悲歌, 歌聲淸越. 或揮筆寫詩, 書法亦遒爽, 見者莫不竦然興慕.

33 洪樂仁, 「祭浣巖鄭翁文」, 『安窩遺稿』, 한국문집총간 속집 99, 87~88면. 每見酒後雙肩高聳, 闔眼叩扇, 悲歌慷慨, 笑嘻淋漓, 人不識其八十翁.

① 〈#3398.1〉

　　오늘이 무슴 날고 老夫의 懸弧辰이로다

　　술 잇고 벗 잇ᄂᆞ듸 둘이 더욱 아름다외

　　아희야 거문고 淸 쳐라 醉코 놀러 ᄒᆞ소라.

② 〈#3416.1〉

　　梧桐에 月上ᄒᆞ고 楊柳 風來로다

　　瑤琴을 빗기 안고 玉溪로 지나오니

　　이곳에 一般淸意味을 알 리 져거 ᄒᆞ노라.

③ 〈#4387.1〉

　　朱欄을 지혀 안ᄌ 玉簫을 놉피 부니

　　明月 淸風이 갑 업시 절로 온다

　　아희야 盞 ᄀᆞ득 부어라 長夜飮을 ᄒᆞ리라.

　　위에 제시된 작품들은 모두 2개의 가집에 출현하는데, 『시여 김씨본』에는 #217, #218, #219에, 『악부 고대본』에는 #233, #234, #235에 각각 차례대로 실려 있다. 그런데 작가 표기에 있어서 ①의 경우 『시여 김씨본』에는 정래교로, 『악부 고대본』에는 주의식(朱義植)으로 표기되어 있다. ②, ③은 모두 정래교로 표기되어 있다. 하지만 두 가집에서 모두 세 작품이 연이어 출현한다는 점, 세 작품 모두 달밤·가악·음주·고흥 등을 골자로 하고 있어 내용적 친연성이 확인되는 점 등으로 미루어 정래교의 작품으로 판정하는 것이 옳을 듯하다.[34]

_____

34 『고시조대전』 소재 주의식의 작품은 총 16수가 실려 있는데, '고사·회고' / '권

위 작품들은 작품에서 느껴지는 분위기가 매우 흡사하지만, 시적 정황은 약간씩 차이가 있다. ①은 자신의 생일을 맞아 달밤에 벗들을 불러 술판을 벌이면서 음악을 연주하며 흥겹게 노니는 모습을 드러내고 있다. 그의 문집에는 이와 유사한 분위기를 드러내는 한시 작품이 보인다.

> 동짓달 11일은 내 생일날이다. 여러 젊은이들이 배반(盃盤)을 차리니 종일토록 기쁘고 거나하게 마셨다. 청풍당 홍공(淸風堂 洪公, 홍낙명)과 그의 종제 익재공(翼齋公, 홍봉한)이 또 술과 안주 마련하는 것을 도와주었으며, 달빛을 타고 함께 이르러 실컷 즐기고 파하였다. 이에 장률(長律)을 지어 감사하노라.

> > 비단 등롱 앞세우고 두 공이 오셨는데,
> > 자각(紫閣)에 하늘이 높고 눈꽃도 피었구나.
> > 지는 달은 창밖 잣나무에 비끼고,
> > 일양(一陽)은 섣달 전 매화에서 꿈틀거리네.
> > 누항에 수레 이를 줄 누가 알았던가,
> > 가난한 집에 술자리를 마련해 주셨네.
> > 실로 천부의 짧은 여생을 위하여,
> > 현가(絃歌)와 시율(詩律)로 번갈아 재촉하였네.[35]

계·달관·개결' 등을 키워드로 하고 있기 때문에 그 주제적 경향도 차이를 보인다 하겠다.

35 鄭來僑, 『浣巖集』, 한국문집총간 197, 544면. 至月十一日, 卽余生朝也. 諸少年爲設盃盤, 終日酣懽. 淸風堂洪公與其從弟翼齋公, 又助辦酒肴, 乘月共臨, 極懽而罷, 謹賦長律以謝. 紗籠前導二公來, 紫閣天高積雪開. 落月斜侵窓外柏, 一陽初動臘前梅. 那知陋巷停車轍, 能使貧家有酒盃. 端爲賤夫餘日短, 絃歌詩律迭相催.

위 작품 또한 시조에서 '노부의 현호신(懸弧辰)'이라 칭한 것처럼 만년의 생일날을 배경으로 하고 있다. 하루 종일 젊은이들과 술을 거나하게 마시고 놀았는데, 밤이 되자 이번엔 또 다른 인사들이 찾아왔다. 기실 홍낙명과 홍봉한은 젊은 시절 정래교에게 시를 배운 사람들이었다. 달빛이 고즈넉하고 날도 개어 맑고 눈꽃까지 피고, 동짓달의 새 기운을 타고 매화에는 벌써 봉오리가 감돌기 시작하는 때에 현가와 시율로 흥겹게 노니는 모습이 잘 담겨 있다.

②는 소옹(邵雍)의 〈청야음(淸夜吟)〉 '月到天心處, 風來水面時, 一般淸意味, 料得少人知'를 활용하였다. 하지만 정래교는 〈청야음〉에서 느껴지는 차분하고 고요한 분위기는 그대로 끌어와 활용하면서도, 오동을 타고 떠오르는 달과 양류를 스치는 바람 그리고 거문고를 안고 옥계를 지나가는 자신의 모습 등 미세한 움직임과 변화상을 함께 담아내면서, 눈앞에 드러나는 경물과 내면의 고흥(高興)이 잘 어우러지게 작품을 구성하고 있다. ③에서는 누대에 올라 옥소를 불며 여기에서 만끽하는 무한 풍경을 안주 삼아 밤새도록 술을 마시는 취락의 면모를 드러내고 있다. 결국 정래교 시조의 바탕에는 18세기 여항인들의 예술적 정취 및 풍류상과 더불어 향락적·소비적 생활 기풍[36]이 짙게 깔려 있다. 그의 작품은 운치 가득한 달밤에 거문고와 퉁소 같은 가악을 동반한 음주, 그리고 여기에서 오는 고고한 흥취를 드러낸 점이 특징이라 할 수 있다.

---

36 임형택, 「18세기 예술사의 시각」, 『실사구시의 한국학』, 창작과비평사, 2000, 238면.

4. 樂調의 변화 구도와 新調의 긍정

시조와 관련하여 18세기 악조상의 변화는 신조(新調) 등장과 함께 촉급화 되어 가는 것이 특징이라 할 수 있다.[37] 이는 종래의 상대적으로 느린 중대엽 중심의 고조(古調)와 삭대엽 중심의 신조(新調)의 경쟁이라는 상황을 만들어냈다. 이에 대해 선행 연구에서는 두 가지 시각이 엇갈리고 있다. 즉 18세기 초 가곡 문화의 중심에 있었던 경화사족과 중인 가객들은 점차 신조로 경도되어 갔고 그 구체적인 결과물이 가집으로 나타났다는 견해[38]와 반면, 18세기 중엽까지도 중대엽이 성행하였으며 삭대엽으로 무게중심이 가파르게 이동하지는 않았다는 견해[39]가 맞서고 있다. 이 같은 선행 연구를 통해 17세기 말부터 18세기 초 서울에서 고조와 신조가 병행하면서 경쟁하는 관계에 놓여 있었음은 틀림없는 현상이었음을 확인할 수 있다.

아울러 두 악조의 차이는 비단 빠르기에만 국한된 문제는 아니었다. 악곡의 빠르기에서 느껴지는 전체적인 느낌과 분위기 차이도 컸다. 다음의 인용문을 살펴보자.

　　① 내[위백규]가 어렸을 때 경보(京譜)를 학습하여 중대엽(中大葉) 평우

　　　조(平羽調)를 부를 수 있었다. 그 소리는 느릿하고 완만하며 무게감이

37　성기옥, 「18세기 음악의 촉급화 현상과 지식인의 대응」, 『조선후기 지식인의 일상과 문화』, 이화여자대학교 출판부, 2007, 146~157면.

38　김용찬, 앞의 논문, 28~49면; 남정희, 앞의 논문, 29~51면; 남정희, 「18세시 시조 문맥에서 경화사족의 위치」, 『국문학연구』 21, 국문학회, 2010, 44~51면.

39　권순회, 「가곡 연창방식에서 중대엽 한바탕의 가능성」, 『민족문화연구』 44, 고려대학교 민족문화연구원, 2006; 신경숙, 「권섭 『歌譜』의 악보사적 의의」, 『우리어문연구』 30, 우리어문학회, 2007; 신경숙, 「가곡 연창방식에서의 '중대엽·만대엽과 대가'」, 『민족문화연구』 49, 고려대학교 민족문화연구원, 2008.

있어서 듣는 사람으로 하여금 마음이 편하고 기운이 펴지게 하였다. …
(중략)… 이것이 고조(古調)인데 요즘 사람들은 좋아하지 않는다.[40]

② 노래에는 고금(古今)의 두 곡조가 있으니, 슬프고 **빠른** 것은 쇠락한
세상의 소리로 요즘 시대 사람들이 취하는 바이고, 화평하고 느린 것은
태평한 세상의 소리로 내[김유기]가 취하는 바이다.[41]

위 ①은 위백규(魏伯珪, 1727~1798)의 발언으로, 이미 18세기 중
반 전라도 장흥 지역까지 신조가 확산되어 있음을 보여준다. ②는
김유기(金裕器, 생몰년미상)의 발언으로, 그가 달성에 내려가 제자
한유신(韓維信, ?~1765)과 나눈 대화의 일부이다. 두 기록을 종합
해보면, 고조 중대엽은 느릿하고 완만하고 무게감이 있고 화평하
여 듣는 사람으로 하여금 편안하고 여유로운 느낌을 주었던 반면,
신조 삭대엽은 상대적으로 박자가 빨라지면서 처량하고 슬픈 느낌
을 주었다. 결국 가사와는 별도로 악조 자체가 주는 느낌의 차이도
컸던 것이다.

그렇다면 18세기 고조와 신조가 경쟁하는 분위기 속에서 정래교
는 어떠한 음악적 선택을 하였는가. 그 실마리의 단서는 그가 쓴 다
음의 글에서 찾을 수 있다.

① 김백함(金伯涵)은 노래를 잘 부르는 것으로 나라 안에 이름이 났다.
그는 신성(新聲)을 지을 줄 알았는데 그 소리가 맑고 밝아 들을 만하였

---

40 魏伯珪, 「格物說」, 『存齋集』, 한국문집총간 243, 277면. 少時學習京譜, 能唱中大葉
平羽調. 其聲寬緩遲重, 聽者心夷氣暢. …(中略)… 此是古調, 今人不喜.
41 韓維信, 「永言選序」, 『海東歌謠 朴氏本』. 歌有古今二調, 哀而促者, 哀世之音, 而時人
之所取也, 和而緩者, 太平之聲, 而吾之所取也.

다. 또 그가 지은 신곡(新曲) 수십 수가 세상에 전하는데, 내가 그 노랫 말을 보니 모두 맑고 고우면서도 이치가 있고 음조(音調)와 가락이 모 두 음률에 맞아 송강(松江)의 신번(新飜)과 서로 앞뒤를 다툴 만하였 다.[42]

② 남파(南坡) 김백함(金伯涵)은 노래를 잘 불러 온 나라에 이름이 났다. 성률(聲律)에 정밀하였으며 아울러 문예도 익혔다. 그가 스스로 신번 (新飜)을 지어 마을 사람들에게 주어 그것을 익히게 하였었다. …(중 략)… 백함은 노래를 잘 불렀으며 스스로 신성(新聲)을 지을 수 있었다. 또 거문고를 잘 타는 전악사(全樂師)와 더불어 아양(峨洋)의 사귐을 맺 었다. 전악사가 거문고를 연주하면 백함이 여기에 맞춰 노래를 부르는 데, 그 소리가 맑고도 맑아 귀신을 감동시키고 따뜻한 봄기운을 일으킬 만하였으니, 두 사람의 재주는 한 시대에 최고라 하겠다.[43]

위 인용문은 각각 정래교가 쓴 〈김생천택가보서〉와 〈청구영언 서〉이다. 두 글에서 정래교는 김천택을 소개하면서 '신성(新聲), 신 곡(新曲), 신번(新飜)을 짓거나 지을 줄 알았다'고 말하였다. 이 신 성, 신곡, 신번은 무엇을 말하는가. 당시 새롭게 등장한 금조를 가 리키는 것이다. 곧 김천택의 장점은 금조에 맞추어 노래를 짓고 부 를 수 있었다는 것이다. 또 그런 김천택의 노래를 크게 칭찬하고 나 아가 그와 절친한 관계를 유지하였다는 것은 정래교가 금조를 궁

---

42 鄭來僑, 「金生天澤歌譜序」, 『浣巖集』, 한국문집총간 197, 546면. 金君伯涵以善唱名 國中, 能自爲新聲, 瀏亮可聽. 又製新曲數十闋, 以傳於世, 余觀其詞, 皆淸麗有理致, 音 調節腔皆中律, 可與松江新飜後先方駕矣.
43 鄭來僑, 「靑丘永言序」. 南坡金君伯涵, 以善歌鳴一國, 精於聲律, 而兼攻文藝. 旣自製 新飜, 畀里巷人習之. …(中略)… 伯涵旣善歌, 能自爲新聲, 又與善琴者全樂師, 托爲峨 洋之契, 全師操琴, 伯涵和而歌, 其聲瀏瀏然有可以動鬼神而發陽和, 二君之技, 可謂妙 絶一世矣.

정하고 지지했음을 간접적으로 알 수 있게 한다.

기실 김천택에 의해 편찬된『청구영언』은 이삭대엽과 삼삭대엽이 중심을 차지하고 있다.[44] 후반부에 모아놓은 여항인 김성기·주의식 작품들의 발문에서도 김천택은 그들의 작품이 신성·신번임을 밝히고 있다. 눈에 띄는 점은 일반적으로 18세기 당시 고조를 고수했다고 평가되는 김유기(金裕器)의 사례이다.

> ① 김군 대재(金君大哉)는 노래를 잘해서 세상에 명성이 자자하였다. 예전 병신(丙申) 연간[1716]에 내가 그의 집에 간 적이 있는데, 그의 상자를 열고 책 한 권을 얻어 펼쳐 살펴보니 그가 스스로 지은 신번(新翻)이었다. 이에 그가 나에게 잘못된 곳을 바로잡아줄 것을 부탁하였다. …(중략)… 내가 이에 그가 남긴 곡들을 모아서 세상에 널리 알려 전하여 사라지지 않게 하노라.[45]

> ② 이에 주머니 속에 담아두었던『영언선(永言選)』과 공이 지은 신번(新翻) 십여 수를 꺼내어 보여주며 말씀하시기를, "이는 백설가(白雪歌)의 노맥(路脈)이다."라고 하시고는 평조(平調) 등의 여러 곡조를 날마다 가르쳐 전수하였다. 우리들은 전심으로 배우고 익혀 여러 해를 지나자 비로소 선생의 노래를 조금 흉내 낼 수 있게 되었다. 공이 말하였다. "곡조가 이루어졌다. 아직 끝마치지 못한 것은 오직 심방곡(尋芳曲)·중중대엽(中中大葉) 두 곡조뿐이니, 이는 맹자가 말한 종조리(終條理)다. 이것만 끝마치면 수업을 마칠 수 있을 것이다."[46]

---

44 신경숙·이상원·권순회·김용찬·박규홍·이형대,『고시조 문헌 해제』, 고려대학교 민족문화연구원, 2012, 4면.

45 金天澤,「金裕器」,『靑丘永言 珍本』. 金君大哉以善歌鳴於世. 曾於丙申間, 余嘗造其門, 叩其篋, 得一編, 開卷而閱之, 乃自家所爲新翻也. 仍要余訂正. …(中略)… 余於是掇拾其遺曲, 以布于世, 傳之不朽也.

①은『청구영언』소재 김유기의 작품 말미에 김천택이 써 붙인 발문으로, 두 사람의 만남과 그 일화를 배경으로 하고 있다. 주목을 요하는 부분은 김유기가 스스로 신번을 짓고 이를 김천택에게 교정해 달라 요구하고 있다는 점이다. 추정컨대 고조에는 익숙하지만 상대적으로 신조에는 익숙하지 않았기 때문에 이런 부탁을 한 것으로 추정된다. 결국『청구영언』에 수록되어 있는 김유기의 작품은 모두 금조에 해당하는 신번인 것이다. 주지하듯이 김유기는 말년에 서울을 떠나 경상도 지역으로 내려가 지방의 가객들과 함께 어울렸는데, 이때 김유기에게 노래를 배운 자가 바로 달성의 한유신(韓維信)이었다. ②는 김유기와 한유신의 노래 전수 과정을 보여주는 대목인데, 이 과정에서도 김유기가 제일 먼저 보여준 것은 그의 자작 신번이었고, 또 신조를 먼저 몇 해에 걸쳐 가르치고 가장 마지막으로 고조에 해당하는 심방곡과 중중대엽을 가르쳤다는 점이다. 즉 신조를 시조리로 고조를 종조리로 평가하는 것은, 신조를 시작으로 해서 궁극적으로는 고조까지 도달해야 함을 말하는 것이다. 결국 고조를 고수했던 김유기조차도 18세기 당시 신조가 대세인 상황을 거스를 수는 없었던 것이 아닌가 한다.

신조를 긍정하고 추수한 정래교의 모습은 다른 부분에서도 찾을 수 있다. 그것은 당시 신조를 대표했던 악사 김성기와의 만남이다. 정래교는 〈김성기전〉에서 '어릴 적부터 그의 이름을 익히 들었으며, 친구의 집에서 직접 김성기를 만나 그가 연주하는 영산곡(靈山曲)을 들었다'고 하였다. 그리고 이에 대해 '손끝의 묘기가 사람을

---

46 韓維信,「永言選序」,『海東歌謠 朴氏本』. 仍出篋中所藏永言□〔選〕, 及公之所自製新翻十餘闋, 以示曰: "此自雪歌路脈也." 遂而平調等諸曲, 日課而授之, 不佞等專心學習, 閱累年而始能效嚬. 公曰: "調成矣, 所未竟者, 獨有尋芳曲·中中大葉両调, 此聖門所谓終條理也. 了此, 可卒業矣."

이처럼 감동시킬 수 없었다'며 찬탄을 마지않았다. 또 정래교가 만나 수일 밤을 함께 지냈던 여항의 악사 백성휘의 경우도 잡가조(雜歌調)에 능한 사람이었다.

정래교 개인의 음악적 활동을 보아도 사정은 다르지 않다. 앞서 이천보, 김종후, 홍낙인 등이 남긴 글에서 '정래교는 술이 거나해지면 강개한 비가(悲歌)를 즐겨 불렀다'라고 했는데, 이 '강개한 비가'란 작품의 내용상 슬픈 노래라기보다는 처량하고 슬픈 느낌을 주는 '애이촉(哀而促)'을 특징으로 하는 신조의 가락이라고 보는 것이 옳을 듯하다. 실제로 그가 남긴 시조 3수가 모두 '이삭대엽'에 속해 있기도 하다.

5. 결론

이상의 논의를 정리하면 다음과 같다. 시조사의 흐름 속에서 18세기는 전문 가창자의 출현과 그들에 의해 주도된 가집(歌集) 편찬으로 집약할 수 있는 특징적 면모를 보인 시기로서, 여항인들의 적극적인 참여로 인해 시조예술의 창작과 연행에 있어서 중심적인 역할을 하는 담당층의 변화가 일어났던 시기이기도 하다.

당시 정래교는 홍세태와 신정하에게 시를 배우고 교유하면서, 17세기 말부터 18세기 전반기에 걸쳐 백악산 일대를 창작의 근거지로 삼아 활동한 이른바 '백악시단(白岳詩壇)'의 일원으로 활동하게 된다. 이 백악시단은 창작상의 '진(眞)'의 문제를 전면적으로 표방하면서 격식과 규범으로부터의 탈피, 개성의 추구와 변화의 시도, 진실한 표현과 사실적 묘사 등으로 요약될 수 있는 18세기 한시의 새로운 경향을 선도하였다. 정래교는 백악시단의 일원으로 시 창작 이론에 충실히 공감하고, 홍세태와 더불어 천기론(天機論)을 본격화하면서 여항문학의 이론적 명분을 확보해 나갔다. 이러한 결실은 홍세태의 『해동유주』(1712년)의 편찬으로 이어지게 되었다. 특히 홍세태의 〈해동유주서문〉에 보이는 여항문학의 가치를 긍정하는 논리 체계는, 이정섭·정래교로 이어지면서 시조를 중심으로 하는 중인층 여항 예술인 활동의 이론적 근거를 마련해주고자 하였으며 그 결과가 『청구영언』의 서발문으로 구체화되었던 것이다.

정래교는 음악에 대한 관심을 바탕으로 김천택(金天澤), 이태명(李台明), 김성기(金聖基) 등 18세기 시조사와 관련된 주요 가객 및 악사들과 교유하면서 다양한 모임과 예술 활동의 장을 마련하고 궁극적으로는 시조 작품의 창작에까지 이르게 되었다. 정래교 시조의 바탕에는 18세기 여항인들의 향락적·소비적 생활 기풍이 깔려 있으며, 운치 가득한 달밤에 거문고와 퉁소 같은 가악을 동반한 음주, 그리고 여기에서 오는 고고한 흥취를 드러낸 점이 특징이라 할 수 있다.

한편 18세기에는 악조상의 변화도 나타났는데, 그것은 신조(新調) 등장과 함께 촉급화 되어 가는 것을 특징으로 하고 있었다. 고조-신조 악곡의 변화 구도 속에서 정래교는 신조를 긍정하고 지지하였으며, 이러한 연장선에서 신조를 기반으로 음악활동을 이어간 김천택·김성기에 대한 긍정적인 평가를 내리고 있는 것이다.

결국 정래교는 18세기 시조사의 흐름 속에서 시조예술을 중심으로 하는 중인층 여항 예술인들이 활동할 수 있는 이론적 명분을 마련해주고, 직접 그들과 어울리며 여러 문예활동을 통해 시조예술의 장을 넓혔으며, 음악상의 변화 국면에서도 그 신조의 흐름에 잘 편승하였던 것이다.

참고문헌

金鍾厚, 『本庵集』, 한국문집총간 237.

金時模, 『蒼麓遺稿』, 서울대학교 규장각한국학연구원 소장본.

申靖夏, 『恕菴集』, 한국문집총간 197.

魏伯珪, 『存齋集』, 한국문집총간 243.

李廷燮, 『樗村集』, 국립중앙도서관 소장본.

鄭來僑, 『浣巖集』, 한국문집총간 197.

洪樂仁, 『安窩遺稿』, 한국문집총간 속집 99.

洪世泰, 『柳下集』, 한국문집총간 167.

김흥규·이형대·이상원·김용찬·권순회·신경숙·박규홍, 『고시조대전』, 고려대학교 민족문화연구원, 2012.

신경숙·이상원·권순회·김용찬·박규홍·이형대, 『고시조 문헌 해제』, 고려대학교 민족문화연구원, 2012.

강명관, 『조선후기 여항문학 연구』, 창작과비평사, 1997.

권순회, 「가곡 연창방식에서 중대엽 한바탕의 가능성」, 『민족문화연구』44, 고려대학교 민족문화연구원, 2006.

김대행, 「시가관」, 『시조유형론』, 이화여자대학교출판부, 1986.

김영진, 「조선후기 시가 관련 신자료(1)」, 『한국시가연구』20, 한국시가학회, 2006.

김용찬, 「18세기 歌集編纂과 時調文學의 展開樣相」, 고려대학교 박사학위논문, 1996.

김형술, 「白嶽詩壇의 眞詩 硏究」, 서울대학교 박사학위논문, 2014.

남정희, 「18세기 경화사족의 시조 향유와 창작 양상에 관한 연구」, 이화여대 박사학위논문, 2002.

남정희, 「18세시 시조 문맥에서 경화사족의 위치」, 『국문학연구』 21, 국문학회, 2010.

박희병, 「조선후기 예술가의 문학적 초상－藝人傳의 연구」, 『대동문화연구』 24, 성균관대학교 대동문화연구원, 1990.

성기옥, 「18세기 음악의 촉급화 현상과 지식인의 대응」, 『조선후기 지식인의 일상과 문화』, 이화여자대학교 출판부, 2007.

신경숙, 「18·19 세기 가집, 그 중앙의 산물」, 『한국시가연구』 11, 한국시가학회, 2002.

신경숙, 「가곡 연창방식에서의 '중대엽·만대엽과 대가'」, 『민족문화연구』 49, 고려대학교 민족문화연구원, 2008.

신경숙, 「권섭 『歌譜』의 악보사적 의의」, 『우리어문연구』 30, 우리어문학회, 2007.

안대회, 『18세기 한국한시사 연구』, 소명출판, 1999.

윤재민, 「朝鮮後期 中人層 漢文學의 硏究」, 고려대학교 박사학위논문, 1990.

윤재민, 『朝鮮後期 中人層 漢文學의 硏究』, 고려대학교 민족문화연구원, 1999.

이경수, 「위항예술인의 형상화와 정래교의 전」, 『한국 판소리·고전문학연구』, 아세아문화사, 1983.

이규상, 민족문학사연구소 한문분과 역, 『18세기 조선 인물지－幷世才彦錄』, 창작과 비평사, 1997.

이규호, 「고시조 비평과 詩歌一道 사상」, 『한국고전시학사』, 새문사, 1985.

임형택, 「18세기 예술사의 시각」, 『실사구시의 한국학』, 창작과비평사, 2000.

정병호, 「17, 18세기 閭巷人의 문학적 肖像과 鄭來僑의 傳」, 『동방한문학』 14, 동방한문학회, 1998.

조지형, 「18世紀 時調에 대한 正典化 企劃과 그 論理」, 『韓國學報』 26, 中華民國韓國研究學會, 2011.

제2장

18世紀 時調에 대한 正典化 企劃과 그 論理

1. 서론

이 글은 18~19세기에 시조(時調) 가창자(歌唱者)들이 시조의 위상과 품격을 끌어올리기 위해 노력한 여러 가지 방법과 그 논리 체계에 대해 살피는 것을 목적으로 한다.

주지하듯이 시조사의 흐름 속에서, 18세기는 전문 가창자의 출현과 그에 따른 가집(歌集)의 편찬으로 집약할 수 있는 특징적 면모를 보인 시기이다.[1] 이전 시기까지 주로 사대부들에 의해 주도되었던 시조는 18세기 초반부터 여항 가창자들의 적극적인 참여로 인해 그 영역을 확장하고 담당층의 확대를 가져오게 되었다. 이에 따라 시조의 창작과 연행에 있어서 중심적인 역할을 하는 담당층의 변화가 있게 되었다. 특히 이를 주도한 것은 김천택(金天澤, 생몰년미상)을 중심으로 한 여항육인(閭巷六人)과 김수장(金壽長, 1690~?) 등 이른

---

1 18세기 시조사에 대해서는 김용찬, 「18세기 歌集編纂과 時調文學의 展開樣相」, 고려대학교 박사학위논문, 1996 참조.

바 중인 계층의 예술인들이었다.

그렇지만 당시 시문학에서 중심적인 위치를 차지하고 있었던 갈래는 역시 사대부들이 주도했던 한시(漢詩)였다. 물론 16~17세기 국문시가 ― 시조(時調)·가사(歌辭)의 경우 ― 는 사대부 시가가 중심을 이루고 있기는 하지만, 사대부들에게 시조가 '시여(詩餘)'로 지칭되었던 만큼, 시조는 한시에 비해 상대적으로 주변적·보조적인 성격이 짙었다고 할 수 있다. 그러던 것이 18세기부터 전문 가창자 집단이 시조의 창작·연행에 있어서 중심적인 역할을 하는 담당층으로 부상하게 되었던 것이다.

당시 이들 전문 가창자 집단 사이에서는 유력한 패트런(patron)을 통해 자신들의 활동에 필요한 경제적 후원을 받는 한편, 대외적으로도 자신들만의 예술 활동의 명분을 확보하려는 여러 움직임이 있었다. 이러한 움직임들은 말하자면, 사회적 공인화를 통해 자신들의 예술 활동이 충분히 가치 있는 행위임을 역설하고, 나아가 자신들의 예술 활동의 품격을 끌어올리려는 시도라 판단된다. 특히 이들 활동의 주된 제재가 바로 시조였던 바, 이는 자연스레 시조의 지위를 높이려는 기획의 일단이었던 것으로 생각할 수 있다. 만약 그렇지 않았다면, 이들은 패트런들의 경제적·사회적 후원에 안주하며 자신들의 가창법만을 가다듬고 익히면서 이른바 '선가자(善歌者)'로서의 명성에만 만족하면서 살아갔을 것이다. 그러나 이들은 결코 이러한 삶에 안주하지 않았다. 이들은 자신들의 예술 활동의 명분을 확보하는 한편, 시조의 위상을 격상시키고자 다양한 노력들을 기울였다. 이 글의 관심은 바로 이러한 노력의 면모들을 파악하는 것이다.

한편, 이들의 이러한 시도에도 불구하고, 이들의 예술 활동이 근본적으로 안고 있던 문제점들이 있었다. 그것은 바로 이들이 예술 활동을 하면서 꼬리표처럼 따라다녔던 중인이라는 신분상의 한계에서 파생되는 여러 제약, 시조가 국문으로 창작되었다는 표기문자상의 문제, 나아가 작품 가운데는 기녀(妓女)나 여항(閭巷)·시정(市井) 사람들의 음왜(淫哇)하고 잡박(雜駁)한 노래가 섞여 있다는 부정적 인식 등이 시조의 위상을 높이고자 했던 이들에게 걸림돌이 되었다. 따라서 이들에게는 신분적인 굴레에서 벗어나고 시조에 대한 왜곡된 부정적 인식의 측면을 불식시키며 국문 시가문학의 가치를 제고하는 것이 무엇보다 시급한 과제였을 것으로 생각되며, 이를 해결하기 위한 여러 방법들이 필요했을 것으로 생각된다. 이들은 이후 시조의 입지를 확보하고자 당대 널리 알려진 여러 문학 이론들을 끌어 오기도 하고, 시조가 지닌 새로운 가치들을 발견·고양하려는 등 실로 여러 활동들이 종합적으로 이루어졌다.[2]

이 글은 18~19세기에 과연 시조가 정전적 지위를 확보했는가 하는 결과적 판단을 내리고자 하는 것이 아니라, 문제의 초점은 18세기에 이들 전문 가창자들이 시조와 시조예술의 지위를 끌어올리고자 구상한 다양한 논리 체계의 면모를 파악하고자 하는 것이다. 이러한 단서들은 결국 이들에 의해 제작·편찬된 가집에 반영되어 있는 것으로 생각되는 바, 이 글에서는 18세기 대표 가집인『청구영언(靑丘永言)』·『해동가요(海東歌謠)』의 서(序)·발(跋)과 편집 체계 등을 중심으로 위에 언급한 문제에 대해 탐색하고자 한다. 이와 더불어 18세기에 마련된 이러한 논리 체계가 19세기에는 또 어떠한 방향으로 확

---

2 조규익은 가집의 서·발이 당대 문학론을 추수하고 있는 일종의 수사적 장치였다는 견해를 피력한 바 있으며, 이동연은 김천택이 한시에 대한 열등감에 사로잡혀 사대부 시조를 모방한 시조시를 창작하고 서·발문을 통해 '詩歌一道'론을 주장했다는 주장을 펼쳤다. 이 글은 이러한 선행연구들의 입론지점에 대해 전혀 동의할 수 없다. 조규익,『조선조 시문집 序·跋의 연구』, 숭실대학교출판부, 1988, 130면; 이동연,『19세기 시조 예술론』, 월인, 2000, 43면 참조.

대·발전되는지, 또 이후 시조사에 끼친 영향은 무엇인지 하는 점도
아울러 살피고자 한다.

2. 時調 正典化의 논리 체계 마련과 歌集의 編纂

1) 시조의 특성과 기록·보존의 가치 인식

먼저 김천택의 「남파후발(南坡後跋)」과 김수장의 「해동가요서
(海東歌謠序)」를 보면서, 이들이 시조에 대해 지니고 있었던 인식의
측면을 살펴보자. 기실 이 둘은 일부 구절만을 제외하면 거의 흡사
하기 때문에 이 둘이 가집을 편찬하면서 가지고 있던 의식은 대동
소이(大同小異)하다고 할 수 있다.

> ① 문장(文章)과 시율(詩律)이 세상에 간행되어 전해진 것이 오래되어
> 천 년을 지나오면서도 없어지지 않은 것이 있다. 노래[永言] 같은 것은
> 한때 사람들의 입에서 불리고 읊조려지기도 하였으나 저절로 침체되
> 고 드러나지 않아 후대에는 사라짐을 면치 못하였으니 어찌 애석하지
> 않겠는가! …(중략)… (그러니) 당세의 호사자들이 입으로 외고 마음으
> 로 생각하며 손으로 책을 펴고 눈으로 살펴서 널리 전하기를 바란다.[3]

> ② 문장(文章)과 시율(詩律)이 세상에 간행되어 전해진 것이 오래되어
> 천 년을 지나오면서도 없어지지 않는 것이 있다. 노래[歌謠] 같은 것은

---

3 夫文章詩律, 刊行于世, 傳之永久, 歷千載, 而猶有所未泯者. 至若永言則, 一時諷詠於
口頭, 自然沈晦, 未免煙沒于後, 豈不慨惜哉! …(中略)… 使凡當世之好事者, 口誦心
惟, 手披目覽, 而圖廣傳焉.

회오리바람 속의 화초에 핀 꽃이나, 귀에 지나가는 조수(鳥獸)의 아름
다운 소리와 같아서 한때 사람들의 입에서 불리고 읊조려지다가 저절
로 침체되고 드러나지 않아 후대에는 사라짐을 면치 못하였으니 어찌
애석하지 않겠는가! …(중략)… (그러니) 당세의 호사자들이 입으로 외
고 마음으로 생각하며 손으로 책을 펴고 눈으로 살펴서 널리 전하기를
바란다.[4]

먼저, 이들은 시조에 대해 '노래'의 측면에서 접근하고 있다. '영
언(永言)'이나 '가요(歌謠)'는 모두 노래라는 의미를 지니고 있다.
이들은 한문(漢文)과 한시(漢詩)의 경우, 세상에 전해진 그 유래가
오래되었을 뿐만 아니라 기록성에 근거하여 천 년이라는 오랜 시
간을 지나오면서도 없어지지 않고 잘 보존되었음을 말한다. 이에
비해 노래인 시조는 구술성(口述性)[5]에 기반하고 있기 때문에 제대
로 보존되지 못하고 사라짐을 애석하게 여기고 있다. 다만 김수장
은 김천택에 비해 이런 점을 좀더 절근(切近)한 비유를 통해 드러내
고 있을 뿐이다.

이들은 시조가 이러한 구술성에 기반하고 있음을 분명히 인식하
고 있었기에, 기록하여 보존하지 않으면 필연적으로 사라지게 될 성
격의 것임을 잘 알고 있었다. 이들이 시조의 위상을 높이기 위해 해
야 할 가장 기초적인 과제는 무엇보다도 기존에 전승되어 오던 작품
들을 제대로 발굴하고 기록·보존하는 하는 것이었다. 이들 전문 가

---

4 夫文章詩律, 刊行于世, 傳之永久, 歷千載, 而猶有所未泯者, 至若歌謠則, 如花草榮華
　 之飄風, 鳥獸好音之過耳也. 一時諷詠於口, 而自然沈晦, 未免湮沒于後, 豈不惜哉! …
　 (中略)… 使凡當世之好事者, 口誦心惟, 手披目覽, 以圖廣傳焉.
5 '구술성(口述性, orality)'에 대해서는 월터 J.옹, 이기우·임명진 역, 『구술문화와
　 문자문화』, 문예출판사, 2000, 53~127면의 제3장 〈구술성의 정신역학〉 부분을
　 참조할 것.

창자들이 시조 작품들을 기록·보존하고자 한 노력의 이면에는 이들 스스로 시조 작품들이 충분히 기록하여 보존할 만한 가치가 있는 것임을 전제하고 있는 것이다. 나아가 이들은 기록·보존뿐만 아니라, 사람들이 입으로 외고 마음으로 생각하며 손으로 책을 펴고 눈으로 읽음으로써 당대와 후세에 널리 전하게 되기를 바라고 있다. 마찬가지로 이러한 이들의 바람 속에는 시조가 널리 전파할 만한 가치를 지닌 것임을 전제하고 있는 것이다. 다만, 이들은 왜 시조가 기록하고 보존하여 널리 전할 만한 가치를 지닌 것인가에 대해서는 논리적으로 충분한 해명을 하고 있지 못할 뿐이다. 이들 전문 가창자들은 대체로 가창 및 연행에만 능하였기 때문에 이러한 문제에 대한 명쾌한 해답은 식견이 있는 다른 사람들의 손을 빌어야 가능했을 것으로 짐작된다. 이 문제에 대해서는 후에 다시 논하기로 한다.

하지만, 이들은 시조의 본질이 노래라는 점, 한시와 견주었을 때 시조가 구술성에 기반을 두고 있다는 특성을 분명히 인식하였으며, 나아가 그 노랫말이 기록하고 보존하여 널리 전할 만한 가치가 있는 것이라는 의식을 지니고 있었다고 할 수 있다.

2) 보편적 갈래로서의 면모와 歌集의 편집 방향

시조가 기록·보존하여 널리 전할 만한 가치를 지니고 있다는 인식 하에서, 이들은 실제로 대상 작품들을 본격적으로 수집하였다. 그 결과 이들이 가집을 편찬하면서 시기적으로는 시조 발생기인 고려 말부터 18세기 당대까지, 계층적으로는 국왕(國王)과 명공(名公)·석사(碩士)들을 포함하여 여항인과 규방(閨房)의 여성들에 이르기까지 폭넓게 작품을 수집하였다.

1 (그래서 내가) 고려(高麗) 말부터 국조(國朝)에 이르기까지 이름난 명공(名公)·석사(碩士) 및 여항 사람들과 규방 여성들이 지은 것을 모두 수집하여 틀린 것은 바로잡고 잘 베껴 정리하여 책으로 만들고, 이름하기를 '청구영언(靑丘永言)'이라 하였다.[6]

2 (그래서 내가) 고려 말부터 국조에 이르기까지 열성어제(列聖御製), 명공(名公)·석사(碩士)·가자(歌者)·어자(漁者)·이서(吏胥), 여항의 호유(豪遊)·명기(名妓) 및 무명씨의 작품과 스스로 지은 장단가(長短歌) 149장을 모두 수집하여 틀린 것은 바로잡고 잘 베껴 정리하여 책으로 만들고, 이름하기를 '해동가요(海東歌謠)'라 하였다.[7]

3 우리나라의 고려 말부터 국조에 이르기까지 명공(名公)·석사(碩士)와 여항의 규수가 지은 노래[永言]로 세상에 전해지는 것들은 모두 기록하였다. 그러나 그 사이에는 비록 절작(絶作)은 아니지만 사람들에게 잘 알려진 것은 모두 기록하였다. 비록 그 사람은 취할 것이 못되나 그 노래가 볼만하다면, 또한 취하여 기록해 두었다.[8]

위의 인용문을 통해, 이들이 시조 작품의 수집 범위를 분명하게 알 수 있다. 그 범주는 위로는 국왕(國王)과 명공(名公)·석사(碩士)에서부터 아래로는 여항의 남녀에 이를 정도로 실로 다양한 계층의 작품들을 섭렵하고 있다. 이는 시조가 그만큼 보편적인 갈래였

---

6 自麗季至國朝以來, 名公·碩士, 及閭井閨秀之作, 一一蒐輯, 正訛繕寫, 釐爲一卷, 名之曰, '靑丘永言'.

7 自麗季至國朝以來, 列聖御製, 及名公·碩士·歌者·漁者·吏胥, 閭巷豪遊·名妓, 與無名氏之作, 及自製長短歌, 一百四十九章, 一一蒐輯, 正訛繕寫, 厘爲一卷, 名之曰, '海東歌謠'.

8 我東, 自麗季至國朝, 名公碩士, 及閭巷閨秀之作爲永言, 以傳於世者, 皆錄, 而其間, 雖不以絶作, 鳴若聞人則, 皆記之. 雖其人不足取也, 其永言可觀, 則亦取有記之云爾.

음을 드러내고자 하는 의도로 생각된다. 주지하듯이, 조선후기 시조와 함께 연행되고 유행하였던 예술 갈래들은 ― 예컨대, 탈춤·판소리·잡가 ― 그 수용과 향유에 있어서 비록 상층 사대부들이 중요한 역할을 했다 하더라도, 그 창작과 연행에 있어서는 모두 하층 예술인들 혹은 민중들이 전담한 갈래였다. 그에 비해 시조는 창작과 연행, 그리고 수용과 향유에 이르기까지 시조 발생기부터 상하층이 두루 발전시켜온 갈래라 할 수 있다. 다만 18세기 상황에서는 이러한 역할을 하는 중심축이 사대부에서 중인층 전문 가창자들로 전환되어 있던 상황이었다. 따라서 이들은 시조가 상층인들이 향유하는 갈래라는 점을 적극 부각시키면서, 자신들의 예술 활동을 근거를 확보하는 동시에 당시 다른 갈래들과 차별화하려는 의도를 지녔다고 할 수 있다.

　이들은 특히 가집의 편집 과정에서 국왕·명공·석사의 작품에 대해서는 각별하게 신경을 썼다.『청구영언』과『해동가요』는 모두 열성어제 ― 명공 ― 석사 순서로 작품을 배치하고 있다. 이는 국문으로 된 시조가 사대부들도 짓고 향유했을 만큼 그 격이 낮지 않다는 것을 드러내기 위한 전략적인 선택으로 보인다. 물론 시조사의 흐름 속에서 발생기부터 17세기까지 사대부들의 역할이 컸기 때문에 일차적인 수집 대상 작품이 사대부 작품이었을 것으로도 생각된다. 그러나 이들은 단순히 시조 모음집을 편찬하고자 했던 것이 아니라, 이들이 편찬한 것은 분명 가집이다. 가집의 경우 작품의 배치 과정에서 음악적인 고려가 중요함은 두말할 나위가 없다. 그렇지만 이들은 왕과 사대부들의 작품을 전면에 배치함으로써 시조의 주된 담당층의 한 축이 왕을 비롯한 명공·석사였음을 드러내고 있다. 그리고 혹 이러한 작자 문제에 대해 의심을 품거나 문제를 제기할 것을 우려하여,

사대부들의 작품을 인용하는 경우 최대한 작가 정보 및 작품의 산출 맥락을 상세하게 기록해 놓았다.[9] 그만큼 사대부들이 시조를 짓고 향유한 정황들을 분명히 드러내려는 의도가 내재되어 있다고 생각된다. 그리고 이러한 작품들을 최대한 끌어 모으고자 했다.[10]

이들은 상층 사대부 작품들만 수집한 것이 아니다. 상층 사대부 작품과 더불어 여항인들의 작품도 남녀를 구분하지 않고 폭넓게 수집하여 기록하였다. 위의 인용문 ③은 『청구영언』무명씨조(無名氏條) 앞에 있는 부가기록이다. 김천택은 스스로 두 가지 선별 원칙을 제시하고 있다. 첫째, 비록 절작(絕作)은 아니지만 사람들에게 잘 알려진 것은 모두 기록한다. 둘째, 그 작품을 지은 사람은 취할 바가 못 되나 그 노래가 볼만하다면 또한 기록한다. 첫째 원칙에서는 시조가 당대에 매우 폭넓게 향유되고 많은 사람들에게 두루 알려져 있던 갈래임을 알 수 있다. 둘째 원칙에서는 비록 작가는 알수 없으나 — 혹은 밝힐 수 없지만 — 자신들이 판단하기에 작품성

---

9 김용찬은 김천택이 『靑丘永言』을 편찬하면서 그 체제나 작가표기, 부가기록 등의 세밀한 부분에서도 상당한 고려를 하고 있음을 언급하였다. 그러나 그가 왜이렇게 작가표기나 부가기록에까지도 세심한 노력을 기울였는가에 대해서는 별다른 언급이 없다. 이에 대한 내용은 김용찬, 「18세기 歌集編纂과 時調文學의 展開樣相」, 고려대학교 박사학위논문, 1996, 35~39면 참조.

10 실제로 洪萬宗의 『旬五志』, 李睟光의 『芝峰類說』, 李裕元의 『林下筆記』 등을 근거로 말하면, 18세기 당대까지 시조 작품 가운데 宋純의 〈黃菊歌〉, 鄭澈의 〈將進酒辭〉, 太宗의 〈何如歌〉, 鄭夢周의 〈丹心歌〉 정도가 문인들의 입에 오르내리면서 호평을 받고 있음을 확인할 수 있다. 이들 작품은 당시 사대부들에게 시조이면서도 한시에 필적할 수 있는 正典的 지위를 인정받았다고 할 수 있다. 물론 李滉의 〈陶山十二曲〉, 李珥의 〈高山九曲歌〉 등은 각각 별도의 책자로 제작되어 문인들에게 큰 영향을 끼치고 있었으며, 鄭澈의 〈訓民歌〉의 경우도 가사와 함께 간행되어 유통되었다. 따라서 18세기 초반 시조 작품 가운데 정전적 지위를 지니고 있던 작품은 위에 언급한 약 70여 수 정도에 지나지 않았던 것이 아닐까 한다. 그런데 金天澤과 金壽長이 가집을 편찬하면서 모은 사대부 시조 작품은 240여 수에 이른다. 이들 작품의 경우 대체로 한 시대를 풍미했던 이름난 문인들의 작품이기에 시조이지만 특별한 거부감 없이 사대부들에게 받아들여질 수 있었을 것이라 생각된다.

이 뛰어난 작품들을 기록하려는 의도를 읽을 수 있다. 이는 하층의 작품들 가운데도 두루 알려진 인기 있는 작품들이 존재하며, 작품성도 뛰어난 작품들도 존재하고 있음을 말하는 것이다. 그만큼 당시 시조라는 갈래는 상하층이 두루 창작하고 향유한 보편적 갈래임을 다시 한번 드러내고자 하는 것이라 할 수 있다.

결국 이들은 시조가 창작과 향유에 있어서 상하층이 모두 참여한 보편적 갈래임을 적극 피력하고 있으며, 특히 하층민들의 작품 가운데도 두루 알려져 있고 작품성도 뛰어난 작품이 존재하고 있음을 밝히고 있다. 가집의 편집 체계에 있어서도 국왕·명공·석사에서 여항인·기생·무명씨의 작품의 순서로 배치함으로써 자연스레 상하층이 모두 창작한 정황을 분명히 인식할 수 있도록 하였음을 알 수 있다.

3) 작품에 대한 내적 가치와 음악적 요소의 高揚

가집에 수록되어 있는 상층 사대부 작품의 경우, 작품뿐만 아니라 본인과 주변 사람들이 쓴 서발문(序跋文)을 함께 수록하고 있다. 예컨대, 이현보(李賢輔)의 〈어부가(漁父歌)〉, 이황(李滉)의 〈도산십이곡(陶山十二曲)〉, 정철(鄭澈)의 작품, 박인로(朴仁老)의 작품, 신흠(申欽)의 작품, 정두경(鄭斗卿)의 작품, 낭원군(朗原君) 이간(李侃)의 작품에는 모두 발문이 실려 있다. 이들 발문을 통해 대체로 상기 작품들이 어떠한 맥락에서 산출되었으며, 이에 따라 작품들의 지향이나 작가의 의식 등을 파악할 수 있게 해준다. 기실 특정 작품이나 저서에 서·발을 붙이는 행위는 한문학(漢文學)의 전통에 비추어 본다면, 작가의 일생이나 행적을 소개하고 저작물의 창작 동기나

경위들을 설명하면서 작가와 작품에 대한 평가나 감상을 수반하는
행위이다. 따라서 가집을 편찬하면서 작품뿐만 아니라 서·발까지
함께 병기(倂記)한다는 것은 자연스레 작품의 가치를 높이며 작가
에 대한 긍정적 평가에 영향을 미치게 된다. 따라서 작품에 서·발
을 병기하였다는 점은 단순히 편집자의 세심함으로만 치부할 수
있는 일이 아니다.

특히 김천택의 경우, 당대 함께 활동한 '여항육인(閭巷六人)'의
작품에 대해서 본인이 직접 발문을 붙이고 있다. 이는 이들의 작품
을 수집하여 기록한 이유와 편집자들의 또 다른 의도를 파악하는
단서가 될 수 있을 듯하다.

⑴ 주의식(朱義植)

내[김천택]가 세 번 반복하여 두루 살펴보니, 그 말이 정대(正大)하고
그 뜻이 미완(微婉)하여 모두 성정(性情)에서 나온 것이며 실로 풍아(風
雅)의 유운(遺韻)이 있다.[11]

⑵ 김성기(金聖基)

세 번 반복하여 읊조려보니 그 질탕하게 산수(山水)의 흥취를 얻은
것이 저절로 사어(辭語)의 겉에 드러나 표연(飄然)히 물외(物外)에서 멀
리 떠나려는 뜻이 있었으니, 이는 어은(漁隱)[김성기]이 천지간을 소요
하는 한인(閑人)이었기 때문이다. (또 그는) 음률(音律)에 대해 오묘한
이치를 깨닫지 않음이 없었다.[12]

---

11 余三復遍閱, 其辭正大, 其旨微婉, 皆發乎情, 而實有風雅之遺韵.
12 三復諷詠, 其得於跌宕山水之趣者, 自見於辭語之表, 飄飄然有遐擧物外之意矣. 盖漁
隱逍遙天地間一閑人也. 凡於音律, 莫不妙悟.

③ 김유기(金裕器)

그 노랫말을 살펴보니 그 말이 정경(情境)을 다 표현해내고 모두 음률(音律)에도 합치되니 진실로 악보(樂譜) 가운데 절조(絕調)이다.[13]

④ 김천택(金天澤)

김이숙(金履叔)[김천택]은 노래를 잘해서 나라 안에 이름이 났다. 하리(下里)의 누추함을 씻어버리고 스스로 신성(新聲)을 지을 수 있었는데 그 소리가 맑아 들을 만했다. 또 신곡(新曲) 10여 수를 지었는데, …(중략)… 내[정래교]가 그 노랫말을 살펴보니 모두 아름답고 이치가 있으며 음조(音調)·절강(節腔)과 청탁(淸濁)·고하(高下)가 자연스레 음률에 맞았다.[14]

위의 인용문 가운데 ①은 주의식(朱義植)의 작품에 대해, ②는 김성기(金聖基)의 작품에 대해, ③은 김유기(金裕器)의 작품에 대해 각각 김천택이 쓴 발문이며, ④는 김천택의 작품에 대해 정래교(鄭來僑, 1681~1759)가 쓴 발문이다. 이들은 『해동가요』에도 모두 그대로 실려 있다. 앞서 김천택은 무명씨조 작품을 기록하면서, '그 작품을 지은 사람은 취할 바가 못 되나 그 노래가 볼만하다면 또한 기록해 둠'을 밝혔다. 만약 누가 작품을 썼느냐를 기준으로 삼았다면 사대부 작품을 제외한 여항인들이나 기녀들의 작품 등은 모두 편찬 과정에서 제외되었을 것이다. 그러나 김천택은 『청구영언』을 편찬하면서 '작품이 볼만하다면 모두 기록해둔다'고 하였다. 이를 거꾸로 말한다면, 『청구영언』에 실려 있는 사대부 작가 이외의 작

---

13 觀其詞, 設盡情境, 諧合音律, 信樂譜之絕調也.
14 金君履叔, 以善唱名國中. 一洗下里之陋, 而能自爲新聲, 瀏喨可聽. 又製新曲數十関, …(中略)… 余觀其詞, 皆艶麗, 有理致, 音調節腔, 淸濁高下, 自叶於律.

품들도 모두 볼만한 작품, 즉 작품성이 있는 작품이라는 것이다. 그렇다면 어떤 측면에서 여항인이나 기녀들의 작품이 볼만하다는 것인가?

주의식 작품[15]의 경우, 그 노랫말과 작품에 담긴 뜻이 바르고 완곡하며 작품들이 성정(性情)에 기인하여 산출된 작품이라고 하였다. 시(詩)가 성정(性情)의 발현이며 시를 창작함에 있어 성정지정(性情之情)을 근본으로 삼아야 한다는 생각은 주희(朱熹)의 〈시집전서(詩集傳序)〉[16]에서 언급된 이래로 문학론(文學論)에서 매우 중시된 이론이다. 김천택은 주의식의 작품이 성정에서 발현된 작품이기에 풍아(風雅)의 유운(遺韻)이 있다고 평가를 내리고 있다. 김성기 작품[17]의 경우, 산수의 흥취를 바탕으로 속세를 초월하려는 의도를 표현한 작품이라고 하였다. 김유기 작품[18]의 경우, 내면의 감정을 진솔하게 잘 표현해 내고 있음을 말하였다. 김천택이 노랫말에 대해 평가한 이러한 요소들은 기실 한시를 평가하는 기준과 동일한 것이었다. 즉 한시를 감상하고 평가하는 기준에 비추어 보더라도 이들의 시조 작품들이 전혀 손색이 없다는 평가를 내리고 있는 것이다.

아울러 이들 작품에서 공통적으로 언급되고 있는 또 하나의 특장점은 바로 이들의 작품의 경우 '음률(音律)'에 잘 합치된다는 점이다. 가령 노랫말의 시적 표현에 대한 평가에 대해서는 선뜻 동의하기 어렵다 하더라도, 가사가 음률에 잘 들어맞는다는 평가에 대해서는 이들이 음악을 업으로 삼으며 살아가는 전문 가창자들이기

---

15 『靑丘永言』(珍本) #222~#231.
16 人生而靜, 天之性也. 感於物而動, 性之欲也. 夫旣有欲矣, 則不能無思, 旣有思矣, 則不能無言, 旣有言矣, 則言之所不能盡而發於咨嗟, 嘆之餘者, 必有自然之音響節喉而不能已焉, 此詩之所以作也.
17 『靑丘永言』(珍本) #238~#245.
18 『靑丘永言』(珍本) #246~#255.

때문에 ─ 나아가 기녀들 작품의 경우에도 ─ 충분히 수긍을 할 수 있을 것이다.

중인 신분이었던 여항육인들에 대한 이러한 후한 평가는 이들의 작품과 예술 활동을 인정하게 하는 중요한 논거가 된다. 즉 이들 중인층의 작품들도 상층 사대부들이 지은 작품들에 비해 충분히 내적 가치를 지니고 있으며, 그들의 작품을 한시를 감상하고 평가하는 기준에 비춰 보더라도 손색이 없음을 말하고 있다. 특히 음악적인 측면에서는 더 뛰어난 점이 있음을 드러내고자 한 것으로 사료된다. 바로 이러한 점이 자신들이 지닌 특장점이라는 점을 천명하는 것이며, 이는 이후에 전문가창자들이 어떠한 방향으로 시조를 특화 시킬 것인가를 충분히 짐작하게 하는 것이다.

4) 한시와의 관계 정립과 '詩敎'에 대한 효용성 강조

앞서 김천택을 중심으로 한 가창자들이 시조의 지위를 끌어올리기 위한 고심의 흔적과 노력의 모습들을 살펴보았다. 그러나 이는 어디까지나 그들의 역량으로 할 수 있는 그들만의 자체적인 활동이었다. 그렇지만, 만약 그들의 바람대로 시조와 시조 예술의 품격이 향상되게 된다면, 나아가 시조가 정전적 반열에 오르게 된다면, 이미 정전적 지위에 올라 있는 유사 갈래와의 경쟁을 피할 수 없을 것이다. 따라서 정전화를 기획하는 후발 주자들의 경우 분명 이미 정전적 지위에 올라 있으며 정전화 과정에서 경쟁관계에 놓일 대상을 의식하지 않을 수 없었을 것이다.

여기에서는 이들 가창자들이 이미 정전적 지위를 누리고 있는 한시에 대해서 어떠한 입장을 취하였으며, 시조와 한시와의 관계 설

정을 어떠한 방향으로 정립하였는가의 문제를 살피고자 한다. 이를
위해 정래교가 쓴 「청구영언서(靑丘永言序)」를 살펴보기로 한다.

옛날의 노래는 반드시 시를 사용하였다. 노래를 글로 적은 것이 시이
고, 시를 관악기와 현악기에 올린 것이 노래이니, 노래와 시는 본래 하나
였다. 『시경(詩經)』이 변하여 고시(古詩)가 되고 고시가 변하여 근체시(近
體詩)가 되면서부터 노래와 시가 나뉘어 둘이 되었다. 한(漢)·위(魏) 이후
로 시 가운데 음률에 맞는 것을 악부(樂府)라 부른다. 그러나 반드시 백성
들과 나라에 쓰이지는 않았다. 진(陳)·수(隋) 이후로 또 가사(歌詞)와 별체
(別體)가 있어 세상에 전해졌으나 시와 노래만큼 성행하지는 못하였다.
이는 가사를 짓는 것이 문장이 있고 성률에도 정밀하지 않으면 할 수 없는
것이기 때문이다. 그러므로 시에 능한 자라 하더라도 반드시 노래가 있지
는 않고, 노래를 하는 자도 반드시 시가 있지는 않다. 우리나라에 이르러
대대로 사람들이 적은 것은 아니었지만 노랫말로 지어진 것이 전혀 없거
나 (있다 하더라도) 겨우 몇 편 있을 뿐이며, 그나마 있는 것도 오래도록
전해질 수 없으니, 이것이 어찌 나라에서 오로지 문학(文學)만을 숭상하
고 음악(音樂)에는 소홀히 해서가 아니겠는가![19]

정래교는 김천택의 부탁을 받고 『청구영언』의 서문을 작성해 주
었다. 그는 먼저 노래와 시의 관계에 대한 논지를 펼친다. 여기서
노래와 음악(音樂)는 시조를, 시와 문학(文學)은 한시를 대칭한다.

---

19 古之歌者, 必用詩. 歌而文之者爲詩, 詩而被之管絃者爲歌, 歌與詩, 固一道也. 自三百
篇變而爲古詩, 古詩變而爲近體, 歌與詩, 分而爲二. 漢·魏以下, 詩之中律者, 號爲樂
府, 然未必用之於鄕人邦國. 陳·隋以後, 又有歌詞別體, 而其傳於世, 不若詩歌之盛. 盖
歌詞之作, 非有文章而精聲律, 則不能. 故能詩者, 未必有歌, 爲歌者, 未必有詩. 至若國
朝, 代不乏人, 而歌詞之作, 絕無而僅有, 有亦不能久傳, 豈以國家專尙於文學, 而簡於音
樂, 故然耶!

본래 노래와 시는 같은 것으로, 노래가 시가 되기도 하고 시가 노래가 되기도 하는 그런 관계였다. 그러던 것이 후대로 내려오면서, 시는 시이고 노래는 노래로 나뉘어 각각의 길을 걷게 되었다는 것이다. 그래서 이제는 시와 노래를 모두 겸하여 잘할 수 있는 사람들이 드물게 된 상황에 이르렀다. 여기까지는 일반적인 상황을 지적하고 있다.

그러나 문제는 우리나라, 즉 당시 조선(朝鮮)의 상황이다. 조선의 경우, 문학만을 숭상하는 까닭에 노랫말이 거의 전해지지 않는 상황이며, 게다가 상대적으로 음악을 경시하는 풍조가 있음을 지적하고 있다. 이는 바꾸어 말하면, 조선에서 한시는 정전화의 길을 걷고 있는데 비해, 시조는 정당한 평가를 받고 있지 못함에 대한 언급이다. 이는 시조도 그에 걸맞는 정당한 평가를 받을 만함을 언급하려는 포석이라 할 수 있다.

이에 정래교는 시조의 지위를 한시에 버금가는 지위로 끌어올리기 위한 논리로 '노래와 시는 본래 하나였다'는 이른바 '시가일도(詩歌一道)'라는 견해[20]를 피력한다. 이러한 입장에 근거한다면, 한시와 마찬가지로 노래로서의 특성을 지닌 시조도 그 나름대로 숭상할 가치가 있음이 드러나게 된다. 이미 정전적 지위를 확보하고 있는 한시에 대해서, 정래교가 시조의 지위 향상을 위해 택한 방법은 서로 경쟁·대립하는 구도를 만드는 것이 아니라, '시인 한시와 노래인 시조가 본래 다르지 않다'는 서로 공존할 수 있는 이론적·논리적 근거를 확보하고자 하는 것이었다. 이는 중인층 여항인들의 주도하고 있는 시조와 시조 예술이 상층 사대부들의 한시와 큰 무리 없이

---

20 '詩歌一道'가 한시에 대한 시조의 위상 제고를 위한 주장임은 이미 선행 연구에서 언급된 바 있다. 이규호, 「고시조 비평과 詩歌一道 사상」, 『한국고전시학사』, 새문사, 1985; 김대행, 「시가관」, 『시조유형론』, 이화여자대학교출판부, 1986 참조.

서로 공존·상생할 수 있는 성격의 것임을 천명하고 있는 것이라 할
수 있다.

정래교는 더 나아가 시조가 지닐 수 있는 효용성의 측면을 드러
내기도 하였다.

> 내[정래교]가 취하여 보니, 그 노랫말이 진실로 모두 아름다워 완상할
> 만하였으며, 그 의미가 화평하고 즐거워하는 것도 있고 슬퍼하고 원망하
> 며 처량하고 고달파하는 것도 있었다. 은미하고 은근한 것들은 경계함을
> 담고 있고 격렬하고 흥기되어 있는 것들은 사람을 움직여 한 시대의 성함
> 과 쇠함을 경계하고 풍속의 아름다움과 추함을 징험할 수 있었으니, 시인
> 들과 더불어 안팎에서 나란히 행해져 서로 관계가 없을 수 없다.
>
> 아, 이 노랫말들은 단지 그 생각을 서술하고 그 울적함을 펼치는 데에
> 만 그칠 뿐 아니라, 사람들로 하여금 보고 느껴서 흥기하게 하려는 것이
> 또한 그 가운데에 담겨 있으니, 악부(樂府)에 올려서 백성들에게 사용하
> 면 또한 풍속 교화에 일조가 될 수 있을 것이다. 그 가사가 비록 반드시 시
> 인들 같은 정교함을 다한 것은 아니지만 세도(世道)에 유익함이 도리어
> 그보다 많은데도 세상의 군자들이 내버려두고 채집하지 않는 것은 어째
> 서인가?[21]

윗글에서 정래교는 『청구영언』 소재 시조 작품들을 통해 얻을
수 있는 여러 가지 효용성들을 언급하고 있다. 이를 집약해서 한마
디로 표현한다면 결국 '시교(詩敎)'라 할 수 있다. 시교란 시를 통하

---

21 余取以覽焉, 其詞固皆艶麗可玩, 而其旨有和平惟愉者, 有哀怨悽苦者, 微婉則含警, 激
昂則動人, 有足以懲一代之衰盛, 驗風俗之美惡, 可與詩家表裏並行, 而不相無矣. 嗚
呼! 凡爲是詞者, 非惟述其思, 宣其鬱而止爾, 所以使人觀感而興起者, 亦寓於其中, 則
登諸樂府, 用之鄉人, 亦足爲風化之一助矣. 其詞雖未必盡如詩家之巧, 其有益世道, 反
有多焉, 則世之君子, 置而不採, 何哉?

여 지식이나 덕을 함양시키는 일로 교육과 교화의 측면에서 매우
중시되었다. 『논어(論語)』에서 공자(孔子)가 말한 '시는 마음을 흥
기시키며, 정치의 득실을 살피게 하며, 편을 가르지 않고 함께 하게
하며, 성내지 않고 원망하게 할 수 있다'[22]는 이른바 흥관군원(興觀
群怨)의 기능과, 『모시(毛詩)』「대서(大序)」에서 '정치의 득실(得失)
을 바로잡고, 천지를 움직이며, 귀신을 감동시키는 것으로 시보다
더 절실한 것은 없다. 선왕들은 시로써 부부를 떳떳하게 하였으며,
효(孝)와 경(敬)을 이루었으며, 인륜을 두텁게 하였으며, 교화를 아
름답게 하였으며, 풍속을 개량하였다'[23]는 시가 지닌 가치와 효용
성에 기반하고 있는 것이 바로 시교이다.

16세기 이황(李滉)은 〈도산십이곡발(陶山十二曲跋)〉을 통해, '요
즘 유행하고 있는 〈한림별곡(翰林別曲)〉류나 이별(李鼈)의 〈육가(六
歌)〉 등은 긍호방탕(矜豪放蕩)하고 설만희압(褻慢戲狎)하기까지 하
여 군자(君子)들이 숭상할 것이 못 된다'[24]고 하면서, 자신이 〈도산
십이곡(陶山十二曲)〉을 창작하는 이유를 밝히고 있다. 이를 통해 시
조가 일정 부분 시교의 역할을 수행할 수 있는 가능성을 열었다고
생각한다. 또 이이(李珥)의 〈고산구곡가(高山九曲歌)〉가 '입도차제
(入道次第)'의 맥락에서 수용되는 경우, 마찬가지로 시교의 역할을
수행할 수 있으리라 생각된다. 이러한 요소들 때문에 이 작품들이
문인(門人)들에게 단순히 스승의 작품이라는 점을 넘어 보다 각별
한 의미를 지니면서 지속적으로 수용될 수 있었으리라 생각된다.

---

22 「陽貨」, 『論語』. 小子, 何莫學夫詩. 詩可以興, 可以觀, 可以群, 可以怨, 邇之事父, 遠之
    事君, 多識於鳥獸草木之名.
23 「大序」, 『毛詩』. 故正得失, 動天地, 感鬼神, 莫近於詩. 先王以詩, 經夫婦, 誠孝敬, 厚人
    倫, 美敎化, 移風俗.
24 李滉, 「陶山十二曲跋」, 『退溪集』, 한국문집총간 30, 468면. 吾東方歌曲, 大抵多淫哇
    不足言. 如翰林別曲之類, 出於文人之口, 而矜豪放蕩, 兼以褻慢戲狎, 尤非君子所宜尚.

그렇지만, 이는 어디까지나 일부 소수 작품에 국한되는 예에 불과하였다고 할 수 있다. 반면에 위 인용문과 같은 발언에 이르면, 적어도 논리적으로 시조가 풍속의 교화나 세도(世道)에 보탬이 된다는 그 효용성의 측면에서는 한시와 대등하다는 결론에 도달하게 된다. 이렇듯 시조가 시교의 역할을 수행하기에 충분하다는 논리적 주장은 분명 앞서 언급한 시와 노래가 본래 하나였기 때문에 시조도 한시와 같은 역할을 수행할 수 있다는 논리의 연장선에 놓여 있는 것이다.

즉 중인층 여항인들은 시조 예술의 논리적 기반을 확립하기 위해 '시가일도(詩歌一道)'의 논리를 확립하고, 여기에 기반하여 노래인 시조가 '시교(詩敎)'의 역할을 할 수 있다는 효용성을 강조하는 데까지 나아가게 되었다.

5) 시조에 대한 편견 불식을 위한 논거의 확립

예술 활동에 있어서 패트런의 역할은 단지 경제적인 후원을 할 뿐만이 아니라, 실질적인 활동의 명분을 세워주기도 한다. 김천택의 경우, 후발(後跋)을 써준 마악노초(磨嶽老樵) 이정섭(李廷燮, 1688~1744)[25]이 실질적인 후원자로서의 역할을 맡았던 것으로 보인다. 이정섭은 왕실의 종친으로, 『청구영언』에 작품이 실려 있는 낭원군(朗原君) 이간(李侃, 1640~1699)과 고모부인 노가재(老稼齋) 김창업(金昌業, 1658~1722) 등과 교유하였다. 왕실의 인사이기도 했거니와 당대 문예를 주도했던 안동 김문(安東金門)과의 친족 관계를 형

---

25 磨嶽老樵가 樗村 李廷燮임을 밝히고 김천택과의 교유관계를 논한 연구 성과로 김윤조, 「樗村 李廷燮의 생애와 문학」, 『한국한문학연구』14, 한국한문학회, 1991를 참조할 것.

성하고 있었기 때문에, 이정섭이 당시 여항 예술에 미칠 수 있는 영향력은 결코 무시할 수 없었을 것이라 짐작된다.

이러한 정황을 잘 알고 있었던 김천택은 『청구영언』의 편집을 마치고서 자신의 후원자였던 이정섭을 찾아가 발문을 써주기를 부탁하면서, 아울러 다음과 같은 질문을 한다.

> 김천택(金天澤)이 하루는 『청구영언(靑丘永言)』 한 권을 가지고 와서 나에게 보여주며 말하였다.
>
> "이 책은 대체로 우리나라 선배 이름난 재상 뛰어난 사람들의 작품이 많지만, 작품을 널리 수집한 까닭에 여항과 시정의 음란한 이야기와 속되고 비루한 가사도 종종 있습니다. 노래가 본래 작은 기예이나 이러한 결함이 있으니 군자들이 그것을 보기에 병폐가 없을까요? 선생님께서는 어떻게 생각하십니까?"[26]

김천택은 심혈을 기울여서 『청구영언』을 편집하였으나, 그럼에도 불구하고 예상되는 문제점이 있었다. 그것은 상층 사대부들의 관점에서 볼 때, 시조가 세속적이며 잡된 내용을 담고 있는 갈래라는 부정적 인식이었다. 실제로 『청구영언』 소재 '만횡청류(蔓橫淸類)'에 해당하는 작품들은 그러한 내용을 담고 있기도 하다. 시조의 지위를 끌어올리기 위한 마지막 단계로, 김천택은 가집의 편찬 이후에 혹시 발생할지 모르는 여러 논란을 잠재우면서도 그에게 실질적으로 예술 활동의 명분이 될 만한, 말하자면 지원사격이 필요했던 것이다. 이는 김천택이 지닌 신분상의 제약과 당대 시조가 갖고 있었던

---

26 金天澤, 一日, 持靑丘永言一編以來, 示余曰: "是編也, 固多國朝先輩名公鉅人之作, 而以其廣收也, 委巷市井淫哇之談, 俚褻之設詞, 亦往往而在. 歌固小藝也, 而又以累之, 君子覽之, 得無病諸? 夫子以爲奚如?"

부정적 인식에서 동시에 벗어나야만 하는 중요한 문제였다. 그리고 이를 위해서는 상층 사대부 가운데서도 당시에 두루 영향력 있는 인물이어야 했다. 김천택이 정확하게 언급하지는 않았지만, 이정섭은 김천택이 가지고 있었던 의도를 정확하게 알아차렸고, 그를 위해 시조에 대한 새로운 가치의 측면을 제시해주었다. 그것도 주희(朱熹)가 쓴 〈시집전서(詩集傳序)〉의 문체를 빌어서 말이다.

"문제될 것이 없다. 공자(孔子)께서 『시경(詩經)』을 산삭(刪削)하시면서 「정풍(鄭風)」과 「위풍(衛風)」을 버리지 않으신 것은 선과 악을 갖추고 권면하고 경계함을 보존하기 위해서였다. (그러니) 시가 왜 반드시 「주남(周南)」의 〈관저(關雎)〉이어야 하며, 노래가 왜 반드시 고요(皐陶)의 〈갱재가(賡載歌)〉이어야 하겠는가? 오직 성정(性情)에서 벗어나지 않으면 괜찮다. 시(詩)가 풍(風)·아(雅) 이후로는 날로 옛날과 배치되었으며, 한(漢)·위(魏) 이후로는 시를 배우는 자들이 한갓 전고(典故)를 잘 구사하는 것을 박식하다고 여기고 경물(景物)을 화려하게 꾸미는 것을 공교롭다고 여기고 있다. 심지어 성병(聲病)을 견주면서 자구(字句)만을 연마하는 방법까지 나오게 되어 성정(性情)은 자취를 감춰버렸다. 우리나라에 이르러 그 폐단은 더욱 심하였다. 오직 가요(歌謠)만이 풍인(風人)의 유지(遺旨)에 가까우니, 감정에 따라서 노래하고 속된 말로 표현하여 그것을 읊조리는 사이에 저절로 사람을 감동시킨다. 여항에서 부르는 노래는 그 노랫가락이 비록 바르고 세련되지는 않지만 기뻐하고 즐거워하고 원망하고 탄식하며 미쳐 날뛰고 거친 심리 상태나 태도가 각기 자연스러운 진기(眞機)에서 나왔으므로, 만일 옛날 민간의 풍속을 살피는 자들이 그것을 채집한다면 나는 시에서 하지 않고 노래에서 할 것임을 아니, 노래가 어찌 (그 효용이) 적다고 하겠는가?"[27]

이정섭은 『시경』을 근거로 김천택의 물음에 답을 한다. 『시경』 중 정(鄭)·위(衛)의 노래는 가사가 음분(淫奔)을 소재로 한 것이 많으나, 그럼에도 이러한 노래들이 이른바 '경(經)'에 실려 있는 이유는 주희의 말을 빌자면 '선을 권면하고 악을 징계하기' 위해서이다. 이정섭은 이러한 주장을 시조에도 그대로 적용시킨다. 이는 시조가 지니고 있는 문제점들을 덮으려는 발언으로 들리지만, 이러한 발언을 통해 이제 시조는 자연스레 한자문화권에서 시의 전범으로 불리는 『시경』의 「국풍(國風)」과 같은 지위로 그 품격이 격상된다. 따라서 표현 언어나 작자가 전혀 문제시 되지 않는다. 왜냐하면 국풍의 경우 중국의 각 지역 방언으로 불린 민간의 노래이기 때문이다. 이제 오로지 그 노래가 성정에서 나왔는가의 여부만이 작품을 평가하는 기준이 되는 것이다. 그리고 시조는 그러한 요건을 충분히 갖추고 있다는 것이다.

이정섭의 발언은 여기에서 끝나지 않는다. 앞서 정래교는 시와 노래가 하나라는 '시가일도(詩歌一道)'의 논리를 펼쳤다. 이는 시조도 한시만큼 가치 있는 갈래라는 수준의 발언이다. 그런데 이정섭은 당대 한시가 지니고 있는 문제점, 특히 까다로운 전고들을 남발하거나 형식미에만 몰두하여 자구나 운율만을 가다듬는 폐단을 지적하면서, 한편으로는 한시보다 시조가 더 가치가 있을 것이라 말한다. 시조는 성정(性情)에 근간을 두고 있으며 진기(眞機)가 발현된 갈래이기 때문에, 이제 풍속을 살피고 정사에 도움을 주는 '채시

---

27 余曰: "無傷也. 孔子刪詩, 不遺鄭·衛, 所以備善惡而存勸戒也. 詩何必周南關雎, 歌何必虞廷賡載? 惟不離乎性情則幾矣. 詩自風·雅以降, 日與古背馳. 而漢·魏以後, 學詩者, 徒馳騁事辭以爲博, 藻繢景物以爲工, 甚至於較聲病, 鍊字句之法出, 而情性隱矣. 下逮吾東, 其弊滋甚. 獨有歌謠一路, 差近風人之遺旨. 率情而發, 緣以俚語, 吟諷之間, 油然感人. 至於里巷謳歈之音, 腔調雖不雅馴, 凡其愉佚怨歎猖狂粗莽之情狀態色, 各出於自然之眞機, 使古觀民風者采之, 吾知不于詩而于歌, 歌其可少乎哉?"

(采詩) – 헌시(獻詩) – 진시(陳詩)’의 전통에서 충분한 역할을 수행할 수 있다는 논리인 것이다. 이 같은 발언은 신분적 지위와 당대 문단에서의 영향력 등이 담보되지 않고는 하기 어려운 대단히 위험한 발언일 수 있다.

이로써 김천택은 이정섭을 통해 확실한 예술 활동의 명분을 확보하는 동시에 시조에 대한 부정적 인식들을 불식시킬 수 있는 명확한 논거를 갖게 되었다. 결국, 가집을 편집하면서 의도했던 여러 요소들과 서·발문 통해 확보한 이론적 근거들, 그리고 이를 모두 잘 정리하여 포괄하고 있는 결과물인 ‘가집’은 중인층 여항예술인들에 의해 철저하게 기획된 시조의 정전화 프로젝트의 실질이었던 것으로 생각된다.

3. 時調 正典化 企劃의 影響과 19세기 시조사의 국면

앞서 언급한 18세기 전문 가창자들이 보여준 시조의 지위 향상을 위한 여러 활동들이 얼마나 영향력이 있었으며, 아울러 그러한 활동의 결과로 과연 시조가 정전적 지위를 얻게 되었느냐 하는 점에 대해서는 명확하게 답을 하기 어렵다. 그렇지만 반대로 전혀 아무런 영향도 없었으리라 생각하기도 어렵다. 미미하나마 나름대로 일정한 성과들이 있었을 것으로 생각된다. 무엇보다도 중요한 점은, 이러한 이들 18세기 다양한 노력의 결과로 전문 가창자들이 예술 활동을 하기 위한 토대가 확립되게 되면서 이후 시조사의 전개 속에서 몇 가지 분기점을 열게 되었다는 점이다. 이제 이와 관련된 19세기 시조사의 양상을 살펴보고자 한다.

먼저, 19세기에 시조의 효용성에 대한 논리가 다른 측면으로 확
장되고 있다는 점이다. 19세기 가집의 서·발문을 살펴보자.

　　①『가곡원류(歌曲源流)』

　　　노래는 비록 하나의 기예이나 이것은 태평성세 기상의 원류이다.[28]

　　②『동가선(東歌選)』

　　　분개한 자들은 노래로 그것을 쏟아내고, 우울한 자들은 노래로 그것
　　을 펴내며, 즐거운 자들은 노래로 흥을 일으키고, 한가한 자들은 노래
　　로 소일한다.[29]

　　③『화원악보(花源樂譜)』

　　　근심을 떨쳐버리고 웃고 즐기는 밑천으로 삼고 아울러 혹 양생(養
　　生)의 도에 보탬이 되기도 한다.[30]

　위의 인용문 ①은 박효관이 쓴『가곡원류(歌曲源流)』발문이며,
②는『동가선(東歌選)』의 서문, ③은『화원악보(花源樂譜)』의 서문
이다. 박효관은 노래가 비록 기예이기는 하지만 태평성세를 알 수
있는 짓대일 수 있다고 말한다. 이는 시조와 같은 노랫말이 많이 나
온다는 것 자체가 태평한 세상임을 증명해준다는 논리인 것이다.
『동가선』에서는 노래를 가지고 소일(消日)할 수 있다는 논리를 펼
친다.『화원악보』에서는 웃고 즐기는 밑천이 된다고 하였다. 아울

28　歌雖一藝, 乃聖世太平氣像之源流也.
29　憤惋者, 由是而洩之, 幽鬱者, 由是而暢之, 樂者, 由是而興起, 閒者, 由是而消遣, 以此
　　言之, 歌亦未必少無補於之爾.
30　聊爲遺悶解顔之資, 而且或有補於養生之道云爾.

러 이렇게 시조를 통해 웃고 즐기다 보면 자연스레 양생(養生)의 측면에도 도움이 될 것이라고 하고 있다. 결국 이는 시조가 갖는 오락성이나 유흥성 등의 측면을 드러내고 있는 것이다. 기실 과거부터 지속되었던 시조의 위상은 바로 이런 것이었다. 유흥과 오락의 측면이 강하였다. 그러나 18세기에는 '시교(詩敎)', '성정(性情)', '진기(眞機)' 등을 언급하고 있는데 비하여, 19세기에는 이런 특성과 함께 오락적 특성을 언급하고 있다는 점에 주목하여야 한다. 이는 18세기부터 시조가 중인층 여항인들에 의해 주도되면서 19세기에는 시조가 대중적 저변을 넓혀가고 있으며, 유흥적인 성향을 농후하게 띠어가는 점을 알 수 있게 해주는 것이라 할 수 있다.

둘째는 노래에 대한 사적 전개 맥락을 체계화하고 있다는 점이다. 이는 19세기를 대표하는 가집 『가곡원류』에서 분명하게 드러난다. 『가곡원류』의 앞부분에는 중국 송대(宋代) 오증(吳曾)이 쓴 『능개재만록(能改齋謾錄)』의 「가곡원류(歌曲源流)」와 「논곡지음(論曲之音)」을 통해, '주(周)-한(漢)-위진(魏晉)-당(唐)-송(宋)'에 이어지는 역대 노래에 대한 성쇠(盛衰)의 흐름을 제시하고 있다. 이는 노래의 유래와 역사가 오래되었음을 드러내고자 하는 것으로, 18세기 가집에 보이는 '주대(周代) 시경(詩經)-한대(漢代) 악부(樂府)-진수(陳隋) 사별체(詞別體)'의 단순한 구도를 더욱 상세하게 확장하고 있는 것이다. 그만큼 노래가 지닌 역사성이 비중 있게 제시되면서, 그러한 노래로서의 특성을 잘 간직한 시조와 자연스레 연결되게 된다. 이는 시조가 노래라는 음악적 특성을 분명하게 인식한 결과이다.

셋째는 위에 언급한 음악적 요소에 기반해서 시조에 대한 고급화 경향이 나타난다는 점이다.[31] 18세기 이래 시조 예술을 주도한 것은 전문 가창자들이었다. 이들은 시조가 노래이며 음악성에 기반하고 있음 분명하게 인식하고 있었다. 그리고 이들이 이전 시기 상층 사대부 시조 작품에 비해서 그들만이 가진 특장점이 바로 음악적 요소라는 점을 잘 알고 있었다. 따라서 이들은 시조가 지닌 음악적 요소들, 즉 악곡 및 창법 등을 지속적으로 전문화하고 있었다. 이에 따라 19세기에 접어들면 가집의 편집 체계에 변화를 가져온다. 18세기 『청구영언』이나 『해동가요』의 주된 편집 순서는 상층의 국왕·명공·석사, 하층의 여항인·기녀·무명씨로 이어지는 작가에 따른 분류방식을 취하고 있다. 물론 여기에도 음악적 요소에 대한 고려가 있다. 19세기 『가곡원류』에 이르면, 작가 문제는 고려 사항이 아니며, 가집 전체가 악곡을 기준으로 한 배열 방식으로 변화하고 있다. 악곡에 있어서도 농(弄), 락(樂), 소용이(搔聳伊) 등이 추가되고, 남창(男唱)과 여창(女唱)이 분화되는 등 악곡을 지속적으로 전문화하는 방향으로 변모하게 된다. 결국 이들의 시조 예술 활동이 지속적으로 고아(高雅)한 방향으로 나아감으로써, 전문화된 가곡창과 그렇지 못한 시조창으로 분화되는 결과를 가져오게 되었다.

결국 이러한 19세기 시조사의 양상들은 18세기에 중인층의 전문 가창자들에 의해 마련된 여러 논리 체계 및 그 영향의 결과로 나타난 양상들이라 할 수 있다.

---

31 19세기 시조문학이 『가곡원류』 계열 가집의 전문화된 양상과 『남훈태평가』 계열 가집의 대중화된 양상의 흐름으로 구분된다는 논리는 고미숙의 선행연구에 드러난다. 이에 대한 자세한 논의는 고미숙, 「19세기 시조의 전개양상과 그 작품 세계 연구」, 고려대학교 박사학위논문, 1993 참조.

4. 결론

지금까지 18~19세기에 시조 가창자들이 시조의 위상과 품격을 끌어올리기 위해 노력한 여러 가지 방법과 그 논리 체계에 대해 살펴보았다.

18세기부터 시조의 향유 계층이 확대되고 전문 가창자 집단이 형성되면서, 이들 전문 가창자 집단 사이에서는 패트런을 통해 자신들의 활동에 필요한 경제적 후원을 받는 한편, 대외적으로도 자신들만의 예술 활동의 명분을 확보하려는 움직임이 있었다. 아울러 시조에 여러 가지 가치와 의의를 부여하려는 노력을 기울였다. 이러한 움직임들은 말하자면 사회적 공인화를 통해 자신들의 예술 활동의 품격을 끌어올리려는 시도이자, 시조의 지위를 좀더 고아(高雅)하고 가치 있는 예술로 끌어 올리려는 기획의 일단이었던 것으로 생각할 수 있다.

이 글에서는 이런 문제를 살펴보기 위해 18세기를 대표하는 김천택(金天澤)의『청구영언(靑丘永言)』과 김수장(金壽長)의『해동가요(海東歌謠)』를 중심으로 논의를 전개하였다. 그 결과 이들 전문 가창자들이 가집을 편찬하면서 정전화를 위한 다양한 논리 체계를 확립하였음을 확인하고 다음과 같이 다섯 가지 사항으로 정리하여 논의를 펼쳤다. ①시조의 특성과 기록·보존의 가치 인식. ②보편적 갈래로서의 면모와 가집의 편집 방향. ③작품에 대한 내적 가치와 음악적 요소의 고양(高揚). ④한시와의 관계 정립과 '시교(詩教)'에 대한 효용성 강조. ⑤시조에 대한 편견 불식을 위한 논거의 확립.

이 같은 노력들에 의해, 실제로 시조가 정전적 지위를 확보했는가 하는 결과적 판단을 내리는 것이 중요한 것은 아니다. 그보다는 이들 전문 가창자들이 구상한 이른바 '시조 정전화를 위한 다양한 논리 체계'의 실체를 우선적으로 파악하고자 하는 것이 이 글의 목적이었다. 18세기에 마련된 논리 체계 기반해서, 이후 19세기에는 이러한 논리 체계를 확장·보완하려는 시도가 지속적으로 이루어진다. 무엇보다 시조가 지닌 중요한 특성이 '음악성'이라는 점이 분명히 인식되면서, 이후 음악적인 요소를 중심으로 시조를 지속적으로 고아한 것으로 특화시키려는 시도들을 견지하였으며, 그에 따라『가곡원류(歌曲源流)』와 같은 고급화·전문화된 가집이 출현하게 되었던 것으로 보인다.

참고문헌

『靑丘永言』(진본). 『海東歌謠』(주씨본). 『歌曲源流』(국악원본). 『東歌選』. 『花源樂譜』.
洪萬宗, 『旬五志』. 李睟光, 『芝峰類說』. 李裕元, 『林下筆記』.
『論語』. 『毛詩』. 『詩集傳』.

고미숙, 「19세기 시조의 전개양상과 그 작품세계 연구」, 고려대학교 박사학위논
　　　문, 1993.
김대행, 「시가관」, 『시조유형론』, 이화여자대학교출판부, 1986.
김용찬, 「18세기 歌集編纂과 時調文學의 展開樣相」, 고려대학교 박사학위논문,
　　　1996.
김윤조, 「저촌 이정섭의 생애와 문학」, 『한국한문학연구』14, 한국한문학회, 1991.
월터 J.옹, 이기우·임명진 역, 『구술문화와 문자문화』, 문예출판사, 2000.
이규호, 「고시조 비평과 詩歌一道 사상」, 『한국고전시학사』, 새문사, 1985.
이동연, 『19세기 시조 예술론』, 월인, 2000.
조규익, 『조선조 시문집 序·跋의 연구』, 숭실대학교출판부, 1988.
허경진, 「정내교·정민교 형제의 사회시에 대하여」, 『목원어문학』8, 목원대학교,
　　　1989.

제3장

조선시대 관북 지역의 시조 양상과 특징

1. 서론

이 글은 조선시대 관북 지역에서 산출된 시조들을 총괄하여 정리하고, 이를 통해 이 지역 시조의 창작 경향과 특징을 탐색하고자 한다. 지역문학 연구의 측면에서 볼 때, 종래 시가 문학의 연구가 영·호남 지역을 중심으로 한 한반도 남부 지역에 집중되어 왔음은 주지의 사실이다.[1] 영·호남의 경우에는 16~17세기에 걸쳐 작가층의 학문적 계보와 특성, 사승－혈연－교유관계, 작품의 형성·향유 공간, 지역적 차이와 하위 갈래와의 연관 관계 등이 집중적으로 조명되었다. 하지만 다른 지역의 경우에는 어떠한가? 이 글에서 논의하

---

1 조윤제에 의해 '영남가단'이 제기되고 이동영에 의해 영남지역에서 산출된 국문시가 전체에 대한 이해를 시도한 이래 수많은 연구 업적들이 뒤를 잇고 있다. 한편 정익섭은 호남지역에서 산출된 국문시가와 관련하여 '호남가단'이라는 용어를 설정하였다. 조동일은『한국문학통사』에서 '시조의 정착과 성장'이라는 절에서 '영남가단과 강호가도', '호남가단과 풍류정신'으로 영호남 시가의 특성을 대별하여 설명하고 있다. 이후 시가사에서 영남과 호남의 특성을 대별하는 시도는 학계의 큰 줄기를 형성해왔다.

고자 하는 관북 지역의 경우에는 그간 연구자들의 관심 대상에서 아예 벗어나 있었다고 해도 과언이 아니다. 과거 우리나라는 역사적으로 볼 때 한반도 지역을 중심으로 동일한 민족과 언어를 기반으로 삶을 영위해 왔던 바, 이제 문학사의 주변 지역에 대해 보다 관심을 기울이고 그 문학적 성취에 대해서도 주목을 할 필요가 있다.

이 글을 시작하면서, 우선 관북 지역의 시가 문학을 영·호남 등 다른 지역에 대등하게 견주어 논의하는 것이 가능한가, 또 지역 문학의 특성을 일반화할 수 있는가 하는 의문점과 마주하게 된다. 관북 지역에 대한 시가 연구라면 응당 지역성을 기반으로 한 담당층 문제로부터 출발해야 할 것이기 때문이다. 기실 조선시대 관북 지역에서도 제법 많은 시가 작품들 — 시조·가사 — 이 산출되고 향유되었지만, 정작 관북 지역 출신으로서 이 지역에서 생활 기반을 갖춘 인물들에 의한 작품은 매우 적다. 그 대신 출사·임직·유배 등 이 지역으로 이동하여 일정 기간 동안 머물렀던 외부 인사들에 의한 시가 작품이 다수를 차지하고 있다. 따라서 다른 지역과 달리 관북 지역의 시가 문학을 다룰 때에는 무엇보다도 이러한 특성에 대한 고려가 선행되어야 한다.

관북 지역의 시가 문학, 특히 시조와 관련한 선행 연구는 매우 영성한 편이지만, 그럼에도 불구하고 몇몇 연구 성과가 제출되어 있다. 대표적인 성과로 최재남[2]은 관북 지역 시가 향유의 양상을 논하면서 시조와 관련하여 김종서(金宗瑞)의 〈호기가(豪氣歌)〉와 박계숙(朴繼叔)의 『부북일기(赴北日記)』 소재 시조로 대표되는 무변 풍류, 이항복의 〈철령가(鐵嶺歌)〉의 파급과 후대 해석, 윤선도의 〈견

---

2 최재남, 「관서·관북 지역의 시가 향유 양상」, 『한국고전연구』 24, 한국고전연구학회, 2011, 31~72면.

회요(遺懷謠))에 드러난 유배 체험 등에 주목하였다. 특히 관북 지역 시가의 창작-향유-전승의 핵심 주체를 무변(武弁)으로 규정하고 여기에 가기(歌妓)들이 동참하고 있는 것으로 보았다. 최재남의 연구는 관서·관북 지역 시가 문학의 제 양상을 거시적 관점에서 살핀 최초의 성과라는 점에서 큰 의의를 갖는다. 하지만 지역적으로 관서·관북을 모두 포괄하고 있고, 갈래적으로는 악장·시조·가사·잡가 등을 모두 다루다 보니, 이 글의 측면에서 보자면 관북 지역과 시조 부문에 보다 집중하지 못한 것이 아쉬움으로 남는다. 아울러 남쪽 지역이라 하여 영·호남을 함께 논의할 수 없듯이, 마찬가지로 북쪽 지역이라 하여 관서·관북 지역의 시가 양상을 함께 논의하는 것은 다소간에 무리가 있다고 생각된다.

한편 관북 지역에서 산출된 개별 시조 작가와 작품에 주목한 성과들도 있다. 관북 지역 출신의 시가 작가로서 관곡(寬谷) 김기홍(金起泓)은 중요한 위상을 지니고 있는데, 이에 대해 장유승[3]은 한시와 국문시가의 교섭 양상을 살펴보았고, 조지형[4]은 그의 생애 주요 국면과 시조·가사·한시의 작품세계 전반을 탐색하였다. 18세기 초반 갑산(甲山)에 위리안치(圍籬安置)된 윤양래(尹陽來)의 시조,[5] 18세기 중반 갑산에 유배된 이광명의 시조,[6] 18세기 후반 이성(利城)에

3 장유승, 「寬谷 金起泓 文學 硏究-漢詩와 國文詩歌의 교섭 양상을 중심으로」, 『한문교육연구』 29, 한문교육학회, 2007, 377~407면; 장유승, 「朝鮮後期 西北地域 文人 硏究」, 서울대학교 박사학위논문, 2010.

4 조지형, 「寬谷 金起泓의 詩歌文學 硏究」, 고려대학교 박사학위논문, 2013; 조지형, 『함경도의 문화적 특성과 관곡 김기홍의 문학』, 보고사, 2015.

5 박을수, 「회와 윤양래 시조 고찰」, 『국어국문학』 125, 국어국문학회, 1999, 187~204면; 박길남, 「회와 윤양래의 삶과 문학」, 『한국고시가문화연구』 12, 한국고시가문화학회, 2003, 89~108면; 송재연, 「윤양래 시조에 나타난 유배 체험과 가족애」, 『한중인문학연구』 52, 한중인문학회, 2016, 99~124면.

6 정명세, 「이광명의 유배시조고」, 『어문학』 47, 한국어문학회, 1986, 227~250면.

유배된 김이익(金履翼)의 시조[7]도 각각 연구가 진행되었다.

이상의 선행 연구를 보면서 가장 먼저 드는 문제의식은 1차적으로 조선시대 전체를 관류하면서 관북 지역에서 산출된 시조의 제 양상을 총괄적으로 정리해낼 필요성이 요청된다는 점이다. 무엇보다도 지역적 범주를 명확히 한 상태에서 관북 지역 출신 인물이 남긴 시조는 물론이요 외부 인사가 이 지역으로 와서 산출한 시조를 망라해야, 향후 관북 지역 시조의 실상이 어느 정도인지, 또 작품을 어떤 시각으로 접근할 것인지, 나아가 다른 지역의 작품들과 어떻게 연결될 수 있는지 등등의 연구 기반이 확보될 수 있기 때문이다.

이에 이 글에서는 우선 2012년에 간행된『고시조대전』의 표제작 5,563개의 타입과 6,845개의 그룹을 대상으로 하여 조선시대 관북 지역에서 산출된 시조를 시기별로 구분하여 모두 찾아내고자 한다. 여기에는 지역 출신 인물과 외부 인사의 작품을 모두 포괄하되, 외부 인사의 경우에는 관북 지역에 체류하고 있는 기간의 작품으로 한정한다. 이후에 이렇게 검색된 작품들을 통시적 흐름에 따라 산출의 경향성을 검토하고, 끝으로 관북 지역 시조가 갖는 의미 등을 탐색하고자 한다.

2. 15~16세기 : 무인의 호기와 기녀의 연정

시조의 발생기인 여말선초를 시작으로 조선시대를 통틀어 관북 지역에서 산출된 시조 작품은 과연 얼마나 될까. 먼저 시기별로 관

---

7 이상보,「㵢窩 金履翼의 시가 연구」,『어문학논총』6, 국민대학교 어문학연구소, 1987, 5~44면; 정헌,「金履翼의 流配詩文 硏究」,『국어교육』90, 한국어교육학회, 1995, 129~151면.

련 작가와 작품 제목, 수량, 산출 배경 등등을 모두 찾아서 정리해 보고자 한다.

시조사의 흐름 속에서 관북 지역의 시조 중에 가장 먼저 확인되는 작품으로 세종대 김종서(金宗瑞, 1390~1453)가 관찰사 재임 시절 야인(野人)들의 침입을 격퇴하고 6진을 설치하여 두만강을 경계로 국경선을 확정하면서 지었다고 전하는 〈호기가(豪氣歌)〉 2수[8]를 꼽을 수 있다.

　①#2292

　　朔風은 나모 굿틱 불고 明月은 눈 속에 춘듸

　　萬里 邊城에 一長劍 집고 셔셔

　　긴 포람 큰 흔소릭에 거칠 거시 업세라

　②#4181

　　長白山에 旗를 곳고 豆滿江에 몰을 싯겨

　　서근 져 션븨야 우리 아니 〈나희냐

　　엇덧타 麟閣畵像을 누고 몬져 ᄒ리오

〈호기가〉 2수는 시어 중에 '삭풍(朔風)', '만리변성(萬里邊城)', '장백산(長白山)', '두만강(豆滿江)' 등 관북 지역과 관련된 시어들을 두루 활용하고 있다는 점이 특징적이다.

다음으로 세조대 남이(南怡, 1441~1468)의 "長劍을 싸혀 들고", "赤兎馬 술지게 먹여"로 시작하는 시조 2수[9]가 있다. 주지하듯이 남

8　金宗瑞의 〈豪氣歌〉 2수 : #2291, #4181. 이상의 작품 번호는 『고시조대전』에 수록된 type 번호이다. 이하 표기되는 번호도 모두 이와 같다.

9　南怡의 시조 2수 : #4169, #4284.

이는 1467년 이시애(李施愛)의 반란을 토벌하기도 하고 서북변의 건주여진(建州女眞)을 정벌하기도 하는 등 관북 지역과 밀접한 관련을 맺었던 인물이다. 남이의 시조는 앞선 김종서의 작품과 유사한 무인으로서의 호기를 드러내고 있으며, 그의 작품 속에서도 '백두산(白頭山)', '두만강(豆滿江)' 등의 시어가 등장하고 있다. 남이의 시조 2수는 특히 그의 대표적 한시 작품인 "白頭山石磨刀盡, 豆滿江水馬飲無."로 시작되는 이른바 〈북정가(北征歌)〉의 정서와도 잘 조응되는 작품이다. 한편 『고시조대전』에는 남이의 〈북정가〉를 시조화 한 작자미상의 작품 3개 유형이 있기도 하다.[10]

다음으로 관북 지역 기녀시조의 효시 소춘풍(笑春風)의 작품 3수[11]도 있다. 소춘풍은 조선 성종 때 함경도 영흥(永興)의 기녀로서 자세한 행적은 미상이나, 한때 성종의 총애를 받아 선상기(選上妓)가 되어 궁중의 연회에 참여하기도 하였다. 소춘풍의 작품은 총 6수가 전하는데, 기녀시조 작품군 중에서 가장 이른 시기의 작품에 해당한다. 이 가운데 3수는 부가기록을 통해 선상기로서 궁중 연회에서 지어 부른 것을 확인할 수 있다. 나머지 3수는 작품에 드러난 정서와 분위기로 보아 영흥에 있을 적에 불린 것으로 판단된다. 작품을 보이면 다음과 같다.

[1] #0655.2

梅花는 밤비예 피고 비즌 술은 식로왜라

10　#1876.1 [白頭山石은 磨刀盡ᄒ고 豆滿江水는 馬飲無라 / 男兒二十에 未平國이면 世에 誰稱大丈夫랴 / 아마도 글 짓고 諫疏에 들기는 나쁜인가 ᄒ노라], #1876.2 [白頭山石은 刀磨盡이오 斗滿江水난 馬飲無라 / 男兒二十未平國인딕 後世誰謂大丈夫랴 / 아희야 馬槪의 馬 닉여 셰우고 甲冑槍劍 닉여 노와 天與授時가 分明코나], #1876.3 [白頭山石磨刀盡하고 豆滿江水飲無라 / 男兒^二十의 未平國이면 后世誰稱大丈夫야 / 아마도 이 글 지은 니는 南怡인가].

11　笑春風의 시조 3수 : #0655.2, #4137, #4602.

거문고 가지고 임이 둘 함게 오마든니
아희야 茅簷에 둘 오른다 임 오는가 보와라

②#4137
子息 질우기을 빌온 後에 싀집가는 이 잇지 안니ᄒᆞ고
졔 질믜 지여 누은 쇼 이슬가
오날 밤에 임 만나시니 졔 일 홀 줄 모를손야

③#4602
千里가 千里 안니라 咫尺이 千里로다
千里 千里면 千里로 알녀마는
咫尺이 千里니 그를 시러 ᄒᆞ노라

위 작품들은 모두 임과의 관계 속에서 임을 맞을 준비를 하고, 임을 만나 사랑을 나누고 다시 임과 헤어져 기다리는 여인의 정념을 그 내용으로 하고 있는 바, 애정을 특징으로 하는 기녀시조의 주된 정서와도 일치한다. 또한 셋째 작품에 드러나는 심적·공간적 거리감은 지역적 분위기와도 잘 어우러진다.

관북 지역 기녀시조의 백미(白眉)는 홍랑(洪娘)의 "묏버들 갈히 것거"로 시작하는 작품[12]이다. 주지하듯이 홍랑은 홍원(洪原) 출신의 기녀로서, 최경창(崔慶昌, 1539~1583)이 북평사(北評事)로 경성(鏡城)에 부임했을 때 사랑을 나누었다. 이듬해 최경창이 임기를 마치고 돌아가자 영흥까지 따라가 배웅한 뒤 돌아오는 길에 함관령(咸關嶺)에 이르러 애틋한 감정을 이기지 못해 시조를 짓고 버들을

---

12 洪娘의 시조 1수 : #1672.

꺾어 최경창에게 보낸 것으로 알려져 있다. 홍랑의 작품은 황진이, 이매창 등의 작품과 더불어 기녀의 애정을 섬세하게 드러낸 걸작으로 평가할 수 있다.

3. 17세기 : 임직의 감회, 유배객의 감성, 토착적 삶의 형상

17세기로 접어들어서도 이전 시기의 무인과 기녀를 중심으로 한 시조 창작과 향유의 경향은 계속 이어진다. 가장 먼저 확인되는 것은 박계숙(朴繼叔, 1569~1646)과 그의 아들 박취문(朴就文, 1618~?)의 『부북일기(赴北日記)』 소재 시조 7수[13]이다. 박계숙은 임진왜란 이후인 1605년 우후(虞候)의 신분으로 회령(會寧)에 부임하는 여정 속에서 시조를 지었다. 부임 여정 중에 지어진 두 작품을 보자.

1 #5371

行路難 行路難 부라보니 조이 업다
二千里 거의 오니 또 압피 千里 나믹
忠心 已許國호니 먼 줄 몰나 가노라

2 #0375

關山 風雪裏예 가시는 벗님내야
어딕롤 가노라 匹馬룰 뵈야는다
塞外예 어득흔 胡塵을 다 쓰로려 가노라

---

13 朴繼叔·朴就文 父子의 『赴北日記』 소재 7수 : #5371, #0375, #2171, #1259, #0725, #2982, #1725.

첫째 작품은 안변역(安邊驛)에 도착하여 북쪽을 바라보며 지난 여정에 대한 감회와 무인으로서의 기개를 드러내었다. 둘째 작품 은 여정 중에 눈이 많이 내려 관산(關山)에서 말이 앞으로 나아가지 못하자 그 감회를 노래하였다. 위 작품들은 '행로난(行路難)', '이천 리(二千里)', '관산(關山)', '새외(塞外)' 등 관북 지역을 지칭하거나 또는 연상케 하는 시어를 사용하여 지역에 대한 인상과 이미지를 구축하고 있다. 이어 경성(鏡城)에 가서는 연회 자리에서 기녀 금춘 (今春)과 시조를 주고받으며 각각 시조 2수씩 모두 4수를 지었다. 마지막 일곱째 작품은 그의 아들 박취문이 1645년 함경도로 부방 (赴防)하면서 북청(北靑) 경계인 문고개(門古介)를 넘어 수중대(水 重臺)에 들러 풍경을 둘러보며 회포를 읊은 것이다.[14]

박계숙과 같은 시기에 김응하(金應河, 1580~1619)는 "十年 갈은 칼이 匣裏에 우노믹라"로 시작하는 작품[15]을 지었다. 그는 고려의 명장 김방경(金方慶)의 후손으로서, 1604년 무과에 급제하여 선전 관에 제수되고 삼수군수·북우후를 역임하였다. 그의 작품은 북우 후로 재임하던 시기에 지어진 것으로 무인으로서 호걸스러움과 전 란 이후 국가에 대한 충의를 드러내고 있다.

부임 및 임직과 관련한 또 다른 작품으로 만휴(萬休) 임유후(任有 後, 1601~1673)의 "기러기 다 ᄂ라드니 消息을 뉘 젼ᄒ리"로 시작 하는 작품[16]도 있다. 임유후는 가사 〈목동가(牧童歌)〉를 지은 것으 로도 널리 알려져 있다. 그는 1658년 종성부사(鍾城府使)가 되어 수

---

14 참고로 『고시조대전』에는 『부북일기』 소재 작품의 작가 표기가 모두 '박계숙' 으로 되어 있는데, 박계숙 1·2·3·5수, 금춘 4·6수, 박취문 7수로 작가 표기를 바로잡아야 한다.
15 金應河의 시조 1수 : #2963.
16 任有後의 시조 1수 : #0558.

항루(受降樓)를 세우고 학사(學舍)를 짓는 등 변경에서 많은 치적을 쌓았다. 그가 남긴 시조는 모두 2수인데, 그중에 1수가 바로 종성부사로 재임하던 시절에 창작된 작품이다. 그의 시조에서는 '만리변성(萬里邊城)', '수항루(受降樓)' 등의 관북 지역 관련 시어를 사용하여 객지 생활에서 오는 향수를 노래하고 있다.

이와 비슷한 사례로 백석정(白石亭) 신교(申灚, 1641~1703)의 〈북정음(北征吟)〉 3수[17]도 있다. 신교는 과거를 통하지 않고 학행으로 천거되어 관직에 나갔던 바, 1691년 준원전(濬源殿) 참봉(參奉)으로 부임하였다. 준원전은 조선 건국 연원을 기념한 전각으로 영흥(永興)에 있다. 그는 부임하면서 곧장 관북으로 가지 않고 의주(義州)를 거쳐 통군정(統軍亭)을 둘러보고, 이후에 함경도로 이동한 것으로 보인다. 〈북정음〉 3수는 이 과정에서 지어진 것으로 생각되는데, 첫째 수는 의주 통군정에 올라서, 둘째 수는 철령(鐵嶺) 정상에 올라서, 셋째 수는 함흥의 만세교(萬世橋)를 지나면서 쓴 작품이다. 따라서 〈북정음〉 3수 중 둘째, 셋째 수 2수가 관북 지역에서 산출된 것이다.

　① #4701

　　鐵嶺 노픈 재를 匹馬로 올라오니

　　白雪이 滿壑인듸 갈 길이 千里로다

　　ᄒᆞ물며 家鄕이 杳然ᄒᆞ니 自然 心亂ᄒᆞ여라

　② #4699

　　鐵嶺 너믄 후의 花信을 알ᄒᆞ야

17　申灚의 〈北征吟〉 3수 中 2수 : #4701, #4699.

　　전나귀 밧비 모라 萬世橋 도라오니
　　아마도 봄눈 깁흐니 핀 곳 몰나 ᄒ노라

　위 작품에서는 모두 '철령(鐵嶺)'이 중요한 시어로 활용되고 있다. 철령은 함경도로 접어드는 경계를 이루는 길목이면서, 화자에게 느껴지는 체감의 정도를 달리하는 공간이기도 하다. 계절은 분명 봄으로 접어들고 있건만 이곳 철령 꼭대기는 여전히 흰 눈으로 덮여 있고, 또 함경도 길이 멀다고는 들었건만 이곳에 이르렀는데도 여전히 갈 길이 천 리나 남았음을 새삼 깨닫게 된 것이다. 이처럼 험준함, 추위, 먼 길 등은 관북 지역을 체험한 이들이 공통적으로 느끼는 바였다.

　17세기 관북 지역의 시조 중에 특징적인 것은 새로운 시조 유형이 등장했다는 점이다. 그것은 바로 유배시조로 분류할 수 있는 작품들이다. 먼저 윤선도(尹善道, 1587~1671)의 〈견회요(遺懷謠)〉 5수[18]를 꼽을 수 있다. 윤선도는 30세 때인 1616년 당시 권신이던 이이첨(李爾瞻)을 규탄하는 「병진소(丙辰疏)」를 올렸다가 도리어 함경도 경원(慶源)으로 유배되었다. 그는 유배 기간 중 내면에 맺힌 근심을 떨쳐버리고자 〈견회요〉를 지었다. 이 작품에서 윤선도는 도성과 고향을 향한 거리감을 바탕으로 임금을 향한 충절과 어버이를 생각하는 효성을 유자(儒者)의 의연한 감성으로 표현하였다. 특히 넷째 수에서는 '추성(楸城) 진호루(鎭胡樓)'를 등장시키고 다섯째 수에서는 산도 높고 물길도 먼 관북 지역 특유의 분위기와 인상을 드러내고 있다.

　광해군 시절의 혼정은 또 다른 유배객을 만들어냈다. 이항복(李恒福, 1556~1618)의 경우에도 1617년 폐모(廢母) 논의에 반대하다

18　尹善道의 〈遺懷謠〉 5수 : #2876, #0973, #4945, 1667, 3157.

가 관작이 삭탈되고 이듬해 북청(北青)으로 유배를 가면서 이른바 〈철령가(鐵嶺歌)〉[19]를 남겼다. 〈철령가〉는 철령을 넘어 함경도 땅에 접어든 유배객의 심정을 '원루(冤淚)'라는 어휘에 응축하여 담아내고 있다.

이전 시기까지 산출된 시조 작품들은 대체로 외부 인사에 의한 작품들이 주류를 이루었는데, 17세기 중후반에 이르러 관북 지역 출신 인물에 의한 시조가 등장하게 되니, 바로 관곡(寬谷) 김기홍(金起泓, 1634~1701)의 〈관곡팔경(寬谷八景)〉 8수[20]가 그것이다. 이 작품은 작자가 거처하던 경흥(慶興) 일대에 팔경(八景)을 설정하고 이를 하나씩 노래하며 인생 후반기 삶에 대한 낙관적 전망과 즐거움을 드러낸 것이다. 김기홍의 문집에는 〈관곡팔경〉 8수 외에도 국문은 전하지 않고 한역시조만 전하는 〈격양보(擊壤譜)〉 10수, 시조는 전하지 않고 제목만 전하는 〈행로난(行路難)〉·〈마천령(磨天嶺)〉·〈과송림(過松林)〉 3수까지 있어서, 이들을 모두 합한다면 그의 시조 작품은 모두 21수에 이른다. 김기홍의 시조 작품들은 지역 출신 인물답게 거처 주변의 명소를 작품에 등장시킴은 물론이요, 산과 바다와 강이 어우러진 함경도 지역 특유의 분위기를 잘 드러내고 있다.

4. 18~19세기 : 신임 무관의 포부, 유배의 시름과 고통

관북 지역으로 부임하는 수령이나 무관들의 시조 창작은 18~19세기에도 지속되는데, 가장 먼저 확인 되는 작품은 민제장(閔濟長,

19 李恒福의 〈鐵嶺歌〉 1수 : #4700.
20 金起泓의 〈寬谷八景〉 8수 : #0368, #3079, #1451, #1914, #4266, #0797, #2773, #0793.

1671~1729)의 "北關 모든 벗님 昇平을 미들쇼냐"로 시작되는 작품[21]이다. 민제장은 1705년 무과에 급제하여 감찰을 거쳐 회령부사(會寧府使)가 되었다. 그의 시조는 '북관의 모든 벗님네들'을 부르면서 무장으로서 공을 세워 임금의 성은에 보답하겠다는 포부를 드러내고 있다.

이와 유사한 내용으로 정여직(鄭汝稷, 1713~1776)의 "壁嘯院 놉픈 집의 長劍 베고 누어시니"로 시작하는 작품[22]도 있다. 정여직은 1735년 무과에 급제한 뒤 부령부사(富寧府使)로 있을 때 선치수령(善治守令)으로 뽑혀 표리(表裏)를 하사받았으며, 이후 함경도 남병사·북병사 등을 모두 거치면서 관북 지역의 분위기를 누구보다 잘 알고 있었던 인물이다. 그의 작품은 변경을 지키는 무관으로서의 자긍심을 표출하고 있다.

『고금가곡(古今歌曲)』소재 송계연월옹(松桂煙月翁)의 작품 2수[23] 또한 위 작품들과 유사한 맥락에서 창작된 것으로 보인다. 송계연월옹이 어떤 인물인지에 대해서는 분명치 않고 단지 18세기 인물로서 『고금가곡』의 편찬자로만 알려져 있다. 『고금가곡』에는 그의 자작 시조 14수가 실려 있는데, 지역 고유명사를 시어로 활용하고 있어서 이 가운데 다섯째 수와 여섯째 수 2수는 함경도 지역에서, 여덟째 수 1수는 평안도 지역에서 지어진 것임을 알 수 있다. 따라서 송계연월옹은 무관 또는 수령으로서 북방 체험을 했던 인물임을 추정케 한다.

　①#1529

　摩天嶺 올나 안자 東海를 굽어보니

21　閔濟長의 시조 1수 : #2116.
22　鄭汝稷의 시조 1수 : #1984.
23　『古今歌曲』소재 松桂煙月翁의 작품 2수 : #1529, #0385.

물 밧긔 구름이오 구름 밧긔 하늘이라

아마도 平生 壯觀은 이거신가 ᄒ노라

② #0385

掛弓亭 히 다 져믄 날의 큰 칼 집고 니러셔니

胡山은 져거시오 豆滿江이 여긔로다

슬프다 英雄이 늘거가니 다시 졈기 어려워라

위 두 작품은 관북 지역으로 부임 또는 임직의 과정에서 지어진 것으로 보이지만, 이전 시기 작품들과 다소 다른 양상을 보인다. 첫째 작품은 마천령(摩天嶺)에 올라 앉아 동해바다를 굽어보면서 산과 바다와 하늘이 함께 어우러져 눈앞에 펼쳐진 일망무제(一望無際)의 풍경을 작품화하고 있다. 둘째 작품의 괘궁정(掛弓亭)은 경원(慶源)에 위치한 누정으로 지역의 명소로 꼽히던 곳이다. 작가는 저 멀리 호산과 두만강을 바라보며 변방에서 부질없이 늙어감을 한탄하고 있다. 송계연월옹의 경우 부임 및 임직 과정에서 승경을 노래하거나 또 신세 한탄을 드러낸다는 점에서 관북 지역으로 부임한 여타 인물들과는 다소 상이한 감성을 드러내고 있다.

이러한 무인들의 기상을 담은 시조는 19세기까지도 면면히 이어지는데, 『관북읍지(關北邑誌)』소재 "愁州 父老드라 雨露 줄 모로느냐" 시조[24]가 그러하다. 이 작품은 『관북읍지』제4책 『종성부읍지(鍾城府邑誌)』에 가사 〈수주곡(愁州曲)〉과 함께 병기된 것인데, 〈수주곡〉말미에 '右崇禎三甲子三月上浣府使箕城後人趙岬'라고 적혀 있어서 1804년 당시 종성부사였던 조두(趙岬, 1753~1810)가 52세 때

---

24 『關北邑誌』소재 趙岬의 시조 1수 : #2808.

지은 것임을 알 수 있다.[25] 조두의 시조는 백성들을 향해 선치(善治)
를 통해 태평을 이루겠다는 목민관으로서 다짐을 역설하고 있다.

18, 19세기 관북 지역 시조 중에 특징적인 점은 유배 관련 시조가
집중적으로 창작되었다는 점이다.[26]

먼저 장붕익(張鵬翼, 1646~1735)의 "나라히 太平이라 武臣을 바
리시니"로 시작하는 시조[27]가 있다. 장붕익은 1721년 신임사화(辛
壬士禍) 때 노론 김창집(金昌集)의 당으로 연루되어 함경도 종성(鍾
城)에 유배되어 2년간 생활을 하였다. 그의 작품은 이 시기에 지어
진 것으로 '북새(北塞)' 유배객의 처지를 한탄하고는 있지만 그래
도 나라를 위해 충성을 다하는 사람은 오직 자신일 것이라 자위하
고 있다.

다음으로 윤양래(尹陽來, 1673~1751)의 『갑극만영(甲棘漫詠)』
소재 시조 19수[28]가 있다. 윤양래는 1721년 동지사로 청나라에 갔
다가 경종의 병약함을 발설하였다는 죄목으로 파직되어 이듬해인
1722년 함경도 갑산(甲山)에 위리안치 되어 4년간의 유배 생활을
하였다. 그의 시조 19수는 유배지에서의 다양한 소회를 담고 있는
데, 고향과 일가에 대한 그리움을 노래하기도 하고, 연군과 우국충
정을 노래하기도 하였다. 또 자연 경관을 소재로 적객(謫客)의 심회
를 읊기도 하였다.

다음으로 조명리(趙明履, 1697~1756)가 지은 시조 2수[29]도 있다.

---

25 참고로 『고시조대전』에는 작가 미상으로 표기되어 있지만, 작가를 趙岍로 바로
    잡아야 한다.
26 기실 18~19세기에는 함경도 지역에서 유배가사도 다수 창작되었다.
27 張鵬翼의 시조 1수 : #0735.
28 尹陽來의 『甲棘漫詠』 소재 시조 19수 : #5390, #0112, #0703, #0037, #5239, #1357,
    #1613, #4412, #1915, #2916, #1462, #5512, #0502, #5241, #5244, #3497, #1131,
    #2986, #5397.

조명리는 1738년 소론 이광좌(李光佐)의 당여로 지목 함경도 경성(鏡城)에 2년간 유배되었다. 그의 시조는 모두 6수가 있는데, 그중 2수가 유배와 관련된 것이다.

　　① #2616
　　　城津에 밤이 깁고 大海에 물결 칠 제
　　　客店 孤燈에 故鄕이 千里로다
　　　이제는 摩天嶺 넘엇신이 싱각흔들 어이리

　　② #0557
　　　기럭이 다 나라가고 셔리는 몃 번 온고
　　　秋夜도 김도 길스 客愁도 하도 하다
　　　밤즁만 滿庭明月이 故鄕인듯 ㅎ여라

　첫째 작품은 유배를 가면서 마천령을 넘어 성진(城津) 앞바다의 밤물결을 보며 고향을 그리워하는 심정을, 둘째 작품은 유배지에서 해를 넘겨 생활하며 가을밤에 객수를 드러낸 것이다.

　본인의 잘못과는 무관하게 유배를 당한 경우도 있는데, 이광명(李匡明, 1701~1778)이 그러한 사례이다. 이광명은 본래 벼슬살이에 뜻이 없어 시골에 숨어 살고 있었는데, 숙종 때 이조판서를 지낸 큰아버지 이진유(李眞儒)가 역률(逆律)로 처형된 뒤, 1755년에 나주괘서(羅州掛書)의 변이 일어나자 소론(少論)의 원로대신이었던 이진유의 조카라는 이유만으로 갑자기 갑산(甲山)으로 귀양을 가게 되었다. 그의 유배생활은 무려 24년이나 이어졌고, 유배지에서

───────────────

29　趙明履의 시조 2수 : #2616, 0557.

생을 마감하게 된다. 그는 유배 과정에서 가사 〈북찬가(北竄歌)〉와 〈갑산적중가(甲山謫中歌)〉 3수³⁰를 지었다. 긴 유배 생활 때문인지 그의 시조 작품은 고향의 노친과 가족을 그리는 심경과 하루라도 빨리 고향으로 돌아가고픈 소망을 절실하게 노래하고 있다.

김이익(金履翼, 1743∼1830)의 『관성잡록(觀城雜錄)』소재 10수³¹도 빼놓을 수 없다. 김이익은 김창업(金昌業)의 증손으로 1785년 문과에 급제하여 정언·교리에 올라 당시 오익환(吳翼煥)의 죄를 논했다가 영의정 김치인(金致仁)의 탄핵을 받아 도리어 함경도 이성(利城)에 유배되어 2년간 생활하였다. 『관성잡록』소재 10수의 시조는 이성 유배 기간에 지은 것으로 연군(戀君)과 자조(自嘲)의 심정을 드러내고 있는데, 독특하게도 지역 백성들을 일깨우는 작품을 짓기도 하였다. 해당 작품을 제시하면 다음과 같다.

> #0376 [관성_08]
> 觀城縣 士民들아 이내 말슴 드르스라
> 先輩는 글을 넑고 百姓은 밧츨 가니
> 萬一에 聖主德化곳 아니면 이 굿치 편홀소냐

참고로 김이익은 이성 유배 이외에도 1793년 평안도 철산(鐵山)에, 1800년 진도 금갑도(金甲島)까지 모두 세 차례나 유배를 경험하였다. 특히 금갑도 유배 시절에는 『금강영언록(金剛永言錄)』소재 56수의 시조를 짓기도 하였다.

작가를 알 수 없는 『노정집(蘆汀集)』소재 시조 7수³²도 함경도

---

30 李匡明의 〈甲山謫中歌〉 3수 : #4816, #1080, #5230.
31 金履翼의 『觀城雜錄』소재 10수 : #1629, #3578, #0387, #3421, #0942, #0762, #5237, #0376, #4503, #2810.

유배객의 심정을 담은 것으로 보인다. 『노정집』은 단국대 율곡도서관 소장 자료로, 작자 및 연대 미상의 시문집이다. 여기에는 한시 78수와 시조 7수가 수록되어 있다. 여기 수록된 한시 작품의 시어들을 살펴보면 '관북(關北)' 6회, '성천강(城川江)' 4회, '천거관북(遷居關北)', '북관(北關)', '북국(北國)', '변지(邊地)', '변성(邊城)', '함길(咸吉)', '함남(咸南)', '만세교(萬世橋)', '천객(遷客)', '고객(孤客)', '객관(客關)', '천리타향(千里他鄉)', '사향(思鄉)', '사친(思親)' 등의 시어가 두루 사용되고 있어서 함경도 지역에 유배를 온 작자의 유배 기간 중 시문을 모아놓은 것으로 추측된다. 마찬가지로 끝부분에 부기된 시조 7수도 같은 맥락이라 생각된다. 몇 수를 제시하면 다음과 같다.

> ① #4438
> 中間에 누엇스니 左右가 모다 벗님네라
> 추위도 막어주시고 서름도 나누시니
> 뉘라서 北國邊地엔 어름만 잇다 하드뇨

> ② #4959
> 추위는 어이하야 이갓치 맵고 쓰면
> 바람은 어이하야 이다지 짓굳게 부는고야
> 행여나 우리 님 선잠 깨실가 두려워하노라

첫째 작품의 '북국변지(北國邊地)'라는 표현에서 작가의 유배 장소를 관북 지역으로 추정할 수 있다. 작품 속에서 화자는 유배 생활

---

32 『蘆汀集』소재 시조 7수 : #0014, #2436, #2469, #3498, #4438, #1505, #4959.

중에 혹독한 추위와 설움이 있지만 함께하는 주변 이웃이 있어서 이를 극복할 수 있음을 피력한다. 둘째 작품에서 느껴지는 매서운 추위와 세찬 바람도 관북 지역의 분위기와 상통한다. 화자는 자신도 추위와 바람에 놀라 잠에 깼지만, 마음에 담아둔 임이 깰세라 염려하고 있다. 관북 지역의 기후적 요소를 매개로 작품화한 것에서 두 작품의 연관성을 추정할 수 있다.

마지막으로 작품의 작가도 알 수 없고, 창작 시기도 정확하지 않지만 『근화악부(槿花樂府)』 소재 작품 1수[33] 또한 관북 지역에서 산출된 것임에 틀림없다. 『근화악부』는 여러 간기가 있지만 대체로 19세기 가집일 것으로 추정된다.

#5341 근악_071
咸關嶺 히 진 後의 아득히 혼자 너머
안개 ᄌᆞᆫ 골의 구즌비는 모습 일고
눈물의 다 저즌 옷시 쏘 적실가 ᄒᆞ노라

위 작품은 '함관령(咸關嶺)'을 배경으로 하여 고난의 행군과도 가까운 화자의 처지를 드러낸다. 화자는 험준한 함관령을 해가 다 저물어 어두컴컴한 상황에서 그 누구의 동반자도 없이 홀로 걸어 넘으며 고통의 눈물을 흘리고 있다. 이렇듯 힘들게 고개를 넘었건만 화자를 기다리고 있는 것은 자자한 안개와 굳은비였던 바, 화자는 눈물로도 옷깃을 적시고 빗물로도 옷자락을 적시는 처지에 놓이게 되었다. 관북 지역의 주요 길목 중 하나인 함관령을 통해 '행로난(行路難)'을 드러내고 있는 작품이라 여겨진다.

---

33 『槿花樂府』 소재 작품 1수: #5341.

5. 관북 지역 시조의 통시적 흐름과 특징

　지금까지 조선시대 관북 지역에 산출된 시조들을 살펴보았다. 이상의 작품들을 시기별로 정리해 보면 15~16세기에 8수, 17세기에 25수, 18~19세기에 47수, 시기 미상 10수까지 도합 90수에 이른다. 삼수갑산과 백두산을 시어로 활용한 작품을 제외해도 그 수는 81수나 된다. 『고시조대전』 수록 표제작의 수가 5,563수이니 비율로 따져보면 약 1.6% 정도 된다. 매우 적은 수라 생각될 수도 있겠지만, 인근 평안도 지역과 비교하면 확연한 차이를 보인다.[34]

　그러면 이제 지금까지 정리된 관북 지역의 시조를 바탕으로 통시적 흐름을 살펴보면서 그 특징적인 점들을 논하고자 한다. 관북 지역 시조의 첫 번째 특징은 앞서 최재남이 언급한 바 '무변 풍류'라 칭할 수 있을 정도로 관북 지역으로 부임하거나 임직 중인 무관들의 창작과 향유가 주된 흐름을 이루고 있다는 점[35]이다. 이러한 경향은 15~16세기, 17세기, 18~19세기까지 지속적으로 나타나고 있는 바, 그 수가 모두 20여 수에 이른다. 다른 지역의 경우에도 관인의 출사·임직을 드러낸 작품이 있지만, 관북 지역의 경우처럼 지역적인 특성으로 나타나는 경우는 발견하기 어렵다. 더욱이 창작의 주체가 대체로 무관·무장들이라는 점도 그러하다. 적어도 시조만 놓고 보자면 평안도 지역에서도 이 같은 경향은 찾아보기 어렵다.

　그렇다면 관북 지역에서는 왜 이토록 무관들의 시조 창작이 성행한 것일까? 그것은 지역적인 특수성에 기인한다고 보는 것이 타당할 듯하다. 시조를 창작한 무관들의 부임 지역을 살펴보면 대체로

34　동일한 방법론을 적용할 때, 평안도 지역에서 산출된 시조는 대략 40수 정도이다.
35　최재남, 앞의 논문, 65면.

종성(鍾城)·회령(會寧)·경원(慶源)·부령(富寧) 등 이른 바 육진(六鎭) 지역과 조선시대 북병영이 있었던 경성(鏡城)이다. 주지하듯이 이 지역들은 조선 세종 때 동북 방면의 여진족에 대비해 두만강 하류 남안에 설치한 국방상의 요충지로서, 도성에서 거리도 제일 멀고 풍토 및 기후도 제일 나쁜데다가 크고 작은 전투의 가능성도 상존하는 곳이었다. 즉 장수들의 입장에서는 근무 여건이 제일 열악한 곳이지만, 무관으로 입신출세하기 위해서는 반드시 거쳐야 하는 필수 부임지이기도 하였다. 따라서 무관들이 이곳으로 부임할 때부터 남다른 감회를 드러내고, 재임시에는 임금에 대한 충의를 바탕으로 공명을 이루겠다는 다짐과 포부를 밝히며, 나아가 실제로 확고한 전공과 치적을 남긴 경우에는 호기로운 목소리를 표출하고 있는 것으로 보인다. 한편 일부 임유후나 송계연월옹의 작품에서는 변경 지역에서 느끼는 객수를 바탕으로 고향에 대한 그리움이나 신세 한탄을 드러내고 있기도 하다.

관북 지역 시조의 두 번째 특징은 17~18세기 혼란한 정국과 붕당 정치의 갈등 속에서 이 지역으로 유배된 인물들이 많았고, 그들에 의해 유배시조가 집중적으로 창작되었다는 점이다. 유배는 기실 조선시대 전 국토를 대상으로 행하여진 것이지만 관북 지역만큼 여러 인물에 의해 다수의 작품이 창작된 지역은 드물다. 관북 지역에서 산출된 유배시조는 48수나 된다. 기실 관북 지역에서는 시조뿐만 아니라 같은 시기에 유배가사도 다수 창작되었다.[36]

대체로 유배라는 형벌 자체가 관직 생활의 맥락에서는 중앙 정치 무대에서 쫓겨나 모든 권력을 상실한 채 낯선 변방으로 옮겨가는

---

36 대표적인 작품으로 宋疇錫의〈北關曲〉, 이광명의〈北竄歌〉, 김진형의〈北遷歌〉 등이 있다.

것이기에 그만큼 상실감 및 소외감이 크게 와 닿을 것이다. 개인적으로는 자신의 주거지 고향을 떠나 강제적으로 적소(謫所)로 이주해야 하는 추방형이었기 때문에 가족 및 친지들과의 생이별에서 야기되는 감정의 변화를 감당하기도 힘들었다. 그런데 관북 지역으로의 유배는 대체로 극변안치(極邊安置)에 해당하는 중형에 속하는 것이라 유배의 무게감이 더했고, 게다가 관북 지역이 지니고 있는 지리적 원격성(遠隔性)과 지세의 험준성(險峻性)이 유배생활을 더욱 힘들게 하였다.[37] 또한 함경도를 가리켜 '북새(北塞)', '변새(邊塞)', '하원지지(遐遠之地)', '하토(遐土)', '원악지(遠惡地)', '하추(遐陬)'라는 표현이 흔히 쓰이는데, 이것은 단순히 함경도 지역이 중앙에서 멀리 떨어져 있기 때문만이 아니었고, 중앙의 문화나 교화가 미치지 못하는 낙후된 곳이라는 의미를 포함하는 것이었다. 이 때문에 유배 중에서도 함경도 지역의 유배는 다른 지역에 비해 더욱 고통스러운 것이었고, 그와 비례하여 시조 작품에 드러나는 작가의 정서도 한층 절실하다. 관북 지역 유배시조에 나타나는 정서는 연군(戀君), 애소(哀訴), 충정(忠情), 신세 한탄 등이 주류를 이루고 있으며, 고향과 가족에 대한 그리움도 짙게 배어 있다.

마지막으로 관북 지역 시조의 특징으로 언급할 수 있는 것은 지역 출신 시가 담당층의 부재이다. 주지하듯이 여말선초부터 17세기에 이르기까지 시조의 주된 담당층은 사대부 계층이었다. 그러나 관서·관북 지역은 조선 전기까지는 사족(士族)이 존재하지 않다 보니, 시조를 비롯한 시가문학의 담당층이 존재하지 않았고 나아가 지역 고유의 시가문학이 발달하기 어려웠다. 그렇다고 해서 관

---

37 최강현, 「유배지로서의 관북 문화를 살핌」, 『전통문화연구』 2, 명지대학교 한국전통문화연구소, 1984, 8면.

북 지역으로 시조의 전래가 늦은 것은 아니었다. 앞서 살펴보았듯이 15세기에 이미 김종서의 시조 작품이 창작·향유되었고, 기녀시조의 효시라 할 수 있는 소춘풍의 작품도 이 시기에 산출되었다. 특히 소춘풍은 선상기로서 성종 앞에서 시조를 지어 부를 정도로 시조에 일가견이 있었다. 하지만 이를 바탕으로 관북 지역의 상황을 되짚어보면, 관북 지역에서는 소춘풍과 더불어 시조를 즐길 만한 사대부 사족 계층이 존재하지 않았던 것이다. 소춘풍 역시 이 지역으로 부임하는 무관들을 상대하며 풍류를 돋우던 기녀였던 것이다. 이는 소춘풍 이후에 등장하는 기녀도 마찬가지다. 홍랑은 북평사로 부임한 최경창을 상대하면서 시조 작품을 남기고 있고, 17세기 금춘 역시 우후로 부임해 가는 박계숙과 연회에서 추파를 던지고 거절하는 내용의 시조를 주고받는다. 따라서 관북 지역 기녀의 경우 이 지역 인사들이 아니라, 관북 지역으로 부임하는 무관들을 상대하는 과정에서 시조를 지었다. 이는 관북 지역에 시조를 창작·향유할 만한 사족층이 형성되어 있지 않았던 데 기인한다.

한편 17세기 후반에 이르러 관북 지역 출신 시가 작가인 김기홍이 등장하였다. 김기홍의 신분은 향반(鄕班)[38]·유품(儒品)에 해당되는데, 이는 사족(士族)과는 다소 변별되는 것이다. 김기홍의 신분은 자신과 비슷한 처지의 주변 유품들과 협력하는 관계 속에서 보증이 되며, 아울러 관북 지역으로 부임해오는 수령들에게 인정을 받음으로서 유지가 되는 그런 성격의 것이었다. 김기홍은 국문에

---

38 김기홍을 향반이라 칭할 수 있는 근거는 그가 관청을 상대로 작성한 疏·狀狀에 스스로를 '화민化民'이라 지칭하고 있기 때문이다. 화민은 오로지 양반신분의 사람들만이 사용할 수 있는 일종의 표지어로 자기고을의 수령에 대하여 스스로를 낮추어 부르는 겸칭이다. 전경목, 「朝鮮後期 所志類에 나타나는 '化民'에 대하여」, 『고문서연구』 6, 한국고문서학회, 1994 참조.

대한 소양을 바탕으로 관찰사로 부임한 남구만(南九萬), 북평사로 부임했던 지호(芝湖) 이선(李選, 1631~1692), 종성부사로 부임했던 임유후 등과 교유하는 가운데서 시조 창작의 영향을 받은 것으로 짐작된다.[39] 김기홍의 시조 창작은 17세기 관북 지역으로의 시가 문화 전파의 일단을 보여주는 중요한 사례에 해당한다. 아울러 그는 뚜렷한 지역정체성을 바탕으로 여러 편의 시조를 창작하였던 바, 관북 지역의 자생적 시가 창작이라는 점에서 중요한 위상을 차지한다.

기실 경기체가 및 시조·가사 등 국문시가의 유행은 16세기로 접어들면서 이미 전국적인 현상으로 발전하고 있었다. 그러나 관북 지역은 상황이 다소 달랐다. 관북 지역은 중앙의 관심으로부터 소원했던 지역이라 학술을 비롯한 중앙의 문화 전파가 매우 늦었다. 지역 문학의 주된 담당층인 향촌사족 계층이 형성되어 있지도 않았다. 하지만 17세기 부임 수령이나 유배를 온 인물들을 통해 학술 전파가 본격화 되면서, 가장 늦게 지역 고유의 시가 문학이 싹트게 된다. 이에 17세기 이후 관북 지역에서의 국문시가 향유는 시조 및 가사가 명실상부하게 전국적인 현상으로 자리잡게 되었다는 의의를 지닌다고 할 수 있다.

6. 결론

이상으로 조선시대 전체를 관류하며 관북 지역에서 산출된 시조들을 정리해 보았다. 아울러 통시적 흐름에 따라 시기별로 산출되

---

39 김기홍의 국문시가 창작에 대해서는 졸고, 앞의 논문, 40~43면 참조.

는 시조의 양상을 살펴보면서 그 특징을 탐색해 보았다. 선행 논의를 정리하는 것으로 결론을 삼고자 한다.

2012년에 간행된『고시조대전』의 표제작을 대상으로 검출한 결과, 조선시대를 통틀어 15세기부터 19세기에 이르기까지 관북 지역에 산출된 시조는 모두 81수에 이른다. 여기에 한역시조 및 제목으로 전하는 작품 16수를 더 추가하면 그 작품 수가 더 늘어난다. 관북 지역의 시조는 대체로 이 지역으로 부임·재임·유배의 과정에서 산출된 작품이 대다수를 차지하지만, 지역 출신 인사인 관곡 김기홍의 시조 작품과 관북에 거주하던 기녀 소춘풍, 홍랑, 금춘 등의 시조작품도 아울러 존재한다. 다른 지역과 달리 관북 지역의 시조를 대할 적에는 무엇보다도 이러한 특성에 대한 고려가 선행되어야 한다.

조선시대 관북 지역에서 산출된 시조의 특징은 세 가지로 정리할 수 있다. 첫째, 15세기부터 19세기까지 '무변 풍류'라 칭할 수 있는 무관들의 창작과 향유가 주된 흐름을 이루고 있다는 점이다. 이는 육진(六鎭)으로 대표되는 국방상의 요충지였던 지역적 특수성에 기인하는 것이라 할 수 있다. 둘째, 17~18세기 혼란한 정국과 붕당 정치의 갈등 속에서 유배시조가 집중적으로 창작되었다는 점이다. 관북 지역은 열악한 환경적 요건으로 인해 극변안치의 대표적인 장소였던 지역적 실정을 반영하는 것이다. 셋째, 관북 지역 출신의 시가 담당층의 부재이다. 이는 시조의 주된 담당층이라 할 수 있는 '사족(士族)'이 존재하지 않았던 상황을 여실히 보여준다. 하지만 관북 지역에서도 비록 한 개인이었지만 김기홍이라는 인물에 의해 21수의 시조가 창작·향유된 점은 17세기 이후 국문시가의 향유가 전국적인 현상이었음을 증명해 주는 것이라 할 수 있다.

참고 자료

관북지역 시조 일람표

번호	시기	작가명	상황	지역	작품명/소재	수량	『古時調大全』 작품번호	참고
1	15~16 세기	金宗瑞	출사		〈豪氣歌〉	2	2291, 4181.	
2		南怡	출사			2	4169, 4284.	〈北征歌〉 차용 시조 3수
3		笑春風	거주	永興		3	0655.2, 4137, 4602.	
4		洪娘	거주	洪原		1	1672.	
5	17 세기	朴繼叔	출사	會寧	『赴北日記』	4	5371, 0375, 2171, 0725.	
6		今春	거주	鏡城	『赴北日記』	2	1259, 2982.	
7		朴就文	출사	北青	『赴北日記』	1	1725.	
8		金應河	출사	鏡城		1	2963.	
9		任有後	출사	鍾城		1	0558.	
10		申濚	출사	永興	〈北征吟〉	2	4701, 4699.	
11		尹善道	유배	慶源	〈遣懷謠〉	5	2876, 0973, 4945, 1667, 3157.	
12		李恒福	유배	北青	〈鐵嶺歌〉	1	4700.	
13		金起泓	거주	慶興	〈寬谷八景〉	8	0368, 3079, 1451, 1914, 4266, 0797, 2773, 0793.	한역시조10수 제목만 3수
14	18~19 세기	閔濟長	출사	會寧		2	2116.	
15		鄭汝稷	출사	富寧		1	1984.	
16		松桂煙月翁	출사		『古今歌曲』	2	1529, 0385.	
17		趙峀	출사	鍾城	『關北邑誌』	1	2808.	
18		張鵬翼	유배	鍾城		1	0735.	
19		尹陽來	유배	甲山	『甲棘漫詠』	19	5390, 0112, 0703, 0037, 5239, 1357, 1613, 4412, 1915, 2916, 1462, 5512, 0502, 5241, 5244, 3497, 1131, 2986, 5397.	
20		趙明履	유배	鏡城		2	2616, 0557.	
21		李匡明	유배	甲山	〈甲山謫中歌〉	3	4816, 1080, 5230.	
22		金履翼	유배	利城	『觀城雜錄』	10	1629, 3578, 0387, 3421, 0942, 0762, 5237, 0376, 4503, 2810.	
23		미상	유배		『蘆汀集』	7	0014, 2436, 2469, 3498, 4438, 1505, 4959.	
24		미상			『槿花樂府』	1	5341.	
합계						81		*16

참고문헌

김흥규·이형대·이상원·김용찬·권순회·신경숙·박규홍, 『고시조대전』, 고려대학교 민족문화연구원, 2012.

신경숙·이상원·권순회·김용찬·박규홍·이형대, 『고시조 문헌 해제』, 고려대학교 민족문화연구원, 2012.

박길남, 「회와 윤양래의 삶과 문학」, 『한국고시가문화연구』 12, 한국고시가문화학회, 2003.

박을수, 「회와 윤양래 시조 고찰」, 『국어국문학』 125, 국어국문학회, 1999.

송재연, 「윤양래 시조에 나타난 유배 체험과 가족애」, 『한중인문학연구』 52, 한중인문학회, 2016.

송정헌, 「金履翼의 流配詩文 硏究」, 『국어교육』 90, 한국어교육학회, 1995.

이상보, 「牖窩 金履翼의 시가 연구」, 『어문학논총』 6, 국민대학교 어문학연구소, 1987.

장유승, 「寬谷 金起泓 文學 硏究－漢詩와 國文詩歌의 교섭 양상을 중심으로」, 『한문교육연구』 29, 한문교육학회, 2007.

장유승, 「朝鮮後期 西北地域 文人 硏究」, 서울대학교 박사학위논문, 2010.

전경목, 「朝鮮後期 所志類에 나타나는 '化民'에 대하여」, 『고문서연구』 6, 한국고문서학회, 1994.

정명세, 「이광명의 유배시조고」, 『어문학』 47, 한국어문학회, 1986.

조지형, 「寬谷 金起泓의 詩歌文學 硏究」, 고려대학교 박사학위논문, 2013.

조지형, 『함경도의 문화적 특성과 관곡 김기홍의 문학』, 보고사, 2015.

최강현, 「유배지로서의 관북 문화를 살핌」, 『전통문화연구』 2, 명지대학교 한국전통문화연구소, 1984.

최재남, 「관서·관북 지역의 시가 향유 양상」, 『한국고전연구』 24, 한국고전연구학회, 2011.

1. 서론

이 글은 1906년부터 1910년 사이에 간행된 『경향신문(京鄕新聞)』「보감(寶鑑)」 소재 41편 천주가사(天主歌辭)의 성격과 특성을 살피고, 이 시기 천주가사가 보여주는 현실 인식 및 지향에 대한 검토를 목적으로 한다. 그리고 이러한 검토를 통해 천주가사의 변모 양상을 파악하는 한편, 이 시기 천주교에서 보여준 현실 인식과 사회 활동의 한 면모를 미루어 살펴보려 한다.

주지하듯이 서학(西學) 즉 천주교는 동학(東學)과 더불어 19세기 조선 사회의 민중 종교 가운데 가장 성행한 종교 가운데 하나였다. 서학은 18~19세기 조선이라는 토양 위에서 전개되었고, 민중을 주된 포교 대상으로 삼으면서 성리학적 체계와 질서에 맞서 새로운 사회로 변해가려는 강력한 움직임이었다. 천주교는 단순히 종교적인 울타리를 뛰어넘어 정치사적·사상사적으로 중요한 현상임에 틀림없다. 이러한 사상·종교로서 천주교의 전파 과정 중에 발생한 국문학 유산이 바로 천주가사이다. 그러므로 천주가사는 초기 한국천주교회사는 물론 우리 근현대사의 한 단면을 살펴볼 수 있는 중요한 의미를 가진 자료라 할 수 있다.[1]

천주가사는 18세기 후반 이벽(李檗, 1754~1786)의 〈천주공경가(天主恭敬歌)〉, 정약전(丁若銓, 1758~1816)의 〈십계명가(十誡命歌)〉를 시작으로 해서,[2] 1850년대 최양업(崔良業, 1821~1861) 신부의 〈사향가(思鄕歌)〉 등 여러 편의 천주가사가 창작[3]되었다. 이들 천주가사는 대체로 천주교가 세력을 형성해 나가는 과정에서 서학과 천주교에 대한 변호나 천주교 교리의 대중적 확산이라는 목적에 충실한 것들이었다. 그러나 1886년 한·불조약 이후 종교의 자유가 보장되면서 작자 및 작품의 양적 팽창에 따라 천주가사의 그 내용 및 주제도 다양하게 분기되었고, 『경향신문』이나 『경향잡지』 등의 전문 수록 매체의 등장으로 말미암아 이러한 추세는 가속화 되는 양상을 띠게 되었다.

그간 천주가사는 신학적·음악적 측면에서 먼저 연구가 진행되었

---

1 그럼에도 불구하고 그동안 한국천주교회사나 천주가사에 대한 연구가 마치 천주교 내부만의 문제인 양 별개의 것으로 인식하여, 제대로 된 논의와 연구가 이루어지지 못하고, 지나친 호교론적 논법이나 일부 영웅주의적 서술 등은 연구에 대한 공신력을 떨어뜨리는 결과를 초래하였다. 이 글은 이러한 문제의식과 관련이 있다.

2 위 두 작품은 최근 윤민구에 의해 위작설이 제기되었다. 자세한 내용은 윤민구, 『초기 한국천주교회사의 쟁점 연구』, 국학자료원, 2014 참조.

3 그간 최양업 신부의 저작이라고 알려진 작품으로는 「사향가」, 「선종가」, 「사심판가」, 「공심판가」, 「삼세대의」, 「천당가」, 「지옥가」, 「십계명가」, 「영세」, 「견진」, 「고해」, 「성체」, 「종부」, 「신품」, 「혼배」, 「제성」, 「행선」, 「신덕」, 「망덕」, 「애덕」, 「피악수선가」 등이다. 그러나 이에 대해서 ①21편 모두가 최양업신부의 저작이라고 주장하는 견해(김동욱, 김약슬, 오숙영, 김옥희), ②「사향가」, 「선종가」, 「사심판가」, 「공심판가」 정도만이 최양업 신부의 저작이라는 견해(차기진), ③모두 개인저작 이라는 것을 인정하지 않고 교회의 저작이라고 주장하는 견해(김진소, 이경민) ④「삼세대의」, 「제성」을 제외한 나머지 작품은 최양업 신부의 저작이라는 견해(하성래)가 대립하고 있다.

다.[4] 국문학 영역에서의 본격적 연구로는 하성래[5]·이경민[6]의 연구
가 있으며, 이 글과 관련이 있는 개화기 이후 천주가사에 대해서는
『경향신문』 소재 천주가사를 대상으로 한 심재근[7]의 연구와 1910년
이후 『경향잡지(京鄕雜誌)』[8] 소재 천주가사를 대상으로 한 진연자[9]·
김종회[10]의 연구가 있다.

　그러나 이들 천주가사에 대한 연구들은 대체로 초기 단계의 연
구 성과들로 천주가사의 개념과 범주의 문제, 자료소개, 이본 연구,
작자 연구, 일부 개별 작품 연구 등에 한정되어 있다. 시기적으로는
천주가사의 발생 시기인 18세기 후반에서 19세기 중반에 집중되어
있으며, 그 가운데에서도 최양업 신부의 작품에 대한 연구나 저작
진위 문제 등에 중점을 두고 연구가 진행되어 왔다. 논의가 진행되

4　오숙영, 「천주교 성가가사고 ─ 최도마 신부의 성가를 중심으로」, 숙명여자대학
　　교 석사논문, 1971; 김진소, 「천주가사 연구」, 『교회사연구』 3, 한국교회사연구
　　소, 1981; 김진소, 「천주가사 사상 연구 시론」, 『최석우신부 회갑기념 한국교회
　　사논총』, 한국교회사연구소, 1982; 최필선, 「초기 한국 가톨릭 교회 음악에 대한
　　연구」, 동아대학교 석사논문, 1989; 조신형, 「조선후기 천주가사에 관한 신학적
　　고찰」, 가톨릭대학교 석사논문, 1994.
5　하성래, 「천주가사의 사적 연구」, 고려대학교 박사논문, 1984. 후에 하성래, 『천
　　주가사 연구』, 황석두루가서원, 1985로 출간됨.
6　이경민, 「천주가사 연구」, 전남대학교 박사논문, 1997.
7　심재근, 「천주교가사연구」, 『국어국문학연구』 8, 원광대학교 국어국문학과,
　　1982.
8　『경향잡지』는 『경향신문』의 부록 「보감(寶鑑)」이 그 전신이다. 국권이 일본에
　　탈취당하면서 『경향신문』이 강제 폐간되자, 1911년 1월부터는 『경향잡지』라는
　　제호 아래 주간에서 격주간으로 복간되었다. 한국 천주교회에서 간행한 최초의
　　종교 잡지로, 신자들에게 필요한 교양과 상식, 특히 정부에서 제정한 법령의 해
　　설 등을 수록, 애국·계몽적인 색채가 짙었다. 특히 일본이 식민지 통치를 위하여
　　마구 제정, 공포하는 각종 법률을 소개하여, 법에 대한 무지로 국민들이 피해를
　　입지 않도록 하였다. 『경향잡지』로 제호가 바뀌면서부터는 계몽적인 성격보다
　　는 교리지식의 전달 등을 주요 내용으로 하는 잡지로 그 성격이 변하였다.
9　진연자, 「천주가사 연구」, 한남대학교 석사논문, 1992.
10　김종회, 「개화기 천주가사의 세계」, 『현대문학이론연구』 26, 현대문학이론학
　　회, 2005.

는 동안 일부 종교 편향의 시각 즉 호교론적 성향을 그대로 노출한 경우도 적지 않다. 이 경우 이것이 문학 연구가 아닌 종교 연구의 차원으로 전락해버릴 가능성이 다분하다. 또한 천주가사의 발전 양상을 '발생[生]-성장[住]-변이[異]-쇠퇴[滅]'의 과정으로 설정하고 도식화하려는 경향도 적지 않았다. 이러한 연구 방법은 천주가사의 사적 전개 과정이라는 큰 흐름을 파악하려는 시도로 보이지만, 연구자들마다 천주가사의 기원이나 시기 구분 및 설정 기준을 바라보는 상이한 관점들이 그대로 노출된다.

결국, 이상에서 언급한 천주가사에 관한 기존 연구의 문제점을 극복하고, 천주가사의 연구가 종교 차원의 연구가 아닌 문학 연구로 거듭나기 위해서는 천주가사 전반에 관한 폭넓고 다양한 연구들을 통해 기존 연구의 편협함과 특정 시기와 분야로의 쏠림 현상을 극복해야 한다. 이를 통해 전통적 가사 갈래의 측면과 관련하여 천주가사의 본질적 특성이나 미학은 무엇인지, 천주가사의 문학사적 의의는 무엇인지 등의 질문에 답을 할 수 있어야 한다. 나아가 이러한 개별 연구를 종합적으로 고려할 때 천주가사의 사적 전개 과정에 관한 온전한 이해의 시각이 확보될 수 있을 것이다.

이 글은 이러한 문제의식에서 출발하여 1906년에서 1910년 사이에 간행된 『경향신문』「보감」 소재 41편 천주가사를 연구 대상으로 삼고자 한다. 천주가사에 대한 연구 지평을 확장하고 균형적인 시각을 확보하기 위해서는 개화기 이후 천주가사의 전개 방향과 변모 과정을 추적하는 일이 시급한 일이라 판단하기 때문이다. 『경향신문』 소재 천주가사에 대한 연구를 통해 이 시기 천주가사의 특성은 무엇인지, 이전 시기와 비교하여 변모된 것은 무엇인지가 어느 정도 명료하게 드러날 수 있으리라 본다. 특히 이 시기는 우리 근현대사와 관련하여 일제에 의해 국권이 침탈되어 가는 다사다난의 격동기였다는 점은 주지의 사실이다. 따라서 내용적인 측면에서 이러한 시대적 흐름과 이 시기 천주가사는 또 어떠한 관련 양상을 맺고 있는지에 주목하고자 한다. 이것은 천주가사가 우리 근현대사와 문학사의 흐름 속에서 형성된 갈래라는 점과 관련이 있다. 이 글에서는 선행 연구들의 결과를 일부 수용하면서, 먼저『경향신문』소재 천주가사의 특성을 분석하고, 주요 작품을 살펴보면서 이 시기 천주가사의 지향을 확인하는 순서로 논의를 전개해 나갈 것이다.

2. 연구 대상 작품 개요

이 글의 검토 대상인『경향신문』「보감」은 1906년 10월 19일부터 1910년 12월 30일까지 타블로이드판 4면과 국판 8면의 전체 12면의 한글 주간지로 창간된 한국 천주교회의 근대 매체였다.

당시 한국 천주교회는 프랑스 파리외방전교회의 관할 지역이었기 때문에 교회 안에서의 프랑스의 영향력은 절대적이었다.『경향신문』의 발행인 겸 편집인은 프랑스 신부 드망주(Demange, 1875~1938 한국명 안세화)였는데, 그는 신부인 동시에 프랑스인이었기 때문에 치외법권적 지위가 있어 일본의 검열 조치에 대해 자유로울 수 있었다.

『경향신문』은 그 창간 및 발행의 목적을 '건전한 가르침의 전파자가 되어 올바른 생각을 일으켜 주고, 진리의 원수들이 출판물을 통하여 퍼트리는 거짓 지식을 바로잡아주며, 필요하다면 참된 가르침을 변호하기 위함'[11]으로 제시하였다. 당시에『경향신문』은 천주교에서 발행하는 기관지 성격이 강한 신문이었지만, 국내의 주요 기사 및 시사문제에 관한 논설과 국내외 소식들을 다룸으로써 사회 문제에 대해 적극적으로 화답하고 있었다.

『경향신문』의 부록격인 「보감」은 시사성을 띤 신문기사와는 달리 교리적인 논설, 한국천주교교회사, 중요한 법률 해설 등에 관한 정보를 제공하였다. 이 글에서 다루고자 하는 천주가사는 바로 이 「보감」에 실려 있었다.

당시 천주교 내에서는 변화하는 시대에 부응하기 위해 신자들에게 근대화의 참된 의미와 개화의 본질을 인식시키려는데 힘을 기울이고 있었는데, 『경향신문』의 여러 사설에서 이러한 논조들을 어렵지 않게 발견할 수 있다.

> 춤개화도 잇고 거줏기화도 잇슨즉 기화로 인호야 춤기화를 해로온 거시라 못홀지니 춤기화의 춤표적이 잇서 그 표적을 보면 춤기화가 됴흔줄도 알고 거줏 기화의 분간도 알니로다 춤기화는 사룸을 온젼케 호는 일이니 본디 사룸의 사는 거시 몸만 살쑌 아니라 공부홈으로 요긴흔 학문을 빅호고 제 무 음을 다스려 의대로 힝호고 싱업에 힘을 써셔 몸을 잘살게 홈이라…[12]

위의 인용문에서 참된 개화는 사람을 온전하게 하는 일이며 개화를 통해 새로운 학문을 배우고 자신의 의지를 다스려서 생업에 충실하고 잘살게 하는 데에 목적이 있음을 강조하고 있다. 결국 '개화'라는 것이 국가와 민족이 처한 현실에서 매우 긴요한 과제였음을 지속적으로 강조하고 있는 것이다.

---

11 Demange의 1906년 8월 27일자 전국 사제들에게 보낸 공문 참조.
12 『경향신문』제62호, 1907년 12월 20일자. 시사논설.

　이렇듯『경향신문』은 비록 천주교회에서 발간되는 매체였지만, 종교적 색채 일색의 매체가 아니었다. 변화하는 시대의 흐름 속에서 혼란에 빠지기 쉬운 일반인들의 감각을 일깨워주는 등의 계몽적 역할도 충실히 수행하였던 것이다. 따라서『경향신문』소재 천주가사는 이러한 매체의 지향과 기본적으로 그 궤를 같이 하며, 당시의 시대적 특성이나 교회내의 분위기를 충실하게 반영하고 있다. 아래에 대상 작품에 대한 개요를 정리하고 논의의 다음 단계로 넘어가자.

번호	수록일자	작품명	작자	비고	구분
1	1907.01.25	탄식가			
2	1907.02.01	경축가			
3	1907.02.15	과세가			
4	1907.02.15	대명일가			
5	1907.07.19	탄단발가			
6	1907.08.15	익원가(哀怨歌)			
7	1907.10.18	근실가			
8	1907.11.22	우싱가(愚生歌)		미완	
	1907.12.20			완	
9	1908.01.03	망본국태평가(望本國泰平歌)			
10	1908.05.01	권학가(勸學歌)		미완	
	1908.05.08			완	
11	1908.05.29	九九가			
12	1908.06.19	쥬타령			
13	1908.06.26	보명학교 운동가			
14	1908.06.26	박문학교 운동가			
15	1908.07.24	국문풀님가		미완	
	1908.08.21			미완	
	1908.08.28			완	
16	1908.08.14	권농가(勸農歌) - 양성군수의 권농가	리원철		
17	1908.08.14	권농답가(勸農答歌) - 인민들이 답샤흔 노래			
18	1908.10.09	농화농가(農和農歌)	현동녕		
19	1908.11.06	제목없음 1	리용익		
20	1908.11.27	시셰를 탄식ㅎ는 노래			

21	1908.12.29	익국권학가 1	金相鉉	
22	1909.01.01	익국권학가 2	徐載陽	
23	1909.01.08	애국권학가 3	南相殷	
24	1909.04.30	제목없음 2		
25	1909.05.07	샹츈가	김익호	
26	1909.05.14	익국가	리은구	
27	1909.06.11	권면학생가		
28	1909.06.25	경세종(警世鐘)	오지환	
29	1909.07.23	농부의 익국가		
30	1909.08.27	경세종화답(警世鐘和答)	리태호	
31	1909.09.17	성의학교(聖義學校)	최종선	
32	1909.09.24	문명유람가(文明遊覽歌)	김시릴노	
33	1909.09.24	內地 測量歌	敎鄕學校 學徒	
34	1909.12.03	경세가 1	김요셥	
35	1909.12.24	예수성탄경축가		
36	1910.04.05	경세가 2	박준호	미완
	1910.04.22			완
37	1910.05.13	샹익가(相愛歌)	김창준	
38	1910.06.03	신문찬양가	최종선	
39	1910.06.10	명도강습찬숑가	박요안	
40	1910.07.29	단톄가(團體歌)		
41	1910.12.23	예수성탄경하가		

3. 『경향신문』 소재 천주가사의 특성

조선에 학문으로서의 서학이 전래되어 많은 학자들에게 관심을
끌고 확산되어 갔으나 이 과정에서 중요한 역할을 한 사람은 성호
(星湖) 이익(李瀷, 1681~1763)이다. 성호 문하에서 서학과 서교를
두고 대립하는 두 계열의 학자들이 배출되며, 이들은 하나의 학통
을 형성한다. 먼저 윤동규(尹東奎), 이병휴(李秉休), 안정복(安鼎福)
등은 서학과 대립하면서 성리학의 이론적 틀 안에서 개혁을 추진
하는 입장에 서고, 이들보다 후배인 권철신(權哲身), 권일신(權日

身), 이기양(李基讓) 등은 서학을 적극 수용하면서 성리학의 이론
틀에서 벗어나 새로운 개혁을 추진하는 입장에 섰다. 이들은 서로
서학에 대한 배격론과 옹호론을 펼치면서 치열하게 대립하였다.[13]
그리고 이러한 과정에서 초기 천주가사가 발생하였다.

이가환의 〈경세가(警世歌)〉, 이기경의 〈벽위가(闢衛歌)〉 등은 유
학의 입장에서 서학과 천주교의 교리를 통렬하게 비판하였다. 반
면 이벽의 〈천주공경가〉와 정약전의 〈십계명가〉는 1779년 주어사
강학회를 통해 서학을 종교로서 받아들이고 연구하는 과정에서 천
주교와 서학을 적극 옹호하였다. 이후 1850년에서 1860년 사이에
창작된 최양업 신부의 천주가사는 천주교가 민중 종교로 급속히
확산되는 과정에서 교리적 목적에 충실하고자 만들어진 것이며,
계속되는 천주교 교난(敎難)[14]의 상황에서 굳건한 믿음을 요구하는
것이었다. 〈영세〉, 〈견진〉, 〈고해〉, 〈성체〉, 〈종부〉, 〈신품〉, 〈혼배〉 등은
천주교의 성사(聖事, Sacramentum)에 대한 교리를 설명한 작품이
며, 〈천당가〉, 〈지옥가〉, 〈십계명가〉, 〈사심판가〉, 〈공심판가〉 등도 천
주교회의 주요 교리와 사후 세계관을 설명한 작품이다.

위에서 간단히 살펴본바, 이들 초기 천주가사는 이벽, 정약전, 최
양업 등 당시 천주교회의 수장격인 소수의 학자 혹은 신부의 손에
서 직접 창작되었으며, 그 창작 목적은 천주교의 전파 과정상의 현

---

13 최동희,『서학에 대한 한국 실학의 반응』, 고려대학교 민족문화연구소, 1988,
    136~139면.
14 천주교에 대한 정부당국의 탄압을 나타내는 용어로는 '사옥(邪獄)'·'박해(迫
    害)'·'교난(敎難)' 등의 용어가 쓰이고 있다. 그런데, '사옥(邪獄)'은 성리학적 가
    치관을 기준으로 하여 천주교를 사학(邪學)으로 규정한 데에서 나온 개념이며,
    '박해(迫害)'는 무죄(無罪)한 천주교에 대한 부당한 탄압이라는 의식이 강하게
    표현된 용어로 판단된다. 그러므로 이 글에서는 '사옥'이나 '박해' 같은 용어 대
    신에 비교적 가치중립적인 '교난(敎難)'이라는 용어를 쓰고자 한다. 조광,『조선
    후기 천주교사 연구』, 고려대학교 민족문화연구소, 1988, 6면 참조.

실적 요구와 목적에 충실한 것이어서 작품 내용도 천주교 주요 교리 이외의 것으로 확장되기 어려웠다.

그러나 1886년 한·불 조약 이후 종교의 자유를 확보하면서 교세가 크게 성장함에 따라, 천주교에서는 구한말 개화기의 급격한 사회변동 속에서 교회 내적으로 신자들과 일반인을 대상으로 한 신앙적인 목적과 계몽적인 목적을 동시에 추구할 수 있는 글쓰기가 필요했으며, 이러한 요구를 가사라는 형식을 통해 해결하였다.[15] 또한 이 시기는 국권이 침탈되어 가는 과정이었기 때문에 천주교단에서도 민족이 처한 역사적 현실의 문제는 간과할 수 없는 중요한 문제였다. 이러한 종합적인 면모들을 보여주는 것이 바로『경향신문』소재 천주가사라 할 수 있다.

이상의 요인들을 고려하여, 18세기 후반부터 19세기 중반에 이르는 초기 천주가사와 비교하여『경향신문』소재 천주가사의 특징으로는 다음과 같은 것을 지적할 수 있다.

첫째, 작자층의 확대이다. 앞서 언급한 바와 같이 이전 시기 천주가사의 작자는 교회내의 수장격 지도자인 이벽, 정약전, 최양업 신부 등 소수 몇 명에 불과하다. 그러나 이 시기에는 다양한 사람들이 작자로 등장한다. 개별 작자들에 대해서는 좀더 자세한 연구가 있어야겠지만,『경향신문』소재 천주가사의 작자 중에는 교회의 최고 지위에 있는 신부 등은 등장하지 않으며, 리원철, 현동녕, 리용

---

15 가사를 통해 이러한 목적을 추구한 것이 비단『경향신문』소재 천주가사 만은 아니다. 18세기 후반부터 불교가사, 동학가사에서 이미 활용되었던 것이며, 개화기에도『제국신문』이나『대한매일신보』를 통해 계몽가사, 사회등가사가 계속 발표되었는데, 효용론적 관점에서 가사를 해당 목적에 맞게 적극 활용한 것이다. 이와 관련된 논의는 홍일식,『한국 개화기의 문학사상 연구』, 열화당, 1980; 김학동,『한국 개화기 시가 연구』, 시문학사, 1981; 박을수,『한국 개화기 저항시가 연구』, 성문각, 1985; 조동일,「가사에서 전개된 종교사상 논쟁」,『한국 시가의 역사 인식』, 문예출판사, 1993 참조.

익 등 평신도들이 대거 작자로 등장하고 있다. 이는 단순히 작자의 수적 증가만을 의미하는 것이 아니라, 천주가사의 담당층이 확대되었다고 이해하여야 한다. 이제 더 많은 사람들이 천주가사의 창작과 향유에 참여하게 된 것이다.

특히 김시릴노, 김요셉, 박요안 등 천주교 세례명을 실명처럼 밝히고 있는 것을 주목해볼 만하다. 이는 천주교 세례명을 전통적인 자(字)·호(號)처럼 인식하여 천주교 신자임을 드러내는 것이다. 종교의 자유 이후 그만큼 자신이 천주교 신자라는 것을 내세움에 당당해진 것이라 하겠다. 또한 위에서 제시한 표에서 살펴보면 1907년부터 1908년 중반까지 창작된 작품에는 작자가 나타나있지 않고, 이후부터는 작자를 밝히고 있는 점도 눈에 띈다. 이는 이름을 밝히지 않은 작품들의 경우, 일본의 국권 침탈에 대한 비판이 주를 이루고 있어서, 일제의 억압과 감시에 대한 자기 방어기제로써 작자명을 밝히지 않았을 가능성이 높다. 아울러 이들 작품은 신문사 자체의 논설 혹은 사설의 성격이 짙은 작품들이기 때문에 굳이 작자의 이름을 밝히지 않은 것이 아닌가 한다.

둘째, 내용 및 주제의 다양화이다. 기실 이 문제는 작자층 확대와 맞물려 있는 것이다. 이전 시기 천주가사는 천주교의 전파 과정상의 시대적 요구와 목적에 충실한 것이어서 작품 내용이 천주교 교리 이외의 것으로 확장되기에 어려웠다. 그러나 이 시기에는 종교의 자유가 담보된 상황에서 자유롭게 자신의 신앙을 고백한다든지 교회 안팎의 여러 현안 문제에 대한 입장을 표현할 수 있게 되었다. 이 시기 천주가사는 내용으로 볼 때, ①신앙고백 및 찬송, ②애국계몽, ③우국 및 시세 한탄, ④경세, ⑤학교 설립 등 신문명에 관한 것 등으로 다양해진다. 특히 ①을 제외한 ②③④⑤의 내용은『대한매일신보』나

『제국신문』등 이 시기 다른 매체에서 보여주는 성향과 크게 다르지
않다.[16] 이 시기 천주가사가 보여주는 이러한 주제적 특성들은 천주
교가 당시 시대적 흐름 속에서 어떠한 입장과 지향을 가지고 있었는
지를 알 수 있게 해준다. 그러나 차별적인 것은 『경향신문』 소재 천
주가사들은 위의 현안 문제에 대해 천주교의 교리나 가르침을 통한
종교적인 해결 지향을 보인다는 점이다.

> 스랑으로 미즌줄을 어느뉘가 신흘쇼냐
> 스랑업시 부국강병 아니되니 스랑ㅎ셰
> 스랑스랑 이쥬이인 뎨일가는 스랑일셰
> 우리서로 스랑ㅎ야 느호이지 말지어다
>
> ─〈탄식가〉中

> 우리본분 맛당흠은 오륜삼강 붉히면셔
> 텬쥬명을 슌히ㅎ면 우리본분 이아닌가
>
> ─〈경세가 2〉中

> 우리나라 늡존일만 ㅎ다보니 먹켜가네
> 만만편야 가을일셰 언제도로 츈싁일고
> 직계목욕 긔도ㅎ야 본국구원 ㅎ사이다
>
> ─〈이원가(哀怨歌)〉中

---

16 만약 천주가사의 개념과 범주를 '천주교의 종교성을 포함하는 것'으로 좁게 설정
   한다면, 이러한 작품들을 천주가사라고 명명하거나 범주에 포함하기에 어려울
   수 있다. 그러나 『경향신문』 소재 가사의 경우, ①작자가 대체로 천주교 신자라는
   점, ②『경향신문』이 천주교의 기관지였다는 점, ③여러 작품이 천주교의 교리를
   담고 있다는 점 등으로 볼 때, 이들 작품을 모두 천주가사라고 부를 수 있다.

위의 인용한 작품들은 부국강병으로 나아갈 것과 신교육사상에 대한 계몽 의지를 드러낸 작품이다. 〈탄식가〉에서는 천주교의 사랑이라는 계명을 통해 즉 하느님 사랑과 이웃 사랑을 통해 부국강병으로 나아갈 것을 말하고 있으며, 〈경세가 2〉에서는 천주의 가르침을 따르는 것이 우리의 본분이라 하면서 교육을 통한 계몽으로 나아갈 것을 말하고 있다. 〈이원가〉는 국가의 위기를 구하기 위해 목욕재계하고 기도하자고 주장하고 있다.

그러나 천주가사가 보여주는 이러한 우국이나 시세한탄, 현실비판의 면모들은 시기적으로는 1908년 5월을 기점으로 해서 점차 축소된다. 이는 1907년 7월과 1908년 4월에 실시된 신문지법(新聞紙法)[17]의 영향으로 짐작된다. 이후로는 현실참여와 관련된 주제를 대신하여 학교교육을 통한 문명화 추구를 강조하는 내용으로 점차 변화하고 있다.

종교적 색채를 띤 작품의 내용과 관련하여 한 가지 지적하고 넘어가야할 점이 있다. 초기 천주가사는 주로 '서학과 천주교에 대한 변호, 교리 지식의 전파'라는 종교적 목적에 충실한 것이었으나, 이 시기 천주가사는 이런 점은 점차 퇴색되어 사라지고, 교회 내적 문제에 대해서도 시대의 흐름과 요구에 맞게 적극적인 현실 지향의 내용을 담고 있다는 점이다. 과거에는 국가의 억압과 탄압 속에서 교세의 확장이나 교리 지식의 전달이 주된 문제였으나, 이 시기는 신앙의 자유가 확보되고, 일정한 교세를 형성하고 난 터라, 〈예수

---

17 1907년 7월 이완용(李完用)내각이 법률 제1호로 공포, 실시하였고, 이듬해인 1908년 4월 29일 일부 조항을 개정하였다. 이 신문지법은 정기간행물 발행의 허가제와 보증금제로 발행허가를 억제하고, 허가받은 정기간행물도 발매·반포 금지, 발행정지(정간), 발행금지(폐간) 등의 규제를 가할 수 있도록 하는 내용이 핵심이다.

성탄경축가〉·〈샹이가(相愛歌)〉·〈명도강습찬송가〉·〈예수성탄경하가〉 등 신앙고백적인 찬송류나 신앙 생활을 독려하는 내용의 작품들이 등장한다.

셋째, 가사(歌辭) 작품의 단형화 경향이다. 종래 가사의 경우 분량과 길이에 제한이 없었다. 그러나 이 시기 천주가사는 신문이라는 매체에 수록됨으로써 자연스럽게 분량과 길이의 제한을 의식하지 않을 수 없게 되었다. 초기 천주가사인 〈사향가〉, 〈삼세대의〉 등은 양적으로 상당한 수준이다. 그러나 이 시기에는 대체로 20행을 넘지 않는 15행 내외의 작품들이 다수 등장하였다. 혹 긴 작품들도 있지만, 그럴 경우 2~3회에 걸쳐 나누어 연재되었다. 단형화 양상은 단순히 분량의 축소만을 의미하는 것이 아니었다. 짧은 분량 속에서 작자가 의도하는 내용을 말하려다보니 여러 문학적 수사 장치들은 축소되거나 사라지고 대체로 내용 전달 위주의 직서 방식으로 작품이 구성되었다. 결국 이 시기 천주가사는 양적인 증가는 이루어진 반면, 작품의 문학적 성취도라는 측면에서 볼 때는 낮은 단계에 머무를 수밖에 없었다.

넷째, 『경향신문』으로 대표되는 전문 수록 매체의 등장으로 천주가사가 암송-음영물에서 시각적 독서물로 전환되었다는 점이다. 이는 두 가지 측면에서 고려할 수 있다. 하나는 이 시기 가사가 신문에 실릴 것을 전제로 해서 창작됨으로써 '창(唱)·영(詠)'으로만 향유되는 본래의 장르적 본질을 잃었다는 점[18]이고, 다른 하나는 이 시기 작품들이 교회 내적으로 갖는 상징성에 비추어 볼 때 암송-음영을 할 정도로 중요하거나 의미 있는 작품들이 존재하지 않

---

18 김대행, 「가사 양식의 문화적 의미」, 『한국시가연구』 3, 한국시가학회, 1998, 416
    ~417면.

는다는 사실이다.

초기 최양업 신부의 천주가사 작품들을 살펴볼 때, 〈사심판가〉·
〈공심판가〉 등은 천주교회의 사후 세계에 관한 교리를, 〈영세〉·〈견
진〉·〈고해〉·〈성체〉·〈종부〉·〈신품〉·〈혼배〉는 천주교회의 성사(聖事)
의 개념을 각각 가사의 형식으로 표현한 것이다. 이를 가사의 형식
으로 표현한 것은 대중들을 위한 교리 교육과 전파의 효용성 때문
이었다. 이는 초기 천주가사가 문학 작품이기에 앞서 교리 내용을
전달하는 수단이었음을 의미하는 것이다. 따라서 이들 천주가사는
교회 내적으로 많은 신도들에 의해 암송되고 또는 기도 형식으로
읊어지던 음영의 양식이었다.[19] 그러나 이 시기 『경향신문』과 이후
에 등장한 『경향잡지』 등의 전문 매체에 수록된 천주가사들은 이
미 매체에 수록될 것을 전제로 창작되었으며, 교리적 목적에서도
일정한 거리를 두고 있다. 이러한 이유 때문에 결국 천주가사가 교
회 내적으로 갖고 있던 상징적인 의미들이 퇴색되면서 시각적 독
서물로 점차 전환되어 갔던 것으로 보인다.

4. 『경향신문』 소재 천주가사의 지향

1) 신앙고백과 찬송, 신앙생활에 대한 권고

종교가사는 특성상 해당 종교의 교리적 내용을 담고 있다. 그런
데 이 시기 천주가사는 신앙의 자유가 확보되고, 일정한 교세를 형

---

19 최양업 신부의 천주가사는 시복자료본, 김동욱본, 김약슬본, 김문규가첩본, 박
동헌가첩본 등 여러 종류의 필사된 이본이 존재한다. 이는 그만큼 넓은 지역에
서 많은 사람들에 의해 암송되고 불리워졌음을 나타내주는 증거다.

성하고 난 뒤의 작품들이라 초기 천주가사에서 담당했던 교리 지식 전달 등의 목적에 충실한 작품은 찾아 볼 수 없다. 이제는 성직자의 수도 증가하였고 곳곳에 천주교회가 건립되어 자유롭게 신앙 생활을 할 수 있었으며, 교리 지식에 대한 부분은 여러 교리 서적과 번역 성서의 발간·보급을 통해 그 목적을 더 효과적으로 달성할 수 있었기 때문이다. 그래서 이 시기 천주가사는 〈예수성탄경축가〉·〈샹이가(相愛歌)〉·〈명도강습찬숑가〉·〈예수성탄경하가〉 등 신앙고백적인 찬송과 신앙생활에 더욱 충실하고자 하는 내용의 작품이 등장하게 된다.

> 다힝ᄒ다 우리들은 예수성탄 참예ᄒ야
> 련신목동 무리지어 흠의찬양 ᄒ여보셰
> 믈구유와 뷘초막은 성탄ᄒ신 궁궐이며
> 폭풍한셜 오ᄂᆞᆯ밤은 성탄ᄒ신 경졀이며
> 일편강보 기져귀는 예수아기 곤룡포며
> 슈직ᄒ던 목동들은 구셰쥬의 신하로다
> 불샹ᄒ다 외인들은 령혼눈이 어두어셔
> 예수성탄 몰나보고 허영잠락 도모ᄒᄂᆡ
> 다힝ᄒ다 우리들은 예수씨친 표를ᄡᅡ라
> 오관졍욕 물니치며 삼ᄉ정리 굿이잡아
> 삼구승젼 북을울녀 무궁련당 도모ᄒ셰
>
> ─〈예수성탄경축가〉中

위 작품은 성탄절을 맞이하여 아기 예수의 탄생을 축하하고 찬양하는 내용을 담고 있다. 그러면서도 자신처럼 신자가 아닌 외부

사람들은 영혼의 눈이 어두워서 예수가 누군지 성탄이 무엇인지
모르고 허영과 쾌락에만 빠져 있다고 지적하며, 스스로의 욕구를
절제하며 신앙생활에 충실할 것을 말하고 있다.

> 명도강습 취지셔를 쳥년교우 드러보소
> 귀즁ᄒ고 귀즁ᄒ다 뎨칠일이 귀즁ᄒ다
> 텬디만물 ᄆᆞᄃᆞ실제 륙일만에 세우시고
> 모이스끠 십계주매 뎨삼계에 분부이오
> 오쥬예수 강싱ᄒ샤 종도들의 ᄀᆞᄅ첫네
> 세번증거 분명ᄒ니 귀즁ᄒ기 막대ᄒ오
> 우리육신 연약홈을 오쥬예수 슬피시샤
> 륙일만에 쉬게ᄒ니 감샤ᄒ고 감샤ᄒ오
> 육신싱명 첫ᄂᆞᆫ날에 텬쥬공경 특히못히
> 쥬일날은 특별ᄒ게 텬쥬공경 ᄒ여보셰
>
> ― 〈명도강습찬송가〉 中

위 작품은 청년 교우들을 대상으로 하여 주일(일요일)에 빠지지
말고 신앙생활에 참여하라고 촉구하고 있는 작품이다. 작자는 성
서의 내용을 인용하여 하느님이 세상을 6일 만에 창조하고 마지막
날은 쉬었듯이, 주일날은 일하지 말고 쉬면서 특별히 예수를 공경
하며 신앙생활에 전념하자는 내용을 담고 있다.[20]

이상의 인용한 천주가사 작품에서 볼 수 있듯이, 이 시기에는 신
앙에 대한 자신의 자기고백이나 찬송이 작품의 형태로 나타나기

---

20 이 작품을 적극적으로 해석하여, 전통적인 음력의 10일 단위 생활유형에 젖어
있는 사람들을 대상으로 하여 양력의 7일 단위 인식 및 생활유형으로의 변화를
촉구하는 것으로 볼 수도 있지 않을까 한다.

시작하였고, 신앙생활을 충실하게 하는 것이 중요한 문제였던 바, 교회 안에서 신자로서 충실하게 신앙생활에 동참할 것을 촉구하는 내용의 작품이 등장하기 시작한 것이다.

2) 국권 침탈에 대한 비판적 현실 인식

앞에서도 언급한 바와 같이 『경향신문』은 신자들에게 필요한 일 반 상식이나 국내외 소식, 법률상식 등을 전달하는 역할을 수행하 고 있었는데, 특히 이 시기는 국권피탈 과정 중의 혼란한 상황이어 서 무엇보다 교회 내부적으로 신도들의 생명 재산 등을 보호하고 불이익을 당하지 않게 하려는 성격이 강했다. 꼭 교회 내부만이 아 니라 일반 국민을 대상으로 우리 민족이 처한 현실을 적극적으로 알리려는 노력을 전개하였다. 『경향신문』은 프랑스 신부가 대표로 되어 있었기 때문에 1907년과 1908년 일제에 의해 신문지법이 공 표되어 여러 신문들이 사전검열을 당하고 또는 강제로 폐간되는 조치 등에서 자유로울 수 있었으며, 이로 인해 현실 문제에 대해서 도 지속적으로 비판적 논조를 유지해 갈 수 있었다. 이 시기 천주가 사는 이러한 시대적 분위기를 반영하여 민족이 처한 현실을 국민 들에게 알리고 일제의 국권 침탈 내용을 전파하면서 비판적 현실 인식의 면모를 드러낸다.

> 亞細東部 一隅國은 우리本國 아니온가
> 大韓帝國 우리國이 要害處에 잇단말가
> 北便에는 連陸ᄒ고 東西南은 帶海ᄒ야
> 外國人의 出入홈도 이도쪼흔 極難이오

···(중략)···

外国人이 我국와서 大韓人을 씌와가며

月給만히 주마면셔 大韓人만 골녀먹니

우리나라 挾雜姦人 紙錢張에 精神일허

日兵의게 誣罔ᄒᆞ여 衝火放砲 忌憚업다

익고답답 셜운지고 이런일이 어듸잇나

東洋西洋 諸各국에 이런일은 못드럿니

이럭뎌럭 紛亂中에 우리義士 다죽엇고

怪惡無道 東學黨은 大韓兩班 쳐업시고

各地方에 陸賊水賊 富者들을 滅亡하고

遊衣遊食 挾雜輩는 愚氓들을 속여먹니

가엽도다 우리동포 남는사름 몃히될가

— 〈권학가(勸學歌)〉中

위 작품에서는 앞에서는 먼저 우리나라의 지정학적 위치에 대한 설명을 하면서 외국인들이 드나들 수밖에 없는 현실을 말하고 있다. 특히 당시 외국인들이 한국인들을 해외로 팔아넘기고, 많은 돈을 벌게 해주겠다면서 만주, 연해주, 일본 등지의 광산 등지로 끌어가는 등 일본 및 외국인이 우리나라를 잠식하는 시대적 현상을 알리고 있다.

대한사름 참혹ᄒᆞ나 어듸가셔 호소홀가

이도적을 방비안코 이협잡을 못금하면

오래잔아 너나업시 죽을디경 만나겟네

···(중략)···

이리뎌리 싱각ᄒᆞ야 살계칙을 ᄎᆞ즐적에

언득ᄆᆞ음 싱각ᄒᆞ되 벼슬이나 ᄒᆞ쟈ᄒᆞ나

각부각읍 슌검싯지 돈나ᄂᆞᆫ것 일인ᄎ지

일인가져 왜그레나 벼슬인들 당ᄒᆞᆯ소냐

모군이나 셔자ᄒᆞ나 일인모군 젹지안네

— 〈탄식가〉 中

위 작품은 1905년 제2차 한일협약(을사조약) 이후 참담해진 나
라의 현실을 알리고 있다. 우리나라가 처한 현실을 그 어디에도 하
소연할 곳이 없으며, 이런 상황이 계속 된다면 너 나 할 것 없이 모
두 죽게 될 비참한 운명임은 불을 보듯 뻔하다는 것을 역설하고 있
다. 특히 통감정치의 시행으로 관직의 일부가 일본인들의 차지가
됨은 물론, 일본인들에 의해 우리 경제가 서서히 잠식되어가는 상
황을 알리고 있다.

긔가막혀 우리ᄂᆡ각 나라꼴이 엇더ᄒᆞ오

큰집쓸녀 넘아감을 우에그리 조역ᄒᆞ오

젼치퇴락 말못나나 울과담은 늠앗더니

일죠군인 희산흠은 억하심졍 무슨싱각

ᄉᆞᄉᆞ집도 울노막아 도젹방비 아니ᄒᆞ나

울타리를 헐고보니 엇지그리 허젼ᄒᆞᆫ가

문을열고 담을문허 ᄉᆞ방밍풍 밧잔말가

…(중략)…

대신대감 여보시오 대한골육 아니시오

무슴심쟝 무슴ᄆᆞ음 본국패망 웨조이오

얼마되면 대관자리 타국인이 다가지리

엇지그리 염통업소 본국ᄉ랑 그리몰나

본국인심 잘엇으오 본국인심 ᄉ랑ᄒ오

아국산쳔 의구ᄒ나 우리강토 어ᄂ게오

농토광산 만컨마ᄂ 우리직졍 어ᄃᆡ잇소

츙신렬ᄉ 업잔컨만 우리나라 웨이런고

유지의무 잇다건만 우리샤회 업이업네

ᄉ지빅톄 일반인데 우리동포 가긍ᄒ다

우리나라 ᄂᆞᆷ존일만 ᄒ다보니 먹켜가네

만만편야 가을일세 언제도로 츈ᄉᆡᆨ일고

직계목욕 긔도ᄒ야 본국구원 ᄒ사이다

　　　　　　　　　　　　　—〈이원가(哀怨歌)〉中

　주지하듯이, 1907년 고종의 헤이그특사 파견을 빌미삼아 일제
는 고종을 강제 퇴위시키고, 통감에 의한 내정간섭을 한층 강화하
기 위하여 새로운 협약을 강요했다. 그 결과 7월 14일에 한·일신협
약(정미 7조약)이 체결되었다. 이 조약으로 인해 일본인이 한국관
리로 파견되는 차관정치(次官政治)를 실현하여 온갖 실권을 장악
하는 한편, 비밀리에 군대해산을 시도하였다. 위에 인용한 작품의
앞부분에서 작자는 군대해산을 언급하면서 나라꼴이 어찌하다가
이러한 지경에 까지 이르게 되었냐면서 통탄하고 있다. 이어 작품
의 후반부에서는 일본에 의해 사실상 합병되어가는 상황을 드러내
고 있다. 작자는 얼마 후면 이제 나라의 대관 자리는 모두 일본인의
차지가 될 것이며, 우리의 국토는 물론 농토와 광산 등을 모두 **빼앗**
겨 결국 다른 나라에 의해 점령당할 것임을 슬퍼하고 있다. 그러나
작자는 무기력한 조선의 모습을 향한 자조적 태도라도 보이려는

듯, 이러한 현실에 맞서 독자들에게 지극히 소극적인 주문을 하고 있다. 즉 목욕재계하고 기도하면서 우리나라의 자주 독립을 위해 기도하자는 것이다.

이밖에도 〈탄단발가〉는 과거 우리 정부에서 시행한 단발령을 비판하면서, 위생 관념을 칭탁한 허구적인 단발령에 대한 반포를 이제 중지할 것을 주장하고 있다. 또 〈우싱가(愚生歌)〉에서는 개화의 허구성을 비판하고 있다. 개화 되면 살기 좋고 부국강병을 이룰 수 있을 것이라고 말하였지만, 현 상황은 전국토가 전쟁의 수렁 속에 빠져 백성들은 온갖 고생을 하고 있고, 전통적인 산업구조마저 여지없이 무너져버렸다고 하며 무능한 정부내각을 비판하고 있다.[21]

3) 서양 문화에 대한 개방적 사고와 학교 교육의 강조

19세기 서양 세력의 동양 진출과 1860년 영·프 연합군의 북경함락 등으로 인해 서세동점에 대한 불안감과 두려움은 극대화되었다. 이러한 두려움은 곧바로 서양 및 서학에 대한 배타적인 인식으로 변하였고, 이것을 가장 잘 보여주는 예가 바로 최제우의 『용담유사』소재 〈권학가〉[22]와 신재효의 〈괫심ᄒ다 서양 되놈〉[23]이다. 당

---

21 그렇다면 비슷한 시기 천주교와 유사한 성격의 개신교가사가 보여주는 경향이나 지향은 어떠한가. 개신교가사의 대표적인 작품인 「앵산전도가(鶯山傳道歌)」(1915년 창작) 안에는 〈지로가(指路歌)〉·〈상제애세가(上帝愛世歌)〉·〈회불급가(悔不及歌)〉·〈국화가(菊花歌)〉·〈낙원가(樂園歌)〉·〈심로가(尋路歌)〉 6편이 수록되어 있다. 그런데 이들 개신교가사는 모두 자애로운 신의 형상이나, 지상낙원인 천국을 설정하고 설명하고 있다. 천주가사와 같이 현실문제나 계몽, 교육의 문제를 언급하고 있지 않다. 「앵산전도가」에 대한 자세한 연구는 고민정, 「앵산전도가 연구」, 장신대 석사논문, 1999 참조.

22 ᄒ원갑 경신년의 전히오는 세상말이 / 요망한 서양적이 듕국을 침범ᄒ셔 / 텬쥬당 노피 세워거 쇼위 ᄒᄂ 도를 / 텬ᄒ의 편만ᄒ니 가쇼 절창 안일넌가. 『용담유사』 〈권학가〉 中.

시 조선 정부뿐만 아니라 민간에서도 서양에 대한 부정적이고 배타적인 인식이 곧장 서학과 천주교로 이어져 서양 학문을 배척하는 벽보와 서양인의 철수를 요구하는 벽보가 나붙는 등 당시 조선 사회에서는 천주교 내지 서양에 대한 배격의 움직임이 확산되었다.[24]

종교의 자유가 확보된 이후, 동학농민운동의 시기에 막대한 피해를 입은 천주교회는 이후 서양에 대한 긍정적 인식의 확산시키는 한편 신식 학문을 도입하여 활발히 사회활동을 전개해 나간다. 또 국권침탈의 상황에서 우리가 나아가야할 방향은 결국 교육을 통한 문명개화임을 역설하고 있었다. 이 시기 천주가사에서 가장 많이 보이는 내용은 '학교설립−교육−문명화'에 관한 것이다.

> 學校만히 創設ᄒ야 各사름의 子孫들을
> 學校에로 보내여서 工夫修業 시기시오
> 工夫修業 아니ᄒ면 빅만가지 다가져도
> 쓸듸업서 莫可奈何 이런거슬 싱각ᄒ오
> 歐羅巴와 亞弗利加 文明野蠻 分別보오
> 男女老少 同胞들은 이내말슴 드르시오
> 별말말고 오늘브터 學文에만 힘을쓰오
> 文明國民 되올法은 학문밧게 업스리다
>
> ─〈권학가(勸學歌)〉中

23 괫심ᄒ다 서양 되놈 / 무부무군 천쥬학은 / 네나라나 할것이지 / 단군지ᄌ 동방국의 / 효제율리 붉엇는듸 / 어히감히 여어보자 / 홍병ᄀ히 나왓다가 / 방슈성 불에 타고 / 정쪽슨성 총에 죽고 / 남은 목숨 도싱ᄒ자 / 어서어서 도망ᄒ자 에용에용. 강한영 교주, 『신재효 판소리 사설집』, 민중서관, 1971.

24 조광, 「19세기 후반 서학과 동학의 상호관계에 대한 연구」, 『동학학보』 6, 동학학회, 2003.

곳곳마다 학교설립 지명이즈 웃듬이라
쟝ᄉ하야 부국되고 공부ᄒ야 강병되면
우리강토 삼천리요 우리동포 이천만인
놈의손에 맛겨두며 놈의노예 되올손가
구미렬강 부강홈과 영법덕의 문명홈은
쇼대학교 터를닥가 청년ᄌ뎨 긔초삼아
권학가와 권농가를 놉히불너 발달이오
파란이급 미약홈은 모든학문 몽민ᄒ고
청년ᄌ뎨 재를일허 허숑셰월 툿이로다

　　　　　　　　　　　—〈이국권학가 1〉中

다른計策 쓸되업소 이내말ᄉᆷ 드르시오
오ᄂᆯ부터 始作ᄒ여 죽드라도 힘을써셔
靑年子弟 인도ᄒ야 學文卒業 시기시오
處處學校 設立ᄒ야 男女靑年 勿論ᄒ고
ᄒ나라도 ᄱᅵ지말고 몰수히다 ᄀᄅ치되
　　　　　…(중략)…
學文修業 第一힘써 우리大韓 바로잡셰
三千里의 二千萬人 學文修業 힘써보셰
學文外예 銀金寶貨 쓸되업ᄂᆫ 물건이니
모든同胞 모든同胞 學文修業 힘쓰시오

　　　　　　　　—〈망본국태평가(望本國太平歌)〉

　첫 번째 〈권학가(勸學歌)〉에서는 학교를 많이 세워서 자제들을
가르쳐야 함을 강조하고 있다. 공부를 하지 않으면 온갖 것을 다 가

져도 아무런 소용이 없다면서 교육의 중요성을 말하고 있다. 특히 작자는 유럽의 여러 나라들과 아프리카를 문명-야만의 구도로 설정을 하고, 이렇게 된 원인이 바로 교육에 있음을 지적한 후 우리도 문명국이 되려면 학문에 힘을 써야 함을 주장하고 있다.

두 번째 〈익국권학가 1〉에서도 나라의 부강을 위해서는 학교를 설립해서 개명을 추구하는 것이 최선의 방책임을 말하고 있다. 마찬가지로 작자는 구미열강 즉 미국, 영국, 프랑스, 독일 등이 부강하고 문명화 된 것은 청년들을 대상으로 교육을 시행했기 때문이며, 반대로 폴란드나 이집트가 국력이 미약한 것은 모두 교육을 제대로 시행하지 않아서 학문도 발달하지 않았을 뿐만 아니라 청년들도 공부를 하지 않았기 때문이라고 말하고 있다. 이러한 거듭된 문명화된 국가와 약소국을 대비적으로 드러내면서 작자가 지향하고자 하는 의도가 무엇인지는 직접 말하지 않더라도 자명하다.

세 번째 〈망본국태평가(望本國太平歌)〉에서도 나라를 부강하게 하기 위한 다른 계책은 모두 쓸데없는 것이며 오직 교육만이 그 해결책임을 역설한다. 작자는 특히 남녀를 구분하지 말고 모든 동포들이 학문에 힘을 써야 함을 강조한다.

이렇듯 이 시기 천주가사에서는 학교 교육을 통한 문명 개화를 적극 강조하고 있다. 그런데 이들 작품에서 한결같이 주장하는 교육은 결국 서구식 학교 제도이며, 서구의 과학 기술이다.[25]

교육ᄒ세 교육ᄒ세 쳥년ᄌ뎨 교육ᄒ새
셔양문명 고등법률 연구안코 엇지ᄒ리

---

[25] 〈內地測量歌〉에서는 서양식 측량의 이점과 그러한 측량기술이 있는 현시대를 찬양하고 있다.

…(중략)…

가련ᄒ오 가련ᄒ오 구습동포 가련ᄒ오

텬샹국에 밧치려고 샹투곳곳 틀엇ᄂᆫ가

저ㅣ혼자 ᄒᄂᆫ말이 외국교졔 아니홀것

머리털을 단발ᄒ고 모ᄌᆞ쓰고 양복닙은

뎌이들의 ᄒᄂᆫ말은 청년교육 밧비히셔

고등법률 동ᄒ후에 문명국이 되여보새

개탄ᄒ고 한심ᄒ오 구습인물 엇더ᄒ오

유오청년 우리들은 완고인물 동여다가

오대쥬에 뎨일강산 태평양에 던져보새

— 〈제목없음 1〉 中

　위 인용된 작품에서는 이 시기 천주가사에서 그토록 주장하는 교육의 대상과 내용이 무엇이어야 하는지를 드러낸다. 위 작품에서는 청년 자제들에게 서양 문명과 고등 법률을 교육하자는 내용을 담고 있다. 여기서 서양문명은 서양의 과학 기술을 가리키는 것이며, 고등 법률은 여러 가지 사회 체제나 제도, 법률 등을 의미하는 것으로 보인다. 그런데 작자는 특히 남들은 개명, 개화를 의미하는 단발과 모자, 양복입고 신식교육을 받는데, 과거의 문화전통에 젖어 새로운 문명을 거부하는 동포들을 가련히 여기면서 그들이 상투를 소중히 여기고 외국과의 교제를 완강하게 거부하는 태도를 비웃고 있다. 한편으로는 새로운 문화 수용을 강조하면서도, 나아가 이러한 변화를 거부하는 완고한 인물들은 태평양에 던져버리자고 강도 높은 어조를 보이고 있다.

삼천여직 우리나라 만셰태평 브랏더니

문호기방 오늘날에 의심병이 싱겨나셔

슌량지심 다브리고 허무괴셜 잠이깁다

　　…(중략)…

경향신문 론셜직담 이목붉히 열어노니

이국지심 분발되여 곳곳마다 학교셜립

빈호느니 학문이오 힘쓰느니 싱업이라

의리지심 도로오고 지혜총명 졀노나셔

녯졍신을 회복ᄒᆞ니 오륜지도 다시붉아

― 〈샹이가(相愛歌)〉 中

위의 인용문에서는 서구화를 통해 부국강병을 이룰 수 있는 것이 자명한 사실임에도 불구하고, 문호 개방에 대해 일부 사람들이 갖는 여러 가지 의구심 때문에 사람들이 서구 문명은 결국 우리를 파괴할 것이라는 허무괴설에 빠져 있음을 지적하고 있다. 이어 후반부에서는 『경향신문』 같은 것이 사람들의 이목을 열어주는 역할을 하고, 또 천주교에서는 곳곳에 학교를 설립하여 사람들이 학문을 배울 수 있게 함은 물론, 생업에도 힘쓰게 하고 있는 등의 긍정적인 역할을 행하고 있음을 드러내고 있다. 결국 이러한 논법은 서구를 모델로 한 교육과 문명 개화가 좋은 점을 가지고 있다는 긍정적인 인식을 확산시키기 위한 의도와 노력의 일환으로 보인다.

4) 새로운 인간관계 및 공동체 의식의 형성과 확산

전통적인 신분 질서 속에서 개별 주체들에 대해 평등적인 시각

을 갖는 것은 매우 어려운 일이었다. 그러나 19세기 후반 조선사회
에서 동학과 서학은 각각 평등적인 신분질서를 제시하며 민중들로
부터 큰 호응을 얻었다. 갑오경장 이후 종래 양반－중인－평민－천
민의 신분 질서는 제도적으로는 무너졌지만 수백 년을 지속되어
온 관습이 하루아침에 사라지기는 어려웠다. 그런데 천주교는 입
교를 하면 하느님 아래에 모두가 형제요 자매라는 인식을 바탕으
로 신분을 본위로 했던 당시 사회 체제를 거부하고 신앙을 매개로
한 인간관계 및 새로운 공동체를 구성해 나갔다. 그리고 교회 안에
서 소통되는 공식문서는 물론 천주가사와 같은 문학 작품에서도
의도적으로 형제·자매라는 용어를 사용하고 그러한 인식을 확산
시키면서 새로운 교회 공동체 의식을 다져갔다.

> 사랑ᄒ온 뎨형들아 노지말고 버러보세
> 애를써셔 벌거시오 씀을내여 버러다가
> 쳐ᄌ권쇽 보호ᄒ고 부모봉양 ᄒ사이다
> 황뎨관쟝 부모친척 사랑ᄒ야 공경ᄒ고
> 우리나라 사랑ᄒ야 ᄌ모로써 셤겨보세
> 외겹술은 언약ᄒ고 삼겹술은 견고ᄒ니
> 사랑으로 사랑ᄒ야 동포형의 믹ᄌ보세
> 사랑으로 믹즌줄을 어ᄂ뉘가 ᄭᆞᆯ흘쇼냐
> 사랑업시 부국강병 아니되니 사랑ᄒ세
> 사랑사랑 이쥬인인 뎨일가는 사랑일세
> 우리서로 사랑ᄒ야 ᄂ호이지 말지어다
>
> ―〈탄식가〉中

위의 작품에서는 '사랑하는 제형(諸兄)들아'라는 말로 호칭을 시
작하여 교회의 가르침인 사랑으로 동포 간에 형제와 같은 의리를
맺자고 말하고 사랑하여 나누어지지 말자는 당부를 하고 있다. 모
든 사람들이 형제, 자매처럼 사랑하고 합심을 통해 새로운 교회 공
동체로의 지향을 나타내고 있다.

> 아래사름 사랑하고 웃사름을 공경하나
> 사랑흠도 두가지오 공경흠도 두가지라
> 외면으로 사랑하면 참사랑이 못될지며
> 외면으로 공경하면 참공경이 못될지라
> 인의덕을 사랑흠은 참사랑이 될것이오
> 공순덕을 공경하면 참공경이 될것이라
> 공경사랑 이깃흐면 화목엇지 업슬손가
> 화목하고 보게되면 단톄덕이 나오리라
> 단톄하고 보게되면 대쇼스를 잘하리라
> 대쇼스를 잘하면은 문명덕이 나오리라
> 문명덕을 하고보면 국부병강 나오리라
>
> —〈경세가 2〉中

위 작품에서는 사랑하고 공경하면 '단체덕(團體德)'이 나온다고
하였다. 단체덕은 단결하는 덕행을 말하는 것으로 같은 목적을 위
해 한마음 한뜻으로 뭉치는 것 즉 '단결'을 의미하였다. 그래서 단
체덕이 나오면 대소사를 잘하고, 문명덕이 나오게 되고 끝내는 부
국강병이 나올 것이라는 연쇄적인 사고 논리를 펼치고 있다. 결국
참사랑과 참공경으로 합심을 하자는 것인데, 이러한 사고 방식은

전통적 유가 사상에서 보이는 인간관계상과는 차별적인 것이다.

여타의 작품에서도 형제, 청년, 동포, 국민, 대한 등을 지칭하면서 '수랑ᄒ온~'·'우리~'라는 수식어가 일상적으로 붙는다. 결국 교회라는 공간을 구심점으로 한 사랑이라는 이념을 매개로하여 단결하는 새로운 인간관계 및 공동체를 지향하고 있는 것이다.

5. 결론

이 글은 천주가사에 대한 연구 지평을 확장하고 균형적인 시각을 확보하기 위해서는 개화기 이후 천주가사의 전개 방향과 변모 과정을 추적하는 일이 시급한 일이라 판단하고, 1906년부터 1910년 사이에 간행된 『경향신문』 소재 천주가사가 지닌 특성과 지향을 살피는 데 목적을 두었다.

위에서 살펴본 바 18세기 후반에서 19세기 중반에 해당하는 초기 천주가사는 이벽, 정약전, 최양업 등 당시 천주교회의 수장격인 소수의 학자 혹은 신부의 손에서 직접 창작되었으며, 그 창작 목적은 천주교의 전파 과정상의 시대적 요구와 목적에 충실한 것이어서 작품 내용도 천주교 주요 교리 이외의 것으로 확장되기 어려웠다.

그러나 『경향신문』 소재 천주가사는 형식적인 면에서 단형화를 이루면서 작품의 양적인 증가와 작자층의 확대, 그리고 전문매체의 등장으로 인해서 내용 및 주제가 다양해지게 된다. 그 결과 이 시기 천주가사는 이전 시기에 비해 교리적 목적이 퇴색되어 암송-음영물로서의 성격이 줄어들어 시각적 독서물로 점차 변화하였다.

한편, 이 시기 천주가사의 내용은 신앙고백 및 찬송, 애국계몽,

우국 및 시세 한탄, 경세(警世), 학교 설립 등 신문명에 관한 것 등으로 다양해진다. 이 가운데는 당시 『대한매일신보』 등 이 시기 다른 매체에서 보여주는 주제적 성향과 크게 다르지 않은 것도 있다. 그러나 차별적인 것은 『경향신문』의 작품들은 위의 현안문제에 대해 천주교의 교리나 가르침을 통한 종교적인 해결 지향을 보인다는 점이다.

이 시기 『경향신문』 소재 천주가사의 지향은 크게 신앙고백과 찬송, 신앙생활에 대한 권고, 국권 침탈에 대한 비판적 현실 인식, 서양 문화에 대한 개방적 사고와 학교 교육의 강조, 새로운 인간관계 및 공동체 의식의 형성과 확산으로 나누어 살펴보았다. 그 가운데 국권침탈 과정에 대한 비판적인 현실 인식의 면모나 서양 문화에 대한 개방적 사고를 촉구하고 학교 교육을 강조한 부분에서는 천주교가 당시 급박한 역사의 흐름 속에서 현실문제에 대해 어떠한 태도를 보였으며 사회적으로 어떠한 역할을 수행하였는지를 잘 보여준다. 『경향신문』은 치외법권적 지위를 이용하여 당시 사회문제에 적극적으로 개입하고 자신들의 목소리를 내었으며, 신문에 수록된 천주가사 작품들에서도 이러한 성향이 강하게 드러난다.

참고문헌

『京鄕新聞』

『용담유사』, 癸巳刊.

『천주가사 자료집』上·下, 가톨릭대학교 출판부, 2000.

강한영 교주, 『신재효 판소리 사설집』, 민중서관, 1971.

고민정, 「앵산전도가 연구」, 장신대 석사논문, 1999.

김대행, 「가사 양식의 문화적 의미」, 『한국시가연구』 3, 한국시가학회, 1998.

김옥희, 『최양업신부의 천주가사』 I·II, 계성출판사, 1986.

김종회, 「개화기 천주가사의 세계」, 『현대문학이론연구』 26, 현대문학이론학회, 2005.

김진소, 「천주가사 사상 연구 시론」, 『최석우 신부 회갑기념 한국교회사논총』, 한국교회사연구소, 1982.

김진소, 「천주가사의 연구」, 『교회사연구』 3, 한국교회사연구소, 1981.

김학동, 『한국 개화기 시가 연구』, 시문학사, 1981.

박을수, 『한국 개화기 저항시가 연구』, 성문각, 1985.

심재근, 「천주교가사연구」, 『국어국문학연구』 8, 원광대학교 국어국문학과, 1982.

오숙영, 「천주교 성가가사고−최도마 신부의 성가를 중심으로」, 숙명여자대학교 석사논문, 1971.

윤민구, 『초기 한국천주교회사의 쟁점 연구』, 국학자료원, 2014.

이경민, 「천주가사 연구」, 전남대학교 박사논문, 1997.

조 광, 「19세기 후반 서학과 동학의 상호관계에 대한 연구」, 『동학학보』 6, 동학학회, 2003.

조 광, 『조선후기 천주교사 연구』, 고려대학교 민족문화연구소, 1988.

조동일, 「가사에서 전개된 종교사상 논쟁」, 『한국 시가의 역사 인식』, 문예출판사,

    1993.

조동일, 『한국문학통사』 제4판, 지식산업사, 2005.

조신형, 「조선후기 천주가사에 관한 신학적 고찰」, 가톨릭대학교 석사논문, 1994.

진연자, 「천주가사 연구」, 한남대 석사논문, 1992.

최동희, 『서학에 대한 한국 실학의 반응』, 고려대학교 민족문화연구소, 1988.

최필선, 「초기 한국 가톨릭 교회 음악에 대한 연구」, 동아대학교 석사논문, 1989.

하성래, 「천주가사의 사적 연구」, 고려대학교 박사논문, 1984.

하성래, 『천주가사 연구』, 황석두루가서원, 1985.

홍일식, 『한국 개화기의 문학사상 연구』, 열화당, 1980.

찾아보기